Os irmãos de
Auschwitz

MALKA ADLER

OS IRMÃOS DE AUSCHWITZ

Tradução
Débora Isidoro

Principis

Publicado originalmente em inglês por Harper Collins Publishers Ltd. com o título *The Brothers of Auschwitz*. © Malka Adler, 2019

© 2023 desta edição:
Ciranda Cultural Editora e Distribuidora Ltda.
Esta é uma publicação Principis, selo exclusivo da Ciranda Cultural

Título original *Brothers of Auschwitz*	Produção editorial Ciranda Cultural
Texto Malka Adler	Diagramação Linea Editora
Editora Michele de Souza Barbosa	Revisão Fernanda R. Braga Simon
Tradução Débora Isidoro	Design de capa Ana Dobón
Preparação Walter Sagardoy	Imagens Mgr. Nobody

Dados Internacionais de Catalogação na Publicação (CIP) de acordo com ISBD

A237i   Adler, Malka.

Os irmãos de Auschwitz / Malka Adler ; traduzido por Débora Isidoro. - Jandira, SP : Principis, 2023.
416 p. ; 15,50cm x 22,60cm.

Título original: The Brothers of Auschwitz
ISBN: 978-65-5552-665-3

1. Holocausto. 2. Superação. 3. História de vida. 4. Guerra. 5. Segunda guerra mundial. I. Isidoro, Débora. II. Título.

2021-0233

CDD 940.5318
CDU 94(430)

Elaborado por Lucio Feitosa - CRB-8/8803

Índice para catálogo sistemático:
Holocausto 940.5318
Holocausto 94(430)

1ª edição em 2023
www.cirandacultural.com.br
Todos os direitos reservados.
Nenhuma parte desta publicação pode ser reproduzida, arquivada em sistema de busca ou transmitida por qualquer meio, seja ele eletrônico, fotocópia, gravação ou outros, sem prévia autorização do detentor dos direitos, e não pode circular encadernada ou encapada de maneira distinta daquela em que foi publicada, ou sem que as mesmas condições sejam impostas aos compradores subsequentes.

*Este livro é dedicado a Israel,
Leora e Avi Ravit, Yonit e Hadar.*

PRÓLOGO

Israel, 2001
7h30 da manhã e um frrrrrio de congelar.

Estou encolhida dentro de um pesado casaco preto na plataforma da ferrovia Beit Yehoshua. Tenho uma reunião marcada com Dov e Yitzhak em Nahariya. Houve um tempo em que Yitzhak era conhecido como Icho, e Dov, como Bernard. Yitzhak tem setenta e cinco anos e ainda consegue levantar um boi. Ainda é forte. Aos setenta e seis anos, Dov é mais alto que Yitzhak e ama biscoitos de cacau, televisão e paz e sossego.

Eles são casados. A esposa de Yitzhak é Hannah, uma mulher de bom coração. E a de Dov é Shosh, que também tem bom coração.

A chuva para de cair de repente. Como dor. De início cai forte, abundante, depois pinga. Galhos se curvam indiferentes. *Shhh.* Os eucaliptos balançam de um lado para o outro ao vento, e eu já preciso fazer xixi de novo. O sistema de som anuncia o próximo trem. A lâmpada pisca.

Em duas horas encontrarei Yitzhak e Dov. Yitzhak não tenta mais adiantar as coisas. E Dov nunca pressiona. Mas Dov vai servir um bom café e biscoitos com cacau e passas.

Pum. Pum. Pum.

Um homem trajando um casaco comprido atira no trem que se aproxima. *Pum. Pum. Pum.* Com uma boina de lado, ele segura um guarda-chuva preto e atira. Seu rosto tem linhas escuras na testa, nas faces, no queixo, até no nariz. É um rosto tenso, como se alguém tivesse passado elástico de roupa íntima por baixo da pele e puxado e puxado, quase até rasgar, mas não. Seus passos são curtos, apressados, e ele balança os braços como se afugentasse um enxame de moscas ou insetos, ou pensamentos incômodos, e atira. Levanta o guarda-chuva. Aponta para os eucaliptos ou para o trem e grita, *pum-pum. Pum-pum. Pum.*

Olho diretamente nos olhos do homem enquanto ele grita, *pum. Pum. Pum. Pum. Pum.*

Agora estou ao lado dele, e ele diz, pare. *Pare.* Aponta e atira, *pum-pum. Pum. Pum. Pum.* Todos mortos, diz, e limpa a mão na calça velha.

Tusso, e ele franze a testa, projetando o queixo e mordendo o lábio, como se dissesse, eu avisei, não avisei? Você sabia. Depois ele sopra três vezes a ponta do guarda-chuva, *fu, fu, fu,* sopra migalhas imaginárias do casaco, ajeita a boina e volta para o meio da plataforma. Para um lado e para o outro. Para a frente e para trás e para a frente de novo, as mãos em modo de combate o tempo todo.

Os soldados se acostumaram com os tiroteios da sexta-feira, a grande fúria que explode na plataforma a partir das sete da manhã. Todo mundo sabe que ele vem de Even Yehuda em sua bicicleta. Inverno, verão, ele vem na sexta-feira. Uma presença constante. Os trens partem, e ele continua ali até o meio-dia. Disparando sem descansar. No verão, ele usa uma bengala. As pessoas dizem, coma, beba, descanse, por que se cansar? Vá para casa.

Infelizmente, ele está em seu mundo.

Sete da manhã, sexta-feira – ele deve ter setenta anos, talvez menos – atirando na plataforma, roupas sujas e cabelo branco desgrenhado.

Toda sexta-feira ele vai embora pedalando sua bicicleta ao meio-dia e meia em ponto. A cobradora fala sobre ele com todo mundo. Cobradora impaciente. Cobradora gorda, com uma franja loira no cabelo preto. O homem não tem relógio. Há um relógio na parede da estação, mas ele fica de costas. Para ele, não é importante ver as horas. Ele sabe. Ele prepara o Sabbath para seus mortos.

Ah. A plataforma de Beit Yehoshua é o que tem de mais próximo das plataformas em Auschwitz. Isso é o que a cobradora nos diz, e ficamos em silêncio.

Em Auschwitz ele tocou sua família pela última vez. Isso é o que Yitzhak diria, e ele levantaria o chapéu e gritaria, por que os judeus precisam ficar em plataformas? Não tem ônibus?

Às vezes você tem de ficar em pé em um ônibus.

Bem, um táxi, então.

Táxis são caros.

E daí? Ele se recusa a ficar em plataformas.

Dov tossiria se ouvisse Yitzhak se zangar com alguma coisa. Depois ficaria em silêncio. Eu não prestaria atenção. Olharia primeiro para Yitzhak, depois para Dov, e ligaria o gravador. Yitzhak diria em voz alta, por que você fica em plataformas, por que também não pega um táxi?

Sim.

Agora os eucaliptos estão parados. E a cobradora está contando a alguém sobre Yajec. Ela tem que falar depressa, antes de a próxima pessoa gritar com Yajec. Toda sexta-feira a cobradora o protege. Toda sexta-feira tem gente que não sabe sobre ele, não ouviu seu desespero.

Mas a cobradora ouviu, e ela conta às pessoas mais velhas para evitar que o incomodem. Deixem-no em paz para matar com seu guarda-chuva, *pum. Pum. Pum. Pum pum.*

Uma vez ela disse às pessoas novas ali que o deixassem em paz, que não mexessem com ele. Yajec era um garotinho quando agarrou o vestido da mãe, sim, chorando. Ele chorava sem parar, gritava, não me deixe, mas, pobre mulher, ela o empurrou para o grupo de homens, e ele correu para ela, mamãe, me leve, mas, pobre mulher, ela não o levou. Olhando para o filho com o rosto pálido, ela gritou no ouvido dele, Yajec, você não vai comigo, vai para lá, está ouvindo? E o esbofeteou e o empurrou com força. Você me ouviu. Sim. Ela foi com as mulheres, e ele ficou com desconhecidos que não o viam, porque ele tinha sete ou oito anos, sim.

O trem entra na estação e para.

Silêncio.

Três minutos de quietude. Nem a cobradora fala quando o trem para. Ela não quer que as pessoas fiquem confusas. Quem tem que embarcar no trem, quem tem que sair dele. O trem parte, e a cobradora diz que o pai de Yajec também desapareceu. E o avô, a avó, quatro irmãos, e tia Serena, e tio Abraham.

O rosto de uma mulher etíope faz meu estômago se contrair. Um rosto manso, frágil, a boca projetada como se fosse começar a chorar, os olhos escuros de tristeza, uma tristeza de outro lugar, distante, uma tristeza arranjada em camadas de acordo com a altura, na testa uma nova camada mais alta, o rosto forte. Se Yitzhak e Dov estivessem aqui, esse rosto provavelmente os faria chorar. Mas Yitzhak nunca visita ninguém, e ninguém o visita. Se Dov viesse, provavelmente daria a ela um biscoito e suco, diria para sentar-se em um banco e descansar um pouco.

Outro trem chega. A plataforma esvazia, resta só o homem de casaco comprido e boina.

A etíope embarca no trem. Ela sabe que vai haver empurra-empurra, mas embarca. A cobradora diz que ela também é presença regular na plataforma. Está a caminho do colégio interno para ouvir uma reclamação da diretora. A filha dela tem constantes problemas de comportamento. Deixa os professores malucos, quer voltar para a Etiópia, quer viver com seu povo, fugir para a cidade na sexta-feira à noite, divertir-se em uma boate de *reggae*. Ela só quer cantar. Está sempre fugindo de saia longa e blusa de mangas compridas, e na bolsa ela esconde um short e uma blusinha colorida que deixa a barriga à mostra. Ela não quer ficar no colégio interno, não quer! A mãe grita, você não vai voltar comigo, vai ficar, entendeu?

Os irmãos de Auschwitz

Yitzhak diria, ela vai se acostumar, no fim, ela vai se acostumar, e por que a mãe entra no trem toda sexta-feira? Uma vez a cada dois ou três meses é suficiente, e ela pode ir de táxi, não disseram a ela? Dov diria, por que insistir com essas crianças? Nunca dá certo, melhor levá-la para casa. É só isso, não é?

Um som branco atravessa uma fresta estreita. Espia de trás dos eucaliptos, criando um grande e brilhante caleidoscópio. O sistema de som anuncia: Atenção, atenção. O sol desaparece. O trem deixa a estação.

Estou a caminho de Nahariya.
Yitzhak não vai me receber.
Talvez receba. Mas, por telefone, ele disse – veremos. Yitzhak não tem paciência.
Dov vai sentar-se comigo. Dov cumpre o que promete. Yitzhak também.
Mas Yitzhak não faz promessas. Yitzhak diz – telefone na quinta-feira e veremos.
Eu telefono toda quinta-feira, e ele diz, veremos. Finalmente, ele diz, sim, pode vir.
Dov espera na estação com o carro. Dov me leva até Yitzhak.
Não tenho certeza de nada. Eles vão aceitar falar comigo?
Venha de novo uma ou duas vezes, e veremos. É assim que eles falam pelo telefone.
Não tem "veremos". Eles precisam aceitar.
Certo.
Vão me deixar contar sua história?
Veremos. Veremos.
Vamos com calma, com calma.
Talvez depressa, caso a gente se arrependa, ha. Ha. Ha.
Separados ou juntos?
Como for melhor, mas tenho uma fazenda de leite para cuidar.
Então, mais vezes com Dov.

É claro. Estou disposto a falar com você sempre que quiser.
Só nos dias chuvosos, venha nos dias chuvosos.
Tudo bem, Yitzhak.
Não posso largar a fazenda no meio do dia.
Não é necessário.
Tenho de alimentar todos os bezerros, e às vezes também saio.
Eu venho quando chover.
Seria melhor, só fico em casa quando chove.
Então, quando chover.
Certo.
Mas telefone antes, e vamos ver.

CAPÍTULO 1

Eu sou Yitzhak: o Estado de Israel me deu o nome Yitzhak.
Os nazistas me deram o número 55484.
Os não judeus me deram o nome Ichco.
Meu povo judeu me deu o nome Icho.

Na sala de estar de Yitzhak

O mais difícil foi ser expulso da nossa casa. Acordamos como de costume. Eu me levantei primeiro e quis ir com meu pai ao mercado.

Esqueci que era dia santo. Meu pai voltou da sinagoga. Ele tinha cabelo preto, estatura mediana. Mesmo de casaco, parecia magro. Meu pai sentou-se em uma cadeira. Chamou todos nós. Leah, venha cá. Sarah. Avrum. Dov, chame Icho também.

E nos reunimos em torno de meu pai.

O rosto dele tinha a cor de lata ao sol. Doentio. Olhamos para minha mãe.

Meu pai disse que tínhamos de pegar nossas coisas. Íamos sair do vilarejo. Ficamos assustados, o quê? Para onde vamos, onde, não sei, os húngaros estão nos mandando sair daqui. Para onde, pai, para onde. Eles não disseram, temos de ser rápidos, peguem algumas roupas e cobertores, ele tossiu. Leah, um copo de água, por favor, peguem talheres, alguns pratos, meias, não se esqueçam das meias, pai, para onde estão nos mandando, para onde, perguntou Avrum.

Morrer! Disse Dov. Chega, Dov, chega, estão mandando todos os judeus do vilarejo para outro lugar, para o Leste, para trabalhar no Leste. Por que estão mandando só os judeus, perguntou Sarah. Então, vamos morrer e eles vão finalmente se livrar de nós, nos tirar da vida deles de uma vez por todas, vocês não entendem?

Meu pai cobriu o rosto com os dedos grossos, escuros, fortes.

Ouvi o som de choro sufocado. Olhamos para minha mãe. Minha mãe era pequena, de cabelo castanho e rosto bondoso, como uma flor desconfiada do sol. Ela roía as unhas das duas mãos. Eu disse a ela, fala para o pai explicar para nós, não entendo, fala para ele, fala para ele. Minha mãe sentou-se em uma cadeira. Longe do meu pai. Ela ficou em silêncio. Meu pai esfregava o rosto como se quisesse remover a pele, e ordenou: Chega! E se levantou, alongou o corpo, apoiou-se à cadeira, os dedos brancos, quase sem sangue. Ele olhou para minha mãe, dizendo com voz rouca: soldados húngaros entraram na sinagoga com rifles. Disseram para nos prepararmos para deixar a casa. Eles nos deram apenas uma hora. Só disseram para fazermos uma mala com o necessário. Disseram para irmos para a sinagoga. E esperar. As ordens chegarão.

Gritamos em uníssono, mas, pai, a guerra acabou, podemos ouvir os canhões russos ao longe, diga a eles que a guerra acabou. Meu pai respondeu com voz fraca: eles sabem. Avrum gritou, então por que vão nos levar, pai, o que querem fazer conosco, o quê?

Eles querem queimar judeus. Ouvi isso no rádio. Vamos todos morrer, disse Sarah, quase chorando.

Foi exatamente isso que Hitler planejou, disse Dov, e pôs uma maçã no bolso.

Meu pai bateu o pé, chega. Vão para o quarto, vão, vão, temos uma hora para arrumar as coisas. Minha mãe disse, mas não temos malas ou bolsas, como podemos levar as coisas?

Meu pai falou, ponha tudo em lençóis, ou em toalhas de mesa, vamos fazer trouxas e amarrá-las com corda, Avrum, corra, vá buscar cordas no depósito, ajude as crianças a amarrar as cordas, Leah, você vai para o nosso quarto, eu vou para a cozinha. Minha mãe ficou em silêncio. Sem se mexer, cruzou os braços bem apertados.

Sarah chorava.

Ela disse, tenho que lavar a louça que ficou da noite de Pessach, tenho que guardar tudo no armário, o pai gritou, não se preocupe com a louça, isso não é importante agora.

A mãe se levantou da cadeira, parou diante da pia, abriu a torneira na vazão máxima, pegou um prato sujo e começou a esfregá-lo rapidamente. O pai bateu as mãos nas laterais da calça, como se reunisse força, parou ao lado da mãe e fechou a torneira. A mãe virou, jogou o prato no chão, enxugou as mãos no avental, endireitou as costas e disse, vamos arrumar as coisas. Sarah abaixou-se e recolheu os cacos do chão, chorando ainda mais, mas os pratos vão ter mau cheiro quando voltarmos, vamos ter que jogar todos fora. Dov disse, não se preocupe, eles vão fazer todos nós termos mau cheiro. A mãe levantou Sarah, a abraçou, afastou o cabelo de sua testa e, afagando sua cabeça, disse, estamos indo. A mãe e Sarah foram para os quartos. Avrum voltou com a corda. Seguiu a mãe. Dov ficou perto da janela. O pai recolhia talheres na cozinha.

Pus um chapéu de lã e fui até a porta. Segurei a maçaneta. Sentia as pernas fracas.

O pai chamou, Icho, aonde vai?

No estábulo, tenho que alimentar as vacas, prepará-las para ir embora.

O pai ficou alarmado, não, não, isso é impossível, vamos sem as vacas, só roupas e cobertores, faça uma trouxa com as roupas. O pai parou na minha frente.

Eu perguntei, e as vacas? Quem vai cuidar das vacas?

O pai me olhou com uma expressão dura, disse, não discuta.

Eu não podia deixar nossas vacas. As vacas viviam no nosso quintal. O estábulo ficava atrás da casa. Eu gostava de ordenhar vacas. Às vezes conversávamos, como se falássemos a mesma língua. Os bezerros nasceram nas minhas mãos. Olhei para Dov. Os cachos na cabeça dele pareciam pequenos. Ele parecia ter acabado de tomar um banho.

Dov fez um sinal para mim, para com isso, para com isso. Eu falei para o pai, e quem vai ordenhar nossas vacas, as vacas vão morrer sem comida. O pai não sabia de nada, acreditava que os vizinhos cuidariam delas, talvez um dos soldados com um rifle, ele não tinha certeza de nada.

Lembrei do meu gato. Queria saber o que fazer com meu gato, que pegou resfriado na noite de Pessach. Eu tinha um gato grande com pelo preto e branco. Voltei para perto do pai. Ele estava de costas para mim, abrindo armários, e parecia um avô. Implorei, pelo menos o gato.

Vou levar meu gato, ele não vai incomodar, certo?

O pai falou de dentro do armário, deixa o gato, Icho, não vai lá fora. E depois endireitou o corpo, levou as mãos às costas, se aproximou da janela de frente para a rua e disse, venha cá. Olhe pela janela. Vê os soldados? Eles vão entrar em breve e vão nos jogar na rua sem nossas trouxas, agora entende?

Senti como se uma doença se espalhasse por meu corpo e tirasse minha vida. Queria meu gato. O gato que ia deitar na minha cama com seu ronnn ronnnronado. Adorava afagar seu pelo e esguichar leite direto da vaca em seu pelo. Adorava como ele se lambia durante horas. Avrum, meu irmão mais velho, estava à porta. Avrum era alto, magro e manso como a mãe.

Os irmãos de Auschwitz

Ele disse, vamos, vou te ajudar, Dov também está te esperando. Só um minuto. Queria abraçar meu gato doente. Sarah parou ao meu lado. Segurou minha mão. Ouvimos um barulho lá fora. Sarah correu até a janela. Seu corpo ossudo se inclinou para fora e ela chamou o pai: Pai, pai, os vizinhos estão no nosso quintal, estão te chamando. Sarah também era magra. O pai não se virou, disse, agora não, Sarah. Sarah chamou com mais urgência, os vizinhos estão se aproximando da porta, pai, vai falar com eles. Dov entrou no cômodo, pôs uma maçã no outro bolso e também alguns matzás dentro da camisa. Ele tinha olhos castanhos e músculos que pareciam uma bola em cada braço. Ele jogou um suéter nas costas.

Uma batida à porta me fez pular de susto.

O pai se dirigiu à porta. Ouvi nosso vizinho perguntar ao meu pai: Aonde vai, Strullu? Era Stanku. Ele sempre usava um chapéu de bico; tinha uma verruga vermelha na bochecha.

O pai disse, me fala você, talvez eles tenham contado alguma coisa.

Não me disseram nada. Foi com você que eles falaram.

O pai ficou em silêncio. Stanku endireitou as costas. E as crianças?

O pai disse, elas vão conosco. Os velhos, também.

Stanku tirou o chapéu, você precisa de pão. O pai não precisava. Ele disse, temos matzás.

Não, Strullu, precisam de pão e água para a viagem.

Não preciso.

Leve bolos, temos bolos grandes que fizemos para a Páscoa. Vamos dar os bolos a vocês. Escondam os bolos nas roupas. Quem sabe o que vai acontecer.

Dov disse para si mesmo, uma tragédia, é isso que vai acontecer. Uma terrível tragédia.

O pai sorriu com tristeza para Stanku. Ele falou em voz baixa, essa criança está sempre pensando em tragédias. Não sei o que tem de errado com ele. Stanku segurou a mão do pai. A mão dele tremia. Seus olhos azuis estavam úmidos.

Stanku disse, vamos cuidar da casa, Strullu, vamos cuidar das vacas, e vocês vão voltar, têm que voltar.

O pai e Stanku se abraçaram. Ouvi tapinhas nas costas. Ouvi o pai dizer com voz trêmula, não acredito que vamos voltar, Stanku, perdão, preciso ir. E o pai se afastou.

Olhei para Stanku, então você vai cuidar da casa, das vacas e do gato, e vai dar comida para ele, não é, e se as pessoas vierem e quiserem levá-lo, o que vai dizer a elas?

Stanku pigarreou. E de novo, levando a mão à garganta. Eu cochichei, tenho um pouco de dinheiro guardado, vou deixar com você, Stanku.

Stanku levantou as mãos, bateu um pé no chão, disse, não, não, não, e não se preocupe, Icho, estou aqui para cuidar de tudo até você voltar para casa em segurança. Apertamos as mãos. Eu entrei.

Dov pulou para fora pela janela.

Eu tinha certeza de que Dov estava fugindo para a floresta. Fiquei feliz por ele fugir. Feliz por ninguém ver. Feliz por um membro da família, pelo menos, ficar para cuidar da casa. Pai, mãe, Sarah, Avrum e eu fomos para a sinagoga carregando as trouxas nas costas. Soldados húngaros nos contaram. Alguém delatou, disse que faltava um menino da nossa família.

Soldados ameaçaram o pai apontando um dedo para ele: ao anoitecer. O menino precisa voltar ao anoitecer. Ou vamos encostar todos vocês na parede, *bum, bum, bum*. Entendeu? O pai chamou Vassily, que estudava com Dov.

Vassily era o melhor amigo de Dov. Vassily gostava de sair sem meias e chapéu. Inverno ou verão, mesma coisa. Vassily veio correndo. Ele vestia um casaco com uma das mangas curta e a outra comprida.

O pai abraçou os ombros de Vassily e disse, Vassily, traga o Dov para nós. Ele está na floresta. Só você pode fazer isso. Vassily olhou para o pai e ficou triste, Dov, Dov. O pai se inclinou e cochichou para Vassily, diga ao Dov, lembre-se de Shorkodi, o rapaz de Budapeste, ele vai entender.

Dov voltou inchado de tanto apanhar.

Naquela noite ele voltou com soldados húngaros. Seu rosto ficou inchado por dois dias. Ele tinha um corte profundo da testa até a orelha. Tinha uma crosta de sangue embaixo do cabelo. Não disse uma palavra. Eu lamentei, que pena que você voltou, Dov, uma pena.

Dois dias mais tarde, eles nos levaram de trem para Ungvár, hoje Uzhhorod.

Na cidade de Ungvár, eles nos colocaram em um poço enorme, como uma mina aberta. Havia ali milnares de judeus daquela área, sem um galpão, um chuveiro. Só uma torneira e um cano. A chuva continuava caindo. A chuva lavava a mina. Estávamos nos afogando em lama e em um cheiro forte. Primeiro o cheiro forte de gente que ia morrer. Depois o cheiro de excremento humano. Eu não conseguia me acostumar com os cheiros ruins. Queria vomitar, mesmo depois de acabar de vomitar.

Nossa família tinha um espaço do tamanho de um sofá. Dormimos em tábuas e cobertores molhados. Comemos uma tigela de sopa de batata depois de horas esperando na fila. Uma tigela por dia. Ainda estávamos com fome. Vimos ambulantes andando em volta do poço. Eles faziam sinais para nós com as mãos. Sinais da cruz, sinais de cortar a garganta, como se tivessem uma faca na mão. Riam desdentados, *he he he*. Eu poderia ter esmurrado os homens com meus punhos. A mãe falava comigo sem usar palavras. Dei socos em mim mesmo até ficar com a perna dormente. Pessoas com cara de importante e paletós molhados andavam entre nós. Eram conhecidos como o *Judenräte*.

Eles prometeram, só alguns dias, e vocês estarão no Leste. Falaram de muitos locais de trabalho.

Esperamos o trem que nos levaria para o Leste, para muitos locais de trabalho. O trem não chegava. As pessoas ficavam impacientes, no início um pouco, depois cada vez mais. Depois de três dias, gritavam umas com as outras por motivo nenhum. Se encostavam sem querer em alguém na fila da sopa ou da torneira, eles gritavam. Discutiam sobre onde pôr a cabeça ou os pés quando iam dormir. Ou por que peidavam bem na cara de um bebê.

Coitadinho, ele sufocou, falta de consideração, vovô. Eles discutiam sobre boatos. Gritavam, gritavam, gritavam, um dia mais tarde, repetiam os boatos e contavam outros novos. Não havia rumores sobre morte, nenhuma palavra sobre morte; sobre libertação, sim. Muitas palavras sobre libertação iminente ou distante. Não sabíamos nada sobre as notícias que eles contavam, só ouvíamos e esperávamos. Esperamos quase um mês.

Finalmente, um trem especial de gado chegou pela ferrovia.

Tínhamos certeza de que era um engano. Soldados nos empurraram para os vagões. Empurravam famílias inteiras. Vilarejos inteiros. Povoados. Cidades. Eu entendi. Os húngaros queriam limpar o mundo de judeus. Não queriam respirar em um mundo por onde um judeu houvesse passado. Queriam olhar para o futuro distante e, ah, nada de judeus. Nenhum. Céu limpo, sol e lua.

A viagem de trem foi um pesadelo.

Viajamos três dias sem comida ou água. Viajamos em um vagão com um balde de lata para as necessidades de uma cidade pequena. O bebê no colo da mulher com os óculos rachados chorava sem parar. Um fio amarelo escorria de sua orelha. Minha mãe rasgou um pedaço de tecido de um lençol e amarrou na cabeça dele. Como se fosse caxumba. O bebê chorou ainda mais. A mulher tentou amamentá-lo, mas ele não quis. Só queria chorar. Depois de dois dias, o choro cessou, e a mulher começou a chorar. No começo chorou sozinha, depois outras cinco ou seis pessoas ao lado dela começaram a chorar, como um coral. Finalmente, ela cobriu o rosto do bebê com um lençol. Recusou-se a entregá-lo ao homem alto ao lado dela. Seus óculos tinham uma sujeira marrom. Enterrei as unhas na perna, enterrei fundo até abrir um pequeno buraco.

Dov disse, ele foi salvo, o bebê morreu nos braços da mãe, nós vamos morrer sozinhos.

Ficamos na fila nas plataformas de Auschwitz. Havia trens parados por todo o comprimento dos trilhos. Como uma enorme serpente de cauda longa.

Bebês voavam como pássaros. Mulheres grávidas eram jogadas em um caminhão. A barriga de uma mulher explodiu no ar, espalhando tudo como se fosse uma melancia, não como se houvesse um bebê lá dentro. Velhos que não conseguiam andar eram jogados no chão. Vilarejos inteiros permaneciam na plataforma sem espaço para se mover.

No ar, uma coluna de fumaça e o cheiro forte de galinhas queimadas.

É isso que eu lembro.

Primeiro, separaram as mulheres dos homens.

Nunca mais vi minha mãe ou Sarah.

Passamos por um oficial que tinha uma expressão agradável, como se gostasse de nós. Como se estivesse preocupado. Ele assinalou com o dedo, direita, esquerda, direita, esquerda. Não sabíamos que dedo era longo o suficiente para tocar o céu.

Então eles perguntaram sobre profissões. Dov pulou primeiro. Não tivemos tempos para nos despedir.

Os soldados gritaram, *construtores*, tem construtores?

Avrum e eu nos adiantamos juntos. O pai ficou para escolher outra profissão.

Nunca mais vi o pai de novo.

Eles nos levaram para um prédio onde tivemos que nos despir. Uma fila longa, inacabável. Como se ali estivessem distribuindo doces. E então eles disseram, depressa, dispam-se depressa. Mulheres nuas corriam na direção de uma grande porta de ferro. A porta se abria constantemente. Mulheres nuas eram engolidas pela abertura negra da porta. Como a grande boca do mar. Homens e meninos corriam para o outro lado. Rabinos barbudos gritavam, Shema Israel, Shema Israel.

Avrum e eu ficamos tremendo na frente do edifício que tinha engolido a maioria das pessoas.

O prédio tinha uma porta preta e outra exatamente igual. Meu irmão e eu não sabíamos para onde deveríamos correr. Nus e confusos, corremos de um lado para o outro tropeçando em pernas, empurrando com as mãos. À minha volta, vi pessoas girando com as mãos acima da cabeça, batendo no peito, arrancando os cabelos da cabeça, dos genitais. Vi pessoas chorando para seu Deus, dizendo a ele, Deus, me escute, me dê um sinal, onde está o Messias, Senhor do Universo?

Havia um som como uma vibração baixa, hummmm, pesado como uma nevasca. *Hummmm. Hummmm.*

Chamei meu irmão até minha garganta doer.

Chamei, Avrum, Avrum, Avrum, para que porta devemos correr? Avrum, *responda.*

Avrum segurou minha mão. Ele soluçava, aqui, não, *ali,* não, não.

Avrum, o que vamos fazer, para onde, para onde?

A primeira porta, não, *não,* a segunda. Icho, o que está fazendo? Icho, escute, espere, *escuuuute.*

Entramos.

Estávamos no interior de um grande salão com bancos. Um grande salão com barbeiros que rasparam nosso cabelo. Incansáveis, eles raspavam e raspavam. Depois nos levaram para os chuveiros. E então, *pfiffff.* Água.

Gritei, Avrum, é água, água, estamos vivos, Avrum, ainda estamos juntos, Avrum, Tivemos sorte. Avrum?

Solucei durante o banho todo.

CAPÍTULO 2

Eu sou Dov: O Estado de Israel me deu o nome de Arieh-Dov, que foi abreviado para Dov.
Os nazistas me deram o número A-4092.
Os não judeus me deram o nome de Bernard.
Meu povo judeu me deu o nome de Leiber.

NA SALA DE ESTAR DE DOV

Eu tinha certeza de que eles nos levavam para a morte.

O pai achava que estavam nos mandando para trabalhar em fábricas distantes. Eu pensava em morte. Minha morte tinha uma cor vermelha e brilhante. Vermelha como o sangue que escorria da orelha do homem em pé ao meu lado no trem para Auschwitz.

Esse homem tinha se recusado a embarcar no trem, e o sangue se recusou a parar de correr por três dias, talvez por causa da lotação e da pressão, todo mundo apertava todo mundo. Éramos como peixes em um barril com o mau cheiro da morte fresca, um cheiro novo que entrava em minha vida e não saiu dela por muito tempo.

O trem para Auschwitz parou.

A porta do vagão se abriu de repente. Raios de luz como de holofotes explodiram em nossos olhos. O alto-falante anunciou, depressa, depressa, *schnell, schnell*. Deixem seus pertences no trem. Ouvíamos irritabilidade em uma voz que era aguda e alta, como se não houvesse nada além de uma voz ali, nenhum ser humano, só uma voz, *schnell, schnell*.

Nas plataformas havia soldados com armas e vozes que eram como alto-falantes. Desçam, depressa, depressa. Eles gritavam como se tivessem um alto-falante instalado na garganta.

De um lado havia pilhas de pijamas listrados, uma cabeça e braços se projetando deles. Não vi mais nada deles. Ficaram de um lado com a cabeça raspada e baixa. Eram mais assustadores que os soldados. Pareciam doentes, como se estivessem sofrendo.

Os soldados, não.

A orquestra também era saudável. Tocava marchas alegres, apropriadas para um desfile da vitória.

Cachorros em coleiras latiam loucamente. Cachorros com dentes afiados e focinho úmido, o pelo eriçado e duro como pregos.

Soldados empurraram um velho avô barbudo que não entendia, que dizia, com licença, senhor, para o comandante, o que devo... *Pá*.

O velho caiu. Soldados batiam em outras pessoas idosas e frágeis. Esmagavam ombros, barrigas, costas. Não deixavam morrer na hora, deixavam chorando. E eles soluçavam de dor. Outros choramingavam preocupados, ou por causa da orquestra. Havia uma boa orquestra em Auschwitz. Pude ouvir imediatamente que era boa. Quase chorei pela beleza da música, mas a grande pilha de pijamas listrados permanecia na minha cabeça, e eu não chorei.

Do outro lado, soldados chutavam uma criança pequena como se fosse uma bola; ele devia ter uns três anos. A criança não ouviu que era para se mexer, depressa, depressa. O garotinho tinha cachos negros, usava um casaco curto e uma fralda pesada dentro da calça. Uma fralda cheia de cocô da jornada. A criança tinha a mãe e o pai, e tudo que ainda tinha era um ursinho marrom que ele segurava embaixo do braço. O ursinho foi o primeiro a cair. Depois a criança. Outro chute. De novo ele não entendeu, *anda depressa*. Era um pouco difícil ouvir por causa da música. A cabeça da criança se abriu ligeiramente. Mais um chute, e acabou.

Ele ficou na plataforma ao lado do ursinho como uma mancha escura na estrada.

O lugar ficou muito quieto. Por um momento, ninguém falou, nem uma palavra, só música alegre.

Fui arrastado para a frente, e o barulho aumentou. Era muito choro. O maior choro que jamais ouvi. O choro de um grande oceano, um oceano tempestuoso. Choro como ondas quebrando nas pedras na praia, *vuush, vuush*.

Soldados gritaram, entrem em fila, depressa.

Soldados dividiram, mulheres à esquerda, homens à direita. Homens abraçavam crianças pequenas. Crianças soluçavam, mamãe, mamãe. Vovó, cadê minha mãe? Uma avó com um lenço escondeu a boca com a mão. Ela não tinha dentes. A avó fez sons estranhos, como um salva-vidas na praia. Um salva-vidas que grita em um megafone, não um dos grandes, no vento. *Aaa, aaa, aaa, aaa*.

Um avô com uma bengala segurava a mão de uma criança que chorava. Segurava com firmeza e dizia, *sh, sh, sh*, não chora, menino, e caiu no chão. *Pá*. A criança ficou em silêncio.

Um soldado arrancou um bebê embrulhado em um cobertor dos braços da mãe. O soldado arrancou a touca de lã da cabeça do bebê e bateu com ela na porta do carro. Ouvi um grito, como o de um bezerro abatido no vilarejo, antes da faca.

Mãe e Sarah estavam cada vez mais longe.

A mãe levantou os braços. Como se quisesse afugentar espíritos e demônios. Ela arrancou o lenço da cabeça, puxou o cabelo, berrou: crianças, se cuidem.

A mãe gritou mais alto: meus filhos, se cuidem. Estão ouvindo? Os gritos da mãe abriram uma ferida no meu coração. Como se alguém tivesse apoiado um prego em um nervo e martelado.

Até hoje, sinto dor quando me lembro das lágrimas da mãe e de suas últimas palavras.

Mãe e Sarah estavam entre as primeiras quatro. Elas andaram e andaram até desaparecerem no meio das plataformas.

Soldados gritaram para fazer uma fila de quatro, depressa, e a orquestra tocava.

O alto-falante continuava transmitindo ordens. Os raios de luz machucavam menos. As pessoas corriam como baratas no escuro. Esqueciam que tinha luz. Procuravam parentes com quem formar um quarteto. O barulho era imenso. Uma ordem do alto-falante fez todo mundo parar momentaneamente nas plataformas, depois todos voltaram a correr, chamar, Tibor, fica mais perto, Solomon, Yaakov, venham, venham, vamos fazer um quarteto.

Shimon, que vendia carne com eles, se aproximou sem os óculos, tentou entrar no grupo. Você não está conosco, Shandor, o manco, ficou alarmado, afaste-se.

Yaakov, o vesgo do nosso vilarejo, disse, chega, somos quatro, e você vai ficar atrás de nós. Yaakov, o vesgo, começou a andar.

Shandor, o manco, segurou a mão dele, aonde vai, fica ao meu lado, aqui, um, dois, três, quatro, cinco? Não, não, sai, não tem lugar. Yaakov, espere, o que ele tem? Está jogando o chapéu e tirando a calça, Shimon, venha cá, volte depressa, fique aqui, aqui, não se mova, não tem mais lugar, vocês todos vão ficar na nossa frente, e daí que são primos, não, comecem outro quarteto.

O alto-falante da plataforma mudou de estação. Agora tocava música dançante. Ficamos ali, três meninos e o pai, magro e sem barba. O pai levantou a cabeça, Avrum segurou o braço dele, Yitzhak deu dois passos na direção do homem da SS.

Avrum puxou Yitzhak para a fila. Cochichou, o que pensa que está fazendo?

Eu me sentia como uma pedra jogada em um abismo. Gira, gira, gira, *tump*.

Como uma pedra que caiu sobre uma rocha.

O pai estava em silêncio, apertando meu braço como um alicate quente.

Um tranquilo oficial alemão fez um sinal com um dedo, direita, esquerda, esquerda, esquerda, esquerda e direita de novo.

A orquestra mudou a dança. O oficial tinha olhos que pareciam frestas de uma janela.

Ele usava luvas brancas. Tinha botões brilhantes e um rosto de bebedor de vinho.

Fomos para a direita. Quem seguia para a direita ia trabalhar. Os da esquerda, iam.

Vi fumaça pairando não muito longe de uma nuvem. Eu me lembro dela, uma nuvem negra, *especial*. A fumaça saía da chaminé de um grande prédio, um prédio enorme. A fumaça desenhava um cogumelo.

Perguntei, pai, o que é aquilo?

Uma fábrica de aço, Dov.

Pai, responde.

É uma fábrica, Dov. Uma fábrica de aço para a guerra.

É lá que eles queimam judeus, pai, aquela fumaça é de carne judia.

O pai pulou como se tivesse pisado em uma cobra, não. Não, é claro que não é, é uma fábrica, aquela fumaça é das máquinas, Dov.

Soldados gritaram, mecânicos, tem mecânicos aqui?

Eu gritei, sou mecânico, eu, eu. Pulei da fila. Pulei sozinho.

Queria correr para bem longe, o máximo que pudesse. Queria fugir das pilhas de carne na fumaça pela frente. Pai, Avrum e Yitzhak ficaram atrás de mim.

Não olhei para trás, queria ir para a frente, para longe.

Soldados em sapatos polidos e calças que pareciam de encerado me levaram a um edifício de dois andares. Eles me puseram em um andar com presos políticos alemães. Prisioneiros alemães de cabelo loiro, e um de bigode. Os prisioneiros tinham recebido pacotes de comida de casa. Estavam sentados comendo em grupo. Eles tinham uma caixa de madeira ao pé da cama. Uma caixa com tampa e uma fechadura de tamanho médio.

Fiquei sentado na última cama e observei a boca das pessoas na sala. Eu as vi morder um pedaço com os dentes, mastigar, engolir, falar, oferecer comida umas às outras, agradecer, sugar, limpar, arrotar, coçar, rir, embrulhar as sobras em um guardanapo, guardar de volta na caixa, trancar a caixa e ir dormir. Os prisioneiros alemães não notaram que eu tinha chegado, nem perceberam. Para eles, eu era uma sujeira na parede.

O cheiro de comida me deixava maluco. Minha boca se encheu de saliva. Senti cheiro de linguiça e bolos. Pão e peixe defumado. E amendoins e chocolate.

Ouvi barulhos na minha barriga. Bati nela. Mas o barulho não parou.

Tirei os sapatos e deitei de costas. Um judeu de Budapeste deitou para dormir ao meu lado. Um judeu gordo, mais velho, mais ou menos sessenta anos. Ele tinha gotas de suor no rosto. Respirava ofegante, como uma velha locomotiva de trem. Ele me contou sobre a enorme fazenda que tinha deixado na Hungria. Fiquei chocado. Um judeu dono de terras?

Sim, garoto, terras do tamanho de três povoados.

Sério?

Sim, garoto, e para que elas me servem agora que estou morrendo, morrendo de fome. Como é seu nome, menino?

Bernard, esse é meu nome cristão. Em casa meu nome é Leiber.

Quantos anos tem, menino?

Dezesseis e um pouco.

O homem se segurou pelos ombros, sacudiu com firmeza olhando para mim, um olho saudável, o outro de vidro, e disse: Bernard, olha para mim, não tenho a menor chance, você tem. Roube, mate, viva, está me ouvindo? Você é jovem, Bernard, é um menino com boas chances de sair dessa guerra, entende?

Fiz um pequeno movimento com a cabeça: entendo.

O homem gordo caiu de costas na cama. Dormimos em um segundo.

No dia seguinte ele partiu, foi para Auschwitz, como entendi com o passar do tempo. Em um momento você está falando com alguém, no momento seguinte esse alguém se foi.

CAPÍTULO 3

Yitzhak

Em Auschwitz, no ano de 1944, recebi um novo nome. 55484 foi costurado na lateral da minha calça, e esse era meu novo nome. Ganhei roupa listrada. Uma camisa e calça do mesmo tecido, como nas fotos que vemos hoje. Ganhei um chapéu listrado e sapatos de plástico com sola de madeira.

Ficamos no escuro, fileiras e fileiras de prisioneiros, todos iguais. Como um comboio de formigas com números no peito e na lateral.

Fomos postos no Bloco 12. No bloco havia camas triplas. Não eram camas de verdades, eram mais como bancos para dormir. Recebemos ordem para sentar em fila ao lado das camas. Avrum e eu ficamos lado a lado. Avrum tinha dezoito anos e perguntou onde estava Dov. Eu tinha quinze e um pouco, era um ano mais novo que Dov e não sabia onde ele estava.

Avrum era pelo menos uma cabeça mais alto que eu. Tinha ombros largos e pelos eriçados de uma barba. Sobrava espaço nos ombros da minha camisa, e meu rosto era liso, sem nenhum sinal de barba. Havia outros garotos da minha idade no bloco. Estavam entre prisioneiros mais velhos, olhando para o chão. Eu olhava para meu irmão, esfregando com força o polegar da mão esquerda. Não conseguia parar de esfregar.

Um homem da SS entrou no bloco. Ele ficou parado e muito ereto, com as pernas afastadas e um chapéu na cabeça. Mantinha uma das mãos na cintura e a outra se movendo sobre a coxa. Comprimindo os lábios como se assobiasse, ele foi passando lentamente de um prisioneiro a outro. Avançava. Parava. Voltava. Parou diante de um menino de uns treze anos, talvez menos.

O menino de treze anos estufou o peito e a barriga, se fez mais alto, mais alto e mais alto.

O homem da SS o chamou com um dedo.

O menino saiu da fila. O menino chorava em silêncio. O menino tremia.

O homem da SS bateu na perna dele. *Pá.* O menino ficou em silêncio.

O homem da SS coçou o pescoço com a unha comprida do dedo mínimo. Coçou os cabelos espetados lentamente. Ouvi o ruído de lixa em uma pedra. Ele coçou, coçou, coçou, parou.

Eu parei de respirar.

O homem da SS contraiu a boca. Começou a nos examinar novamente.

Um menino na minha frente beliscava os próprios braços. Eu o vi se erguer na ponta dos pés. Cair. Subir. Cair. Um menino ao meu lado empurrou a camisa de cima dos ombros, como se tivesse engordado depois de entrar na fila. Alguém no fim da fila caiu. Eles o arrastaram para perto do menino que tinha sido deixado afastado.

O homem da SS pegou três crianças e o homem que tinha caído, e eles partiram.

Eu não conhecia o crematório. Mas sabia que não deveria sair com o homem da SS. Entendi tudo pelas frestas de seus olhos. Eu tinha pouco mais de quinze anos, era magro como um palito, e foi muita sorte não ter ido com eles. Esse foi meu primeiro golpe de sorte. E houve um segundo golpe de sorte. Dois irmãos do meu vilarejo me salvaram.

Estavam no bloco, a duas camas da minha. Dois irmãos grandes, com músculos inchados nos braços e pescoço de touro. Os irmãos me puseram na terceira cama, me cobriram com um colchão de palha e disseram, quando houver *appel* – contagem –, você não desce. Entendeu, Icho?

Passei quatro dias na terceira cama. O homem da SS ia ao nosso bloco todos os dias, ou um dia sim, um dia não, levava prisioneiros pequenos e magros. Avrum me dava pão e cochichava a situação lá de baixo.

Depois de uma semana, eles anunciaram pelo alto-falante: Vão trabalhar. Não tem contagem.

Os dois irmãos do meu vilarejo não acreditaram no alto-falante. Disseram ao grupo que iam nos levar para o crematório.

Os dois irmãos subiram na cama e me ajudaram a descer.

Desci da terceira cama e senti as pernas dobrarem. Como se estivessem recheadas de margarina. Eu me segurei na parede e olhei para meu irmão. Avrum me segurou pelo quadril e mostrou a língua. Ele me levou para a porta. Fomos os últimos a sair, e eu olhei para a cerca. Uma cerca elétrica de arame farpado com uns quatro metros de altura, pelo menos. Vi uma placa com o desenho de um crânio e sete palavras.

Alguém atrás de mim sussurrou, cuidado, perigo de morte. Eu pensei, há muito tempo, pessoas comuns andavam de um lado para o outro atrás da cerca. O que aconteceu com elas, estão vivas ou mortas?

Eu não tinha resposta.

O homem da SS gritou, esquerda, direita, esquerda, direita, na direção dos trilhos do trem.

Novamente a lotação no vagão. Calculei, se eu matasse o homem na minha frente, e o que estava atrás de mim, e se eu matasse os do lado, quanto espaço teria? Talvez não mais do que o comprimento de uma régua de cada lado.

Olhei para o meu irmão. Vi que era inútil chamá-lo. Ele estava entre duas pessoas altas, pressionado. Vi suas pálpebras pular como as de um robô quebrado.

Viajamos durante vários dias. Um quarto de pão por dia, sem água. As pessoas à minha volta morriam sem um murmúrio. Morriam roxas, de boca fechada. Também havia roxo embaixo das unhas. Como iodo jogado sobre uma ferida. Alguém morreu, e o revistamos imediatamente em busca de comida. Depois o deitamos enquanto ainda estava quente, e nos revezamos para sentar sobre ele.

Não tinha ar suficiente para todo mundo no vagão. O suor molhava nossas roupas. Estávamos colados uns aos outros de boca aberta, gritando, ar, ar. Batemos na porta. Gritamos por uma hora. Perdi a voz. Finalmente, eles abriram uma faixa estreita no teto. Subimos nos mortos e caídos para respirar. Subimos neles como se fossem nossa escada para a vida.

Pela janela, vi que tínhamos chegado a Weimar. Havia uma placa proeminente ali. De Weimar, eles nos levaram para o Campo Buchenwald. Eu soube porque tinha uma placa.

Chegamos ao Bloco 55. A primeira coisa que um prisioneiro com a mão machucada me disse foi: Cuidado, estão procurando crianças, e em um momento eu me joguei na terceira cama do beliche. As portas do alojamento se abriram, e eu estava lá em cima, como fiz em Auschwitz. Meu irmão Avrum dizia quando eu podia descer. Depois de dois dias, o alto-falante chamou meu irmão Avrum para se apresentar. Sabíamos que era ele pelo número chamado.

Avrum veio se despedir, mas, no fim, não disse nada. Olhou para mim e tremeu. Seu rosto estava branco como um papel. Eu caí sobre ele, ei, ei, ei, é um engano, eles erraram o número, não vá, Avrum, não me deixe sozinho.

Lágrimas molharam a camisa de Avrum. O tremor em seu queixo ficou mais forte. Sua boca se distendeu para os lados e em cima, como se ele me dissesse muitas coisas importantes. Ele respirava muito depressa, e seu nariz escorria como uma torneira.

O alto-falante chamou o número de Avrum outra vez. Eu tive medo. Avrum pulou e me abraçou forte. Chorei na orelha dele, quero ficar com você, o que vamos fazer, Avrum, vamos juntos.

Avrum se recusou.

Senti como se minhas costelas e as dele se quebrassem, e então ele me empurrou, inspirou e expirou, enxugou meu rosto para eu poder enxergá-lo mais nitidamente, foi embora. Corri atrás dele até a porta. O guarda na entrada não me deixou passar. Ele gesticulou, volte para o seu lugar, ou vai ter. Ele tinha um cassetete na mão. Um cassetete com uma saliência de ferro na ponta. Eu queria gritar, Avrum, Avrum, espere por mim. Abri bem a boca. Fechei. Voltei para o meu lugar na terceira cama.

Eu me senti caindo, caindo, como que em um poço sem fundo. Como se tivessem me amarrado a um peso e jogado em um lugar escuro no meio de desconhecidos. Fiquei deitado na cama e chorei por uma hora, até trazerem um novo prisioneiro para a cama de Avrum. Virei de costas imediatamente. Não suportaria ver outra pessoa ao meu lado. Desci. Sabia que estava furioso o bastante para matar aquele prisioneiro. Duas horas se passaram, e eu ainda não tinha conseguido me acalmar. Um alemão de outro bloco entrou no alojamento. Não tive tempo para subir.

Ele ordenou: formem fila, não se movam.

O alemão estreitou os olhos e nos examinou lentamente. Ia e voltava. Ia e voltava. Tinha um sorriso torto e gordura embaixo do queixo. Como um bolso cheio de comida. As sobrancelhas eram juntas, como uma cerca, e a barriga era pontuda sob o cinto. Ele segurava luvas brancas em uma das mãos, batia com elas na outra mão. Como se as luvas o ajudassem a pensar. Ia e voltava, ia e voltava. Parei de respirar. O alemão vestiu as luvas e me levou com outras quatro crianças. Eu o segui sem pensar em nada.

Lá fora, o sol de fim de tarde era quente, começo de verão. Luz radiante preenchia os espaços entre os blocos. Procurei Avrum naquela luz brilhante. Examinei a área de exercícios. Vi caminhões com encerados. Não sabia se havia prisioneiros lá dentro ou se estavam vazios. Nunca mais vi Avrum, nunca mais o vi.

O alemão de luvas brancas nos levou ao Bloco 8. As coisas eram boas para nós no Bloco 8. Comida na hora. Luzes apagadas. Um banho todos os dias. Camas com cobertores, lençóis limpos. Um lugar com disciplina e a cor branca. Cinquenta ou sessenta crianças com Baba – tio Volodya no comando. Um homem gordo de nariz gordo e voz gorda, e um grande lenço na mão. Ele gostava de viajar com seu lenço na cabeça careca, *pat-pat-pat-pat*, mas também limpava as lágrimas das crianças com ele. Era principalmente à noite que ele limpava e tocava todos os lugares. Eu ficava quieto, quase imóvel, quando ele limpava e tocava. Mal respirava e mantinha a boca fechada.

Um doutor ia ao bloco todas as manhãs. O médico tinha orelhas alertas como antenas. Ele dizia, olá, como vão, crianças? O médico ria com dentes brancos, e eu via o leve tremor das antenas. O médico escolhia uma criança e ia embora.

Enquanto isso, Baba Volodya tocava as crianças. Baba Volodya apertava bochechas e jogava beijos para o teto. As crianças pulavam sobre Baba. As crianças abraçavam Baba. Crianças diziam obrigado ao Baba, obrigado. Obrigado pela comida boa. Pelos lençóis limpos. Pelo banho com água quente.

E eu via método: crianças que iam com o médico não voltavam ao bloco. As camas permaneciam vazias. Eu não entendia. Crianças saudáveis eram levadas pelo médico. Crianças rechonchudas eram levadas do bloco. Crianças com cor nas faces não voltavam para dormir no bloco.

Eu abraçava os ombros de Baba Volodya, perguntava, para onde vão as crianças, Baba, e por que não voltam ao bloco para dormir, o que está acontecendo aqui, Baba, hein? Baba não respondia. Eu sentia facas no estômago. Sentia que não tinha mais ar na janela aberta. Cada vez que o médico chegava, eu olhava para Baba Volodya. Olhava e encarava. Como se me pendurasse em seus ombros de longe, como se dissesse, você é meu pai, você é meu pai, e você não vai me deixar sozinho como meu primeiro pai, ouviu? Eu só deixava de encarar Baba Volodya quando o médico ia embora, e respirava o mais profundamente possível.

Comecei a andar por ali fazendo perguntas.

Andava por todo o comprimento do bloco. E voltava. Ia e voltava contando. Eu perguntava, para onde vão as crianças, para onde, e não tinha nenhuma resposta. Ia ficar perto dos prisioneiros mais velhos. Sabia que eram mais antigos pelos números nas roupas e por seu silêncio. Eles não perguntavam nem respondiam, só ficavam ali olhando para lugar nenhum. Eu dizia, me conta, para onde vão o médico e as crianças, onde fica esse prédio?

Um disse, tem um lugar especial para experimentos com os mais novos e um lugar para experimentos com adultos. Médico e criança vão para um lugar para experimentos com os mais novos.

Eu falei, experimentos, o que são experimentos, como assim, me fala, não entendo. Ele tinha uma infecção no olho que vazava como uma lesma.

Ele olhou para mim sem me ver, como se pensasse em mim, então, finalmente, disse, vai embora, menino. Meu sangue pulsava depressa nas veias, *tam-tam, tam-tam*. Outra pessoa, alguém com uma barriga inchada que tinha me escutado, se aproximou de mim. Meu sangue pulsou ainda mais depressa.

Meu novo amigo disse, tome cuidado. Eu não chego nem perto daquele lugar. Toda criança vai para uma panela com gás, eles fecham a tampa sobre a cabeça dela, como se fosse sopa. Tem outros casos. Eles examinam algumas crianças de acordo com um relógio: quanto tempo conseguem viver sem ar. Algumas duram muito tempo, outras, quase nada. Morrem no minuto em que o relógio é acionado.

Bati o pé e corri para o bloco. Agarrei um menino sardento pelo pescoço, chamando, agitado, menino, espere. O que significa quando o médico sai com garoto e volta sem ele. Fala, é verdade que o cozinham em uma panel? E o cortam?

O menino disse, não sei, e saiu correndo como se eu segurasse uma faca de açougueiro. Eu não desisti. Corri lá para fora. Segurei um prisioneiro baixinho com saliva no queixo.

Perguntei, o que são experimentos, e por que crianças saudáveis deixam camas vazias, hein?

Ele perguntou, onde.

Resmunguei, no bloco 8.

Ele se sentou, você está nesse bloco?

Bati no ombro dele. Gritei, fala agora, o que está acontecendo no meu bloco.

Ele enrolou a língua e disse, eles injetam uma agulha com uma substância na veia do menino, mas primeiro conversam com ele. Depois medem quanto tempo demora para a substância chegar ao coração. Para alguns, leva três minutos. Para outros, um minuto. Para alguns, menos ainda. Mas você precisa saber que não dói morrer desse jeito. Lá eles morrem bem, sem um cheiro ruim.

Perguntei, quem fala essa bobagem, o que morre?

O homem disse, não. Não é o que morre, e ele quis ir embora.

Puxei sua camisa, o médico diz isso?

Não.

Então, quem diz que não dói, quem? O prisioneiro virou e se afastou.

Decidi fugir do bloco 8.

Ouvi dizer que eles procuravam um cozinheiro para o campo das mulheres. Disse ao Baba Volodya que sou um cozinheiro muito bom. Me tira daqui, me leva para o campo das mulheres. Me tira daqui, Baba, por favor. Como se agora eu fosse o seu menino. Baba Volodya enfiou um palito entre os dentes e apertou com força. Não me afastei dele. Volodya anotou meu nome.

Volodya disse, espere. Eu esperei. Eu o observava de onde estava. Eu o seguia e esperava.

Achtung. Achtung. 55484, apresente-se.

Meu coração parou. Eu não sabia para onde me mandariam, para a câmara de gás dos judeus, para a panela de experimentos ou para a cozinha no campo das mulheres. Gás. Cozinha. Panela. Gás. Cozinha, Panela. Cozinha. Cozinha. Minha língua ficou seca por um momento. Senti uma dor forte nas costas. Saí.

Soldados me levaram a um posto de gasolina. Soldados me puseram em um vagão de trem. Eu me mudei de Buchenwald para o Campo Zeiss. Um dia inteiro em um trem de gado.

CAPÍTULO 4

Dov: Você se lembra de quando nos tiraram de casa e levaram para Ungvár, sentamos em vagões de gado abertos e ficamos ouvindo os apitos do trem?
Yitzhak: Lembro.
Dov: Você se lembra do nosso rabino dizendo, quando o Messias vier, vocês ouvirão um shofar?
Yitzhak: Ouvimos?
Dov: Quando ouvi o apito, pensei, talvez nosso rabino estivesse certo, talvez o Messias tenha vindo.
Yitzhak: Ninguém veio nos salvar. Ninguém.

DOV

Em Auschwitz, em 1944, um número foi tatuado no meu braço, A-4092. "A" significava um transporte da Hungria, um grupo vindo de lá. No dia seguinte, eles nos fizeram ficar em posição de sentido durante oito horas na área de desfile. Chovia sem parar. Fazia frio. Frio. Frio. Minha pele estava arrepiada. Era como se alguém tivesse pregado uma tábua em minhas costas. Nos meus ombros. Minhas pernas tremiam depressa, depressa, devagar. Depressa, depressa, *estalo*. O músculo pulou. Tive certeza de que todo mundo podia ver.

O homem da SS gritou, Não Se Mexe. Não Senta. Segurei a calça e empurrei o tecido para a frente.

Quem caía não se levantava.

Prisioneiros normalmente caíam em silêncio. Às vezes piavam como galinhas no ninho. Às vezes eu ouvia um golpe, *paft*, e era isso. Prisioneiros com uma função vestiam listras e tinham uma fita no braço, eles arrastavam os caídos para fora da fila. Foquei o olhar na parede mais próxima. Vi círculos negros correndo pela área de desfile. Os círculos provocaram um formigamento nas têmporas e nos ombros, dois, três minutos, e o formigamento passou para as pernas. De repente, quente. Mais quente. E foi isso. Eu não sentia minhas pernas. Como uma paralisia. Nos ombros e no pescoço, também.

Eles anunciavam números pelo alto-falante. A voz era alegre. Como se tivesse algumas tarefas para terminar antes de ir para casa, *la la la la*. Um prisioneiro ao meu lado, um homem mais velho, começou a chorar em silêncio.

Eu o ouvi dizer *Sh'ma Yisra-el Adonai Eloheinu Adonai Echad* – Ouça, Oh, Israel, o Senhor é nosso Deus, o Senhor é Um e cair imediatamente. Havia uma espuma branca em seus lábios. Ele fez o barulho de um gato miando ao ser chutado por uma bota. Segundos depois, ele foi arrastado. Desapareceu. Pobre homem, pobre homem, Deus não o ouviu. Eu queria gritar, onde está você? Deus não respondeu. Ele também me abandonou. Dei a mim mesmo uma ordem, mantenha-se ereto, Dov, não se mexa, hein. Ouvi meu número anunciado pelo alto-falante. Fui com outros prisioneiros. Eles nos mandaram trabalhar no Campo "Canadá", que tinha esse nome por causa dos pertences deixados nas plataformas por prisioneiros que saíam dos trens. Eles nos chamavam de Comando "Canadá". Puseram-se em um enorme depósito e me disseram para separar roupas. Havia uma pilha enorme no depósito. Como uma duna de areia colorida. Havia malas. Muitas, muitas malas com um número, ou um nome, ou uma etiqueta amarrada em um barbante. Às vezes, só uma fitinha na alça, uma fita vermelha ou verde, como as usadas para arrumar o cabelo das menininhas.

Dividi as roupas em pilhas. Ternos masculinos à direita. Vestidos, saias e blusas femininas, à esquerda. Casacos, separados à direita. Roupas de criança, atrás de mim. O melhor de tudo era tocar as roupas infantis. Eram manchadas e gastas nas extremidades. Às vezes havia um remendo ou um bolsinho, e outro bolsinho deformado, às vezes bordado com linha colorida, uma flor. Borboleta. Palhaço. Ah. As roupas tinham o cheiro de uma casa comum. Cheiro de sabão e naftalina. Entre as roupas, encontrei um avental de mãe. Um avental azul com um bolso grande. Enfiei dedos trêmulos no bolso. Não sei o que procurava, mas não encontrei nada. O avental cheirava a panquecas e linguiça. Minha boca ficou cheia de água. Quis pegar o avental, escondê-lo sob a camisa. Não me atrevi, porque tinha um homem alto da SS atrás de mim, de olho no meu ritmo.

Durante horas, corri entre as pilhas sem parar ou descansar. Minhas pernas doíam, mas não parei nem por um segundo. O homem da SS estava colado em minhas costas. Pelo canto do olho, vi a mão e a arma. Sabia que ele meteria uma bala em mim onde formigava. Bem no buraco do pescoço. Desde então sinto um formigamento naquele buraco sempre que o outono chega. Uma vez vi seu rosto, e havia pregos neles, em vez de olhos.

A rotina diária em Auschwitz era consistente.

Levantávamos cedo, no escuro. Estendíamos cobertores, corríamos para os buracos nas latrinas para a higiene, dez minutos para as necessidades, todos espremidos no mau cheiro sufocante, depois um pouco de água no rosto, a fila para o café fraco e sem gosto, desfile – e então éramos divididos para trabalhar. Grupos e mais grupos de prisioneiros de rosto seco, cabeça raspada, sujos e quietos.

Trabalhávamos doze horas por dia com o estômago roncando e os músculos doendo. Mais uma vez, a fila para uma tigela de sopa. Novamente, chamada no bloco, e o desfile noturno na área de desfile. Contagem. Erros. De novo. Eles batem com um bastão na cabeça de um prisioneiro. *Paft*. *Paft*. Gritos nos alto-falantes durante horas. Eu queria dormir. Queria muito ir para minha cama no bloco, cair na tábua dura, dormir. Pegava no sono em um segundo.

Depois de três semanas, eles nos mandaram a pé de Auschwitz para Birkenau, uma distância de três quilômetros ou mais. Eu arrastava os pés em um comboio de uniformes listrados. Mal conseguia andar. Levantei a cabeça e vi uma cor marrom-amarelada, como o momento que antecede uma tempestade. Fumaça saindo de uma chaminé. Fumaça densa, espessa, sem buracos. Sem espaços. Havia um cheiro doce do lado de fora. Cheiro de carne boa assada sobre o fogo. Quis vomitar. Saliva grossa encheu minha boca, provocando náusea. Ao longe, vi uma fileira de alojamentos com paredes de toras rústicas. Não consegui ver nenhuma janela.

Mais uma vez, separei pilhas de pertences retirados das malas. Sapatos com sapatos. Casacos com casacos. Bolsas com bolsas. Pilhas altas como uma montanha no interior de imensos depósitos. Eu sabia. As mãos que tinham feito as malas estavam agora unidas na fuligem negra que subia ao céu.

Em Birkenau eu morava em um alojamento.

Os alojamentos que acabavam com a maioria das pessoas. Entre quinhentas e oitocentas pessoas. Os alojamentos tinham cubículos de três patamares. Eu dormia no terceiro patamar. Seis prisioneiros por cubículo. Todas as manhãs, novos prisioneiros chegavam e sempre havia espaço para eles dormirem, no lugar dos mortos que arrastavam para fora. Prisioneiros seguravam as pernas finas do morto e o puxavam do cubículo para o chão. Às vezes eu ouvia *tump*. *Tump*. *Tump*. A cabeça batia na tábua, como se descesse degraus. *Tump*. *Tump*. *Tump-tump*. Às vezes tiravam a roupa dele ali no corredor, outras vezes, não. Dependia do cheiro do morto. Mortos fedidos eram deixados com suas roupas.

Todas as manhãs eu via rostos diferentes ao meu lado. Rostos com fome e morte certa neles. Todas as manhãs, eu ouvia perguntas como se tivesse respostas. O cubículo fedia como o estábulo do pai. Eu não via um chuveiro há dois meses. Os piolhos faziam fileiras em minha pele, como se cumprissem ordens de um homem da SS. Eu coçava até tirar sangue. Muito sangue. Queria me morder.

O chefe do bloco, um gigante com cabeça triangular, vestia um colete listrado. Em seu peito havia um triângulo verde. O chefe do bloco gritou, atacou com o bastão que ele segurava como se fosse um dedo comprido com uma maçaneta. Os prisioneiros no bloco cochichavam, mal falavam. Lembravam-se de pessoas que conheceram em suas cidades. Lembravam-se de comida. Perguntavam uns aos outros como apagar manchas que apareciam na pele. Urticárias, dores leves, esfolados estranhos, marcas de queimaduras, escamações na pele, infecções aqui e ali. Eles ficavam alarmados com problemas de pele e com o médico que examinava os prisioneiros nus e os mandava para a *Selektion*. Entre uma e outra *Selektion* eles discutiam sobre as chances de ganhar a guerra, ou sobre uma porta que era deixada aberta para o frio. Eu não interferia em nada. Cochichos não me interessavam. Apoiava a cabeça na madeira e dormia.

* * *

Certa manhã, o alto-falante anunciou meu número: *Achtung, Achtung,* A-4092, apresente-se do lado de fora. Eu tinha certeza de que eles me jogariam no forno, que era minha vez de ir para o Jardim do Éden. Disse a mim mesmo: dê adeus ao mundo, Dov. Dê adeus ao sol. Dê adeus ao número azul em seu braço. Dê adeus aos trapos que está vestindo. Adeus ao cubículo fétido. Adeus aos piolhos colados em você, e que eles se danem. Você e os piolhos vão juntos para o fogo, mas primeiro o gás, porque tem uma ordem.

Saí do alojamento como um menino que tinha dignidade.

Procurei o sol. Não o encontrei e tremi como se tivessem posto gelo em minha calça. Outros três saíram do bloco comigo. O prisioneiro grande ao meu lado não parava de chorar. Eu caminhava ereto, não interferi. O que poderia dizer a ele? Sabia que os alemães mandavam os fortes para o trabalho, e isso nem sempre ajudava. O que determinava era aquilo de que eles precisavam: se precisavam ou não de braços para o trabalho. Se as coisas estavam paradas no crematório, ou não. Havia casos em que transportes inteiros eram enviados para a chaminé, eles nem os examinavam nas plataformas. E havia homens jovens e fortes nos grupos, não só braços, mas braços que podiam carregar um bezerro pesado sem dificuldade. E havia casos em que levavam homens mais ou menos jovens para o crematório, e aí, do crematório, os mandavam de volta para os alojamentos, por quê? O *Sonderkommando* não havia terminado de esvaziar o transporte anterior. Eu era um menino e sabia que não tinha chance.

Ao lado havia um caminhão aberto de prisioneiros vestidos com pijamas listrados. Um homem da SS, segurando um bastão, fez um sinal para entrarmos no caminhão depressa, entrar logo. Ao lado dele havia dois guardas armados. Corremos para o caminhão. Outro homem da SS nos esperava com uma perna erguida. Um chute forte nas costas, e lá fomos nós. Eu não sabia para onde estavam nos levando, e não perguntei. Pensei, talvez à floresta para encontrar uma metralhadora, uma vala coletiva em um campo, talvez para trabalhar? Não me atrevi a perguntar aos guardas, não queria falar com prisioneiros.

O caminhão parou em um campo de trabalho: Jaworzno.

Os irmãos de Auschwitz

Israel, 2001

14h18, embarcando em um trem urbano na plataforma Naharyia

Por causa do mar, colo em uma janela, espero que ela traga algumas ondas a Naharyia. Mar azul e toques de celular. Uma alegre marcha turca não acorda o soldado dono do telefone. O toque para. Uma mensagem. À esquerda, começa a tocar Kachaturian's Sabres, e no fim do vagão outra melodia e uma mensagem. Blá-blá-blá. Uma dor leve como picadas de alfinete penetra minha cabeça e enfraquece. Yitzhak diria, o que vai fazer em um trem com dor de cabeça, melhor pegar um táxi. Dov diria, melhor usar fones de ouvido, não ouviria nem a orquestra de Auschwitz, ouviria?

Eu olharia para Dov, engoliria a saliva e permaneceria em silêncio. Finalmente diria, não posso usar fones de ouvido, Dov, não posso, tem muito barulho dentro da minha cabeça. Preciso de uma abertura. E então Yitzhak perguntaria, que barulho você tem, hein? E eu diria a ele, deixa para lá.

Se contasse a verdade a Yitzhak e Dov, se dissesse a eles que entre 15 de maio de 1944 e 8 de julho de 1944 eles transportaram 501.507 judeus da Hungria, a maioria deles para Auschwitz, Dov diria, não sou bom em matemática. Eles nos levaram antes de aprendermos esses números grandes. E Yitzhak diria, como assim, despejando imediatamente vodca em um copo de suco de toranja, e sua esposa, Hannah, diria, por que precisa disso, e ele diria, pela vida, Hannah, e eu me concentraria em Dov, e ele não acreditaria em uma única palavra durante cinco minutos. Depois aplaudiria alto, como eles faziam isso, querendo que eu explicasse: Como eles conseguiram isso em dois meses, transportar quinhentos e um mil e quinhentos e sete judeus para fora da Hungria, hein?

Menos de dois meses, Yitzhak corrigiria. Menos de dois meses, Dov.

Tem certeza, Dov me perguntaria. Sim, sim, eu diria, vi na televisão, e então Dov perguntaria, em que programa, conheço todos os programas, e eu diria, no canal 8, talvez, ou talvez no canal 23, e então Dov diria, chato, com um gesto como se espantasse uma mosca. Tem um crematório no seu canal? Não podemos descrever um crematório sem fumaça e sem cheiro. Não podemos imaginar o cheiro de carne que não sai da televisão.

O trem parou justamente quando a náusea do cheiro de carne começou. O fim do trilho. Impossível, Dov diria, possível, possível, diria Yitzhak, os alemães eram bons com números grandes, e então Dov diria, intervalo. Traga suco para todo mundo, e eu tiraria os sapatos, arregaçaria as mangas até onde desse e procuraria uma janela para abrir, e Yitzhak perguntaria, o que você tem, e eu diria, ondas de calor, é a idade, não dê atenção.

CAPÍTULO 5

Yitzhak: Como acabei estudando só até o terceiro ano?
Dov: Você não quis estudar depois do terceiro ano.
Só eu estudei o tempo todo.
Yitzhak: Quer saber o mês do meu nascimento em 1929? Quando eles tiravam o adubo do campo e plantavam repolho. Mês de novembro. 11/11/1929. Dov também nasceu em novembro. Um ano antes.
Dov: Eu tinha um ano quando me mandaram embora de casa.

Dov

Nascemos tchecoslovacos. Fomos enviados para a morte como húngaros. Em 1944, minha família foi mandada para um campo de concentração. Meu pai, Israel, tinha quarenta e nove anos. Minha mãe, Leah, tinha quarenta e dois. Os filhos tinham entre quinze e vinte.

Morávamos no vilarejo de Tur'i Remety, nos Cárpatos, perto da cidade de Perechyn. Um lugar pequeno, umas seiscentas famílias. Talvez trinta famílias judias. Nosso vilarejo era conhecido pelas corridas de cavalos.

Pessoas da região nos procuravam com seus belos cavalos de corrida. Não comprei um ingresso para as corridas. Não tinha dinheiro. Ficava sentado em uma plataforma perto da montanha. Comia uma maçã, tocava minha harmônica com um *fu fu fu. Fuuuu. Fu. Fu. Fu. Fuuuu. Fooá.* Era isso que saía, e nesse ínterim eu especulava sobre as chances dos cavalos. As corridas aconteciam no tempo dos tchecos. Os húngaros acabaram com elas. A guerra já ganhava força na Europa, mas não se falava nela no vilarejo, estávamos afastados nas montanhas.

Os góis em nosso vilarejo eram fazendeiros. Os judeus eram comerciantes. Açougues, mercados, padaria, um moinho de farinha, coisas assim. Judeus sempre tiveram dinheiro nos bolsos.

À noite no vilarejo, nos reuníamos para descascar milho com os góis. Digamos que o milho no milharal da família Korol estivesse maduro. A família Korol colhe o milho. A família Korol leva o milho para o galpão de armazenamento. Os jovens do vilarejo se reúnem à noite para descascar o milho.

Os jovens trabalham, cantam, comem milho ainda quente. Às vezes dois jovens, um menino e uma menina, sim, descascavam o milho com um retalho de camisa ou calça; e, sem intenção, sim, logo começávamos a jogar cascas neles, muitas e muitas palhas de milho com cabelos na ponta, como um cobertor, para que não sentissem frio, Deus não permitisse. De manhã estávamos em *vecherkas*, como chamávamos as reuniões com os góis. No dia seguinte, íamos a outra fazenda e começávamos as *vecherkas* e a diversão novamente. Tudo acabou quando os soldados chegaram às montanhas e nos forçaram a usar remendos amarelos.

Pai Israel era açougueiro.

Tínhamos um açougue perto de casa. O pai também era comerciante de animais e passava três noites por semana longe de casa. Tínhamos um estábulo no quintal, e tínhamos gansos e galinhas. A mãe criava os filhos. A mãe ordenhava as vacas, ajudava no açougue, cuidava da casa, a mãe era uma especialista em confeitaria, seus bolos tinham o sabor do Jardim do

Éden. A mãe trabalhava e trabalhava, não descansava nem por um momento. Quando tínhamos fome, pegávamos a comida sozinhos. Só sentávamos para fazer uma refeição juntos no Sabbath. Quando eu tinha um ano, meu irmão Yitzhak nasceu, e eu fui mandado para fora de casa. Minha irmã Sarah tinha cinco anos. Meu irmão Avrum tinha três. A mãe não podia cuidar de todo mundo ao mesmo tempo. Fui mandado para a casa da avó e do avô. Eles moravam em outro vilarejo, cerca de trinta quilômetros do meu. Quando eu tinha três anos, eles me levaram de volta para casa. Minha irmã Sarah disse que eu não parava de chorar.

Nosso vilarejo ficava perto de uma imensa floresta nos Cárpatos.

O que eu mais amava era andar na floresta. Sempre com uma vara, por causa dos lobos. Eu adorava balançar nos galhos e subir em árvores. Subia quase até o topo da árvore e olhava para os campos, para as casas. Só me sentia seguro nas árvores. Sabia que ninguém me encontraria lá em cima. Tinha meu esconderijo particular na floresta. Pendurava uma rede feita com um cobertor que levava de casa e comia frutas de uma coleção que colhia, tudo de acordo com a estação. Na floresta eu sabia onde encontrar peras, cogumelos, bagos e castanhas. Era o primeiro a saber quando a fruta estava pronta para ser comida.

No inverno eu sofria.

No inverno eu esperava a neve derreter para poder tirar os sapatos e correr descalço para a minha floresta. A mãe me constrangia. Corria atrás de mim com os sapatos na mão. Gritava meu nome na frente dos vizinhos, com medo de eu pegar um resfriado, chamava, Avrum, Avrum, Avrum, para ajudá-la comigo, mas ele saía com o pai. Eu ouvia, Sarah, Sarah, larga o livro por um momento, vamos, e vá procurar seu irmão, calce os sapatos nele e traga-o para casa.

Às vezes eu voltava com Yitzhak, sapatos na mão. Às vezes, com Sarah. Eu gostava de sentir a terra fria. Era um formigamento agradável nas costas, até o buraco do pescoço. Talvez por isso meus pés não doessem quando eu andava no campo com sapatos de solas finas como papel.

Yitzhak e eu íamos juntos à *cheder* – uma escola fundamental tradicional que ensinava judaísmo e o idioma hebraico. Começamos lá aos quatro anos. Saíamos de casa todos os dias às cinco e meia da manhã. No inverno, a temperatura era vinte e cinco abaixo de zero. Andávamos de mãos dadas no escuro. Usávamos um casaco, chapéu, cachecol e luvas, e meias de lã com sapatos. Apesar disso, meu rosto doía, como se um ferro grudasse na pele. Não conseguia sentir os pés naquele gelo. Nossas pernas eram como tábuas dobradas ao meio. Os *peiot* eram como arame farpado. Não falávamos, para a língua não cair e grudar na neve.

Estudávamos durante duas horas na *cheder* e depois íamos para casa. Aos seis anos de idade, depois da *cheder*, íamos para a escola fundamental tcheca. Estudávamos até às treze horas e voltávamos à *cheder* à tarde. Por mais duas ou três horas, pelo menos.

Um rabino da cidade ia abençoar o povoado em duas ocasiões determinadas, duas vezes por ano. O rabino da cidade era um homem importante e respeitado. Ele usava um casaco preto, chapéu e uma barba grossa como lã de aço. O rabino penteava a barba com dois dedos, parando apenas para cuspir em um lenço. O rabino não disse que estavam jogando judeus no Dnieper. O rabino não disse que estavam jogando judeus no Dniester. O rabino não disse que estavam queimando judeus nas florestas. Pessoas no povoado perguntavam a ele, como sempre fizeram ao longo dos anos, rabino, o que devemos fazer? O que devemos fazer, rabino, falam contra judeus no rádio, há boatos, rabino. Eles mandam famílias para longe, onde é longe, rabino, o que fazem conosco lá, rabino, isso dói? E há sussurros, rabino, passando de boca em boca, sussurros sobre valas coletivas de centenas, milhares, o perigo se aproxima, rabino, o que espera por nós, rabino, diga o que espera por nós, isso é o fim?

O rabino pensava e pensava e, enquanto isso, uma mulher de barriga enorme empurrou dois judeus de barba e chapéu que estavam no corredor, e abordava o rabino por um lado, e deu um soco nele, *bum*! bem no meio das costas, e o rabino deu um pulo, e os dois judeus de barba e chapéu caíram sobre a mulher, e ela rolou como um barril cheio, gritando, *hooligans*, me deixem em paz, e eles não a deixavam em paz, a rolavam pela sinagoga, e três mulheres idosas de cabeça coberta disseram em uníssono, ela é maluca, ela é de uma família gói e é maluca, e o rabino ajeitou o chapéu, puxou o casaco e se curvou para nós com as sobrancelhas erguidas, perguntando ao homem mais próximo, diga-me, judeu, você acende velas em casa?

Sim, acendemos velas, e você, diga-me, já verificou seus Mezuzás?

Verifiquei, e você, judeu, lembra de pôr seu tefilin, lembramos, rabino, não esquecemos nem um dia.

E então o rabino dizia, muito bom. Tem um Deus no céu, abra o *Siddur*, diga *Shema Israel* e o Messias virá.

O povo do vilarejo disse, muito bem, e olhou para o chão. O rabino pediu uma cadeira. O rabino tirou o chapéu e limpou a testa com um lenço. O rabino pôs a mão no bolso e brincou com moedas. *Tlim. Tlim. Tlim.* Pessoas se entreolhavam, mas se recusavam a acatar as orientações do rabino. Alguns minutos mais tarde, elas continuaram a perguntar, o que devemos fazer, rabino. Devemos fugir, responda, rabino. Elas tinham a voz de uma galinha faminta. Muitas galinhas que choramingavam e choramingavam.

O rabino franziu o cenho, dizendo: É claro que não, judeus. É proibido! Proibido deixar o vilarejo!

As pessoas disseram, muito bem, mas imediatamente desejaram a Eretz-Israel, rabino, Palestina, sabe, lá os judeus estão estudando a Torá, talvez fujamos para a Palestina?

O rabino gritou: Proibido! Um boicote a qualquer um que vá para a Palestina! Boicote! Boicote! Boicote! Devemos esperar pelo Messias!

As pessoas disseram muito bem, mas até ele chegar, rabino, o que devemos fazer?

Temos um Deus forte, Ele vai ajudar, gritou o rabino, batendo com a mão na Arca.

As pessoas disseram muito bem. Homens e casacos pesados e mulheres de cabeça coberta e lenço nas mãos reuniram-se na frente da Arca na sinagoga, chorando e gritando em uníssono, ajude-nos, nosso Senhor. Salve-nos de Hitler, maldito seja ele, traga o Messias, e depois eles foram para casa. No caminho, se viam um sacerdote ou uma casa branca, ou um limpador de chaminé de roupas pretas e chapéu preto, agarravam um botão da própria roupa, contra o mau-olhado, e não soltavam até chegarem em casa, convencidos de que isso os ajudaria a escapar de Hitler. Alguns beijavam a Torá de manhã, ao meio-dia e à noite, alguns choravam. Crianças pequenas corriam pelo pátio da sinagoga com varetas nas mãos. Elas amaldiçoavam Hitler e batiam no chão.

O rabino queria voltar para sua cidade. Eles perfilaram as crianças para se despedir e apertar a mão dele.

Eu não gostava do rabino e não queria que ele me fizesse uma pergunta sobre a Torá ou sobre judeus. Não queria que ele falasse comigo sobre nada. Ficava envergonhado quando as pessoas riam por eu não entender o que estudava na *cheder*. Ficava envergonhado, acima de tudo, por peidar na calça por causa do estresse, porque na *cheder* nós líamos letras hebraicas que, para mim, pareciam palitos com um monte de mosquitos, o rabino traduzia os palitos com mosquitos para o iídiche, e eu conhecia o iídiche de casa, mas não conseguia lembrar as letras hebraicas, nem uma sequer. Não tinha cabeça para as letras. Meu irmão Yitzhak tinha ainda menos cabeça para letras. Yitzhak escapou da vida na *cheder*. Eu sofri mais. Todos os dias, eu peidava a caminho da *cheder*. Tentava evitar me espremendo com força, mas eles saíam, *pruft. Pruft. Pruft*. Eu assobiava para os meus amigos não ouvirem, e torcia para o cheiro não espalhar antes de eu chegar ao buraco na casinha que servia de banheiro. Sentava em cima do buraco na tábua para passar o tempo, assobiava melodias bem baixinho. Tocava minha harmônica mentalmente, ou desenhava na parede com um pedaço de calcário que tinha no bolso. Era especialista em borboletas daquelas com asas enormes. Deixava espaço suficiente nas asas para mim e meu irmão Yitzhak, caso decidíssemos voar para longe.

Um dia, eu estava sentado na casinha e um dos nossos meninos se aproximando. Acho que era Menachem, o filho do sapateiro. O menino abaixou a calça e sentou ao lado da minha bunda. Ele e eu começamos a empurrar a bunda. Empurra, empurra, explode de rir. Enquanto isso, o rabino *melamed* – professor – chegou com um lenço em volta do pescoço e um cheiro de cigarro. O rabino, o *melamed*, segurava um cinto na mão. O cinto tinha cinco centímetros de largura, e a ponta dos dedos dele eram cor de laranja como fogo. E ele levou a mão para trás e *pá. Pá. Pá.* O menino e eu corremos da casinha com a calça abaixada. No caminho, tropeçamos na calça e *bum*, caímos no chão. O rabino não parava de gritar, e a cada grito era um *pá* na bunda. Nas costas. Na cabeça. Passamos uma semana com dor e vergões vermelhos na pele, cada um com cinco centímetros de largura.

Nosso rabino *melamed* fez outro arranjo. Ele começava a semana com um jogo. Ficava na nossa frente com uma das mãos no quadril, a outra coçando a cabeça. Logo eu via uma chuva de caspas caindo sobre seus ombros. Ele franzia a testa e perguntava, quem sabe que árvore podemos rachar no Sabbath, hein? E eu era um especialista em árvores. Era um professor em árvores. Não havia um menino no vilarejo que conhecesse a floresta como eu conhecia. Eu disse a mim mesmo, vou encontrar uma árvore que o impressione. Esqueci que é proibido cortar árvores no Sabbath. Nu![1] Ele quebrou meus ossos, e eu fugi da *cheder* e fiquei em uma vala perto da estrada. Vivi naquela vala por duas semanas. Levei tábuas para a vala e fiz um quarto com um teto para mim. Levei uma pedra grande, um cobertor e água para beber, e biscoitos, e uma catapulta, e fiquei satisfeito. Via os meninos e as meninas andando juntos pela estrada, abraçados, cochichando no ouvido uns dos outros, rindo. Como se não tivessem Hitler no rádio.

Frequentemente, contava carroças de feno voltando do campo. Carroças com fardos de feno. Sentados sobre eles iam os fazendeiros. Normalmente, iam cansados e sonolentos. Às vezes, eu arremessava uma pedra contra eles com minha catapulta. Eles pulavam assustados, levantavam o chicote e olhavam para trás. Depois caíam no sono. Eu via mulheres na estrada,

---
[1] Expressão de espanto, de reação a qualquer evento, semelhante a eita!, nossa! (N.T.)

arrastando pesados cestos de maçãs. Ao meio-dia, elas voltavam com os cestos, amaldiçoando o dia ruim e a má sorte trazida por gatos pretos.

Um dia, meu rabino *melamed* foi ao meu quarto na vala. O rabino segurava seu chapéu na mão. Ele ficou parado ali em cima me chamando. Eu não respondi.

O que está fazendo aqui?

Olhando.

Não está entediado?

Interessado, na verdade.

As crianças na *cheder* estão perguntando por você.

Por que se importam?

Elas não entendem para onde você foi.

Eu gosto de morar ao lado da estrada.

Quero que você volte à *cheder*.

Não volto.

Seus pais querem que você volte.

Peguei a areia que caía da parede da vala.

Volte para a *cheder* e pode ficar com este chapéu de presente, quer?

Voltei, eu tinha escolha?

Pus um chapéu de lã com um pequeno bico, um chapéu novo.

Você vem?

Estou indo.

Entrei na sala. Vi três crianças virar para a parede fazendo um barulho como *chah*. *Chah*. Baixinho. Como se tivessem um monte enorme de muco para vomitar. O rabino põe o lenço no bolso e encaixa os polegares embaixo do cinto da calça. Mais alto que eu, ele fala comigo, lê um verso do livro, e minha garganta se contrai.

Todas as crianças olham para mim. Pelo menos duas fazem careta para mim de trás do livro. Abaixo a cabeça. O livro está aberto na minha frente, uma salada de letras na página. Silêncio na sala. Observo o rabino. Suas bochechas ficam azuis-rosadas até o pescoço, principalmente na ponta das orelhas. A mão dele sobe, e eu fico gelado. *Plaft*. Ele me bate com o cinto. *Plaft. Plaft. Plaft*. Cansado, ele sai da sala para fumar um cigarro. As crianças na sala pulam em suas cadeiras, dizem, *na. Na. Na. Na. Na. Na*. Algumas fazem barulho como se vomitassem, só uma fica sentada e quieta, enfia o dedo no nariz, depois na boca, um dá tapas na cabeça de outros dois a seu lado, como se fossem tambores, eles o seguram pela calça e puxam com força, ele grita, pare, pare, dobra-se para a frente, os dois retribuem com uma batucada rápida em suas costas, ele agarra as pernas deles e *bam*. Uma pilha de crianças rolando no chão, o menino com o dedo no nariz embaixo de todos.

Fiquei sentado no canto engolindo as lágrimas de vergonha e rezando a Deus para meu rabino *melamed* ficar cego. Que meu rabino *melamed* mancasse e tivesse uma gagueira permanente. Não, não, que a língua dele caísse na neve e ficasse grudada lá para sempre, eu quero, quero que ele entre na sala, abra a boca bem grande, tente dizer Leiber, leia o livro, e só consiga emitir um hummm. Hummm. Eu quero, quero. Sei que o rabino decidiu que me rebelei contra ele. Que não queria ler de propósito, para deixá-lo furioso. Mas não foi isso. Eu não conseguia lembrar as letras do hebraico.

Também apanhei do rabinho *melamed* por causa do Sabbath.

Meu irmão Yitzhak e eu combinamos de tomar banho no rio Tur'i Remety no Sabbath em troca de alguns doces. Crianças mais velhas disseram: se vocês forem ao rio no Sabbath, terão todos os doces que temos nos bolsos, querem? Elas mostraram os doces que tinham nos bolsos. Um dos meninos correu imediatamente para chamar nosso rabino. O rabino chegou em suas roupas de Sabbath e com o chapéu grande. Meu irmão e eu decidimos mergulhar. Demos as mãos, respiramos fundo e *tchibum*. Afundamos. Um, dois, três, quatro, cinco, ficamos sem ar. Pusemos a cabeça para fora de água. Ah, o rabino esperava por nós no rio. Ele sacudiu a cabeça, e eu vi o cinto pairando sobre mim.

Reclamei do rabino em casa.

Eu disse, o rabino me bateu com seu cinto. Pai, isso dói.

Meu pai respondeu, Leiber, trate de estudar muito, está ouvindo, e nós saímos. Fui falar com minha mãe. Mãe, me ajuda, isso dói. A mãe ficou em silêncio. Minha irmã, Sarah, deixou seu livro de lado e disse, Leiber está certo, o pai precisa fazer alguma coisa, mãe, fale com ele.

A mãe pegou um doce da gaveta, me deu e disse, o rabino sabe o que é bom para você. O rabino decide, Leiber, e você tem que ouvi-lo, entende? Fiquei em silêncio. Tirei os sapatos, pulei para fora e corri descalço para a floresta. Ouvi a mãe gritando, Leiber, Leiber, volte. Eu não voltei. Só voltei quando ficou escuro e eu fiquei com fome.

Alguns dias mais tarde, os tchecos recrutaram o rabino. Soldados a cavalo arrastavam um canhão. O rabino estava sobre um dos cavalos. Sentei na vala, e ele passou por mim. Seu rosto tinha uma cor acinzentada, o corpo tinha murchado, e eu me senti feliz embaixo do meu chapéu de lã, e disse, existe um Deus, existe. Porque eu não queria que ele falasse comigo. Nunca mais o vi.

Então os húngaros chegaram, e a vida no povoado virou de cabeça para baixo. Os húngaros demitiram os professores tchecos. Professores substitutos chegaram da Hungria. Professores antissemitas. Eles separaram imediatamente crianças judias e cristãs. Principalmente para as aulas de esportes. Crianças cristãs recebiam armas de madeira para treinar, antes de serem recrutadas pelo exército. As crianças treinavam no pátio, à direita, à esquerda. Eram conhecidas como Levente. Transformaram os judeus em criados. Tínhamos que cortar madeira para o fogo. Enquanto isso, o vilarejo era tomado por boatos.

O sapateiro cochichou na sinagoga que estavam levando os judeus e queimando-os. Jogavam-nos em enormes poços, cobriam com cal, fogo, depois outra camada. O dono do mercado disse que os alemães estavam colocando os judeus em carros, fechando bem as portas e despejando veneno lá dentro. Depois os jogavam para os cachorros. Em casa, em torno da mesa com um copo de chá, minha mãe disse que Deus ajudaria e Hitler queimaria como uma vela. Meu pai disse, Hitler vai queimar como uma árvore fraca. O vizinho careca entrou e disse que primeiro arrancariam seus dentes, um por um, com pinças enferrujadas. Depois o vizinho sem filhos chegou e disse, os ingleses virão logo, eles vão pendurar Hitler em uma corda, maldito seja ele. Eles sempre matavam Hitler à mesa. Até rabinos vieram da cidade, dois que eu não conhecia, um gordo, o outro baixo e não tão gordo, e disseram, judeus, não há nada com que se preocupar. O gordo disse, temos um Deus poderoso. Ele vai cuidar de nós. O baixo limpou as migalhas brancas dos cantos da boca e falou, verdade, confiem só em Deus. Mas eu estava muito preocupado, e cismado com Shorkodi.

Rapaz bonito, ele era do Batalhão Judeu de Trabalhos Forçados. Os húngaros os trouxeram de Budapeste para cortar madeira para os alemães. Shorkodi jantou conosco no Sabbath. Shorkodi disse, escute, Leiber, tenho uma grande loja de perfumes. Quando a guerra acabar, você vai comigo para Budapeste. Vou ensinar tudo para você trabalhar na loja. Eu não sabia o que era perfume, mas esperei por esse dia. Esperei todos os dias. Mesmo quando mataram meu melhor amigo, Shorkodi, porque ele pegou o trem para Budapeste sem permissão. Ele queria visitar os pais e voltar. Esperei até depois de os homens de Budapeste desaparecerem. Esperei até quando soube que o fim se aproximava para os judeus.

E tivemos uma chance.

Em 1943, um *shaliach* – um mensageiro – chegou de Israel em nosso povoado. Um jovem Betar de cabelo aveludado e ombros com um metro de largura. A voz dele era baixa e grossa, e ele falava como se Hitler estivesse atrás da porta. Disse que estava ali para salvar a juventude judia da Hungria. Ele foi à sinagoga e implorou para levar ao menos os mais novos para Israel.

Entreguem-me as crianças, as crianças. Eu me aproximei do *shaliach* Betar, não sei por quê, mas queria segurar a mão dele e não largar mais. Ele sorriu para mim e estendeu a mão grande, queimada de sol e esfolada. Eu queria apertar a mão dele.

Meu pai se colocou entre nós. O pai disse, Leiber, vá para casa. Corri para casa. Não sabia o que era Israel, mas pensei, antes de tudo, vamos sair daqui. Bati a porta e caí sobre minha mãe.

Mãe, mãe, quero ir para Israel. Quero ir com o *shaliach*.

A mãe puxou seu avental e apertou minha bochecha. Com força.

A mãe disse, foi isso que o rabino ensinou a você, hã? Vamos para Israel somente quando o Messias chegar.

Eu fiquei. Sabia que tínhamos perdido nossa chance.

Esperei pelo Messias. Primeiro me sentei com a perna esquerda cruzada sobre a direita, uma hora depois troquei as pernas, cruzei a direita sobre a esquerda pelo dobro do tempo, e troquei. Sentei nos degraus atrás da casa, abri a camisa, mostrei a ele todo o meu peito, queria abrir meu coração para ele, pus a mão aberta com os dedos estendidos sobre o coração. Ouvi as batidas, *tu-tum. Tu-tum*. Segurei as batidas na mão fechada, joguei a mão para cima com força, depois abri a boca e o chamei, vem, Messias, vem, vem para mim.

Enquanto isso, eu ouvia o rádio.

Ouvia Hitler no rádio. A voz dele era como o latido do cachorro grande no quintal do vizinho. Eu ouvia, *heil, heil*. Ouvia *juden*, e *juden* como um xingamento. Ouvia canções incríveis de milhares de gargantas. Sentia como se o canto entusiasmado do rádio quisesse me colar à parede e me esmagar como um mosquito.

Tinha certeza de que a história acabaria mal para os judeus. Tão mal quanto poderia acabar. Embora não entendesse o motivo e não tivesse nem quinze anos.

CAPÍTULO 6

Yitzhak: Talvez mereçamos isso, somos trapaceiros e mentirosos.
Dov: Não diga isso.
Yitzhak: Devoradores de homens. Os judeus não foram honestos na Diáspora.
Dov: Não é verdade, não diga isso, os mercadores são assim, é impossível comprar por uma lira e vender por meia lira.
Yitzhak: Um gói comum foi honesto. Um judeu buscou maneiras de lucrar, ganhar a vida.

YITZHAK

Eu gostava de andar pelo mercado.
O lugar mais barulhento da cidade. Eu não queria estudar. Não queria passar o dia todo sentado sobre a bunda diante da boca dos meus professores. Gostava de perambular pelo mercado, viajar com meu pai a lugares que não conhecia. Gostava de encontrar o homem da barraca de vegetais.

Ele me dizia, Yitzhak, você cresceu, cresceu, quer uma maçã? Eu gostava de encontrar o homem do armazém. Ele vendia queimadores, lamparinas, um moedor de castanhas, uma serrinha com um cabo especial, uma gaiola para pássaros e ferramentas de trabalho. Ele sempre tinha uma história interessante para mim. Às vezes eu me sentava na escada, afastado, e aprendia como comprar e vender produtos.

Via e não conseguia acreditar em meus olhos. Soldados góis chegavam para comprar um cavalo de um judeu. O cavalo é fraco. O judeu bate na segunda pata do cavalo e prega um prego no casco da pata saudável, o saudável parece saudável. Os soldados pagam um bom dinheiro pelo cavalo, o judeu se move em torno deles feliz, oferecendo biscoitos e chá, conversando como se estivesse com amigos. Os soldados góis se despedem, vão embora, e então, *bum*. O cavalo cai. Os soldados góis xingam o judeu. Chutam uma pedra, pegam uma vareta e a quebram nas costas do pobre cavalo. Os soldados dizem, vamos matar você, judeu sujo, vamos pendurar você na árvore mais próxima, imundo. Ah. Segurando a cabeça, fujo dali. Naquela noite, contei isso ao meu pai, e ele assentiu e não disse nada.

Um gói aborda um judeu em nosso povoado. O gói pede, me empreste dez *agorot* – centavos – por um pouco de tabaco. Um judeu empresta o dinheiro a ele. Quanto tabaco ele entrega? Muito, muito. Ou, em vez disso, um judeu diz a um gói, me dê feijão, batatas, repolho. O gói traz mais e mais, e o judeu não fica satisfeito. Às vezes o gói tinha ido ao mercado, queria comprar um filhote de cabra. Ele não tem dinheiro. Procurou um judeu e pediu o dinheiro. Como ele o devolveria? Devolveria dois filhotes de cabra. Era assim que um judeu explorava um gói. Os góis não entendem nada de comércio. Os judeus dominam o mercado. O gói cuidou dos produtos. O judeu pagou o gói no fim do dia. Mas o gói esperou o anoitecer. Sim, sim. Ele esperou o judeu no caminho de volta para casa. Com amigos. Cinco. Eles se esconderam atrás de uma elevação com varas, vacas e uma estaca de ferro nas mãos. Yaakov se aproxima em sua carroça. Ele tem orelhas pequenas e vermelhas e cabelo cor de laranja. Tem outros dois judeus na carroça. Um é um tio, o outro, um vizinho. Um ronca alto, o outro, peida. Yaakov está feliz. Sua bolsa está cheia de dinheiro. Ele a escondeu embaixo do feno. Sobre o feno, pôs um saco de farinha, e em cima do saco, um cobertor. Ele tem um pouco de dinheiro no bolso. De repente, um fogo no meio da estrada. Um fogo pequeno, só isso. O cavalo para. Três góis saltam sobre Yaakov, um pega as rédeas do cavalo. O quinto pula em cima do tio e do vizinho. Eles não têm tempo para acordar. O dinheiro se foi.

E havia o pobre Friedman. Ele comprou um moinho para processar o trigo dos fazendeiros góis no povoado. Fazia um barulho que ecoava no vilarejo inteiro, *turrrr, turrrr, turrrr*. Metade do povoado trabalhava perto do moinho de Friedman. Fazendeiros levavam seu trigo, moíam, e como pagavam a Friedman? Dividindo – um terço para Friedman, dois terços para o fazendeiro. Friedman não era um trapaceiro. Friedman comprou a máquina, a preparou para o mês de maio, arrumou tudo, moeu o trigo, e recebia as porcentagens honestamente. Mas judeus também tinham um moinho. O gói levava uma tonelada de trigo ao moinho. O gói voltava para casa com duzentos quilos de farinha. Isso não é roubo? Um pouco.

O judeu era esperto. O judeu vivia à custa do gói. Judeus sempre tinham dinheiro nos bolsos, compravam um chapéu, botas, um bom casaco, frutas frescas, assim, aberto como minha mão. Talvez por isso os góis odiassem os judeus. Eles sempre nos xingavam, judeu sujo, vai para a Palestina, não tem nada para você no nosso país.

Éramos uma família comum. Não éramos ricos. O pai era um comerciante e açougueiro. Não faltava comida, mas a vida era dura. Nem sempre compravam os produtos do meu pai. Às vezes, o pai ia ao mercado com uma vaca e voltava dois dias depois com a mesma vaca. E, se conseguia vendê-la, não voltava para casa sozinho por causa dos ladrões. O pai sempre andava pela cidade com um irmão, um tio ou um amigo. Ele viajava em grupo. Às vezes viajava em um velho táxi com cinco ou seis pessoas.

O táxi mal fazia trinta quilômetros por hora, eles giravam a manivela do carro mais e mais, às vezes passavam meio dia girando a manivela. Enquanto isso, bebiam café, jogavam cartas e permaneciam juntos. Por causa dos ladrões. Judeus se sentiam pouco à vontade em todos os lugares. Um judeu existia ou não, dependendo da vontade dos góis.

CAPÍTULO 7

Dov

Os góis sempre diziam: É da natureza do judeu enganar o cristão. E eu digo: o judeu não tinha opção. Ele não tinha terra. Tinha que ser comerciante. O gói tinha terra. O gói sempre tinha comida disponível. O gói criava porcos no quintal, e vacas, gansos, ele tinha vegetais no jardim, árvores cheias de maçãs, um campo de trigo, repolho e milho. O judeu não tinha terra, como podia viver? O gói precisava de açúcar, farinha, óleo, querosene, roupas, então o judeu abria um mercado, uma padaria e uma loja de roupas. Às vezes, para comprar na loja, o gói vendia uma vaca para o judeu. Eles negociavam, mas não pelos negócios. O gói vendia a vaca para levar produtos para casa.

Os góis precisavam dos judeus para progredir na vida. Sem o dinheiro dos judeus, não podiam comprar uma vaca ou um cavalo, não podiam comprar uma pá para semear a terra, ou semente de trigo para o pão. O dinheiro dos judeus impulsionava os negócios, e daí, isso nos ajudou? Os alemães também precisavam dos judeus para seus negócios, antes de decidirem jogá-los no forno.

***

Israel, 2001
14h18 na Estação de Trem Nahariya.

Estou no interurbano para Binyamina. No litoral. A baldeação para o trem suburbano vai acontecer em uma hora e sete minutos. Olho para a janela e vejo um rosto redondo no vidro, um sorriso bobo. Talvez por causa do áraque no suco de toranja. Áraque e toranja combinam com bolinhos de carne, disse Yitzhak, e encheu meu copo pela segunda vez. Dov sorria, e disse com muita sinceridade, beba, beba, vamos fazer um brinde. À vida no Estado de Israel. *L'chaim. L'chaim.* À vida. À vida.

Além do vidro passam colinas altas, casas rurais, uma avenida de tâmaras, um verde intenso em pequenos pontos, sulcos diagonais, e o mar, mar, mar, mar. A espuma nas ondas tem cor de lama. A mesquita e a parede têm um tom suave de bege. E novamente moradias, novamente o mar. O ar-condicionado no trem é agradável.

Na minha frente viaja um homem coberto de manchas da idade. Tem uma que atravessa metade de sua bochecha. Ele usa um boné australiano com o desenho de um pato. Ao lado dele tem uma menina pequena de cabelo encaracolado, com um rabo de cavalo preso por um elástico azul. Ela lambe com a língua vermelha um doce do tamanho de um disco espetado em um palito. O velho aponta para uma ilustração no livro e diz, canguru, isso é um canguru australiano, e ele engole um bocejo. A menininha deixa o livro de lado. O velho puxa o boné para baixo até a ponta do nariz e adormece.

Preciso ir ao banheiro. Não quero me levantar. Fico em pé. Minha bexiga está me incomodando. Pego a bolsa e vou procurar o banheiro. O cubículo fica no fim do vagão, perto dos degraus. Espio lá dentro, é como um banheiro de avião, com um grande rolo de papel sob uma cobertura de plástico, uma pia pequenina, uma caixa de lenços umedecidos para as mãos, parece limpo.

Não me movo.

Bem, sigo em frente, entro. Espero. Examino a porta. Mentalmente, desmonto a fechadura, viro-a para a esquerda, para a direita, uma fechadura comum. Entro no cubículo e tenho medo de fechar a porta e ficar preso. Se eu gritar pedindo ajuda, eles vão me ouvir? Ninguém vai ouvir. Se Yitzhak estivesse no trem, ele diria, na pior das hipóteses, você pode pular, com um pouco de sorte, vai chegar a um hospital, mais importante que tudo, ninguém morre disso, e de todo modo, já falei, táxi, táxi. Dov diria, só se morre uma vez, melhor aguentar aí.

O pesadelo não acaba: A porta do banheiro não abre. Em um cinema, por exemplo. O filme acaba. A plateia sai da sala, as luzes são apagadas, estou lá dentro. Uma porta desbotada, descascando, no fundo de um posto de gasolina. Ninguém por perto. Um prédio comercial, último andar, andar do meio, o pior é o porão, nunca aconteceu comigo? Aconteceu, aconteceu. As paredes são como as de uma sala lacrada. Dois minutos, e sua camisa está molhada.

Se Yitzhak estivesse ali, ele diria, pelo menos você tem papel para se limpar, nós não tínhamos papel. E não tinha nada para limpar. Dov diria, que papel, não tínhamos nada, cortávamos pedacinhos das listras da calça e da camisa para nos limparmos. Em segredo. Às vezes não tínhamos nem isso. Andávamos em fila com um vazamento fedorento e pegajoso escorrendo pela calça, não quero nem pensar nisso. Tem alguma ideia de como é andar por uma estrada e sentir um gotejar nojento dentro dos seus sapatos, melhor nunca saber. E agora, café.

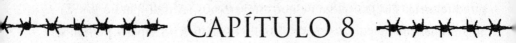

CAPÍTULO 8

Dov: Lembra do Mermelstein? Alto, de barba, recrutado pelos tchecos em 1939? Ele era atirador, montava um cavalo, seis cavalos puxavam um canhão.
Yitzhak: Um dos meninos daquela família estava com você.
Dov: Sim, mas nos perdemos no caminho.
Yitzhak: Nós nos perdemos no caminho, Dov, olha o que aconteceu conosco. Nós perdemos tudo.

Dov

Fui de caminhão de Auschwitz para o Campo de Jaworzno. Era meio do verão. Quente. Viajamos em pé. Lotado e fétido. Eu estava acabado. Dois adultos caíram em cima de mim ao mesmo tempo. Um morreu perto do meu olho, um sobre meu ombro. Carreguei os dois até Jaworzno. A velha dor na virilha voltou. O lugar inchava e ficava azul quando eu arrastava toras pesadas até os trilhos do trem. À noite, eu os arrastava com o pai e meus irmãos.

Os irmãos de Auschwitz

Descemos do trem. Estava ainda mais quente. Vi fileiras e fileiras de barracos de madeira marrom com fumaça branca e densa sobre eles, como areia. Um homem da SS de dois metros de altura, com um boné e um megafone na mão, gritava, dispam-se, vocês vão para o chuveiro. Não acreditei nele. Tinha certeza de que estavam nos levando para o gás. Tinha um pedaço de pão no meu bolso. Eu o escondi no sapato. Pensei, se chegar ao chuveiro vivo, um pedaço de pão vai estar me esperando. Nus e magros, fomos para o chuveiro. Homens altos, homens baixos. Todos feios, repulsivos, exatamente como os góis sempre disseram que éramos. Todo mundo tinha pele branca, machucados e um cheiro. Eles pressionavam a pele e surgia um buraco nela, como se fosse pele velha. As cabeças carecas eram marrons como lama. Uma camada fina de cerdas. As unhas deles eram roídas até a carne. Eu pensei, talvez seja mais fácil matar pessoas que têm essa aparência. Eu tinha certeza de que era como eles, talvez fosse igualmente repulsivo, eca, fedido. Comecei a procurar um espelho, não encontrei nenhum. Cheirei minha pele, e senti cheiro de queijo estragado.

Ficamos fedidos e espremidos embaixo das torneiras, e eu não sabia se nos dariam água e depois gás, talvez gás e água juntos, talvez não tivéssemos água suficiente naquele acampamento, e teríamos de esperar como esperamos no vagão de trem, e talvez só ficássemos ali em pé até morrer.

O ar ficou mais fedido. Alguém perto de mim fez cocô em pé. Dois outros à minha frente fizeram a mesma coisa. Talvez por medo. Em silêncio, perguntei a mim mesmo, se eles pusessem cristãos nus aqui em vez de judeus, não, não, se pusessem alemães nus aqui, digamos, os homens altos e loiros que vi no jornal, os que sempre pareciam ter acabado de se barbear, eles também seriam feios como nós depois de dois meses em Auschwitz? Eu tinha uma resposta. Sim. Seria fácil matá-los, por causa dos machucados e do cheiro.

Alguns começaram a cantar *Shema Israel, Shema Israel* e chorar. O choro se espalhou como fogo em lã de algodão. Eu também chorei. Todos nós choramos para alguém, por alguém. Eles começaram a se mover para a frente e para trás, como se tivessem barba e estivessem em uma sinagoga, se movendo de sapatos, casaco e chapéu. E, de repente, água.

Um jato de água fervendo nos atingiu na cabeça. Água sem cheiro. Não podíamos escapar da queimadura. Mesmo assim, gritamos água, água, e rapidamente a torneira foi fechada. Estávamos salvos. Os homens que choravam começaram a rir. As lágrimas persistiam. Pela primeira vez desde que saímos de casa, vi judeus rindo. Eu sabia que um pedaço de pão esperava por mim em meu sapato. Comecei a abraçar alguém ao meu lado. Choramos juntos. Enquanto isso, eles abriram a porta. Imediatamente, ficamos quietos para que os alemães não mudassem de ideia. Eles nos deram roupas limpas que não cheiravam mal. As listras pretas pareciam mais escuras. Eles nos puseram em um prédio escuro com camas de três andares. Eu não conseguia ver nenhuma janela. As paredes eram marrons. As lâmpadas eram fracas. Consegui pegar um lugar o mais longe possível do chão. Comi meu pão deitado; estava feliz naquele dia, no Campo de Jaworzno, mais animado que em Auschwitz.

No dia seguinte, voltamos aos desfiles de manhã e à tarde. Passávamos horas em pé, às vezes só por causa de um engano nos números. Aqueles que caíam no desfile caíam, e era isso. Não se levantavam. Um cheiro repugnante se intensificava no campo, um cheiro que consumia cada vez mais nossa mente e fechava nosso rabo.

Em Jaworzno eu trabalhei na construção. Trabalho perigoso. Porque eu era pequeno. Ajudamos a construir uma fábrica para fornecer eletricidade. Os profissionais eram alemães.

Trabalhamos em escavação e construção. Eu era baixado dentro de um cesto em um poço de seis metros. Descia lentamente na escuridão. Cavava com uma pá no fundo do poço. Mandava a areia para cima no cesto. Era escuro ali, sufocante. A terra era fria, e meu corpo era cheio de água. Eu cavava por umas seis horas sem intervalo. Depois de um intervalo para comer, mais seis horas no fundo do poço. Os alemães não reforçavam as laterais do poço. Grãos caíam nos meus olhos o tempo todo. Eu punha os dedos nos olhos, não ajudava. Tentava limpá-los com os pijamas listrados, ficava pior. Lembrei que alguém tinha morrido com uma infecção no olho, mas não só isso, ele também tinha outras doenças. Eu me torturava com pensamentos sobre o colapso próximo. Sabia que havia uma grande chance de um colapso. Sabia que só a profundidade dos poços interessava aos alemães, eu não contava. Sabia que eu podia ser substituído por um trem lotado. Era claro que eu podia ser enterrado vivo em um monte, e que a areia me cobriria e entraria em meus ouvidos, em meu nariz e em minha boca, e que eu teria de respirar areia pelo nariz até a morte. Cavava tão devagar quanto podia. Foram meses. Outros prisioneiros pequenos como eu cavavam nos poços ao meu lado. Muitos morreram na areia que caiu sobre eles. Não sei como fiquei vivo.

Então chegou o inverno.

Tudo que tínhamos era a mesma roupa listrada. Nenhum casaco. Nem meias, colete ou roupas de baixo. O congelamento era terrível. Eu não conseguia sentir as palmas. A sola dos pés também congelava, e era só uma questão de tempo até meus dedos caírem. Eu tinha certeza de que no dia seguinte, na semana seguinte, no mês seguinte encontraria três dedos em cada mão, ou três dedos em um dos pés, ou sairia do poço no cesto sem um polegar. Sonhava com fogo. Um dia, na parada para o almoço, encontrei algumas tábuas. Tinha papel e fósforos no bolso. Fui para trás de uma parede e acendi um fogo.

O gerente de trabalho foi atrás de mim.

O gerente de trabalho era um jovem polonês de vinte e cinco anos. Tinha mãos enormes. O pescoço era grosso como o de um touro. Ele pôs os prisioneiros em fila, me arrastou para a frente deles e ordenou: abaixe-se. Eu me abaixei. Esperei a bala na cabeça. O gerente de trabalho pegou uma tábua grande com as duas mãos e bateu com ela no meio das minhas costas. *Pá.* Senti que desmoronava em pedaços. *Pá.* Judeu acende um foguinho, aquece as mãos, e o polonês, maldito seja, esmaga. Sim. *Pá.* Contei cinco pancadas. Não havia carne em mim. Eu era pele e osso. Senti como se meus ossos não conseguissem se sustentar embaixo da pele. Eram como castanhas sacudindo dentro de uma toalha. *Pá pá pá pá pá.* Não abri a boca para os meus ossos não pularem para fora.

Durante um mês, não consegui me sentar. Nos intervalos, ficava em pé. Apoiado primeiro na perna direita, depois na esquerda. À noite, não conseguia dormir. Deitava de bruços e não sabia se minha bunda estava aberta ou vazando. Sentia um formigamento nas costas e tinha certeza de que vermes haviam penetrado na ferida e agora me comiam vivo. A cada intervalo de minutos eu tocava a área em volta da ferida. Estava molhado ali. Depois ficou molhado e fedido. Depois começou a ficar duro, com uma casca. Finalmente secou, mas doía muito. Doeu durante dois meses.

O bombardeio de Jaworzno pelos russos quase matou todos nós. Meio-dia. Era um intervalo para refeição. Eu esperava na fila por uma tigela de sopa quente.

Sabia que não tinha chance de pegar nada do fundo da panela, porque era pequeno. Cada vez que ficava longe dos prisioneiros altos que se aproximavam de mim, um cotovelo pronto. Eu já conhecia aqueles cotovelos. Eram como uma serpente. *Pá.* E silêncio. Os guardas não viam nada.

De repente, uma sirene intermitente. Bombas caíram perto de nós. A distância da minha casa até a estrada. Corri em ziguezague para o *bunker*. Uma estrutura de concreto construída no subsolo. Havia sacos de areia na abertura do *bunker*. Prisioneiros pisoteavam uns aos outros por causa da abertura estreita. Caí sobre o prisioneiro na minha frente. Nós dois caímos no chão. A calça dele estava molhada. Consegui passar por ele e rastejar para dentro do *bunker*. Escuridão assustadora. Avancei pela vala a passos pequenos. Os gritos dos prisioneiros atrás de mim foram ficando mais fracos. E o uivo dos aeroplanos. Alguns minutos passaram, depois uma sirene curta. Eu sabia, estavam nos chamando lá fora.

Quis sair depressa.

Não conseguia enxergar nada. Tateava as paredes, e elas eram ásperas e frias. Arrastava os pés, era como se andasse na lama. Virei à esquerda, passei por outra parede, um silêncio estranho, eu não entendia onde estavam todos os prisioneiros, para onde tinham ido. Meu coração começou a bater freneticamente, voltei pressionando as mãos na parede de concreto e mudando de direção outra vez. Fui andando, acho que em linha reta, e não conseguia encontrar a saída. Depois de alguns passos, parei. A mesma coisa. Escuridão, silêncio como o de um cemitério. Percebi que estava preso e sozinho naquela porcaria de *bunker*. Uma agulha quente perfurou minhas costelas, entrou no coração, desceu até a barriga e se instalou nas costas. Senti as costas esquentando, inchando. Minhas pernas começaram a tremer. Agarrei as paredes, gritei pedindo ajuda, me ajudem a sair, não consigo sair sozinho, onde estão vocês, socorro.

Comecei a correr para lá e para cá pelas valas como um homem cego com a bunda rasgada.

Segurava o traseiro com força para a ferida não abrir ainda mais. Corria de um lado para o outro, era inútil. Batia nas paredes, levei uma pancada na cabeça, me levantei e continuei correndo. Minhas roupas estavam molhadas de suor. Minha mente gritava, você está perdido, perdido, esta vai ser sua sepultura. Você vai esfarelar na escuridão, e ninguém vai saber. Parei. Minha respiração era como a de um rebanho correndo, perdido. Fechei a boca, apertei o nariz. Estiquei o pescoço. Ouvi o som de sirenes. Sem pessoas. Eu não entendia o que havia mudado. As bombas mataram os prisioneiros e guardas, e eu era o único que restava? Não. Colei à parede. Fui escorregando para baixo até estar sentado. Minha testa queimava. Cobri o rosto com as mãos e esperei para morrer.

Senti uma cócega quente nos dedos.

Eu os abri um pouquinho. Um grande borrão de luz atingiu meu cérebro. Minha mãe estava ali, bem na minha frente. Ela usava um xale e um vestido com avental. A mãe sorriu para mim como se estivesse em uma pintura. Chorei, mamãe, mamãe, vou morrer. O choro aumentou, chamei mais alto, mamãe, me ajude a sair, mamãe. A mãe sorriu, e vozes alemãs nos atrapalharam. Vozes irritadas que não estavam muito longe de mim.

A luz desapareceu. Dei um pulo e fiquei em pé. Ouvi alemães correndo, gritando. E então vi luz. O caminho estava bem na minha frente. Escondi o rosto sob o braço e saí do *bunker*. Prisioneiros formavam duas filas na frente da abertura do *bunker*. Meu lugar na fila estava vazio. Eu me aproximei deles com os joelhos dobrados.

Um *kapo* caiu em cima de mim.

Um *kapo* grande e gordo bateu no meu rosto com os punhos, chutou minha bunda molhada. Eu caí. Comi terra misturada com sangue. O *kapo* não parou. Chutou minha barriga, as costelas, a cabeça e as costas. Fiquei ali deitado sem me mexer. Parei de respirar. O *kapo* parou. Chutou minha pélvis, virou e se afastou. Os chutes do *kapo* paralisaram o lado direito do meu corpo. Eu me levantei devagar, não conseguia endireitar o corpo. Enxergava tudo através de uma névoa de sangue. Corri todo torto para o meu lugar na fila. Não sei como sobrevivi. Eu era jovem. Era forte. Mais forte que Hitler.

CAPÍTULO 9

Yitzhak

A transição do Campo de Buchenwald para o Campo Zeiss foi difícil. Inverno. Chuva. Relâmpagos. Tempestades. Quando eu estava em Buchenwald no Bloco 8, comi bem. Dormi em uma cama com lençóis, tomei banho, tinha luz na janela.

Em Zeiss tive a vida de um rato. Havia escuridão e umidade. Embrulhava canos com fios de aço durante turnos de doze horas, a pelo menos três ou quatro metros de profundidade. Todos os dias. Não tinha luvas. Minhas mãos eram cheias de rachaduras. Cada rachadura larga como uma canaleta. Depois de algumas semanas, minha pele era dura como a sola de um sapato.

Nas primeiras semanas, eu percorria correndo a distância do campo até a fábrica. Ainda tinha no corpo a força do Bloco 8. Depois eu parei de correr. Mal conseguia andar. Trabalho duro não me assustava, a fome que era assustadora. De manhã eles davam para nós água quente com gosto de café. Ao meio-dia era sopa com pedaços que eu não sabia o que eram, mas comia. À noite, um pedaço de pão com queijo ou margarina. Era isso. Eu tinha dezesseis anos e poderia comer tranquilamente um bezerro no almoço, mas almoçava um pouco de água com alguns pedaços duros boiando nela. Sentia a fome me devorar de dentro para fora. Minha fome era cheia de olhos como o anjo da morte. Às vezes, quando meu corpo doía, eu o via na escuridão da fábrica.

Em Zeiss havia bombardeios aéreos, principalmente quando estavam servindo água com pedaços duros.

Saíamos da terra e os aviões chegavam, *bum. Bum. Bum-bum.* Faziam um barulho terrível. Despejavam sobre nós tudo que carregavam na barriga e desapareciam. Os alemães nos faziam entrar em um enorme poço aberto. Desse jeito, perdíamos até a pouca água com os poucos pedaços e corríamos para um poço cheio de canos e aço. Os guardas entravam depois de nós. As bombas atingiam canos de seis polegadas. Pedaços de aço voavam, giravam sobre nossas cabeças e *bum*, caíam no chão. Como um enorme canhão disparando lanças. Pedaços de aço abriram a cabeça de um prisioneiro ao meu lado. Ele caiu sem emitir nenhum som. Os jatos de sangue se misturaram com lama e fuligem e respingaram em nós. Os homens da SS também ficaram respingados. Vi um homem da SS cair com um buraco enorme na barriga.

Não tinha para onde correr.

Contraía meu corpo até ficar do tamanho de um alfinete e abaixava a cabeça o máximo que podia. Ouvia o choro terrível dos prisioneiros feridos.

Não tinha ninguém para salvá-los.

Os aviões jogavam mais e mais bombas em nós. Vi meu fim chegando. Eu me recusava a morrer com um pedaço de aço na cabeça. Ao meu lado havia um jovem prisioneiro, talvez vinte anos de idade. Suas orelhas apontavam para fora e havia uma saliência no meio do nariz. Gritei na orelha dele, vou sair daqui, quer vir?

Corremos para o campo aberto.

O campo estava pintado de branco. Meu rosto queimava do frio e do vento. Meu nariz pingava e pingava. Enfiei um pedaço de manga listrada no nariz para ele não cair. Bati nas minhas pernas. A terra era dura como asfalto, e eu não conseguia ouvir nada, só ondas indo e vindo dentro dos ouvidos. Estava com fome. Caí de joelhos e raspei uma camada de neve. Rezei, talvez tivesse alguma coisa crescendo ali, talvez. Cavei com a mão. Encontrei raízes de repolho no fundo da terra. O rapaz que estava comigo também caiu de joelhos. Começamos a cavar como loucos. Encontramos mais raízes. Colhemos uma pilha grande. Estavam congeladas. Comecei a gritar, vocês querem nos matar de fome, mas vamos viver, nós vamos viver.

Limpei o rosto. Encontramos uma lata. O menino tinha fósforos no bolso. Nós nos olhamos e, ao mesmo tempo, tiramos a calça. Urinamos na lata. Pusemos as raízes lá dentro e as esquentamos com fósforos embaixo da lata. Comemos raízes em urina quente. Comemos tudo. Era tão bom quanto a comida da mamãe. Eu me senti satisfeito e sussurrei minha gratidão para o céu. Ele era negro, maléfico. Os aviões desapareceram. Minhas pálpebras pesavam. Eu queria dormir em pé. Como se estivesse descansando no meu vilarejo depois de uma refeição. Ou como se estivesse consertando alguma coisa no jardim e fosse entrar em um minuto. Vejo minha família. Pai Israel falaria sobre o mercado, sobre um negócio muito bom. A mãe perguntaria, você trouxe meus botões? E ela tiraria do fogo uma panela pesada. Avrum ia querer saber um pouco mais sobre o negócio. Sarah estaria escrevendo em seu livro. Dov ajudaria a mãe com os pratos, e eu? Eu não me lembro de nada sobre mim. Como se não houvesse guerra no mundo nem trens para o crematório, como se o mundo estivesse vivo sem Hitler.

Depois de um tempo, voltamos a embrulhar canos no chão.

A manhã seguinte começou com mais sinais. Um prisioneiro que dormia a duas camas da minha correu para a cerca e *tzzzzt*, acabou.

Queimado em um segundo. Parecia uma camisa listrada que havia caído do varal, tudo aconteceu antes mesmo de entrarmos em fila, antes mesmo do amanhecer. Dei uma boa olhada para o homem morto, e em seguida dois prisioneiros ao meu lado correram para o mesmo lugar. Juntos, os dois, como um casal, um alto, um com as costas encurvadas, os dois correram e *tzzzzt tzzzzt*. Como se houvessem caído do varal. Não consegui desviar os olhos da pequena pilha de mortos. Eu também estava farto de tudo, mas o grito do homem da SS inundou meus ouvidos, fiquem em fila, depressa, marchem em frente. E nós saímos de lá. Homens magros e sujos como papel manchado. Papel colado em sapatos arrastando no asfalto.

Eu era quase o último e não me movia. O homem da SS me deu um tranco nas costas com o cabo de um rifle. *Pá*. Fechei a boca e ele gritou no meu ouvido, em frente, na fila, judeu sujo.

Anda, depressa. Depressa, *pá*. Mais um, na pélvis. Eu não prestava atenção, deixava ele me bater, me matar, não tinha importância. Já sabia que logo eles nos levariam para morrer no crematório. Todos nós conhecíamos o método em Zeiss. O método: sem comida, sem água, sem lugar para respirar, sem banho, sem casaco, sem remédio, só trabalho, trabalhar depressa até a morte chegar. Demora uns três meses para acontecer. Enquanto isso, eles trazem um carregamento novo, saudável, e os antigos entram em um trem para o mais próximo crematório disponível. Sim. Três meses eram suficientes para os alemães transformarem jovens saudáveis em uma pilha de trapos repulsivos. Trapos tinham que ser queimados, eu pensava.

Amanhã vou para a cerca. Sim, amanhã. Outra noite sem lua, chega. Existia uma lua?

Pensar na cerca me deu alguma força. Talvez os três tenham me dado força para pensar na cerca. Andei em frente e ocupei o espaço na fila. E, opa, sem querer pisei no sapato do prisioneiro na minha frente. Ele guinchou e caiu. O homem da SS se aproximou de nós. Agarrei a camisa do prisioneiro e o puxei para cima. Ele ajudou com as mãos no chão e se levantou. Vi que faltava um dedo e meio na mão direita dele. O homem balançou, balançou, parou em pé. Passei por ele e comecei a andar com passos largos, como no começo, quando tinha a força do Bloco 8. Passei por oito prisioneiros, pelo menos, e voltei à fila.

Os irmãos de Auschwitz

A primeira luz da manhã começava a cobrir os campos. Estávamos nos aproximando de um vilarejo alemão. Casas comuns com chaminés. Uma cerca baixa e um quintal. Algumas árvores, mais flores e gelo fino na água, mas principalmente frio suficiente para enterrar você em pé. Nuvens pesadas pairavam sobre o telhado de casas distantes. Misturadas com fumaça normal, fumaça branca, um pouco cinzenta. Eu sabia que fazendeiros alemães estavam aquecidos em suas casas com seus fogões e chaminé, com suas meias de lã.

Debochei deles por causa do plano com a cerca, *tzzzzt*. E foi isso. Gotas prateadas se espalharam sobre a grama ao lado da estrada. Uma ave em decomposição estava ali caída com os pés para cima. Amanhã estarei morto. Sim, amanhã.

Havia duas silhuetas ao lado da estrada quando o sol da manhã empurrou uma nuvem. Uma era alta. A outra, mais baixa. Eu me lembro dos lenços das mulheres. A mais alta usava um vestido. A pequena vestia calça. Quando nos aproximamos, vi uma mulher e uma menina olhando para nós. De mãos dadas. O que as duas querem, o quê. Querem um espetáculo de pessoas destruídas, pessoas que choram sem lágrimas, bem, aqui estamos nós. Até aquela manhã, eu praticamente não tinha visto ninguém, mal lembrava que havia outras pessoas no mundo. Sabia que estavam escondidas em suas casas, eu sabia. Sentia os olhares de trás de uma cortina, de um lençol no varal. As crianças ficavam o mais longe possível, talvez se escondessem embaixo de uma cama, porque assim os doces filhos dessa gente dormiam bem à noite. Se eu tivesse um espelho para me ver, sabia que gritaria com o choque. Eu não precisava de espelho, olhava para os outros prisioneiros. Entendia o povo do vilarejo. Por acaso, a estrada perto deles levava a Zeiss. Duas vezes por dia, uma fila de pessoas destruídas, fedidas, desintegrando passava por ali.

As duas mulheres no acostamento da estrada olhavam só para mim. Pareciam ser mãe e filha. A menininha queria aproximar a cabeça do meu rosto. Ela apontou para mim. Cochichou no ouvido da mãe. A mãe assentiu, sim, sim. A mãe se voltou para um homem da SS alto, particularmente bem-apessoado. O homem fez um sinal, parem! Paramos. Todos de cabeça baixa. A mãe falou ao ouvido do homem da SS. Ela cochichou em alemão e apontou para mim. O homem da SS concordou, e ela deu a ele um pacote.

O homem da SS se aproximou de mim.

O homem da SS me deu um pacote. Ordenou: Abra. A fila inteira estava em cima de mim. Todo o meu corpo tremia, minhas mãos tremiam, eu não entendia o que eles queriam de mim, por que eu, especialmente. Queria que um dos adultos me dissesse o que eu deveria fazer agora, e se não havia problema em abrir o pacote. Os adultos respiravam arfantes e pareciam predadores prestes a atacar. Abri o papel devagar. Havia uma batata cozida dentro dele. Quente. O homem da SS apontou para mim: Coma. Engoli a batata depressa. Mãe e filha seguiram em direção ao vilarejo.

O homem da SS disse, marchem. Marchem.

Eu tropecei, caí. Me levantei. De empolgação. Minhas pernas enroscavam uma na outra. Havia um dilúvio em minha cabeça. O que era isso, o quê.

Os prisioneiros quase me mataram com os olhos, e ele? Ele disse coma, e não saiu de perto de mim. Senti que estava ficando louco, era isso. Estava arrancando as listras do pijama, os trilhos dos trens e a vida. Enquanto isso, passei a unha na língua e encontrei algumas migalhas. Minha barriga começou a fazer barulhos estranhos, eu não sabia o que fazer, e por que eles me confundiam com boas ações.

Naquela noite eu me sentia tão bem e satisfeito que não consegui dormir.

Aquilo me enlouquecia, toda aquela bondade. Meu coração entendia que talvez a menininha visse alguma coisa que os alemães não tinham tempo para ver. Talvez ela visse que eu também era uma criança, que todos os homens tinham pelos pretos no rosto, e eu, não. Passava a mão no rosto, e o sentia liso. E talvez ela pensasse que eles eram grandes, e eu era pequeno.

Aquelas duas ficaram na minha cabeça como um filme mudo. Eu as via esperando ao longe, chegava mais perto, mais perto, as duas olhando para mim, olhando, olhando, e *paft*, eu tinha um pacote nas mãos. Eu como. E de novo. Mais perto, mais perto, mais perto, elas me dão um pacote, e *paft*, estou comendo, e comendo, e comendo. Não conseguia parar de chorar. Sentia saudade da mãe. Sentia saudade do pai. Sentia saudades dos meus irmãos e da minha irmã. Especialmente de Dov. Queria contar a ele o que tinha acontecido comigo. Queria dar a ele metade da minha batata. Mal dormi naquela noite.

De manhã, sou o primeiro a sair.

Pelo canto do olho, vejo alguém correr para a cerca. Eu o conheço. Ele dormia no mesmo beliche que eu. O irmão o havia observado durante dois dias. Vi o irmão correr atrás dele. Falando. Até ouvi, Nathan, pare, pare, Nathan. Espere. O que vai fazer, pare. Segurou sua roupa. Quis puxá-la para longe da eletricidade na cerca. Nathan foi o primeiro a cair na cerca. O irmão que tentou recuar foi pego pela cerca e acabou. Ele não queria morrer.

Em um segundo, viro de costas para a cerca. Não queria ver, não naquela manhã. Queria ir trabalhar, depressa. Queria chegar à estrada na frente do vilarejo. Talvez, talvez, de novo, e talvez não.

Minha barriga começou a doer. Lembro como se estivesse acontecendo agora. Dores começaram na pélvis, na cabeça. Eu queria correr. A fila progredia devagar, devagar. Um vento frio cortava a carne. Um prisioneiro com um pé inchado parou. Seu corpo balançou ao vento. Ele afastou ligeiramente os joelhos dobrados, cravou os calcanhares no chão. Os prisioneiros atrás dele pararam, esperando por ele sem sair do lugar. O homem da SS pegou uma pedra e arremessou nele. A pedra o acertou na perna. O prisioneiro suspirou e continuou andando. A lacuna se manteve. Passamos por uma curva na estrada, outra, o vilarejo estava na nossa frente, *aaah*. As duas estavam lá. A grande e a pequena. A pequena de casaco vermelho. Elas estavam lá paradas, como no dia anterior. Alinhadas com uma torre d'água de onde pendia uma escada de corda.

Tive que recorrer a toda a minha força para não sair da fila, não fazer nenhum sinal. Fiz um esforço para andar devagar, como todo mundo, mas por dentro meu corpo pulava, *plum, plum*. Quando me aproximo delas, meu coração bate como uma marreta. Tusso. Quero me coçar e não movo a mão. Outro pequeno passo e a menininha aponta para mim. Aaah. Paramos. Eu me escuto chorando como um bebê, mamãe, mamãe. Aaah. A mãe se aproxima do mesmo homem da SS do dia anterior, sorri para ele. Ele responde com um sorriso. Ela fala com ele em alemão. Ela diz, a menina quer dar, *ja*. Fala muito e depressa. Entendo um pouco. Entendo que ela é viúva, esposa do Oficial Michael Schroder, sim. Estava sozinha esperando o trem para a cidade, *ja*. O homem da SS aperta a bochecha da menininha, que limpa a bochecha logo depois. A mãe e o homem da SS riem, *ja. Ja. Ja.* A mãe entrega um pacote ao homem da SS. O homem da SS se aproxima de mim. Deus, Deus, Deus. O homem da SS faz um sinal para mim, abra. Olho para os prisioneiros. Eles estão de olhos e ouvidos muito abertos e têm uma boca grande, uma boca negra. Quatro prisioneiros se aproximam de mim. Estou paralisado. O homem da SS levanta o rifle. O homem da SS gesticula para os prisioneiros recuarem imediatamente. Os prisioneiros dão um passo para trás. Ouço-os respirar ofegantes. Sinto como se minhas mãos pegassem fogo. Abro o pacote e não acredito no que vejo. Estou segurando um sanduíche de linguiça. Um sanduíche inteiro com linguiça, para mim. Dois pedaços grossos de pão e um pedaço grosso de linguiça. Dois prisioneiros pulam em cima de mim. Eles têm saliva amarela no queixo. O homem da SS dá um tiro para cima. Eles param. Engulo o sanduíche imediatamente, e é como se tivesse um osso enfiado na minha garganta, engulo saliva, mais saliva, e mais, e o sanduíche desce devagar, devagar, machucando meu esôfago. Estou muito feliz. O homem da SS grita, marchem, marchem.

Sigo em frente, olho para trás.

Ela tem olhos azuis que estão olhando para mim. Tem duas tranças claras. Uma mais curta. Seu rosto é cheio de sardas marrons, e ela sorri para mim, e fica vermelha. Tenho que fazer um grande esforço para não gritar. Rainha, minha rainha, bela rainha. Belisco a perna, a orelha também. Sinto uma dor aguda na orelha. Impossível, estou sonhando. Estou dormindo no alojamento e tem um filme na minha cabeça. Mordo a língua, ela é quente e dói. Outra mordida, e vejo o homem da SS se curvando para as duas. Elas acenam com a cabeça e agradecem. A mãe pisca para o homem da SS. Ela vai ficar perto da menina que não usa lenço na cabeça. Seu cabelo comprido dança como uma bola dourada. O homem da SS ri, suas bochechas ruborizam. O azul em seus olhos cintila.

A fila segue em frente. O vento fica mais forte, o frio aumenta. As árvores se curvam para um lado, os prisioneiros puxam a camisa sobre as orelhas, não ajuda. Olho para trás. A distância entre mim e o casaco vermelho aumenta. O prisioneiro atrás de mim me dá uma cotovelada forte. Ele é alto. Eu sou pequeno. Não me importo. Quero chamar a menina, acenar para ela, jogar meu chapéu, chutar uma bola explosiva entre os postes de um gol imaginário, não importa que postes, podem ser até aqueles do portão do campo, quero chamar o sol para espantar o vento e as nuvens e aquecer o caminho da menina até sua casa, quero encontrar um campo de flores, fazer um grande buquê para ela, correr de mãos dadas com ela pelos campos, ver suas tranças voar de um lado para o outro, uma mais curta, a outra mais longa, encontrar um cavalo branco no prado, jogá-la sobre o cavalo, montar atrás dela, segurar seu quadril, chegar à floresta, gritar, galopar, cavalgar, galopar, rir loucamente, estou vivo, estou vivo, mamãe, onde estou, mamããée.

Os gritos do *kapo* me assustam. Dois dias haviam passado, e é de manhã. O *kapo* grita, em pé, em pé, para fora, na fila. Não me levanto. Fico com a imagem do sonho. Sou chutado para fora da cama. E f-f-f-frio, muito frio.

No caminho, perto do vilarejo, lá estava ela de novo. Uma menina de tranças, a mãe ao lado dela. Engasguei. A menininha apontou para mim. A mãe abordou o mesmo homem da SS. Eles sorriem e brincam em alemão. O homem da SS se inclina para ouvir a mãe com mais clareza. A mãe o segura pelo braço, o vira para o vilarejo e mostra uma casa. Ele não enxerga bem. Ela entrega a ele um pacote, ele diz, um momento, por favor, me dá o pacote e se afasta com a mãe para enxergar melhor. A menina olha para a mãe e para o homem da SS. Oito prisioneiros pulam em cima de mim. Seguro o pacote com força e sinto dedos entrar em minhas orelhas, no nariz, no pescoço, na barriga, não enxergo nada, e então escutei a rajada de tiros, *ra-ta-ta-ta-ta*. Morri? Não, estava completamente vivo. O homem da SS estava parado na minha frente com um rifle nas mãos e, ao meu lado, três prisioneiros caídos no asfalto em uma poça de sangue. Olhei para baixo, para mim, e vi que estava vivo. Olhei para eles – e estavam mortos.

Eu me levantei com o pacote nas mãos. O homem alto da SS se aproximou correndo, com a mãe atrás dele. O atirador da SS apontou para nós, irritado. Isto é, para mim e para os mortos. O atirador da SS se afastou gritando, chutando o nada. O homem da SS me encarou com uma expressão má. A menina se aproximou e, imediatamente, ele fez um sinal para ela parar. Estava envergonhado diante da mãe. Como se dissesse a ela, o que posso fazer, eles são animais. Depois ele me disse, coma agora. Coma. Tinha uma voz baixa e cheia de ódio. E eu não queria que a mãe aceitasse se casar com ele. Estava preocupado, principalmente, com a menina de tranças.

No interior do papel úmido havia cenoura cozida. Comi, ouvi marchar. Marchar.

Elas esperavam por mim com comida todos os dias, ou um dia sim, um dia não, até a neve cair. Comi sanduíches, vegetais cozidos, frutas e bolo, às vezes elas me davam uma batata crua. Eu a escondia no bolso e esperava o momento em que mandavam me chamar para consertar coisas para o gerente de serviço. Tinha uma caixa de lata ali. Eu produzia vapor no gás e cozinhava a batata. Durante longas semanas, elas esperaram por mim, a mãe e a menina, e também havia o homem da SS, que ria com a mãe. Ele não me matou nas noites no acampamento. Não me jogou em outro grupo. O homem da SS me protegia dos outros prisioneiros com o rifle e, no fim, uma menina alemã salvou minha vida.

Não parei de pensar nela por muitos anos. Queria encontrá-la depois da guerra. Queria colher estrelas do céu para ela. Fazer dela uma rainha. Queria, queria. Mas não perguntei o nome dela. Não sabia que um dia, mais um dia, eu caminharia pela neve e não haveria ninguém lá.
    Três meses passaram. Estávamos dispostos a morrer no gás, de corpo e alma.

* * *

Israel, 2001
7h35 na Estação de Trem Beit Yehoshua

    A mira de um rifle apontava para mim. Sim, apontava para a pélvis. O rifle de um sargento do corpo blindado, pela cor e pelo desenho da ombreira. O rosto do sargento é queimado de sol, e ele dorme com as costas apoiadas em um poste, a uns quatro ou cinco metros de mim. Ele parece café no fogão. Sinto saudade de chocolate quente. A queimadura de sol incha seus lábios, e ele tem um queixo largo, impressionante, parece Kirk Douglas sem a covinha no queixo. O cabelo é curto, e o rifle aponta diretamente para mim, carregado. Não tenho energia para um rifle a esta hora da manhã. Quero trocar de jornal por causa dos rifles nas notícias matinais. Estou cansado de ler sobre isso enquanto tomo meu primeiro café.
    Não chove, só o cheiro e as nuvens gordas que não murcharam em uma hora. Os eucaliptos altos lembram uma parada.
    Dou um passinho para trás.
    Meu traseiro está gelado, e estou a caminho de Nahariya. Yitzhak diria, com o que se preocupa, hoje em dia as pessoas precisam andar com um rifle, são tempos difíceis em Israel, e ele riria, pediria desculpas e se levantaria para ir dar um telefonema relacionado ao trabalho. Dov diria, confie no soldado, ele sabe o que é um rifle, passou por treinamento, consegue

dormir com uma automática na mão, não se preocupe e, enquanto isso, por que não vai beber alguma coisa. Um expresso pequeno?

Se ele tivesse perguntado, eu teria dito, nem tem um quiosque, e não consigo deixar de me preocupar, cada dia tem sua própria tragédia, e Dov se sobressaltaria, nem um quiosquinho? Não, Dov. Yitzhak diria, Beit Yehoshua não é importante, venha ver o nosso em Nahariya. Tem até um bufê organizado com wafer, biscoitos e suco, e sanduíches preparados pela mulher todas as manhãs, sim. Mas Yitzhak, como sabe o que é um bufê de trem, você não viaja de trem.

Se Yitzhak tivesse ouvido Dov, ele coçaria a nuca e diria, certo. Não suporto rampas de embarque, não suporto.

Rampas são um lugar ruim para judeus.

Um trem veloz corta o vento em sentido contrário. Um *vuuush* rápido, e ele foi embora. Na plataforma da frente tem um rapaz vestido com um bom terno e com um laptop sobre os joelhos. Seu olhar é atraído por uma mulher jovem que parece bem-sucedida, considerando a jaqueta, a saia curta, as meias finas e os sapatos de salto alto. Uma mulher bonita. Ela o vê, se empertiga, se projeta. Ele a encara e, imediatamente, volta ao computador. Idiota. A mulher bonita de minissaia derruba a bolsa, espera. O laptop é fechado. O rapaz se levanta, inclina o corpo para pegar a bolsa e aponta para o banco. Os dois sentam. Ele fica em silêncio. Ela pensa. Ele abre o laptop e explica alguma coisa para ela. Ela não tem paciência. Pega um celular na bolsa e digita um número. Ele fica vermelho. Uma policial feminina chega com seu rifle e para ao lado deles. Olha para o computador. Faz uma pergunta. Ele fica feliz. A soldado olha para o computador, e ele explica. A mulher bonita de minissaia fecha o celular, olha rapidamente para a soldado, cruza as pernas com um gesto expansivo, e o laptop cai. O rapaz é o primeiro a pular, depois a policial. Eles pegam o computador juntos, sem perceber como a mulher é bonita quando está sorrindo para o nada.

O trem entra na estação, e o rifle do soldado queimado de sol continua apontado para as pessoas nela. Levanto depressa, ajeito os óculos escuros e olho para o relógio. Oito horas. Onde está o trem para Nahariya, por que tenho que esperar o sargento vir em minha direção. Só espero que ele não atire por engano, como vi no jornal esta manhã. Sem motivo. Alguém estava andando e, acidentalmente, atirou em outra pessoa.

O trem rastejava para dentro da estação. Todo mundo se move para o embarque, sou arrastada com as pessoas e sinto um cheiro forte de loção de barba misturado com suor. Sua arma pressiona meu braço, sinto a pressão no casaco. Movo o braço, tentando empurrar a arma para longe, mas as pessoas estão empurrando de trás. Ele cola em mim como velcro. A porta do vagão está fechada. É isso, não suporto mais a pressão. Recuo com força, e o sargento é empurrado contra uma jovem que está ao meu lado com um casaco de lã de ovelha, e o rifle desaparece na lã.

A porta do vagão se abre com um suspiro, e espero as pessoas entrarem antes de mim. Entro por último. Todos os lugares estão ocupados. Passo rapidamente por um segundo vagão, um terceiro, quarto, quinto, paro. Um homem idoso ronca, ao lado dele tem um lugar vazio. Prestes a me sentar, percebo um revólver preso no cinto sob o uniforme militar cinza.

Senhora, sente-se.

Senhora, sente-se, por favor. Ora, sente-se. Passagens, por favor.

Não quero me sentar. Um estado que parece um depósito de armas. Yitzhak diria, melhor assim, se eu tivesse um rifle durante a guerra, teria matado alguns alemães, e talvez tivesse me matado. Dov diria, você não sabe o que é ser pequeno em um campo de adultos, queria ter tido uma arma, queria.

CAPÍTULO 10

Yitzhak

No Campo Zeiss, eles nos preparavam para morrer por gás. Três meses de trabalho duro. No meio, nevou e tudo ficou coberto de branco. A menina e a mãe não estavam mais em lugar nenhum. Eu andava até a fábrica me sentindo afundar em lama infinita. Minha pele coçava e sangrava, e eu tinha ferimentos nas pernas. Os machucados grudados no sapato não doíam. Minha mente estava vazia. Eu era como um autômato. Eles diziam ande, eu andava. Diziam pare. Eu parava. Eles diziam dez minutos para suas necessidades, eu me sentava no buraco e não saía nada. Sentia que meu corpo era tão fino quanto vidro sujo. Olhava para os outros prisioneiros e sabia como era minha aparência. Amarelo e magro como uma doença, com a boca encurvada para baixo e o queixo sem carne. Todos usavam pijamas de cor uniforme, mostarda como cocô de bebê. Estávamos na rampa, esperando nossos substitutos, amontoados na neve fresca. Esperávamos o trem para Auschwitz.

Havia boatos de uma mudança. Os cães dos homens da SS latiam sem muito entusiasmo. Os homens da SS batucavam irritados com as botas na neve. Passamos quatro horas em pé, e não havia misericórdia nem carruagens de anjos.

Um trem de gado com faróis grandes e cara de hiena se aproximou muito lentamente de nós, ouvi chiados e apitos como de sofrimento, *chuu*. *Chuu. Chuu. Chuu-uu.* Eu me lembro de ter pensado, o trem também não tem força. Prisioneiros viram o trem e começaram a recuar lentamente, bem devagar, como uma mancha escura de óleo que não se espalha. Um prisioneiro perto de mim começou a tremer onde estava, disse, os alemães enlouqueceram, não sabem o que fazer com o material para o fogo. Outro prisioneiro com um olho fechado disse, quem sabe se o trem não pode levar a rampa inteira para Auschwitz. Eu sabia que os recém-chegados já tinham ocupado nossos alojamentos, e disse, não se preocupem, eles não carecem de nada, nem de trens, os malditos.

Prisioneiros começaram a clamar por Deus, mamãe, papai, três desmaiaram juntos, *poft, poft, poft*, caíram como dominós. Depois deles, mais dois caíram intencionalmente. Ouvi choramingos, não quero morrer, não quero entrar no trem de gado, mamããe, mamããe. Tiros de rifle nos silenciaram. Alguns tentaram fugir, pularam da rampa, saltaram sobre o trilho, correram em ziguezague, ouvi gritos e uma série de tiros, depois silêncio e imediatamente Deus. *Ou-vey* Deus. Deus nos salve, nos salve, e *Shema Israel*, e chorando como um mar tempestuoso, *hummm hummm*. E palavrões, muitos palavrões em alemão.

A porta do vagão se abriu com um estrondo alto. Eu não conseguia subir. Prisioneiros me empurravam por trás. Os golpes dos alemães nos ajudavam a avançar depressa, bem depressa. Prisioneiros agarravam as roupas uns dos outros, agarravam a porta, cabos de rifle batiam em seus dedos, eu ouvia choros terríveis, não quero, me deixe em paz, não quero ir, caí no chão do vagão. Mal consegui rastejar até a parede e ficar em pé. As pupilas de um prisioneiro próximo tremiam, a cabeça dele pendeu para a frente, levando os ombros junto, e ele desapareceu. Na porta, eles continuavam obrigando as pessoas a entrar. Senti um tremor sob os pés. A porta do carro fechou com um baque. O trem não se moveu.

Eu não conseguia respirar. Tinha um prisioneiro grande e largo que estava de costas para mim. Vi a mão dele entrar no bolso de outro prisioneiro. Ele esperou um momento, retirou a mão e a levou à boca. Engoliu cascas de batata. Depois abaixou a calça do prisioneiro, agarrou a bunda dele e esfregou e esfregou, esfregou, mais e mais. O prisioneiro diante dele não se mexia. Eu queria morrer.

Ficamos fechados no vagão por umas duas horas, talvez. O trem não se movia. Era sufocante. Pessoas gritavam. Vomitavam. Cagavam na calça. Ouvi o uivo de aviões sobre nós. Aviões jogavam bombas e desapareciam. Rezei para uma bomba cair sobre o teto do meu vagão, e isso acabaria com tudo. Rezei por balas de metralhadora bem no meio da minha cara. Deixar essa vida de lixo com um golpe, mas não aconteceu.

A porta do vagão se abriu. O alto-falante ordenou, desçam. Depressa. Desçam. Depressa. Vimos que os trilhos para Auschwitz tinham sido interrompidos no bombardeio, e compreendi que não iríamos para Auschwitz. Ficamos na rampa por uma ou duas horas. Ficamos ali colados uns nos outros, tremendo. Respirando o mau cheiro que passava de boca para boca. Não nos aquecíamos. A neve caía como se não tivessem bombardeado o local. Eu tinha certeza de que meus dentes quebravam na boca, procurava espaços com a língua, não os encontrava. Enquanto isso, os alemães corriam por ali e gritavam, e eu tinha medo, talvez eles nos levassem a Auschwitz nos vagões motorizados, e talvez nos levassem a pé até alguma floresta, e teríamos que cavar um poço profundo com espaço suficiente para toda essa rampa.

Finalmente, eles nos colocaram em um trem com vagões abertos. Percebi que os alemães estavam procurando um crematório alternativo. Não servíamos para nada além de gás e incineração.

O gelo nos consumia no vagão aberto, nos colava ao chão. Deitamos uns sobre os outros como uma pilha de trapos molhados. As roupas que eu usava desintegravam nas costuras. Os sapatos, também. Puxei um barbante do bolso e amarrei a sola ao meu pé, mesmo sabendo que o sapato não cairia, porque estava colado ao meu pé pelas cascas dos machucados. A neve caía sem parar, se misturava a ranho, vômito e sangue, era colorido e brilhante, como as decorações no sucá que nossa vizinha fazia todos os anos para ela e o marido, porque os filhos tinham ido para a América do Norte, e eles ficaram sozinhos e arrasados. Aqueles vizinhos da fazenda também estiveram na rampa por muito tempo, também no chão dos vagões, sim, sim.

Viajamos de Zeiss como se estivéssemos em um lençol limpo e branco, só era nojento e fedido do lado de dentro.

O trem entrou em Schwandorf muito, muito lentamente.

Mais uma vez havia o uivo de aviões e bombas, um bombardeio. Os alemães saltaram para procurar abrigo. Alguns prisioneiros saltaram atrás deles, inclusive eu. Corremos como ratos famintos em uma casa pegando fogo. Procuramos comida. Corremos de porta em porta. De prédio em prédio. Não encontramos nada. Chegamos à janela de um porão escuro do tamanho de uma sala grande. O chão do porão era coberto por malas fechadas. A janela era estreita e protegida por grades. Fiquei ao lado dela com um grupo tão acabado quanto eu, mas eu era o menor e o mais magro de todos. Os prisioneiros ao meu lado olharam para mim. Para as malas. Para mim. Para as malas. Eu entendi. Tinha mais medo da morte por gás, menos de morrer por balas ou bombas. Agarrei a grade e passei a perna para o lado de dentro. Deslizei o corpo para o outro lado. Passei a outra perna e fiquei suspenso no ar. Um, dois, *bum*, pulei. Caí sobre uma mala marrom e cheia. Eu a abri rapidamente. Sacudi roupas, joguei para o lado baixelas de prata, livros, fotos, bonecas, suéteres, copos, chinelos, cadarços de sapato, produtos de higiene, não encontrei nenhum alimento. Abri outra mala. Olhei nos bolsos dos casacos, nas laterais, nada. Joguei tudo para fora da terceira mala. Quarta. Quinta. Os prisioneiros me protegiam lá em cima. Não faziam barulho nenhum. Revirei dezenas de malas, nada.

Queria sair.

A distância do assoalho do porão até a janela parecia assustadora. Um prisioneiro lá em cima disse, ponha as malas uma em cima da outra e suba.

A voz do prisioneiro era como a de meu pai. A voz de alguém que sabe das coisas. Joguei roupas em várias malas, as fechei depressa e fiz uma pilha com elas, uma em cima da outra. Subi na pilha. As malas afundaram sob meus pés. Eu caí. O prisioneiro gritou para mim, o bombardeio acabou, depressa, depressa. Senti a garganta seca. Senti as pernas derreter como manteiga ao sol. Procurei objetos sólidos entre os pertences. Empurrei livros e objetos de prata para cima das roupas. Fiz uma pilha mais alta. Subi com cuidado. Meu corpo balançou, minhas pernas tremeram, eu me estiquei bem devagar, levantei a cabeça. Ouvi a voz de meu pai, Yitzhak, pule, pule. Mãos magras e pálidas apareceram entre as barras. Dedos ossudos me chamavam para pular. Lentamente, ergui as mãos. Estava longe deles. O prisioneiro disse, alarmado, pule, pule. Eu pulei. Caí no chão.

A sirene aguda de um trem paralisou todo o meu corpo. Eu queria me levantar. Meu corpo era pesado como um saco de farinha. Eu sabia, se não conseguisse me levantar, morreria como um rato miserável naquele porão. Levantei a cabeça e gritei para os prisioneiros lá em cima, não posso morrer aqui desse jeito, nãããão! Ajudem-me a sair, tenho que sair daqui. Os prisioneiros lá em cima batiam na grade. Vi dedos brancos empurrar as barras. Apoiado em uma das malas, consegui me levantar. A porta do porão estava na minha frente, no alto da escada. Corri até lá e girei a maçaneta. Trancada. Esqueci, tínhamos tentado abri-la do outro lado. Bati a cabeça como um louco, gritei, Yitzhak, pense, pense, ou vai apodrecer aqui entre as malas dos mortos. A voz de meu pai me chamou: volte às malas. Tente depressa, o homem da SS vem vindo. Estou esperando você.

Eu me senti mais forte.

Respirei fundo. Limpei as mãos molhadas na camisa. Procurei as malas maiores na pilha. Ajeitei uma sobre a outra em uma linha reta. Subi com cuidado, devagar, endireitando o corpo lentamente. Quase não me mexia. Ouvi lá em cima Yitzhak, pule, pule. Dobrei os joelhos ligeiramente. Ganhei impulso e pulei em direção à grade. Duas mãos me seguraram com firmeza, Deus, de onde ele tirava força, ouvi a voz do pai ofegante lá em cima, segura firme, segura, vou puxar você para fora, segura, várias mãos me agarraram e puxaram, e puxaram, eu ajudava apoiando os pés na parede, sentia que meus braços se desprendiam do corpo, a cabeça caía para trás, e eu não tinha a menor chance.

Os prisioneiros não soltaram. Cheguei à grande, saí e ouvi outra sirene e um chiado pesado se aproximando da locomotiva do trem. O homem da SS se aproximou da janela com um rifle e não achou nada. Os prisioneiros se dispersaram como palha ao vento.

Corri para o vagão mais próximo. Consegui subir. O trem aberto deixou a estação quando a neve parou de cair. Um vento frio soprava em meus ouvidos, eu sentia calor. Peguei um punhado de neve do chão e esfreguei no rosto. Fui até Buchenwald vomitando bile. Fui até Buchenwald com os joelhos tremendo, e eu ouvia a voz de meu pai, Yitzhak, pule. Durante todos os dias nos campos eu ouvia, Yitzhak, pule. Até hoje, ainda ouço, Yitzhak, pule, pule.

CAPÍTULO 11

Dov: Muita gente queria que eu contasse o que aconteceu, mas eu não quis.

Só quero contar coisas boas.

Ninguém vai acreditar nas coisas ruins que passei; ninguém vai acreditar em mim, porque não é normal.

Yitzhak: Não quero nem lembrar.

Dov

A fome no Campo de Jaworzno me devorava por dentro. Eu sentia o fim chegar.

A comida que eles davam não ajudava. De manhã era café, mais nada. Na hora do almoço, sopa com vermes. À noite, um pedaço de pão com um pouco de margarina ou queijo. Era isso. Eu me sentia um saco pregueado cujo ar havia sido completamente extraído, *pachchch*. Vi prisioneiros arranhar a parede e comer imundície. Vi pessoas comer terra. Elas abriam e fechavam a boca como se mastigassem alguma coisa. Eu fazia a mesma coisa, e a saliva grossa começava a escorrer, como ranho. Um prisioneiro correu para o fundo do prédio, colou à porta e começou a devorar a madeira. Uma pancada na cabeça dele salvou a porta.

Havia prisioneiros que não se levantavam para o desfile matinal. Tinham morrido antes do anoitecer. Havia prisioneiros que pulavam na cerca. Alguns encostavam o corpo nela como se fosse uma cama, com o rosto voltado para as estrelas. Havia os que amarravam uma corda no pescoço e se penduravam em uma viga como roupa lavada. Nenhum prisioneiro do bloco tentava impedi-los. Eu não sabia de onde eles tiravam força para cometer suicídio. Continuei perfilado para o desfile, porque não conseguia pensar em outro plano. Eu era um menino. Era uma cabeça mais baixo que a maioria dos prisioneiros. Tinha machucados nas mãos, nos joelhos e no pescoço. Os ossos da minha bunda doíam, os piolhos eram incansáveis, aninhados em uma marca vermelha cheia de arranhões, e eu continuava andando nos comboios.

Um dia estávamos perfilados antes de a escuridão chegar. Fui o último da fila a voltar ao campo. Um sol branco desaparecia atrás das nuvens com relevos inchados, como pedras pontudas em lã de algodão. Fazia frio, e o cheiro era horrível. Todos arrastavam os pés das trincheiras para o comboio. Eles deixavam sulcos confusos, tortos sob seus pés. Os ombros pendiam para a frente, quase se desprendendo nos braços. Todos estavam em silêncio, olhando para o chão. Mal tínhamos começado a andar em direção ao campo, quando três foram deixados na estrada. Os que vazavam por trás eram finalizados primeiro.

A parte de trás do meu corpo doía, principalmente no vão da bacia e atrás da coxa. Eu sentia uma grande saliência na coxa e um músculo repuxando até o tornozelo. Bati o pé no chão. A dor não passava. Sentia o estômago desidratar, desaparecer. Tinha certeza de que, no fim, meu estômago sairia pela bunda. Não sei o que me fez lembrar de meu amigo Vassily. Senti o impulso de dizer em voz alta, Vassily, Vassily. Abri bem a boca, deixei sair o ar, mas não tinha voz. Então senti vontade de rir. Distendi os lábios, ri em pensamento, um cheiro azedo saiu da minha boca. Eu tive certeza de que era isso, era assim que as pessoas enlouqueciam.

A distância entre mim e o prisioneiro da frente aumentava. Eu queria diminuí-la, dobrei o corpo para a frente, fui me arrastando, era como uma tora enterrada no chão. Mal conseguia dar um passo, outro passo, e outro. Era como se minhas pernas se separassem de mim e andassem sozinhas.

Levantei a cabeça e vi uma mulher velha e encurvada.

Ela saiu da floresta e foi em direção ao comboio. Tinha um lenço roxo na cabeça, usava um vestido preto e carregava uma pequena cesta. Não entendi de onde ela havia saído. Eu me aproximei dela. Ela olhou em minha direção e esticou o pescoço, como se esperasse uma oportunidade. Vi que suas narinas eram diferentes, uma era muito grande, e a outra, pequena. Uma cicatriz feia começava na beirada do nariz, levantando uma narina e parte do lábio superior. Ela parecia ter um sorriso torto, mesmo quando estava triste.

A distância entre mim e o prisioneiro da frente aumentou uns dez passos, pelo menos, e me aproximei dela. Ela me olhou de um jeito penetrante, como se dissesse, fica comigo, fica. Ela tirou um pacote da cesta, levantou o braço e *pof*, arremessou. Tive certeza de que ela jogava uma pedra em mim. Abaixei e consegui pegar o pacote. Ela gesticulou para eu comer, virou e desapareceu na floresta.

Tive a sensação de que meu coração caía dentro do estômago.

O homem da SS mais próximo estava a uns vinte metros de mim, e rezei para ele não virar e me atacar. Escondi o pacote na camisa e comecei a correr na minha cabeça. De algum jeito, consegui alcançar a fila.

Pus a mão dentro da camisa e senti o papel. Era engordurado e áspero. Abri o pacote com cuidado. Um cheiro intenso de linguiça fez cócegas no meu nariz. Enfiei os dedos trêmulos no interior do pacote, pão. Deus, embaixo da camisa eu tinha duas fatias grossas de pão e um pedaço de linguiça. Todo o meu corpo tremia. Meus joelhos cederam, eu gritei com o coração, não caia, ande com cuidado e procure pássaros no céu. Franzi os lábios, tentei assobiar, mas só produzi uma coisa fraca, *fff. Fff. Fff. Fff.* Enquanto isso, foi ficando mais escuro. Pus a mão embaixo da camisa e arranquei um pedaço do sanduíche. Engoli sem mastigar. Outro pedaço, e outro. Só mastiguei o último pedaço lentamente, lentamente. Lamentava muito o fim do sanduíche. Lambi os dedos, procurei migalhas no papel. Queria comer um pedaço do papel por causa do cheiro. Lambi o papel de cima a baixo e, *pá*, eu o comi também.

A sensação era boa.

Meu estômago entrou imediatamente em alerta. Havia sons como soluços de boca fechada. Quase comecei a rir por causa desses ruídos, mas não queria problemas com meu vizinho, então apertei o passo e bati na barriga. Senti vontade de cagar. Pus uma das mãos na bunda e apertei com força.

Daquele dia em diante, tentei ser sempre o último da fila. Procurava a mulher com a cesta. Não a vi novamente. Aquele sanduíche me deu força. Um pouco. Penso frequentemente na velha. Uma mulher joga um sanduíche uma vez, e me lembro dela pelo resto da vida.

Israel, 2001
14h26 parada em Acre. Estou no trem de Nahariya para Binyamina.

Reviro a bolsa e encontro uma barra de chocolate embrulhada em um papel amassado. Três quadrados de chocolate me devolvem à vida. Quatro quadrados. Apoio a cabeça na janela do trem e vejo que, de acordo com as manchetes na primeira página do jornal, qualquer esperança de um pouco de tranquilidade está em risco.

Se estivéssemos sentados na sala de estar de Dov, ele diria, o que vai ser de nós, sempre teremos medo? Então, Yitzhak puxaria o nariz e comentaria, é assim com os judeus, mesmo que tenhamos um estado e nossos filhos tenham pai e mãe, nossos netos tenham avô e avó, não estamos em uma situação normal. E então Dov diria, nunca acreditei que algum dia estaríamos nessa situação, o que será? Yitzhak estenderia a mão e empurraria o queixo para cima, sem saber o que seria. Por isso ficávamos em silêncio sem café, sanduíches e biscoitos de cacau. Apenas sentávamos ali, e Dov pegava o controle remoto da televisão e ligava no Canal Dois, bocejava para a entrevista, no Canal Um estavam discutindo, só no National Geographic ele se acalmava e dizia, veja como é simples com os animais. Eles não matam simplesmente, eles matam para viver.

Eu não saía da cadeira na frente de Dov e Yitzhak, olhava diretamente para eles, e Dov diria, vejo que não está de bom humor, não posso aceitar, e ele ia pegar uma garrafa de Slivovitz no bufê, de forma que a cada intervalo de poucos minutos ele podia fazer um brinde. Depois do terceiro ou quarto copo, eu sentia um calor agradável nos pés e dizia, espera, vai com calma, estou tonta.

Mas Yitzhak pedia rapidamente a quinta e a sexta rodadas de brindes, para que nunca ficássemos com sede, e Dov diria, ao Estado de Israel.

Em vez de sobremesa, bebíamos café forte com biscoitos, e eu abria meu caderno ou o gravador, porque, em algumas situações, não há força para os problemas de outras pessoas.

Eu dizia, talvez, de vez em quando, tenhamos que largar tudo e só olhar uns para os outros e sorrir com os olhos como um bom abraço, e isso é o suficiente.

CAPÍTULO 12

Dov

Durante três meses, eles nos locomoveram a pé. Acho que era fim de 1944, ou, pela altura da neve no acostamento da estrada, começo de 1945. Saí de Jaworzno depois de seis meses de trabalho no subterrâneo, para onde me desciam em um cesto para cavar com as mãos e pôr a terra no cesto. Os alemães nos tiraram de Jaworzno porque um bom transporte havia chegado, e nós não éramos mais úteis para o trabalho. Andávamos, apenas andávamos. Éramos como palitos de fósforos andando e quebrando ao meio. Não sei por que nos levaram a pé. Talvez porque não conseguiam encontrar um crematório disponível. Em Auschwitz o crematório já havia sido desmontado. Eles limparam as valas, as encheram com cinzas de judeus e prepararam grama para encher os olhos com a cor verde. Outros crematórios estavam funcionando e não havia espaço para mais prisioneiros. Disseram que havia longas filas e pessoas esperavam do lado de fora por muito tempo, dias até, só para entrar. Éramos alguns milhares e, enquanto isso, eles nos faziam andar na neve para morrermos por conta própria, porque havia caos no fim da guerra e éramos como o excedente para o qual não havia espaço.

Deixamos o Campo de Jaworzno de manhã bem cedo. Nuvens negras desciam do alto sobre os alojamentos. Um vento que cortava como a lâmina de uma navalha passava por nosso rosto, como se procurasse alguma coisa notável para cortar. Partimos, vários milhares de homens silenciosos. Quando o primeiro chegou à floresta, o último apenas passava pelo portão do campo. Havia homens da SS e cachorros. Não lembro quantos, acho que eram muitos. Usávamos o *häftling* listrado – roupa de prisioneiro, um chapéu listrado, um cobertor dobrado nas costas. Sem casaco. Os sapatos eram rasgados – uma sola de madeira gasta com pedaços de plástico em cima dela. Homens judeus usavam um sinal no peito. Uma pequena Estrela de Davi com *jude* escrito nela. Andamos mais ou menos a distância de Tel Aviv a Eilat e de volta, mas não sabíamos onde estávamos. Às vezes nos punham em um trem. Um trem de gado fechado, ou um trem aberto. Sem assentos. Entre nós havia prisioneiros poloneses. Alguns tentaram fugir quando chegamos à Polônia. Os alemães correram atrás deles com rifles e apitos, como em uma caçada. Ouvi tiros, ouvi xingamentos e disparos, mas não paramos de andar.

Nos primeiros dias, andamos sem parar.

As pessoas caíam como moscas. E, então, *bum*. Ganhavam uma bala. *Bum-bum*. Caídos na estrada com os ossos salientes. As balas não matavam. Só às vezes, se eles tivessem sorte. Eu ouvia os gritos dos feridos dia e noite. A cada minuto. O som de berros e soluços se instalou em meus ouvidos, não ia embora. Até hoje tenho sons em meus ouvidos. Íamos dormir, nos levantávamos, e o som continuava. As palavras eram as mesmas, *oy, mamaleh, oy, papa*, avô, avó. Às vezes falavam nomes, *oy* minha Elizabeta, *oy* Ilona'leg, *oy* Yuda'leh, Yudah'leh. Eu tentava andar na lateral da estrada, mais perto do campo. Não queria andar ao lado de prisioneiros altos que enfiavam os cotovelos em mim, teria estilhaçado como vidro. Especialmente quando distribuíam pão a cada dois ou três dias. Eu sempre me sentava na lateral. Não víamos água.

Não sentíamos sede quando nevava. Chupávamos neve. Quando chovia, andávamos de boca aberta para a chuva, o pescoço doía. Não me lembro de secreções. À noite dormíamos em campos de prisioneiros pelo caminho, não sei os nomes. De manhã, os prisioneiros deixavam os campos conosco e seus homens da SS e os cachorros. Às vezes dormíamos na neve, na floresta, ou ao lado da estrada, ou no cobertor que carregávamos nas costas. O cobertor era molhado, sujo. Eu tinha medo de pegar alguma doença no cérebro que produzisse vermes. Não o tempo todo, mas às vezes eles apareciam para uma visita e desapareciam depois.

Os altos também se comportavam como se recebessem visitas de vermes. Prisioneiros arrancavam a casca das árvores e a punham na boca, arranhavam uma tábua congelada com as unhas e lambiam, comiam um pedaço da calça, um pedaço da manga. Um prisioneiro começou a se comer. Ele mordia o braço, arrancava a pele e mastigava, mastigava. Tinha sangue em seu queixo. Na segunda mordida, ele levou um tiro. Os cachorros no comboio receberam uma ordem e, pronto, estavam em cima dele. Os cachorros empurravam, ganiam, se atacavam entre eles porque o prisioneiro era pequeno e magro, não era suficiente para todos. Os homens da SS se aproximaram dos cachorros, fizeram sinais com os dedos. Eu entendi os sinais, eles estavam chamando os cães. Como os góis do meu vilarejo, que apostavam na vitória de um cavalo de corrida. O barulho dos cachorros permanece em meus ouvidos até hoje.

Nossos homens da SS comiam bem. Pelo tempo que passavam sentados, pelas latas que abriam, pelas embalagens de papel que jogavam foram, eles comiam bem. Nós recebíamos apenas pão. Dois prisioneiros jovens e de boa aparência andavam ao meu lado. À noite, eu os via ir ao encontro dos homens da SS. De manhã eles voltavam com as bochechas vermelhas e de meias. Com os bolsos cheios. Os prisioneiros mais altos não chegavam perto deles. Eles só enfiavam os cotovelos nos menores e pálidos, como eu.

Bum, bum. Bum-bum. Pilhas de listras finas sem espaços, mas com excrementos espalhados na estrada. Éramos um longo comboio, como os vagões densos de uma centena de trens, mil trens, um milhão de trens, e cem milhões de gritos de prisioneiros prestes a morrer. O barulho em meus ouvidos voltou, *bvuuuum, bvuuuum*. Rosy'leh, Meide'leh, *bvuuuum*. Enquanto isso, vermes e formigas vinham a mim. Viajavam de uma orelha à outra, finalmente faziam morada em minha testa. Percebi que estava enlouquecendo, mas o que mais temia era que o homem da SS olhasse para mim.

Eles tinham olhos de frestas. O homem da SS estreitou os olhos na minha frente, e eu me senti como uma mosca, um mosquito que precisava ser esmagado, terra na sola das botas. *Du Arschloch* – seu imbecil, eles nos chamavam. Seu imbecil, na fila.

Mann, beiße den Hund – homem, morde o cachorro, dizia o homem da SS para seu cão, apontando para alguém. O cachorro entendia cada palavra, e mordia. Mesmo quando estávamos congelados e sem carne. Mesmo quando tínhamos lêndeas na pele, ele mordia.

Chegamos de trem a Weimar, a estação anterior a Buchenwald. Eu estava deitado em um vagão aberto, esperando o anjo da morte. Contei dedos até cem, depois de novo ao contrário, até zero. Eu me lembrava cada vez menos de casa. Esqueci de que vilarejo tinha saído. Quem estava lá e quantos irmãos eu tinha. Esqueci onde estava meu irmão, o nome do meu melhor amigo. Levantei a cabeça para sacudir o cérebro. Levantei várias vezes. Fiz movimentos com os lábios, mamãe chamava Leah, papai chamava Israel, eu tinha um irmão Yitzhak, só isso. Minha mente emperrou. Sacudi a cabeça com as duas mãos e Sarah apareceu, e foi isso.

Aviões se aproximavam do trem. Talvez seis aviões, mas podiam ser sessenta. Contei um, dois, três, não me mataram. Não contei mais.

Os aviões jogaram bombas. Sobre mim, vi tudo preto e uma explosão de luz brilhante e fumaça. Ouvi ganidos como um alarme, ah, uma sirene. Sentei e olhei para a plataforma. Os alemães estavam saltando do trem para procurar abrigo. Percebi que ali eu tinha uma chance de procurar comida. Fui atrás dos alemães.

Corri pelo trilho como se tivesse uma bateria na bunda. Não havia medo em meu coração. Eu queria encontrar comida. Se tivesse que morrer, pelo menos morreria de barriga cheia.

Os apitos feriam meus ouvidos. Trilhos de trem voavam pelos ares. Pedaços de ferro perfuravam os vagões, uma parede na minha frente, o chão. Tudo se enchia de fumaça densa, fedida. Eu mal via o telhado de uma casa que queimava diante de mim como uma tocha. Um jato de água voou para o outro lado. Ouvi janelas quebrar, provocando uma chuva de vidros. Ouvi os gritos dos feridos que queriam um salvador, ou um Messias. Ouvi um cachorro uivar, mas continuei correndo com os ouvidos meio fechados.

Havia vagões fechados em um trilho lateral. Ouvi um apito terrível, e *bum*! Uma bomba caiu em um dos vagões. Uma chuva de repolhos caiu sobre o vagão. Procurei abrigo, mas era tarde demais. Um repolho acertou minha cabeça. A pancada foi forte, e eu mergulhei na escuridão.

Acordei, não sei quanto tempo demorou.

Eu me levantei do trilho. Minha cabeça girava, eu queria vomitar. Endireitei o corpo e continuei correndo na fumaça sufocante, ah. Avrum. Eu tinha um bom irmão mais velho cujo nome era Avrum, e queria comer como comíamos no vilarejo. Procurei casas. Na plataforma à minha frente havia uma casa de dois andares com janelas cobertas por tecido escuro. Eu me aproximei dela, olhei para trás e confirmei que estava sozinho. Girei a maçaneta, a porta abriu. Não sabia se tinha alguém na casa, entrei.

Vi um sofá, poltronas, um armário. Abri o armário, roupas. De um lado havia uma escada com corrimão. Subi correndo. O cheiro forte de comida quase me derrubou da escada. Encontrei uma cozinha quente, fumegante, com uma grande panela no fogo. Meu nariz começou a escorrer como uma torneira. Eu o limpei com a manga. Levantei a tampa da panela. Sopa fervendo. Enfiei as mãos congeladas na sopa. Fogo. Agarrei o que podia e enfiei na boca. Não senti gosto de nada. Só a língua queimando terrivelmente. Enfiei as mãos na sopa outra vez. Engoli vegetais fervendo sem mastigar. Era como se enormes tesouras me rasgassem da garganta até a barriga. A dor continuou até a virilha, mas pus as mãos na sopa outra vez. Encontrei uma cenoura grande no fundo da panela. Pus a cenoura na axila e andei pela cozinha. Não encontrei pão. De repente, vi uma pequena harmônica em cima da mesa. Eu me lembrei de ter tido uma igual. Enfiei a harmônica no bolso e desci a escada.

O homem da SS subia a escada em minha direção.

Vi ódio nos olhos dele. Vi buracos com paredes trêmulas em seu nariz. Vi um sinal roxo em cada bochecha. Ele segurava uma arma. Eu não parei. Passei por ele e continuei descendo. Ele não se incomodou comigo, e eu não me incomodei com ele. Ouvi quando ele desceu atrás de mim. O cano da arma pressionou minhas costas. Levantei as mãos. A cenoura caiu no chão. Pensei, é o fim para mim. Reze. Minha boca queimava, a pele se desprendia em fragmentos e mais fragmentos, e meu maior pesar era pela cenoura. Pensei, pelo menos vou morrer de barriga cheia. Quase sorri.

Continuei andando. A arma do homem da SS apertava minhas costelas com força. Minhas pernas começaram a tremer. Senti um forte formigamento, como uma agulha fria entrando pela nuca e descendo pela coluna. Sentia o hálito quente do homem da SS no meu pescoço. Tinha o cheiro forte de cigarros. Eu não conseguia entender por que o homem da SS não atirava em mim. Terminei de descer a escada, passei pela sala de estar, saí pela porta com ele atrás de mim. Um segundo homem da SS esperava na plataforma, virando o rifle entre as mãos. Ele tinha a boca grande de um lobo esperando para devorar alguma coisa. Continuei andando. Cheguei ao segundo homem da SS, ele levantou a arma e *paft*. O golpe explodiu nas minhas costas. Caí no chão, vi uma parte do cabo do rifle cair ao meu lado, e tudo escureceu. Me levantei no escuro enxergando faíscas e comecei a correr. Caí. Me levantei. Continuei correndo na direção dos gritos. Agarrei a porta e subi em um vagão que tinha sido bombardeado. Havia entre vinte e trinta prisioneiros mortos. Arranjei alguns corpos como uma cama e deitei sobre eles para descansar. Era como se estivesse em uma colônia de férias com cheiro de esgoto.

O trem partiu, e só então entendi tudo.

O homem da SS não atirou em mim por causa da sujeira. Ficou com pena dos alemães que moravam naquela casa. Ele não quis deixar o sangue de um judeu sujo na escada. Eu queria dizer ao meu irmão Yitzhak que, às vezes, o sangue judeu pode salvar alguém da morte certa. Adormeci. Dormi por uma hora, duas horas. Dormi com o estômago cheio. Tive até que cagar. Empurrei dois mortos para os lados, abrindo um espaço entre eles. Um buraco se formou no espaço. Caguei no meu buraco particular. Depois limpei a bunda com as roupas do morto. Finalmente, empurrei outro morto para esse espaço, como uma tampa em cima de tudo, e me senti bem.

Israel, 2001
8h25, parada em Binyamina.

Estou a caminho de Nahariya.
Para Haifa? Essa é a plataforma para Nahariya?
Aqui. Aqui. A jornada rumo ao norte em um interurbano. As plataformas sempre me confundem.

Pessoas desembarcam dos vagões como sementes de girassol transbordando de um pacote. Elas se dirigem a uma passagem subterrânea, a plataforma está em reforma e lotada. Olho em volta. Não gosto de multidões. Menos ainda nesse último ano. Tenho pavor de bombas. Olho para pessoas comuns para ver se elas têm algum volume sob o casaco, examino o rosto de quem está por perto, tento decidir se essas pessoas odeiam ou são assassinas. Elas odeiam. São assassinas. Manipulam psicologicamente, matar ou odiar, no fim é matar, e o pesadelo começa.

Dov diria, não se preocupe, eles têm barreiras de verificação na entrada da estação, e há câmeras, e soldados, acalme-se. Não consigo me acalmar na plataforma. Não posso mudar de trem em Binyamina e manter a calma. Amo trens, só a lotação em Binyamina me enfurece, tenho medo de me destroçarem na plataforma enquanto pássaros cantam *puuuíi- puuuíi- puuuíi*, com o cheiro bom das folhas de eucalipto e o alto-falante anunciando, atenção, atenção, e *buuum!*" Ataque terrorista.

Não quero acabar em um enorme saco de plástico preto, não quero vida e morte em mãos aleatórias, não.

"Ela veio por acaso. Ficou ali por acaso. Por acaso, estava sentada na cafeteria em uma mesa lateral, ficou ali por acaso, recebeu um telefonema, e então sua bolsa ficou presa na cadeira, e isso salvou a vida dela."

Se Dov estivesse ao meu lado, ele diria, exatamente como na rampa em Auschwitz. Por acaso, eles precisavam de trabalhadores para uma fábrica em desenvolvimento naquele dia. Por acaso, naquele dia não tinha espaço nos alojamentos. Por acaso, o homem da SS que usava luvas brancas conversava com alguém, se esqueceu de apontar para a esquerda, a fila seguiu sozinha.

Mas eu não contaria a Dov ou Yitzhak sobre a plataforma em Binyamina, melhor ficar em silêncio. Eu diria, sabe o quê, que foi divertido no trem, rezo para ficar sozinha no vagão, gosto de estar sozinha. E então Yitzhak diria, qual é o problema. Eu me levanto antes de as estrelas desaparecerem, bebo meu café sozinha, não faço nenhum barulho, depois me sento sozinha ao lado do meu filho, que segura o volante do caminhão. Meu filho tem o celular e suas tarefas, e eu fico quieta, e a estrada se estende solitária. Então, Dov diria, eu também fico sentado sozinho no banco da enfermaria e espero meia hora por uma prescrição do médico para o meu irmão Yitzhak, que ele tenha boa saúde.

E eu diria, mas não tem como ficar sozinha em um trem, é sempre cheio, e não suporto a conversa. E Yitzhak diria, eu também, não consigo ouvir as pessoas por muito tempo, enlouqueço rapidamente, como se eu tivesse um cano de fuzil no rabo. E Dov diria, não tenho energia para ouvir os problemas de outras pessoas, mesmo que sejam próximas, suponhamos que eu esteja sentado em um banco, e alguém chega chorando e começa a falar, e meus ouvidos estão explodindo. Sinto como se sangue quente vazasse das minhas orelhas, são os ouvidos que não suportam mais nenhum choro. Na enfermaria eles me deram comprimidos, me deram gotas, e no fim disseram, você tem que se acostumar com isso. E Yitzhak também me diria, não tenho energia para pessoas que me tocam enquanto falam, e que dizem, escute isso, e escute aquilo, e aquilo. O que vimos nos campos e o que ouvimos nos campos foi suficiente para a vida toda.

Para mim também.
Para você o quê?
A mesma coisa, sou adulta e já ouvi o suficiente.

9h35 Estação de trem de Naharyia.

Chego em segurança. Graças a Deus.
Dov, como vai?
Estão matando judeus.
O quê?
Estão matando judeus. Você não escuta a televisão? Estão explodindo judeus no meio de uma rua no Estado de Israel. Não ouviu?

CAPÍTULO 13

Dov

Passamos cerca de três meses na jornada de Jaworzno, na Polônia, para Buchenwald, na Alemanha.

Eles nos levaram a pé não sei por quantos quilômetros, fomos postos em trens abertos, assim conseguiam matar quase todo mundo nas estradas. Éramos cerca de dois mil quando saímos de Jaworzno, e apenas cento e oitenta prisioneiros chegaram a Buchenwald. Ouvi o número no portão do campo de Buchenwald. Um homem da SS apontou para mim e disse, cento e setenta. Eu me lembro de ter virado para trás. Havia dez prisioneiros atrás de mim, não mais que isso. Eu estava entre os poucos que continuavam vivos por causa de milagres.

Um milagre aconteceu no começo da marcha. Andamos durante três dias sem beber água. Achei que morreria de sede. De repente, ouvi um barulho conhecido, um som de que me lembrava do meu vilarejo, como se o tivesse ouvido cem anos atrás, um som forte, feliz, como um refrão: ouvi o *croac-croac* de sapos. *Croac-croac. Croaaaaac-croaaaac. Croaaaaac.* E um assobio agudo brotou de minha boca. Esqueci que estava com os alemães. Levei a mão à boca, pulei para o lado e vi uma pocinha na beira da estrada. Eu me joguei na poça e pus o rosto na água. Consegui beber um gole, e *bum*! E um calor ardente perto da orelha. Uma bala de rifle tinha passado de raspão na beirada da minha orelha. Levantei a cabeça e vi o cano preto de um rifle apontado para mim. O rifle estava nas mãos de um homem da SS cujo pescoço tinha pregas de gordura. Ele estava a cinco metros de mim. Talvez menos. Xingou em alemão, e eu corri para o comboio.

No fim daquele dia, éramos menos de quinhentos prisioneiros. Alguns foram derrubados por uma bala. Outros levaram o tiro depois de cair. Muitos levaram uma bala muito antes do primeiro pão. Vi alemães esvaziar o pente de munição em nosso comboio, por nada. Talvez não tivessem pão suficiente para todo o comboio que tinha passado três dias andando sem água ou pão.

Outro milagre aconteceu no vagão aberto.

Aviões desceram sobre nós com metralhadoras. O trem parou. Os homens da SS saltaram para buscar abrigo, eu pulei atrás deles e me escondi embaixo do vagão. O barulho das metralhadoras explodiu em meus ouvidos. Os gritos dos prisioneiros que não tiveram tempo para saltar me machucaram mais que o barulho, mais ainda que a fome. Cobri as orelhas com as mãos e me obriguei a gritar, *aaaah. Aaaah*. Queria procurar comida e não conseguia sair dali, porque o lugar estava em chamas. Fiquei agachado no trilho e pedi um milagre. A um metro de mim havia uma saliência verde. Não entendi o que era aquilo. Levantei o embrulho verde com as mãos, soprei, *fu, fu, fu*. Uma nuvem de fumaça verde se ergueu. Eu não conseguia respirar. Comecei a tossir como se estivesse doente. Recuei e, enquanto isso, a fumaça desapareceu. Arrá! Eu segurava um filão inteiro de pão. Um grande filão de pão com mofo na casca. Examinei a situação e vi que estava sozinho com meu tesouro. Era como se tivessem me dado o equivalente a duas semanas de pão. Comi tudo, e minha pobre barriga ganhou vida nova.

O bombardeio acabou. Voltei ao vagão e o trem partiu. De acordo com a contagem, restavam menos de trezentos prisioneiros depois que ocorrera o bombardeio. Fiquei sentado entre os mortos, os antigos quase sem rosto e os mortos recentes com sangue e carne rasgada. Os antigos e os novos estavam misturados. Por causa do cheiro, procurei dois mortos recentes sem sangue, peguei a harmônica que havia encontrado na cozinha da casa alemã e comecei a cantar uma melodia triste, como a que eu tinha escutado na sinagoga no Yom Kippur. Bom, não saiu muito certa. Um prisioneiro não muito distante de mim começou a tremer. Ele parecia velho. Tinha rugas no rosto e muitas escamas na cabeça, como escamas de peixe. Ele levantou a cabeça muito devagar e começou a cantar. Sua boca era grande e sem dentes, e a cabeça se movia no ritmo, para a frente e para trás, para a frente e para trás, e então ele começou a acelerar o ritmo, mais depressa, mais depressa, eu não conseguia acompanhar. Parei de tocar.

A cabeça dele caiu, e uma mancha vermelha surgiu na palha a seu lado. Só então vi que suas pernas estavam dobradas de um jeito estranho. Estavam viradas para fora, como se não tivessem ossos. Eu me inclinei na direção dele e comecei a tocar. Devagar. Ele abriu os olhos castanhos e suaves como os de uma criança e olhou para mim. Havia lágrimas cor-de-rosa em seu rosto. Ele moveu os punhos sobre a palha acompanhando o ritmo, abriu bem a boca, alagando-a para os lados. Distendeu os músculos da garganta, mas a voz não saiu. Então, ele sorriu para mim e morreu.

Antes de Buchenwald, chegamos ao campo de concentração de *Blechhammer*.

A essa altura, éramos menos setecentos prisioneiros. Naquele dia, os alemães desperdiçaram umas quinhentas balas, eu os vi usar prisioneiros para praticar tiro ao alvo, até que começaram a ficar entediados e pararam. Pelas minhas contas, duzentos morreram sem as balas deles. Aquela noite trouxe outro milagre. A escuridão era densa como um cobertor e havia um vento frio. Eu estava fraco. Dei um passo, balancei, outro passo, balancei como um caule seco e murcho. Na minha frente, três prisioneiros caíram. *Tump*. Desapareceram. *Bum. Bum. Bum.* Luzes grandes iluminavam a praça perto do portão. Vi postes escuros, arame farpado, uma torre de guarda. Um alemão de capacete nos vigiava de cima, com um rifle na mão. Ouvi ao longe os ruídos de panelas grandes e água esguichada. Não muito longe da entrada, vi quatro prisioneiros carregando uma caixa. Inclinei o pescoço. A caixa estava cheia de filões de pão.

    Meu coração parou por um segundo, depois disparou. Eu não conseguia abandonar o pão. Saliva grossa começou a se formar em minha boca. Minha mente gritava, Dov, sem pão você está morto, morto. Os homens da SS estavam a trinta metros, de costas para mim. Falavam com os guardas, exatamente como sempre faziam quando entravam em um novo campo. Homens da SS estavam ocupados e prestavam menos atenção a nós. Pelos gestos deles, percebi que tinham um excedente de pessoas, um excedente grande, inclusive. Um dos guardas, um homem grande e irritado, cortou o ar com a mão, como uma faca. Nosso homem da SS tirou o chapéu e coçou a cabeça, pensando, ah. Cravei os olhos no guarda da torre. Esperei que ele se virasse para o campo. Ele se virou. Saí da fila e caminhei em direção ao pão. Os homens da SS estavam perto de resolver a questão do excedente. Respirei fundo e *opa*, pulei sobre o pão na caixa.

    Os prisioneiros ficaram assustados, derrubaram a caixa no chão. Peguei um filão de pão e comecei a correr. Corri em ziguezague, corri inclinado no fogo disparado contra mim pelo alemão na torre. Corri para os blocos. Olhei para trás. Cerca de vinte prisioneiros corriam atrás de mim. Eu sabia que, se me pegassem, eu ficaria no chão fedorento rasgado em pedaços. Corri pelos blocos, mudando de direção a cada segundo. Olhei para os lados, vi mais e mais prisioneiros se juntar à grande perseguição. Alguns caíam, pisoteados por aqueles que se juntavam ao grupo e corriam atrás de mim. Eu me afastei dos prédios. Sentia aquela dor horrível de correr muito. Não sei de onde tirava força. Talvez do pão em minha mão.

    E, em um momento, eu estava sozinho. Parei no primeiro lugar onde me senti seguro.

O milagre aconteceu atrás de uma grande lata de lixo. Parei com o coração aos saltos, mas consegui engolir o pão todo de uma vez. Engasguei, continuei engolindo sem mastigar. Sabia que, se deixasse um pequeno pedaço no bolso, estaria em perigo. Prisioneiros matavam por migalhas, ou cascas de batatas. Uma vez, vi um prisioneiro alto atacar um menor enfiando o dedo em seu olho, sufocando-o. Ele só parou quando o prisioneiro menor soltou o pedaço de pão que estava em sua mão. O prisioneiro menor ficou para trás, caído na estrada fria.

Eu queria vomitar o pão fresco. Apertei a boca com força, morreria antes de vomitar. Depois de uma hora, mais ou menos, quis me afastar da lata e lixo, mas naquele momento tive diarreia. Sentei ao lado da lata e esvaziei o estômago. A sensação era boa. Fiz o que o judeu gordo em Auschwitz tinha me falado para fazer. Roube, mate, você tem chance.

Só no dia seguinte entendi por que os prisioneiros tinham deixado de me perseguir. Eu havia corrido com o pão para o alojamento dos alemães. A lata de lixo pertencia aos alemães. Soube disso porque, um dia depois, eles enforcaram toda a equipe de limpeza que tinha limpado minha diarreia na área alemã. Prisioneiros cochichavam, mataram aqueles pobres coitados. Eles os enforcaram porque encontraram merda fresca perto das latas de lixo.

Foi um milagre eu não ter pego alguma doença.

Pelo menos trezentos prisioneiros que saíram comigo de Jaworzno morreram de disenteria, difteria, tifo, febre, diarreia, vômito, ou podridão nas unhas ou nos joelhos. Para um prisioneiro, adoecer era uma sentença de morte. Não havia médicos na marcha de Jaworzno a Buchenwald, nem medicamentos. Não fui infectado pelos que passavam por mim ou dormiam ao meu lado, e não entendo como esse milagre aconteceu.

Chegamos ao Campo de Buchenwald em cento e oitenta prisioneiros, dos dois mil que partiram com roupas listradas, um cobertor e sapatos, se tivessem sorte. Eu tinha sapatos, e isso foi muita sorte. Fui posto no Bloco 56. Escuro. Beliches, beliches, beliches, todos ocupados por esqueletos cobertos por pijamas listrados e imundície. Eu odiava os pijamas listrados acima de tudo, mais ainda que os cachorros. Alguns esqueletos faziam ruídos como aves meio mortas, a maioria não se mexia. Vi um fio fino de urina e excrementos escorrer dos beliches de cima. Os prisioneiros não tinham tempo para descer das camas para se aliviar. A imundície pingava como goma de mascar fedorenta.

Alguns minutos depois, tivemos que ficar em fila ao lado dos beliches. O chefe do bloco entrou e, imediatamente, começou a gritar e gritar, brandindo sua vareta como se houvesse moscas no prédio, e abriu um buraco na testa de um prisioneiro que estava ao meu lado, porque ele estava em pé com uma perna erguida. Seu joelho estava inchado e roxo, e ele não conseguia se apoiar. Ouvi o homem chorar e vi como ele enfiou uma unha no joelho, chorando e pressionando, pressionando, e não conseguia apoiar o pé no chão. Pobre homem, pobre homem, queria viver, mas morreu por causa do buraco em sua testa.

Na cama mais alta, outros três jovens estavam deitados ao meu lado. Um era baixo e não tinha cílios ou sobrancelhas. Um fio fino e amarelo conectava seu olho ao nariz. Os outros dois eram irmãos. Um tinha cabeça grande e corpo pequeno. O outro era o oposto. Todos pareciam ter menos de dezoito anos. Talvez por isso tenhamos ficado juntos na fila para o pão naquele primeiro dia em Buchenwald. Eles estavam na minha frente na fila, quando dois prisioneiros mais velhos os empurraram para passar na frente. Um deles ficou em cima do pé do irmão com a cabeça pequena. O prisioneiro mais velho esmagava o pé do pobre garoto enquanto assobiava uma canção. O cabeça pequena piou e correu para o fim da fila. O irmão correu atrás dele. Os adultos vieram para cima de mim. Meu corpo estremeceu. Eu também corri para o fim da fila. Lá encontrei três pequenos como eu. Olhamos uns para os outros e acertamos que dormiríamos juntos.

Naquela noite, no beliche, eles cochichavam uns para os outros ao meu lado. Diziam que Hitler tinha caído. Diziam que o canhão russo queimava a Alemanha. Diziam que os americanos eram fortes, que tinham os maiores aviões do mundo, os tanques mais assustadores, a América daria uma lição nos alemães, acabaria com eles um a um, era uma questão de dias, talvez semanas, é o fim dos alemães e a liberdade para nós, melhor contar com a América agora.

Eu estava fraco de fome e esperava a morte enquanto eles sonhavam com a grande liberdade para todos os judeus. Criei um enredo sobre a morte certa para mim. Escuridão. Eu desço. Uma porta se abre. Chão escorregadio. Estou em um salão. Uma porta se fecha. Ouço uma ordem, dispa-se. Faça um pacote com as roupas. Amarre os sapatos com cadarços. Siga em frente. Outra porta forte se abre. A porta do desastre. Sigo em frente nu e descalço. Estou com frio. A porta se fecha. Estou chorando, no escuro. Ouço o ruído de uma torneira, depois *tshhhh, tshhhh*. Sinto um cheiro de poeira e acidez. Corro para a porta. Bato com força, abram, abram, estou morrendo. O *tshhhh, tshhhh* continua. Deito em uma mortalha branca, fechada. É uma mortalha de borracha. Abro os braços, tento com as pernas, a borracha estica um pouco e gruda no meu nariz como chiclete. Não tenho ar e morro. Um jato de água fria limpa minha sujeira. Sou jogado em um vagão cheio e caio. Eles amarram meu pé à maçaneta. Viajo para um poço molhado. Novamente, pó no corpo e os mortos abaixo de mim, e os mortos acima de mim, e a terra na boca e no nariz e o som de um trator. O trator pressiona lá em cima. Eles plantam um gramado sobre mim e uma árvore sem meu nome.

Abri os olhos com a força que só os mortos têm. Marcas cinzentas saltaram na parede à minha frente, e o formigamento na minha testa voltou, como o latejar nos ouvidos. Eu queria cravar os dentes na tábua da cama. Queria comer uma tábua de almoço. Minha cabeça entendeu, é isso, estou ficando louco. Levantei a mão, sussurrei, isso é uma mão. Na mão tem dedos. Comecei a contar, contei cinco. Não lembro quantos dedos eu tinha no começo, cinco ou seis, talvez quatro? Olhei para o prisioneiro deitado ao meu lado. Ele estava deitado em cima da mão. Com cuidado, puxei a mão dele. Ele resmungou alguma coisa e fechou a mão, eu a abri e comecei a contar. Contei até cinco, sim, cinco. Não conseguia lembrar quantos dedos tinha encontrado em minha mão. Pus a mão ao lado da dele, mesma coisa. Bom. Levantei minha outra mão. Ela caiu com um grito que veio de baixo. Tinha um prisioneiro lá sem unhas, ele estava no chão e chutava a parede. Eu entendi, é isso, ele também está ficando louco. Não estou sozinho, logo seremos um grupo.

O maluco sentou no chão devagar, com o braço estendido. Vi que ele segurava o rabo de um rato gordo, preto. O rato se debatia e, de repente, pulou e mordeu o dedo dele. Ele gritou, mas não soltou, nem depois de o dedo sangrar. O rato pulava como se ele também estivesse prestes a enlouquecer, e o prisioneiro começou a rir, a boca bem aberta, os dentes podres. Ele levou o rato à boca e o estrangulou com os dentes. Virei a cabeça e comecei a vomitar. Mas era só muito barulho, não saía nada.

* * *

Então, aconteceu outro milagre. Um doce e branco milagre.

Uma pessoa comum entrou no prédio. Usava casaco longo, chapéu e sapatos de couro, um ser humano como alguém de quem eu me lembrava de casa nas datas festivas. Fiquei em pé ao lado do meu beliche. Não sabia o que tinha que fazer, sair ou subir rapidamente na minha cama. O homem de chapéu passou por todo mundo uma, duas vezes, e finalmente se aproximou só de mim. Enquanto isso, alguma coisa vazava na minha calça. Quando ele se inclinou para mim, olhei para o lado, ele que se aproxime dos outros, mas ele sussurrou que estaria esperando por mim atrás do prédio.

O homem comum tinha olhos bons. Suas roupas tinham cheiro de limpas, como roupas lavadas tiradas do varal. Sem vida, me arrastei lá para fora. Havia escurecido. Esperei sozinho atrás do prédio, com as mãos tremendo. O nariz escorrendo. Alguns minutos depois, os três que dividiam o beliche comigo estavam ao meu lado. Os desconhecido se aproximou de nós, disse, eu sou da Cruz Vermelha. Trouxe algo para vocês. Ele tirou uma grande caixa de dentro do casaco e a abriu. Não acreditei naquilo. Na caixa havia cubos brancos de açúcar. Fileiras e fileiras de cubo arranjados em camadas, como os beliches do bloco. Uma caixa com um ou dois quilos, não lembro. O tremor em minhas mãos ficou mais forte. Pressionei os punhos fechados contra a calça e bati em mim mesmo. Tinha medo de desmaiar e perder o açúcar. O homem cochichou logo, logo, e dividiu o açúcar em quatro partes. Ele deu a cada um dois ou três punhados, disse para colocarmos no bolso e guardarmos um pouco para mais tarde, e desapareceu. Enfiei um punhado de açúcar na boca, esmaguei os cubos com os dentes e engoli pedacinho por pedacinho. Minhas gengivas doíam com a pressão. Eu não prestava atenção. Comi tudo. Os outros também comeram. Voltei ao bloco com um cheiro doce. Eu me sentia bem. O açúcar me deu mais alguns dias de vida.

* * *

Um mês em Buchenwald, e começo a acreditar que tem um Deus naquele campo, tem.

O milagre mais importante da minha vida aconteceu perto do Bloco 56. Eu estava do lado de fora chupando um osso seco. Tinha encontrado o osso atrás do bloco. Não conseguia nada além de arranhões na língua. Mas continuei lambendo. Estava morrendo de fome. Era como se a pele do meu corpo fosse a casca de um tronco de árvore vazio. Eu sabia, um ou dois dias sem pão, e desabaria em minha cama ou na lama.

Dois prisioneiros de rosto sujo estavam perto de mim, se movendo como galhos ao vento. Eu não os conhecia. Um era alto. O outro tinha a minha altura. O prisioneiro alto não tinha metade do nariz. Eu pensei, idiota, em vez de comer o rato, o rato comeu ele. O prisioneiro que tinha a minha altura tinha orelhas de abano e um olhar firme.

O prisioneiro alto apontou para mim. O prisioneiro baixo deu um passo à frente, estendeu a mão e sussurrou alguma coisa.

Eu não entendi a palavra, sua voz era familiar, mas o que ele me dizia? Não conseguia lembrar onde tinha ouvido aquela palavra, ele poderia estar enganado? Eu estava sonhando? Joguei o osso no chão. O prisioneiro que tinha minha altura repetiu, é você?

Meu irmão Yitzhak estava na minha frente.

Mais magro do que era na sinagoga no meu Bar Mitzvah. Ele tinha fiapos de cabelo na cabeça e um rosto longo, os olhos risonhos. Pulou sobre mim, me agarrou com as duas mãos e me abraçou forte, eu pensei, é isso, agora me despedaço, com certeza, ai, ai, resmunguei. Yitzhak recuou, me segurou pelos ombros, me examinou com um olhar penetrante, disse, o que eles fizeram com você?

Nós choramos. Rimos. Choramos por muito tempo.

Molhamos os pijamas imundos um do outro. Limpei o rosto na manga, sentindo como se uma enorme torneira tivesse sido aberta em minha testa. As lágrimas de meu irmão deixavam uma linha delicada e limpa em seu rosto. Afaguei sua face, sussurrei, é você mesmo, eu não reconheci você.

Ele bateu no meu peito com as duas mãos, estamos juntos, não se preocupe, de agora em diante somos dois. Depois ele fungou e disse, o pai, a mãe, Sarah, Avrum, sabe de alguma coisa?

Nada, e você?

Só Avrum, estivemos juntos no primeiro mês, depois eles o levaram, você está doente?

Eu disse, não sei, andei durante alguns meses e estou acabado desde então. Ele me tocou e suspirou, uma sombra escura passou por seu rosto, depois ele segurou minha mão e fomos para o meu alojamento.

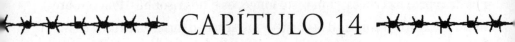

CAPÍTULO 14

Yitzhak

Fomos para Buchenwald por causa do bombardeio. Os trilhos para Auschwitz foram destruídos em Zeiss. Aviões dispararam rajadas e mais rajadas, mas não acertaram meu vagão. Eu queria morrer no bombardeio, mas nada acertava meu vagão. O trem para Buchenwald atravessou Schwandorf. Durante todo o caminho para Schwandorf ouvi uma voz que parecia a do meu pai, Yitzhak, pule, Yitzhak, pule.

Em Buchenwald, fomos diretamente para o Bloco 8.

Eu me lembrei do médico com o rosto agradável que não gritava nem estapeava, nem segurava um rifle e um cachorro. Um médico com um sorriso que segura uma criança pela mão a leva para fora do bloco e não a traz de volta. Mas antes um doce e um apertão na bochecha de Baba Volodya, que vigiava o prédio. Baba Volodya queria deixar as crianças felizes antes da injeção. Baba Volodya me ajudou a sair do bloco a caminho do Campo Zeiss.

Entrei no Bloco 8 e não vi Baba Volodya. Não conhecia nenhuma criança, nem os guardas. Saí correndo.

Os irmãos de Auschwitz

Um prisioneiro que não conheço se aproximou de mim. Ele tinha um rosto amarelo e uma das mãos torta. Parecia doente quando disse, sabe, você tem um irmão aqui, sim, um irmão. Senti o impacto de um soco no coração. Cauteloso, me aproximei dele, era evidente que era maluco. Gaguejei com voz fraca, repita o que disse.

Ele começou a balançar a mão torta para a frente e para trás, para a frente e para trás. Disse que você tem um irmão no Campo de Buchenwald. Eu o vi. Enfiei a cabeça sob seu queixo e sussurrei, nós nos conhecemos?

Ele suspirou, venha comigo, menino. Vi vocês dois juntos a caminho de Auschwitz. Não acreditei nele, mas o segui. Chegamos perto do Bloco 56. Ele apontou para um prisioneiro baixo que estava de boca aberta, com a língua para fora. Parecia mais morto do que vivo. Devia pesar uns trinta quilos, parecia um aluno da escola. Ele segurava um osso, enfiava a unha no buraco do osso e cavava, cavava, depois chupava a unha.

O prisioneiro que me levou até ali desapareceu, e não voltei a vê-lo.

Eu me aproximei. Sussurrei, é você? O osso caiu. Ele tinha uma hemorragia em um olho.

Olhou para mim e ficou imediatamente tenso como uma mola, é você? Nós nos abraçamos. Choramos. Choramos mais alto. Ele disse, *ay, ay, ay*.

Dov era pele e osso, pálido no pijama. Falei para ele, estamos juntos. Não conseguíamos nos afastar um do outro.

O homem da SS se aproximou.

Um homem da SS de botas com um revólver na mão. Ele apontou o revólver para nós, seus olhos se estreitaram como uma fenda na parede. Eu queria parar de chorar. Não conseguia. O homem da SS gritou: O que vocês dois estão fazendo aqui?

Eu disse, esse é meu irmão, encontrei meu irmão em Buchenwald. O homem da SS mordeu o lábio inferior, bateu com o revólver no cano da bota, depois se virou e foi embora. O SS Hans Schultz foi embora.

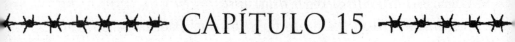

CAPÍTULO 15

Dov

Meu irmão e eu falamos sobre *organisieren* – organização. Procuramos um jeito de arrumar comida. Não encontramos nenhuma solução. Os alemães nos davam um pedaço de pão uma vez por dia, ou a cada dois dias. Nada de sopa. Eu disse ao meu irmão, escute, você não deve sair da área do bloco, não deve. Os alemães atiram em qualquer um que se aproxime de seus depósitos, entende? Notei que os alemães se tornaram mais perigosos desde que começaram a perder a guerra. Eles correm pelo campo gritando uns com os outros, houve boatos de que soldados americanos e russos galopam em direção a Buchenwald. Houve boatos de que os alemães planejavam uma retirada. Veículos entraram, veículos saíram, notei que eles não prestavam atenção em nós. Não ficamos mais perfilados para o desfile, também não saímos para trabalhar e tomamos muito cuidado perto dos guardas. Eles estavam em todos os cantos, nos rastreando como caçadores. Tinham rifles e pentes, um dedo leve no gatilho e, acima de tudo, eu tinha medo de perder meu irmão. Implorei, Icho, não tente roubar comida, prometa. Ele olhou por cima da minha cabeça, concordou, muito bem, mas você também tem que ser cuidadoso.

Voltamos com fome para os blocos. Cada um ficava em um bloco. Não sabíamos o que aconteceria conosco. Nos dias seguintes, basicamente nos escondemos. Às vezes na cama mais alta, às vezes atrás do prédio. Guardas pegavam prisioneiros e os levavam para fora do campo, não sabíamos para onde.

Certa manhã, o alto-falante gritou, em fila. Depressa. Depressa. Eu pensei, isso é um mau sinal. Saí do bloco e vi prisioneiros encurvados já enfileirados. Alguns seguravam a barriga, ou apertavam o peito com as mãos. Meu irmão correu para ficar ao meu lado. Beliscou minha mão e sussurrou, eles querem se livrar de nós, querem nos jogar para fora do campo.

Eu gritei, como você sabe? Ele acenou com a cabeça, eu gritei mais baixo, responda, quem disse isso.

Meu irmão cochichou, você se lembra do homem da SS que nos viu abraçados quando nos encontramos ao lado do alojamento? O nome dele é Hans Schultz. Eu o conheci por acaso a caminho daqui, nós nos olhamos, demorou um segundo, então ele se afastou e começou a gritar como um louco, em marcha, idiotas, idiotas, e bateu em um prisioneiro que caiu perto do bloco.

Comecei a bater os pés depressa, depressa, depressa.

Meu irmão não entendia o que estava acontecendo comigo. Eu não conseguia parar de bater os pés. O alto-falante gritou, mantenham-se em filas retas, entrem em fila imediatamente, todos vocês. Eu batia os pés mais depressa, sentia um calor terrível no pescoço, pequenas formigas começaram a correr por minha testa, e vermes corriam em minhas costas. Meu irmão tentou me conter, o que acontece com você, fale comigo.

Rangi os dentes e falei devagar e nitidamente, não vou marchar, de jeito nenhum. Já marchei uma vez, não posso fazer isso de novo, não.

Meu irmão sussurrou, *shhhh, shhhh*. Calma.

Gritei sussurrando, não quero me acalmar, não suporto ver mais gente estendida na estrada, não suporto o choro e os gritos dos meio mortos, não, não.

Estamos juntos, não se preocupe, ele me disse, e senti que ele não entendia, porque não tinha andado centenas de quilômetros sem comida ou água, sem um lugar onde deitar. Não tinha escutado as explosões de fogo, os assassinatos nas estradas, e não tinha ouvido falar sobre o excedente de pessoas e as oitocentas balas que as mataram, e não entenderia.

Eu gritei, não, não, não. Não insista, não vou andar daqui até o portão.

Ele pressionou meu pescoço e disse, você tem que me dar força, sim, sim. Escute, você esteve nas estradas, conhece as situações, tem experiência, você vai me ajudar, ouviu?

Gritei em um sussurro, não vou! Não quero mais ouvir alemão e o assobio das balas, eu me recuso, entende?

Meu irmão franziu o cenho, mordeu a boca, ele tinha um arranhão que sangrava. Depois abraçou minhas costas, *shhhh, shhhh*. Tudo bem, vamos nos esconder.

O homem da SS falou pelo alto-falante: Atenção, atenção, cada prisioneiro que deixar o campo em marcha receberá meio filão de pão. Meio filão de pão para cada prisioneiro que deixar o campo agora. Atenção, atenção, vão em direção ao portão de saída e receberão meio filão de pão. Ninguém foi para o portão. O ar era elétrico. Sussurrei para meu irmão, não vou me mexer.

O alto-falante gritou irritado: Um filão inteiro de pão para quem sair do campo, entendido?

Permanecemos em nossas fileiras. Os alemães começaram a gritar e xingar. Empurraram prisioneiros à força para o portão, batendo neles com rifles, chutando-os, prisioneiros corriam para o campo e não para o portão, se espalhavam como ratos com o rabo cortado. Meu irmão segurou minha mão, gritou, para a área alemã, rápido, é o lugar mais seguro. Corremos inclinados para a frente, passamos por vários blocos, chegamos a uma área desconhecida, de repente, uma trincheira. Pulamos dentro dela. Outros prisioneiros pularam atrás de nós. Vimos alemães se aproximar. Corremos da trincheira para o bloco mais próximo e nos escondemos atrás de uma parede. Ouvimos os cães se aproximar. Corremos em volta do prédio, alcançamos uma porta. O bloco estava vazio, escuro. Pulamos para dentro dele. Ali também havia beliches. Corremos para o fundo do bloco e subimos no beliche mais alto. Ouvimos prisioneiros entrando atrás de nós. Ouvimos gritos, gemidos, cachorros de novo, depois tiros, *pum. Pum. Pum. Pum-pum* e silêncio. Homens da SS gritaram, saiam do bloco ou vão morrer todos. Fiz xixi. Havia dois homens da SS na porta. Eles apontavam as armas para nós. Eu sabia que não tínhamos chance.

Descemos do beliche.

Fomos para a porta arrastando os pés. Pelo menos vinte outros prisioneiros saíram antes de nós, e um caiu. O homem da SS virou para chutá-lo para fora. Outro homem da SS se abaixou para ajudar. Meu irmão e eu nos olhamos e pulamos para cima do beliche mais próximo. Ficamos deitados próximos da parede. Estávamos molhados de suor. Meu irmão chegou mais perto de mim. Ele estava quente e tenso como uma mola. Eu não respirava. Ouvimos vozes se afastando e silêncio.

Então, olhei para baixo.

O SS Hans Schultz estava na nossa frente. Ele olhava para nós com uma expressão sombria. O cano da arma apontava exatamente entre nós. Ele fez um breve movimento lateral com o cano. Nem um músculo se moveu eu seu rosto, ele não piscou. Descemos do beliche. Ficamos na frente dele. Meu irmão Yitzhak o encarava. Eu desviei o olhar. Senti que todo o meu sangue escorria para o chão. Ele apontou com a arma para a porta, esperou. Eu fui o primeiro a sair. Meu irmão Yitzhak me seguiu. O SS Hans Schultz andava atrás de nós sem disparar nenhuma bala. Eu pensei, outro milagre, e não tenho força para mais milagres, não, não. Quero correr para a cerca, deitar de costas e dormir sem me levantar.

Éramos vários milhares do lado de fora do campo e milhares mais, como um grande campo de galhos magros dobrados ao vento do campo, *poft*. Um caiu. *Poft*. Dois. Quatro. Dez. *Pum. Pum. Pum.* Os alemães trocavam os pentes. Tinham muitos deles. Levantei a cabeça. A névoa se dissipava, um sol frio brilhava lá no alto. Ouvi homens da SS rindo. Ouvi cães correndo de um lado para o outro, latindo felizes. Era como uma viagem que eles decidiram fazer a uma cidade inteira, até um país. Havia muitos, muitos milhares, e eu não queria partir nessa viagem embaixo do sol com os cachorros felizes.

Procurei um alemão que pusesse uma bala na minha cabeça. Olhei para trás. O homem da SS mais próximo estava muito longe. Um SS para centenas de prisioneiros, talvez mais. *Pum-pum-pum*. Eles disparavam contra todos que caíam. Em intervalos de poucos minutos. *Pum. Pum. Pum.* Às vezes não havia pausa. Às vezes ouvíamos *pum, pum, pum* por uma ou duas horas. Muitos caíam na estrada. Depois da guerra isso foi mostrado em fotografias e documentários. Chamavam aquilo de marcha da morte, sim. Procurei por nós em todos os lugares onde havia fotografias e documentários, mas não encontrei nada. Acho que aparecemos em vários livros e documentários, tenho quase certeza, mas nem nós sabemos quem éramos nas fotos, como poderíamos saber?

Israel, 2001
15h15 Trem interurbano de Hof Hacarmel para Binyamina.

Um grupo de homens está explodindo de rir no fundo do vagão. Risadas maléficas. Uma mulher com flores no cabelo diz, silêncio. Uma mulher pede com um sotaque russo, um pouco de tranquilidade, por favor.

Eles estão eufóricos. A mulher ergue a voz rouca de fumante, calem a boca aí, chega. Os homens sufocam, dá para ouvir que estão chorando de rir. O que está acontecendo ali, pelo amor de Deus?

A mulher grita, parem com isso, já chega, vocês me deixam maluca.

Os homens repetem as palavras dela em um ritmo semelhante, parem com isso, já chega, vocês me deixam maluca, já chega, já chega. As gargalhadas são guturais, profundas, como se eles sentissem uma presa fácil.

A mulher se levanta de seu assento e caminha com passos vigorosos em minha direção. Ela estende as mãos como se nada estivesse certo. As flores em seu cabelo acenam. Ela usa um vestido roxo, um vestido curto com decote profundo. E sapatos brilhantes de plataforma. Uma bolsinha preta e brilhante pende de seu ombro. Ela resmunga palavras entrecortadas para si mesma. O que eles disseram para deixá-la tão transtornada? Aponto o lugar vazio ao meu lado, mas ela passa apressada, desaparece.

Meio minuto depois, um grito agudo ecoa no vagão. Pessoas correm para o fundo do carro, junto-me a elas, o que aconteceu, o que aconteceu, uma policial feminina de cabelos soltos está apontando para a janela, ela pulou do trem, quem, quem, quem.

A mulher que estava aqui, ela pulou, Deus, eu a vi, um segundo antes, um momento atrás, ela pulou, eu a vi, ela usava flores no cabelo, parem o trem, depressa, uma mulher pulou, vocês não entendem, toquem o alarme, vamos, ela pulou, a de vestido roxo, *Mamaleh*, ela é louca, ela veio dali, eu estava aqui, aqui, e de repente, *poft*, foi, como?

Um homem de cabelo grisalho se aproxima da policial, pergunta, tem certeza? Talvez tenha se distraído por um segundo e ela foi para outro vagão?

Espere, vamos perguntar, viram uma mulher de vestido roxo, alguém a viu? Pergunte se ela usava flores no cabelo, pergunte, viram uma mulher com flores?

Ele perguntou, e ninguém tinha visto uma mulher assim.

A soldado procura um lugar no chão, segura a cabeça, fala sozinha: ela pulou. A impressão era de que ela correria para o banheiro. Ela pulou com a bolsa, uma bolsinha preta, não consigo acreditar no que vi, por que ela fez isso?

Tudo que ela pedia era um pouco de tranquilidade.

Se Dov estivesse no vagão, ele teria puxado a camisa, ajeitado o colarinho dizendo, eu a entendo, quando se pode suportar sem família, sem conhecer uma única pessoa, o que ela poderia fazer com esses filhos da mãe, hã? E Yitzhak teria batido no joelho dele e dito, bobagem, não precisa dar atenção, e daí se estavam rindo, que se afogassem com as próprias risadas, quem se importa, eu teria ido para outro vagão imediatamente, e pronto. Além disso, eu me recusaria a entrar em um trem, não suporto o *chu, chu, chu* de um trem, e o apito, *oy, oy, oy*, aquele apito é o mais difícil, você sabe como me sinto quando escuto uma sirene, como a guerra, vejo imediatamente o trem de Auschwitz, alguns apitos e um alto-falante, e você está com estranhos no mundo, cercado por homens altos da SS e cachorros, e um crematório que não descansa nem por um segundo, ah, melhor ficar em silêncio.

Naquele tempo, eu pensava, melhor começar uma guerra com um alarme do que sem, para você se preparar para o problema, e então Dov, que sabe ler minha mente, diria, quer uma bebida alcoólica? Um Slivovitz ou um conhaque?

Sim, sim.

Um brinde ao Estado de Israel. À vida.

CAPÍTULO 16

YITZHAK

Saímos de Buchenwald a pé.

Os alemães não conseguiram matar todo mundo. Éramos muitos, mesmo para os métodos que eles inventaram, com o crematório, os poços e as metralhadoras. Eles não queriam que os russos entrassem no campo e nos contassem entre os mortos. Não queriam que ninguém soubesse que encontrariam dezenas de milhares de mortos em todos os cantos do campo. Os velhos métodos funcionavam vigorosamente, as valas eram cavadas, os pentes, recarregados, mas eles não podiam matar todo mundo antes de os russos chegarem, de jeito nenhum, por isso nos levaram para uma longa caminhada, para morrermos no caminho, nas estradas, perto de vilarejos, e a neve branca nos cobriria e impediria o cheiro horrível até a primavera.

Acho que era fim de inverno. Havia nuvens no céu e um sol frio. Vi neve nas laterais da estrada, às vezes o chão ficava limpo. Ao meu lado, Dov estava esgotado. Ele andava e balançava. Andava e balançava. Andava com as costas encurvadas e a língua para fora. A cabeça dele pendia a cada segundo. Ele tentava olhar diretamente para a frente, mas fracassava na maior parte do tempo. Dov já tinha estado em marcha. Para mim, era a primeira vez. Andávamos por estradas alemãs, às vezes seguíamos de trem. Andávamos do início da manhã até escurecer. Vestíamos as roupas de sempre, calça e camisa listradas e sujas. Na maior parte do tempo, ficávamos molhados de chuva. As solas dos pés escorregavam no que restava dos sapatos. Solas finas como papel com tiras gastas de plástico. Tínhamos de amarrá-los com alguma coisa, e era uma sorte encontrar algum arame farpado. Dormíamos em qualquer lugar depois que escurecia, em florestas, nas laterais da estrada, nos campos, enrolados no cobertor que levávamos nas costas, e adormecíamos imediatamente, apesar da fome.

A cada dois ou três dias, eles nos davam pão. Água nós encontrávamos por conta própria. Comíamos neve e engolíamos pingos de chuva enquanto andávamos. Não me lembro de cagar. Urinávamos em qualquer lugar, ao lado da estrada, na calça, nas paradas, dependia da pressão. Andávamos do amanhecer até a noite ao longo de estradas da Alemanha. Andamos por cerca de um mês, talvez dois meses. Íamos em direção ao Sul. Os alemães estavam fugindo dos russos, não queriam cair nas mãos dos russos, queriam os americanos. Sabiam que seriam capturados. Enquanto não fossem, queriam que muitos, muitos judeus morressem pelo caminho, e conseguiram. Prisioneiros seguiam em comboio, caíam. Andavam. Caíam. Caíam como moscas sob o spray de um avião. Os alemães atiravam em quem caía. Atiravam para matar. Nem sempre dava certo. Prisioneiros atingidos por uma bala ficavam caídos no próprio sangue na estrada e choravam, implorando aos homens da SS por mais uma bala, aqui. Aqui na cabeça. Aqui no coração. Imploravam por um lugar onde a morte seria certa. Os alemães se recusavam. Uma bala por prisioneiro, era isso. Quem morresse, morria. Quem ficasse ferido era deixado para os cães, lobos, coiotes, corvos, moscas, vermes e formigas.

Avançávamos lentamente, quase sem falar.

Um dia parei de sentir os dedos dos pés. Como se estivessem paralisados. Esfreguei dolorosamente as coxas. O sangue que vertia das feridas ficava grudado na calça. Eu não conseguia tirar a calça. Quando queria tirá-las, as casquinhas eram arrancadas e o sangue escorria. A roupa era dura como tábua por causa do sangue e da sujeira. Quando chovia, era menos doloroso, um pouco mais fácil.

Dov arrastava os pés ao meu lado. Dov sussurrava com um ritmo constante, sem chance, sem chance, às vezes se dobrava para a frente, se apoiava nos joelhos, dizia, vou cair, é isso. Estou chegando ao fim agora.

Eu punha a mão em sua cintura. Eu o segurava com força pela calça, sussurrava em seu ouvido, você não vai cair, estamos juntos, e você vai continuar.

Ele dava um passo à frente e repetia comigo no ritmo, não vai cair. Vou continuar, e parava de novo e olhava para trás. Sempre procurando um alemão que metesse uma bala em sua cabeça. Eu o puxava pela calça, e ele dizia, sem chance, sem chance, e se acalmava e andava.

Meu cérebro batia como um martelo pesado.

Só não caia. Fique em pé. Mantenha a mente limpa. Eu não me importava com a morte. Tinha medo de ser deixado caído na estrada. Tinha medo de sentir dor. Medo de ficar deitado na estrada com outros prisioneiros esperando os cachorros, ou de morrer na neve. Tinha medo de ouvir os soluços dos que esperavam a morte, minha *mamaleh*, me dê água, um pouco de água, mamããe. Tinha medo de morrer lentamente, horas, dias, isso era o que mais me amedrontava. Mordi os lábios, sussurrei, sem erros. Cuidado. Eu tinha só dezesseis anos e já sabia que tinha que salvar meu irmão. Ele já havia marchado por estradas, meu corpo doía em cada lugar que eu tocava. Minha pele coçava por causa dos piolhos. Eu procurava folhas para mastigar e não morrer de fome. Minha mente estava vazia. Só um canal funcionava, como uma agulha presa em um disco girando, sem erros. Não caia. Não fique na frente de um rifle. Não desmaie. Não torça o pé. Não pare. Não se curve. Ande. *Hum.* Ande. *Hum. Hum. Hum.*

E também tinha Dov, e ele estava sofrendo. Queria morrer, e eu não deixava, porque assim teria uma razão para viver. Concordei com a marcha da morte por causa do Dov. Eu sabia que, se Dov morresse, eu morreria.

CAPÍTULO 17

Dov

Eu disse ao meu irmão, vamos nos separar antes das colinas. Estava preocupado com meu irmão. Tinha certeza de que cairia em uma colina e um homem da SS atiraria em mim, e meu irmão Yitzhak atacaria o homem da SS e morreria também. Queria que pelo menos um membro de nossa família sobrevivesse. Sabia que, se eu morresse, meu irmão Yitzhak enlouqueceria. Também sabia que, se Yitzhak tivesse as formigas e os vermes que eu tinha, ele não aguentaria. Eu o conheço, ele não conseguiria tolerar formigas como aquelas em sua cabeça, morreria imediatamente. Por isso disse a ele, vamos nos separar antes das colinas. Vamos nos encontrar no topo. Vamos nos separar para não vermos o homem da SS atirar em um de nós.

Meu irmão Yitzhak concordou.

Nós nos abraçamos. Olhamos um para o outro. Prometemos que nos encontraríamos no topo. Meu irmão Yitzhak falou baixinho para mim, vou esperar você no topo. Você vai chegar ao topo. Vamos descer juntos, entende? Sua cabeça vai dar a ordem, ande, não pare, ande, continue em frente, olhe diretamente para a frente e não pare, até o topo, prometa, assim vou ter fé no coração.

Prometi, vamos nos encontrar no topo, e você também, tome cuidado, e me senti aliviado. Tinha certeza de que não chegaria ao fim de uma colina, mas meu irmão Yitzhak chegaria, um de nós sobreviveria, pelo menos.

Nós nos separamos.

Yitzhak foi para um lado da estrada. Eu fui para o outro. Havia uns trinta ou quarenta prisioneiros entre nós. Comecei a subir a colina. Lentamente, lentamente. Olhava diretamente para a estrada, não me atrevia a olhar para a direita ou para a esquerda. Minhas pernas pesavam, como se estivessem recheadas de saco de concreto. Fui em frente arrastando uma perna depois da outra. Diminuí a distância. Outro passo. Distância. Outro passo, parada. Minha mente latejava, não caia. Inclinei o corpo para a frente e me apoiei nos joelhos. Inspirei de boca aberta. Ouvi um chiado no meu nariz. Um homem da SS se aproximou de mim. Continue. Não caia. Outro passo, diminua a distância. Minha cabeça pendeu, levando as costas com ela. Não tinha espaço nos pulmões. Estávamos perto de árvores grandes, na natureza, e eu não tinha força para respirar. *Shshshs*. Respire. *Shshsh*. Passo, aproxime. Passo, aproxime. Ouvi um tiro não muito longe de mim. Outro, dois, cinco tiros.

Uma agulha gorda perfurou minha nuca, desceu fundo, fundo pelas costas. Não mexi a cabeça. Dei uma ordem a mim mesmo, não olhe, não espie. Não! Só em frente. Passo, aproxime. Esquerda. Direita. Esquerda. *Bum*. Outro tiro. *Bum. Bum*. E um grito. Bem ao meu lado. Cochichei, não tem nada a ver comigo, não, não. Vai em frente. Não vê ninguém. Prometi não parar. Passo, respira, aproxima. Passo, respira, respira, respira, aproxima.

Ouvi um choro perto de mim. Ouvi som de tosse e sufocamento, como se alguém se afogasse em água.

Deus, ele acabou, aaaah, anda. Não olha. Passo, aproxima. No asfalto preto. O asfalto faz curvas, eu faço curvas. Outra curva na minha frente. Vejo o topo da colina, não muito à esquerda. Sinto vontade de cantar.

Os irmãos de Auschwitz

Estava procurando uma canção desde cedo, mas as formigas estão mordendo o interior da minha cabeça, indo de um olho ao outro através da testa. Tento matá-las, outros milhares de formigas chegam, fazendo buracos na minha testa.

Chego ao fim da subida.

Estava respirando como uma velha locomotiva cansada. Meu coração bate forte no peito, pressionando as costelas, e tenho a sensação de que jogaram cola em mim. Foram jogando, jogando, jogando, até eu ficar bloqueado. Tinha uma dor em um lado do corpo. Não podia me dobrar por causa dela. Não sentia as pernas. Elas pareciam pesados troncos de árvores. Eu sabia que tinha de encontrar meu irmão. Procurei por ele. Atravessei a estrada em meio aos prisioneiros que mal respiravam. À nossa volta havia árvores e água. Eu sentia que minha boca estava seca. Olhei para trás. Na estrada havia pilhas de farrapos subindo a encosta lentamente. Meu cérebro me deu uma ordem, não tropeça em nenhum prisioneiro. Cuidado. Não toca em ninguém, se tocar em alguém, vai cair. Ouvi meu cérebro bater longe, como se estivesse na cabeça de outra pessoa.

Yitzhak estava à minha frente, sorrindo. Assentiu. Disse, muito bem. Conseguimos, muito bem. Sorri para ele. Alguém fumava um cigarro ao meu lado. Eu disse cigarro, me dá um cigarro, ele não ouviu. Firme, meu irmão me puxou para trás, e ouvi ele dizer, ficou maluco? É um homem da SS, você está pedindo um cigarro para um homem da SS, o que deu em você? Não respondi, senti como se alguém tentasse se levantar dentro de mim, sair do meu corpo. Queria dizer cigarro, cigarro. Yitzhak me arrastou para outro lugar.

Continuamos a marcha lado a lado.

Um ritmo uniforme. Meu irmão respirava alto, como se corresse o risco de morrer. Eu mantinha a boca fechada. Olhei para ele, Yitzhak não via nem ouvia o que acontecia na minha cabeça. Que bom que estávamos em silêncio. Um dia e uma noite, outra colina.

Nós nos separamos na base da encosta.

Meu irmão segurou minhas mãos. Chegou perto do meu rosto e disse, Dov, abra os olhos, feche. Abra bem a boca, feche.

Eu perguntei, consegue ver as formigas? Tem formigas viajando dentro da minha testa, daqui para cá, consegue vê-las? Apontei para minha testa, ontem elas estavam no meu nariz, agora estão na orelha, o que devo fazer?

Yitzhak bateu o pé, segurou meu queixo e disse, não tem formigas, nenhuma, e não vai falar com ninguém sobre formigas, está ouvindo? E não vai dizer coisas, promete.

Eu disse, certo, mas também tenho vermes, eles vão de um lugar para o outro, só para você saber.

Então Yitzhak me abraçou e disse, temos que sair dessa guerra vivos, juntos, e que ele estaria me esperando no topo, como na colina dois dias atrás. Ele segurou minha cabeça com as duas mãos e virou meu rosto para o cume da montanha.

Gotas de sangue pingaram do meu nariz.

Limpei o nariz na manga da blusa e disse ao meu irmão, e você tem que me prometer que vamos nos encontrar no topo, promete. Não vai deixar que eles metam uma bala em você, e espera, antes de nos separarmos, preciso de uma canção, preciso de uma melodia para manter o ritmo, como era aquela música que cantávamos, a canção que Vassily assobiava quando cavalgávamos.

Yitzhak olhou para o alto, soltou os braços junto do corpo e disse, não pense em músicas agora, não há tempo.

Eu falei, mas quero tocar a harmônica, tenho a harmônica no meu bolso.

Yitzhak xingou, bateu com a mão na testa e disse, *oy*, eu esqueci, e enfiou a mão no meu bolso e pegou a harmônica. Ele disse, vou guardar a harmônica para você, e esconde o sangue do seu nariz. Nós nos separamos.

Eu me curvei para um lado e me obriguei a seguir como se estivesse atrelado a uma carroça de feno. O sangue continuava pingando. Parei. Levantei a cabeça e engoli o sangue. Abaixei a cabeça e o sangramento continuou, e continuou. Eu pensei, não vou ter mais sangue nenhum quando chegar ao topo. Fechei o nariz com dois dedos e avancei pela estrada. Vi um graveto seco. Quebrei o graveto em dois e enfiei os pedaços no nariz. O sangramento parou. Senti uma fraqueza nas pernas. Dei a mim mesmo uma ordem para andar. Anda. Passo, Passo.

Sabia que meu irmão Yitzhak era mais forte que eu. Sabia que meu irmão e eu éramos, talvez, os únicos da nossa família que sobreviveriam. Meu cérebro latejava, não devo deixar meu irmão sozinho. Tenho que conseguir por nós dois. Pela mãe e pelo pai. Por Sarah e Avrum. Pelo pai. Onde está meu pai, *papaleh, papaleh*, passo. Espaço. Aproxima. Passo, para, respira, respira. *Bum. Bum. Bum.* Cabeça erguida, segue em frente, e de novo as formigas estão descendo da minha testa para o nariz, para a boca. Engulo depressa e digo: respira, respira.

Prisioneiros caíam perto de mim com o rosto no chão, esperando a bala. Havia prisioneiros que tentavam se levantar e alguns conseguiam. A meio metro de mim, um caiu. Do chão, estendeu a mão para mim. Ele tinha espuma na boca. Olhou e chorou sem os dentes. Não dei a mão para ele. Sabia que, se desse a mão, cairia e não me levantaria. Eu disse a ele, escuta, meu irmão está me esperando no topo, entende? Tenho um irmão, e ele precisa de mim, sim? Vamos nos encontrar daqui a pouco. Adeus.

Continuei subindo. As formigas desceram para a minha garganta.

Só no topo da colina eu olhei para os lados. Vi meu irmão. Ele sorriu para mim, puxou os gravetos do meu nariz e os pôs no bolso. Depois me deu cascas de maçã. Eu perguntei, onde conseguiu isso?

E ele disse, o homem da SS jogou fora. Ele me deixou chupar a casca. Chupei um pouco e devolvi para ele. Ele chupou, mastigou metade, tirou da boca e me deu, come, come.

Recebemos a ordem para entrar em fila. Estavam dando pão. Pegamos nosso pão e sentamos na lateral. Ao nosso lado tinha um prisioneiro alto que engolia seu pão rapidamente. Ele olhou para a fila e disse, pai, vem sentar do meu lado. Alguém com uma bolha vermelha embaixo da orelha se aproximou. Ele segurava o pão. De repente, o filho pulou sobre o pai, agarrou o pão e o engoliu de uma vez só. O pai ficou em silêncio. Depois cobriu o rosto com as duas mãos e chorou. Saímos dali.

Descemos a colina juntos.

Eu disse ao meu irmão, como era aquela música que Vassily cantava sobre o cavalo, me fala.

Meu irmão franziu o cenho, finalmente sussurrou, está falando da canção sobre *Koshot Loyosh*.

Eu gritei, sim, sim. Canta essa canção para mim, esqueci o ritmo.

Yitzhak puxou a camisa para baixo e disse, não, não. Não quero cantar, para com isso. Vi que ele estava vermelho. A pele embaixo do olho começou a pular.

Eu queria parar de falar com ele, mas não conseguia, então me conta uma história, conta.

Yitzhak olhou para mim, engoliu a saliva e disse, muito bem, vou falar a letra da canção e você não deve perguntar a ninguém sobre músicas, sobre formigas e vermes, nem pedir um cigarro. Era assim: "Koshot Loyosh o húngaro lutou no *front*, e se ele diz novamente que não tem mais soldados, toda a nação deve se unir e ir para o *front*". Isso é o que eu lembro.

Eu gritei, sim, sim, é uma canção, e comecei a cantar *Koshot Loyosh* o herói para vir e nos salvar, por que não, precisamos de alguém para nos salvar, o Messias não vem, e o Senhor nos deixou há muito tempo, talvez *Koshot Loyosh* nos escute. Yitzhak me segurou pelo cotovelo, se aproximou da minha orelha, abriu a boca, eu disse, só um momento, só um momento, enfiei o dedo na orelha e esmaguei todas as formigas nela, agora fale.

Ele disse, Dov, temos que ficar em silêncio agora. *Shhhhh*.

Hoje eu sei.

A decisão de me separar de meu irmão em cada colina me deu força. Tínhamos que analisar a situação. Tínhamos que planejar, pensar sobre como continuar vivos. Eu tinha um objetivo. Eu tinha um motivo para fazer o esforço de subir a colina, eu sabia que meu irmão estava me esperando no topo, e aquilo me dava esperança na difícil jornada. Andávamos. Nós nos tocávamos. Olhávamos um para o outro, e eu via a preocupação dele comigo. Milhares foram abandonados acabados nas estradas, e um, só um cuidava de mim, e eu cuidava dele. Estávamos ali um pelo outro como uma pequena tocha na grande escuridão.

Israel, 2001
14h58 de Nahariya para Binyamina.
Uma parada em Bat Galim, em Haifa.

Apoio a cabeça no encosto do assento e quero algo doce. Não sei como ficar sozinha com a história.

A história deles está se tornando difícil, assustadora. Yitzhak ainda poderia arrebentar o homem da SS com um soco, mas segue de longe, espera uma oportunidade. Dov está quase acabado, já percorreu a pé metade da Alemanha e parte da Polônia.

Eles também ficam muito tristes na sala de estar de Yitzhak.

Se Dov estivesse comigo, ele diria, mas por que está chorando, no seu lugar eu estaria feliz, estamos chegando ao fim da guerra, não estamos? Yitzhak se levantaria e iria ao quintal espantar seus gansos, e voltaria sem dizer uma palavra.

Eles olhariam por uma hora, e finalmente Yitzhak diria, chega por ora, vou para o estábulo. Dov diria, você quer continuar? E eu diria, agora não, Dov, me leve à estação.

# CAPÍTULO 18

Dov

Eu não conseguia mais cuidar de mim na marcha. E meu irmão Yitzhak tornou-se um ladrão. Um *expert* em roubar. Sabia como pôr a mão no bolso de alguém e pegar alguma coisa sem a pessoa sentir. Pão, cascas de batata, coisas assim. Vi alguma coisa nele que não tinha visto nos campos. Ele roubava comida e aceitava dividi-la comigo.

Entramos em campo meio vazio, Yitzhak desapareceu, e eu caí no chão. Não lembro o nome do campo. Não conseguia me mexer. Minha cabeça doía. Pus a mão na testa, e ela queimava. Senti como se meu corpo se transformasse em um palito de fósforo e desabei. Dobrei os dedos, movi um joelho, pus a língua para fora, aah, respirei fundo e fechei um olho. O segundo olho ardia e ardia, eu não conseguia enxergar nada. Sentei e bati no peito. Meu peito doía. Senti que era perigoso, para mim, ficar no escuro. Enquanto isso, Yitzhak voltou. Ele segurava um pedaço de pão. Yitzhak cortou o pão ao meio e pôs um pedaço na boca. Consegui me sentar. Perguntei, onde estão os gravetos que enfiei no nariz?

Os irmãos de Auschwitz

Ele olhou para mim, para quê?

Eu disse, estou queimando, não consigo abrir os olhos. Yitzhak tocou minha testa, disse, é por causa da febre, coma mais um pedaço de pão, e vamos procurar uma torneira. Fui com ele. Encontramos água. Pus a cabeça embaixo da torneira. Era bom. Cada vez que meu irmão encontrava comida, ele me dava exatamente a metade. Meu irmão Yitzhak tinha a força para me dar comida. Outros não tinham força para doar, Yitzhak tinha. Eu via. Irmãos não se ajudavam. Pai e filho não dividiam, como no caso do pai com a bolha embaixo da orelha e o filho, que usava a calça enrolada até os joelhos. Eu os vi várias vezes. Eles andavam não muito longe de nós na marcha da morte a partir da saída de Buchenwald. O pai devia ter uns quarenta e cinco anos. O filho alto parecia ter uns vinte. Eles dormiam perto de nós e não falavam um com o outro.

Antes de entrarmos no campo de trabalho, preparamos um lugar para dormir na floresta. Estava frio. De repente, gritos. O pai com a bolha vermelha e o filho alto lutavam na lama. O filho segurava alguma coisa. Tentava pôr o objeto na boca. O pai segurava a mão dele. O filho cerrava os dedos. O pai tentava abri-los um a um, gritando, como pôde, Ya'akov, é meu pão, meu. O filho chutou a barriga do pai, falando por entre os dentes, você está acabado, me dá, me dá.

O pai recuou, enfiou dois dedos nos olhos do filho e, chorando, disse, é meu, Ya'akov, devolve, eu sou seu pai, seu pai, e estou dizendo para você me dar isso. O filho ganiu com um animal, mordeu os dedos do pai e cobriu seu rosto.

Virei para o outro lado. Ouvi o pai chorar, *mamaleh, oy, mamaleh, oy gevalt*.

Hans Schultz, da SS, estava perto de nós. Na escuridão, ele parecia um gigante de botas e chapéu.

Ele apontou o revólver e atirou uma vez, duas. Uma bala na cabeça do pai. Uma na cabeça do filho. Fim. Meu irmão Yitzhak estava em pé perto da árvore. Imóvel. Eu estremeci. Pus o rosto nas folhas frias. Puxei o cobertor sobre mim. Queria o pai. *Papaleh*. Onde está meu pai, papai, papai. Senti um toque no ombro. Levantei a cabeça. Meu irmão Yitzhak estava debruçado sobre mim. Ele segurava um pedaço de pão. Dividiu o pão e me deu metade. Coloquei o pão perto do meu rosto. O pão ficou molhado. Meu irmão gesticulou para eu colocá-lo na boca. Comi devagar.

CAPÍTULO 19

Yitzhak

O SS Hans Schultz olhou para o pai e o filho mortos e acenou para eu me aproximar.

Os prisioneiros perto de mim se afastaram, e eu me aproximei dos mortos. Pisei no sangue que ainda escorria deles para a lama. O pai estava de boca aberta. Eu me inclinei sobre o filho. Ele segurava o pão. Peguei o pão. Olhei para o SS Hans Schultz. Ele apontou na direção dos pés. Eu me abaixei sobre os pés do jovem. Seus sapatos estavam arruinados, e a sola parecia papel. Peguei um pé. Senti. Meias. Removi rapidamente seus sapatos e peguei as meias.

No dia seguinte, não vi o SS Hans Schultz. Ele desapareceu para sempre. Depois da guerra, olhei nos jornais. Procurei o nome dele. Não encontrei. Queria ver se o tinham condenado. Considerei a ideia de falar em favor dele, mas acabei decidindo que não. Não devemos falar em favor de nazistas, não devemos, por todos aqueles que morreram nas estradas.

# CAPÍTULO 20

Dov

Meu irmão Yitzhak se arriscou por mim.

Chegamos a uma fábrica alemã de aviões. Uma fábrica abandonada. Estava escuro, havia estrelas e uma lua que lembrava uma fatia de toranja. Éramos algumas poucas centenas de prisioneiros, talvez mil, não sei o número exato. Um comboio de prisioneiros de pijamas com as listras quase apagadas por sujeira e lama. Os alemães anunciaram pelo alto-falante, vamos passar a noite aqui, e entregaram um quarto de pão a cada prisioneiro. Dois cães de guarda esperavam ao lado do homem da SS que distribuía o pão. Cachorros grandes com dentes pontiagudos. Cães treinados para farejar um prisioneiro que entrasse na fila pela segunda vez.

Ficamos na longa fila.

Meu irmão segurava minha calça por trás. Recebemos nosso pão e fomos procurar um lugar para sentar. Desabamos no chão e engolimos o pão de uma só vez. Olhamos um para o outro. Meu irmão franziu o cenho, olhou para os cantos e cochichou, agora temos que achar um lugar para passar a noite, levanta, levanta. Continuei sentado. Não conseguia ficar em pé. Meu irmão disse, espera aqui, e se levantou, andou por ali e entrou novamente na fila do pão. Olhei para os cachorros. Meu coração ficou pesado. Queria chamá-lo de volta. Levantei a cabeça, mas ela pendeu para trás. Abri a boca, voltei a fechá-la. Tomei uma decisão. Não suportava olhar. Caí em um poço sem fundo. Levantei.

Yitzhak se aproximava da ponta da fila. Três homens na frente dele. Dois. Yitzhak parou. Recebeu pão dos homens da SS e latidos dos cachorros. Eles o cheiraram, e, como se recebessem uma ordem, pularam em cima dele, o seguraram entre os dentes, aaah. O homem da SS levantou o rifle e bateu com ele em seu pescoço. Meu irmão Yitzhak caiu no chão. Os dois cães pularam em cima dele. Ouvi os latidos dos cachorros rasgando sua carne, aaah. Gritei, Deus, onde está você, salve-o, salve-o. Deus não veio. Apoiei as mãos no concreto, puxei os joelhos contra a barriga, virei para o lado. Estiquei o pescoço e olhei para a frente, nenhum prisioneiro parecia interessado em meu irmão. Um grupo de homens da SS estava sentado na porta, de costas para nós. Eles comiam comida enlatada direto das latas. Chorei, *papaleh*, meu *papaleh*, os cachorros estão comendo Yitzhak. O pai não veio. Só o homem da SS estava interessado. Ele permanecia ao lado do meu irmão com as pernas afastadas, as mãos no quadril, sorrindo para seus cachorros. Eu queria que ele morresse.

Mas meu irmão Yitzhak lutava contra os cães.

Vi a perna dele se levantar. Ele chutou um dos animais no estômago. A sola de seu sapato era de madeira. O cachorro uivou e voou para o teto. O segundo cão atacou o pescoço de meu irmão. Yitzhak o agarrou pela cabeça e o virou para o lado. O cachorro caiu no chão. Yitzhak então deu um pulo e ficou em pé, correu para a entrada da fábrica e sumiu. Os homens da SS continuaram comendo. Os cães ganiam e se arrastavam aos pés do homem da SS com o pão. Ele brandiu um dedo para os cachorros, *nu, nu, nu*, e saiu. Eu estava sem ar. Comecei a tossir. Não conseguia parar.

Pressionei a boca, gritando em pensamento, você está bem, sim. Seu irmão também está bem, sim.

Alguns minutos passaram, e meu irmão Yitzhak sentou ao meu lado. Sua camisa estava rasgada, e ele tinha buracos nos cotovelos e na perna. O rosto estava vermelho como um tomate escaldado. A testa estava molhada. Ele limpou as mãos e o sangue na camisa, enxugando a testa com a manga, levou a mão à axila e pegou um pedaço de pão. Eu não conseguia acreditar que estava vendo pão. Ele dividiu o pão ao meio e me deu metade. Fui bem, hã? Yitzhak deu um meio sorriso, o outro lado de sua boca estava azul. Mais um milagre.

Quando estava forte, eu tinha coragem de fazer as coisas sozinho.

Noite. Um vilarejo alemão. Dois dias andando sem pão e água. Os homens da SS informaram aos moradores do vilarejo pelo alto-falante: organizem comida para os prisioneiros. Éramos algumas poucas centenas de prisioneiros, talvez menos, talvez mais, e sentamos para descansar. Vi um cavalo e uma carroça se aproximar. Havia uma banheira enorme na carroça. Entendemos que traziam sopa para nós. Um homem alto da SS pulou sobre a carroça. Ele segurava uma concha de ferro e disse: entrem na fila, todos vocês. Eu vi a longa fila e percebi que não tinha chance de chegar à sopa.

Eu me esgueirei para trás do homem da SS e pulei na carroça.

Segurava uma lata. Consegui enfiar a lata na banheira e enchê-la de sopa. O alemão com a concha me viu. Ele bateu com a concha na minha testa. Ouvi um *bum* como o de uma bomba e sangue. Muito sangue e uma névoa. Caí da carroça com a lata na mão. A sopa não caiu. A sopa só mudou de cor. Bebi a sopa com meu sangue. Aquilo me deu força por mais algumas horas.

CAPÍTULO 21

Yitzhak

Os alemães não estavam satisfeitos com as mortes nas estradas. Às vezes, eles nos enfiavam em trens abertos. Quando os aviões americanos se aproximavam, não nos deixavam desembarcar. Não pedíamos permissão, queríamos viver. Sabíamos que a guerra estava chegando ao fim. Sabíamos pelos aviões que circulavam no céu despejando bombas. No minuto em que o bombardeio começava, descíamos para ir procurar comida. Não era abrigo, era comida. Sempre procurávamos comida. Estávamos dispostos a comer um pedaço de pão, ou cascas, ou raízes, mesmo que tudo estivesse mergulhado em sangue. Havia aqueles que pensavam que, se andassem um pouco pelos campos, encontrariam comida de verdade, outros sabiam que não havia milagres e não desciam para procurar alguma coisa para mastigar. A energia para sonhar os havia abandonado fazia tempo. Eles ficavam no vagão e esperavam as bombas que vinham do alto.

Um dia, estávamos viajando na chuva em um vagão aberto.

Íamos em pé e espremidos no vagão, como fósforos molhados e sem cabeça. Um vento frio soprava entre os vagões, atravessava a camisa e arrancava a pele. Eu queria sentar no chão para escapar do vento e do frio. O mau cheiro que vinha de baixo não me incomodava. Enfiei o cotovelo nas costas de um prisioneiro em pé na minha frente, fiz um sinal para Dov indicando que ia sentar, e então a chuva parou. Levantei a cabeça e quis gritar para Dov, temos sol, temos sol, e não gritei. Ao longe, um comboio de pontinhos pretos vinha em direção ao trem. Tinha asas. Alguns segundos depois, um *bum* alto, e uma vibração, e uma intensa rajada de metralhadoras, como um bando de aves com diarreia.

O trem parou imediatamente. Fiquei em pé e vi que o cenário tinha mudado enquanto eu estava sentado. Estávamos em uma área de construção. Os guardas alemães gritaram alguma coisa e saltaram do trem. Dov e eu saltamos imediatamente atrás deles. Fomos nos esconder atrás de uma parede com um cano na lateral.

Não muito longe de nós, um homem da SS buscou abrigo. Ele não tinha um cachorro. Era um homem gordo da SS. Eu não conseguia desviar os olhos dele. O homem da SS ouvia nossos movimentos, mas não conseguia ver nada. Ficamos colados à parede, mais magros que o cano ao nosso lado. O homem da SS olhava e olhava, mas não encontrava nada. Ele juntou algumas tábuas próximas da parede e improvisou uma cadeira, pôs um lenço sobre a tábua alta e se instalou confortável. Depois de um tempo, pegou um cantil e bebeu e bebeu, até beber o suficiente e enxugar a boca. Depois ele removeu a mochila. Abriu e sacudiu o conteúdo. Vi quando ele pegou comida enlatada. Olhou para a lata e a guardou novamente. Pegou outra lata. Parei de respirar. Abaixei, enfiei as unhas na perna para ela não coçar e esperei.

Enquanto isso, uma bomba caiu sobre o trem e os prisioneiros. Puxei Dov. Ficamos deitados e cobrimos a cabeça. A lateral do trem se partiu, derramando um mar de prisioneiros sobre nós, pedaços envoltos em pijamas voando pelo ar. Esses pedaços caíram sobre nossas costas e na cabeça, pancadas sangrentas em todos os lugares. Sangue com pedaços de madeira e bolos de carne em pijamas. Eu queria vomitar, mas não me distraía do SS gordo. Ele mexia na mochila como se estivesse sentado em um agradável jardim sob uma chuva de flores. Ele segurava a lata e limpava a tampa. Meu coração batia como um martelo sobre um prego. Fiquei de quatro, de frente para o homem da SS, e vi que Dov também se levantava. Quis puxá-lo pela camisa, mas ele já tinha dado alguns passos para longe de mim, e levantou as mãos e começou a fazer gestos estranhos. Parecia estar dirigindo os aviões para o trem. Ele gritava para os aviões, cheguem mais perto, mais perto, mais perto, apontando para a direita. O barulho dos aviões era horrível, mas eu ainda ouvia os gritos dele, para a direita, *nu*, para a direita, não entendem?

Pensei que fosse morrer. Gesticulei para ele apontando para minha cabeça, disse, ficou maluco, e ele sorriu para mim, continuou dirigindo o tráfego no céu. Enquanto isso, o homem da SS abriu a lata de comida. Olhei para Dov. Queria gritar para ele, pare, pare, mas então, a uns dez metros de nós, vi dois outros prisioneiros com as mãos levantadas. Eles também começaram a dirigir os aviões como Dov. Um fazia tudo que Dov estava fazendo com as mãos, e o outro tirou o chapéu, marcando um lugar no chão para cada bomba. Ele terminou de marcar o lugar e riu uma risada rouca. Outro sinal e mais risadas, então, finalmente, ele baixou a calça, mostrando às bombas o alvo de sua bunda inexistente. Tive certeza de que em poucos minutos o avião acertaria todos nós. Os dois prisioneiros pesavam uns trinta quilos cada um. Seus joelhos pulavam como se enviassem força às mãos, muita força e alegria. Vi Dov os incentivar como um grande rei com personalidade e força. Ele se tornou saudável e bem-sucedido nessa alegre companhia. Dizia, bom, bom, você é bom, bom. O melhor, e sorria um sorriso largo.

Enquanto isso, o homem gordo da SS limpava uma faca e um garfo em seu lenço.

Outros três prisioneiros se aproximaram de Dov e começaram a dirigir os aviões ao lado dele. Um deles subiu em uma pedra grande, fazendo grandes movimentos circulares com os braços e rindo com uma boca negra. Mais alguns riram entre eles, fazendo caretas apenas da diminuição do bombardeio. Dov era fortalecido pelos novos amigos. Ele gritava para os aviões voltarem depressa, vocês não acabaram com o trem, *nu*, voltem, venham, e os aviões realmente voltaram, e então Dov se tornou um Messias. Eles o chamavam, Messias. Messias. Você é nosso Messias.

Eu os deixei.

Foquei no homem gordo da SS. A caixa grande estava aberta sobre sua perna. Ele levantou a caixa e começou a comer. Apertei o cinto da minha calça. Tirando força da minha barriga vazia, pulei em cima dele. Agarrei a caixa. Despejei a comida dentro da camisa. Joguei a caixa de lado e corri como um louco para o último vagão do trem. Não me importava com as metralhadoras. Não me importava com os homens da SS e seus rifles. Só uma coisa ocupava minha mente. Guardar o pacote colado em meu peito.

Parei no último vagão. Pus a mão no umbigo. Senti os pedaços úmidos embaixo da camisa. Olhei para trás. O alemão gordo estava sentado nas tábuas. Segurava outra caixa sobre os joelhos. Os amigos de Dov continuavam dirigindo os aviões. Puxei a camisa para longe do meu corpo. Um cheiro intenso de carne invadiu meu nariz. Meu nariz escorria. Fiquei tão empolgado que senti todos os pelos eriçados no corpo. Era a primeira vez que sentia cheiro de carne desde que saí de casa. Voltei correndo para perto de Dov. Chamei, mas ele não ouviu. Estava obcecado pelo céu, gritando para os aviões, voltem, voltem, não terminamos. Depois ele aplaudiu.

Eu disse a ele, escute bem, precisamos entrar naquele trem, mas Dov não se moveu. Estava envolvido com os amigos a seu lado, falando confiante, espere um pouco, o último avião virá em breve. Eles olhavam para ele e esperavam pacientes. Peguei um pedacinho de carne, me aproximei e o enfiei na narina dele. Ele abriu a boca, cruzou os braços e prestou atenção em mim. Sussurrei, tenho carne para nós, mas primeiro precisamos sair daqui. Dov enfiou a mão no bolso e começou a fazer ruídos, *hummmmm, hummmmm*. Sussurrei, tome cuidado. Pelo menos vinte homens da SS tinham se reunido perto do trem. Eles apontavam para o vagão que havia sofrido o pior bombardeio e gritavam irritados. Fiz um gesto para ele se abaixar e o levei para um vagão distante.

Dov subiu primeiro, eu o segui. O vagão estava vazio. Sentamos juntos. Enfiei a mão embaixo da camisa e dei um pedaço de carne ao meu irmão. Ele engoliu sem mastigar e olhou para mim. Seu rosto estava molhado. Peguei um punhado para mim e vi prisioneiros entrar em nosso vagão. Pelo menos três tinham o rosto ensanguentado. Ouvi homens da SS gritar e atirar com os rifles, sabia que precisava ser cuidadoso. No vagão havia uns cinco prisioneiros perigosos, pelo menos. Fiz um sinal para Dov levando um dedo à boca, e nós começamos a ação.

Pus uma das mãos na barriga e comecei a coçar. Esperei. Pus um polegar e um indicador na camisa. Cortei parte da carne. Enrolei lentamente formando uma bola e fechei a mão. Tirei a mão de baixo da camisa e a levei na direção da bunda. Esperei. Movi a mão com cuidado para trás, encontrei a mão de Dov. Mão quente, trêmula. Passei a carne para ele e apertei sua mão. Cochichei, espera.

Um prisioneiro alto parou na minha frente com olhos de aço. Dov não se moveu. O prisioneiro abaixou a cabeça por um segundo e Dov levantou a mão e engoliu a carne. Peguei um pedaço para mim. Levei a mão à boca e *bum*. Uma pancada na cabeça. Como pude esquecer o cheiro? A carne tinha um cheiro intenso. Parei imediatamente. Senti que molhava a calça e soube que, se os prisioneiros sentissem cheiro de carne, me rasgariam em pedaços. Comecei a cavar com o pé a palha no chão. Queria encontrar o cheiro de merda. Não havia um cheiro suficientemente forte. Eu disse a mim mesmo, calma, o vagão é aberto e tem muito ar. Continuamos comendo com toda cautela até acabarmos com tudo.

A sensação era boa.

Dov ficou corado, e eu queria cagar. Segurei e consegui pegar no sono.

CAPÍTULO 22

Dov

Meu irmão Yitzhak me alimentou como uma ave. A carne tinha o sabor do jardim do Éden, e eu queria mais algumas porções com minhas mãos. Os olhos do prisioneiro alto na minha frente diziam que eu deveria ser cauteloso. Depois de mais ou menos um quarto de hora, terminamos de comer. Meu corpo aqueceu. Eu queria dormir, e vinha em minha mente uma imagem amarela. Na imagem havia um ninho que encontrei em um galho de árvore na floresta. Não conseguia lembrar quando isso aconteceu. Havia três filhotes no ninho. Três bolinhas de penugem marrom com um pingo de amarelo perto do bico. Eu me vi deitado em um dos galhos, esperando a mãe.

Uma ave de porte médio chegou ao ninho. Ela segurava uma minhoca gorda no bico. Três filhotes pularam sobre ela, piando como loucos. Ela rasgava pedaços da minhoca e punha os pedaços na boca dos filhotes. Os pequenos se empurravam querendo ser o que ficava mais perto da mãe. Vi que o filhote gordo venceu. Ele pisou nos outros dois e pegou quase todos os pedaços. Eu queria arrancar a cabeça dele. Não interferi. Naquela noite, contei à minha mãe o que tinha acontecido. A mãe disse que o mais forte sempre vence. Decidi ser forte.

Eu ia à floresta, me pendurava em um galho de árvore e fazia exercícios. Tocava o galho com o queixo pelo menos vinte vezes. Fazia flexões. Os músculos dos meus braços inchavam, e eu estava satisfeito. Comecei a bater nos garotos góis que me provocavam. Eles gritavam, Yid, vá para a Palestina, saia daqui, Yid. Era no caminho para a escola. Eu não tinha medo deles. Batia neles. Às vezes era espancado, até ferido, e não contava à professora na escola. Só treinava por mais e mais horas. Eu me dava muito bem com os garotos góis. Mas isso não me ajudou em nada nos campos.

O som terrível de metralhadoras nos acordou.

O barulho urrava em meus ouvidos. Outro bombardeio.

Meu irmão Yitzhak pôs as mãos sobre as orelhas, olhou diretamente para mim, depois segurou minha mão e disse, vamos pular. O trem parou. Os alemães gritavam, vocês estão proibidos de saltar, proibidos, e saltaram do trem, e nós, atrás deles. Alguns outros pularam. A maioria dos prisioneiros ficou no trem. Meu irmão e eu nos escondemos sob um dos vagões. À nossa volta era o inferno. Fogo intenso atingia o trem. Árvores pulverizadas como um cortador de grama. Tábuas voavam e caíam como bombas sobre o vagão. Ouvi prisioneiros chorar, *oy, mamaleh, oy papaleh, oy* avó, pobres homens, eles continuaram assim.

E então vi meu irmão Yitzhak segurar a barriga, dobrado ao meio e gritando como todo mundo, *oy, oy, oy*, estou morrendo de dor. Eu não conseguia ver nenhum sangue. Mas estava assustado, Deus, ele foi atingido na barriga.

Eu gritei, o que aconteceu, o que aconteceu.

Ele gritava, minha barriga, preciso cagar.

Gritei no ouvido dele, caga, então, e acaba logo com isso.

Ele disse, não consigo, estou explodindo, e abaixou a calça, sentou no trilho e fez muita força, e não saía nada. Ele chorava, estou morto, morto, contorcia o rosto e fazia força, *ay*. *Ay*. Seu pescoço quase explodia, os olhos estavam saltados, a bunda estava seca. Pensei, coitado, está com o rabo entupido, o que vamos fazer, o que vamos fazer. Tive medo de que ele explodisse por dentro e seu intestino transbordasse.

Gritei, não. Não. Não. Não vai morrer aqui comigo, o que vamos fazer. Ele não falava. Segurei minha cabeça e comecei a me bater, gritando, você tem que salvá-lo. E então tive uma ideia. Um graveto, sim. Vou achar um graveto e enfiar no rabo dele. Talvez possamos soltar o bloco com um graveto. Falei no ouvido do meu irmão, espera, vou procurar um graveto e vamos liberar esse bloqueio.

Meu irmão me segurou pela calça, chorou, não me deixa, fica comigo. Então ele se levantou e bateu com força na barriga várias vezes. Segurei as mãos dele, o abracei e fizemos força juntos, *ayyy*.

Finalmente, alguma coisa saiu. Olhei para baixo. Era uma bolinha de fezes, como fezes de carneiro. Yitzhak suspirou, é por causa da carne. Meu corpo não está acostumado com carne. Tudo bem, não sinto dor.

Limpei o rosto dele com a manga da minha camisa, disse, ufaaa, você me assustou. Ele segurou meu ombro e riu.

Naqueles dias, nossos corpos eram secos como cascas de amendoim. O pão que recebíamos todos os dias não era suficiente nem para um único movimento intestinal. Só os guardas comiam bem e deixavam pacotes inteiros nos arbustos. Nós os víamos comer mais do que precisavam. Eles abriam caixas e garrafas em pilhas, e nós pisávamos em seus rastros na floresta.

CAPÍTULO 23

Yitzhak

O trem parou por volta do meio-dia. Ouvimos a ordem, desçam todos, depressa, depressa.

Os alemães tiveram que usar a força para aceitarmos descer. Desembarcamos perto de uma floresta em um lugar sem nome. Quando saltamos do trem, não restavam muitos de nós, éramos menos da metade do número que passou pelos portões de Buchenwald. Mesmo os que ainda estavam vivos não estavam realmente vivos, mas, mesmo assim, tinham força suficiente para não descer do trem na floresta, em um lugar sem nome. Nem as pancadas de tacos e rifles, os cachorros e os palavrões, nada afetava os prisioneiros cujos corpos já estavam três quartos destruídos. Um prisioneiro tinha só metade do rosto. A outro faltava um ombro. Ele gritou de dor até um homem magro da SS cuspir nele e enfiar a bota em seu rosto, e apertar, e virar, e foi isso. Outro prisioneiro sentou no chão do vagão e chorou, me deixem em paz, me deixem em paz, não quero descer. Ele continuou no vagão com a boca arrebentada e a língua para fora, sem nariz. Perdi duas unhas por causa dos rifles que desciam sobre todos nós.

Finalmente, estávamos todos em fila.

No início eu estava aquecido. Por causa da urina na calça. Não tínhamos balde para nossas necessidades no vagão. Depois comecei a sentir arrepios, como se tivesse febre. Talvez por causa do ar úmido que vinha da floresta. Talvez por causa dos prisioneiros que pareciam estar atrás de um *pogrom*. Eu queria vomitar. Respirava profundamente, soprava ar quente na carne sem unhas.

O SS gritou, eretos, não se curvem.

Vi uma névoa pesada entre as casas do vilarejo e uma floresta escura. As copas de árvores enormes tocavam o céu. O prisioneiro ao meu lado tinha um pomo de adão do tamanho de uma bola de tênis e o movia o tempo todo. Ele tinha uma abundância de fluidos, e eu queria pedir a ele, reze por nós, reze, porque essa será a sepultura de todos.

Começou a chover. A chuva não era tão sombria quanto as lágrimas dos prisioneiros. Minhas pernas começaram a tremer. Procurei a mão de Dov e ficamos de mãos dadas.

E então ouvimos a ordem para entrarmos na floresta.

Eu tinha certeza de que os homens da SS estavam nos preparando para a festa do fogo. Estavam fartos de andar à toa como idiotas, fartos. Por quanto tempo alguém pode viajar em trens e perambular por estradas sem um motivo. Entramos na floresta, talvez cem ou mais prisioneiros, não me lembro exatamente. Estava escuro e molhado na floresta, com um cheiro intenso que lembrava vegetais cozidos. Depois de uns cem metros, o homem da SS gritou, parem. Paramos. O homem da SS ordenou, não se separem, não sentem, e foi embora. Ficamos entre as árvores imensas que bloqueavam a luz. Mesmo assim, sentíamos a chuva. Eu tinha um cobertor nas costas. Eu o tirei das costas e dei um canto para meu irmão segurar. Olhei em volta.

Dov disse, devemos chamar os irmãos para nos ajudarem a segurar o cobertor?

Perguntei, que irmãos?

Ele disse, os dois que deitavam comigo no beliche em Buchenwald. Perguntei, do que está falando, Buchenwald está muito longe. Ele respondeu, *nu*, o quê, eles estão aqui, lá estão eles, está vendo os dois de frente para nós, ali perto do galho quebrado, *nu*, olhe, eu os conheço. Eu tinha certeza de que Dov estava sonhando. Ele segurou minha cabeça e a virou na direção dos dois prisioneiros pequenos e magros como nós. Os dois olharam para nós e cochicharam. Dov estendeu a mão magra e chamou, venham, venham, este é meu irmão, esqueceram? Os dois se aproximaram.

Um deles tinha uma cabeça grande, um olho e uma depressão na testa. O outro mancava e amassava a ponta da camisa entre as mãos. Ele sorriu de boca fechada e caiu sobre Dov, abraçando-o como um *papaleh*. Dov ficou assustado, disse, *oy*, o que é isso, você está bem?

O irmão com a depressão na testa puxou o outro para trás, pediu desculpas, ele esqueceu como fala. Pergunte para mim.

Não havia nada a perguntar. Deu um canto do cobertor a cada irmão, nós o esticamos como uma tenda e nos espremetemos embaixo dele. A chuva escorria pelo cobertor e caía pelos lados. Tudo era pesado, exceto meus dentes, que dançavam *clac, clac* dentro da boca. Esfreguei a boca com a mão livre. A pele da palma era cheia de linhas, como as mãos de minha mãe depois de lavar roupas. Bati na minha perna. Senti um formigamento quente do joelho para baixo. Depois uma paralisia que subiu e se instalou na bunda. Era como se meu corpo começasse da cintura para cima. Eu olhava para Dov a todo instante, cochichava, logo vamos dormir, estamos aguentando, sim?

Ele disse, sim. Olhei para os irmãos. Um estava em silêncio, olhando para o chão, o outro sorriu. Vi os outros prisioneiros como nós, com um cobertor sobre a cabeça. Alguns rezavam movendo os lábios. Eu entendia pelo movimento dos corpos. Havia os que dormiam em pé, encostados em um tronco de árvore. A água escorria por eles como se saísse de uma torneira fraca. Ninguém sentava. A tensão era grande.

Depois de meia hora, mais ou menos, eu não sentia mais o peito ou a mão que segurava o cobertor. Tentei peidar, nada. Isto é, estou paralisado. Olhei para Dov. Ele estava em pé um pouco torto, massageando a testa, não parava. Vi que faltava pele. O irmão que tinha esquecido como falar estava chorando com um sorriso no rosto. O irmão com a testa afundada disse, logo, logo vamos dormir.

Três homens do SS estavam em pé a uma pequena distância de nós. Pareciam satisfeitos. Eu não queria vê-los. Mudei de direção, e então ouvi o *bum*. *Crec*. Pulei assustado e vi um prisioneiro deitado na grama ao lado de uma árvore próxima. Ele tinha um buraco enorme na barriga. Levantou a camisa e olhou para a barriga. O intestino caía na grama, preto de sangue. Ele gritou, salvem-me. Salvem-me. Tive a sensação de que ia desmaiar. Mordi minha mão, olhei para Dov. Gesticulei, não tem nada a ver conosco.

O homem da SS com um rifle na mão aproximou-se do prisioneiro ferido.

Ele tinha um cigarro molhado na boca. Parou ao lado dele, observando-o imóvel. Dov continuava coçando a testa. Olhei para trás. O irmão que mancava não chorava mais. Ele abriu a boca e revirou os olhos para cima, exibindo a parte branca. Vi o irmão dele estender a mão e cobrir seu rosto. O prisioneiro ferido estendeu a mão para o homem da SS e chorou, me mata. Por favor, senhor, estou morrendo, morrendo.

O homem da SS não se moveu.

O prisioneiro ferido enterrou as unhas na lama, arrancou grama, uivou como um animal, não suporto, aperta o gatilho, por favor, uma bala, senhor.

O cigarro na boca do homem da SS desintegrou na chuva, caiu. O homem da SS se mantinha ali como uma coluna de mármore. Nem um músculo se movia em seu rosto. Ele mantinha o rifle apontado para o prisioneiro, olhando para ele.

Senti minhas têmporas explodir.

Queria gritar, ajudá-lo, *nu*, aperta o gatilho, mas murmurei que não vamos interferir, entende? Dov entendeu. Olhei para os dois homens da SS a cinco passos do prisioneiro ferido. Eles estavam apoiados em um tronco de árvore, fumando um cigarro e conversando, nem olharam. O prisioneiro chorava em silêncio. Coçou o peito loucamente, esperneou, parou. E então ele se apoiou nos cotovelos, estufou o peito, sentou-se devagar puxando o corpo para a frente. Ele jogou a cabeça sobre as botas do homem da SS. Beijou as botas e implorou, me mata, por favor, me mata. Estou queimando. O homem da SS não se moveu. Pegou outro cigarro em uma caixa de metal, acendeu o cigarro e deu uma tragada. O prisioneiro levantou a cabeça. Havia lama no rosto e no pescoço dele, o queixo saltava para cima e para baixo, eu podia ouvir seus dentes bater. O prisioneiro ferido baixou os olhos e se afastou, arrastando o corpo apoiado nos cotovelos. O intestino arrastava na grama, deixando uma poça de sangue. Ele fez um barulho, um ronco como o de um animal sufocado, *chchchrrr, chchchrrr*. Depois esticou o pescoço e gritou em alemão para o homem da SS, mate logo, filho da mãe, aperte o gatilho, alemão sujo, sua mãe é uma puta, imundo, lixo, filho de uma puta, que você apodreça no inferno com sua família, mate.

Aaah. Quase desmaiei. Não conseguia acreditar que um judeu prisioneiro era capaz de xingar um homem da SS parado ao lado dele. Não conseguia acreditar que um judeu prisioneiro com o intestino pendurado para fora do corpo tivesse uma voz tão forte quanto um alto-falante.

O cigarro do homem da SS caiu.

Talvez ele tivesse morrido em pé? Não, não, suas pálpebras se moveram, e ele estava respirando. Sim, respirando, seu peito subia e descia, eu vi. Só então entendi. O homem da SS queria ver essa morte acontecer lentamente. Sim. O homem da SS queria apreciar a cena. Mordi os dedos para impedir o grito de sair da minha boca, aperta o gatilho, alemão imundo, aperta. Olhei para Dov. Pedi silêncio com um dedo, *shshshsh*, sussurrei, situação perigosa, não se mova. Dov não respondeu. Eu temia que o homem da SS acordasse e despejasse sua fúria em nós com uma explosão de fogo, para ver várias imagens de morte se aproximando. Olhei para trás. O prisioneiro sorridente parecia ter morrido em pé. O irmão dele gesticulou para mim, não se preocupe, não vamos interferir. O prisioneiro que tinha xingado deixou a cabeça cair na lama. Ele chorava para Sheindele. Onde está você, Sheindele, ah, Sheindele, minha Sheindele.

Eu queria morrer.

Começou na barriga. Como uma bola de fogo subindo da barriga, queimando no peito, fechando a garganta e explodindo nas faces. Pressionei a boca com força, mas um choro doloroso escapou. Meu corpo saltou, os ombros tremeram, virei imediatamente de costas para meu irmão, me segurei no galho de uma árvore e colei o rosto nele. Chorei pelo prisioneiro ferido, chorei por mim e por Dov, pelo pai e pela mãe, por meus irmãos. Chorei por minha casa, chorei por meu gato grande que adorava afiar as unhas no lençol da cama. Chorei por uma chaleira cheia de água fervente que ficava sempre em cima do fogão no inverno. Chorei pelas meias secas na minha gaveta em casa, por um suéter quente.

O prisioneiro ferido continuava com sua Sheindele, e eu queria encerrar minha vida junto com a do prisioneiro devastado, e mate-o logo, alemão sujo, filho de uma puta, nos mate também, seu pedante fedorento, seu merda, *du Arschloch* – seu imbecil. Mate. Mate.

Senti a mão de Dov em meu ombro. Ele segurava e apertava, não soltava. Queria me virar e dizer a ele, Dov, o que vai ser de nós, o que vai ser, olhei para ele, as palavras não saíram, só choro, muito choro. Dov me abraçou e cochichou, estamos juntos, estamos juntos.

Se atirassem em mim naquele momento, eu teria ficado feliz. Queria uma bala na minha cabeça, no meu coração. Se me matassem na floresta, eu teria dito, muito obrigado, senhor, muito obrigado. Até hoje, no vento ou na chuva, ouço os gritos daquele pobre homem. Até hoje vejo seu intestino misturado à grama e o homem da SS em pé ao lado dele. Fumando seu cigarro sem pressa, *aaah*.

CAPÍTULO 24

Dov

A morte do prisioneiro rasgou minha alma. Ficamos na chuva torrencial por horas, meu irmão e eu e os irmãos que conheci em Buchenwald, Bloco 56.

Nós nos conhecemos antes de um deles ter perdido o olho e o outro ter esquecido como falar. Em pé conosco havia cerca de outros duzentos prisioneiros.

Vimos o prisioneiro tremer, com o intestino pendurado para fora do corpo, como um peixe tirado da água. De início um conjunto, no fim, menos, e então as formigas chegaram e entraram em sua testa.

Eu queria me aproximar do homem da SS, perguntar a ele, qual é o problema, você segura seu cigarro e eu seguro o rifle, acabo com isso, e pronto! Mas então vi meu irmão Yitzhak chorando e chorando, e aquela choradeira na chuva podia acabar com ele, então disse a ele, olhe. Aqui, olhe, um coelho, ali, ali, entre as árvores, e aqui tem um lobo, você vê o lobo?

Ele não via.

Procurei alguma outra coisa, vi os pacotes dos alemães, um monte de comida, sussurrei para meu irmão, Yitzhak, olhe ali, o que você vê? Ele não respondeu. Tem caixas de carne ali, você e eu podemos roubar juntos, quer ir? E para de chorar, ou vou ficar maluco, não suporto isso, e então ouvimos os homens da SS gritar na direção do vilarejo: *Wer Brot, wird kommen* – quem quer pão, venha. *Wer Brot, wird kommen*. Eles nos atraíam para fora da floresta com pão, como cachorros.

Saímos da floresta e recebemos um quarto de filão de pão. Engoli o meu de uma vez só novamente. Continuei com fome e fraco. Não conseguia endireitar os joelhos. Enquanto isso, a chuva parou. Olhei para cima.

Ouvi pássaros piando, muitos pássaros. Eles se escondiam em uma árvore enorme, e eu quis subir na árvore, não lembro por quê. Pensei, você nunca vai conseguir subir, está perdido.

Os homens da SS gritavam, corram todos, corram para o vilarejo. Não conseguíamos correr, o chão era lamacento e escorregadio. Meus sapatos afundavam na lama, eu senti que escorregava e, ops, fui para o chão. Meu irmão me segurou pela calça, puxou com força, me pôs em pé como um boneco enlameado e não me soltou. Alguns caíram deitados na lama e ficaram no chão. Alguém não muito longe de mim estava de quatro. Não tinha força para se levantar. Ele agarrou as pernas de um prisioneiro que passava, o prisioneiro também caiu e levou vários outros com ele. Ouvi gritos, e um choro que era como o pio de um pássaro, e de novo as pancadas de rifles, *trec. Trec. Trec.* Outros prisioneiros pisotearam os que ficaram ali caídos.

Entramos no vilarejo.

Um povoado alemão como o nosso. Casas pequenas com uma chaminé, um quintal e uma cerca de madeira, uma alameda enlameada e toldos sobre fardos de feno. Moradores espiavam das janelas. Os alemães os viram olhando para nós. Deram ordem de parar. Paramos ao lado de um enorme celeiro. Os homens da SS ordenaram por um alto-falante, permaneçam em fila. Ficamos enfileirados. E então eles deram a ordem, agora entrem no celeiro. É um celeiro alemão. Vocês têm que mantê-lo limpo. Entramos no celeiro, e os alemães ficaram lá fora.

Caí como um saco sobre o feno.

Olhei para mim e para meu irmão. Os pijamas molhados se desfaziam nas costuras. Havia buracos, e havia mala, e a coceira terrível dos piolhos. O mais difícil de tudo era a fome. Eu me sentia como se uma minhoca gorda com dentes afiados estivesse comendo a carne do meu corpo.

Prisioneiros no celeiro tossiam, cuspiam sangue no feno. Alguns mal se moviam e deixavam uma mancha marrom que cheirava mal. Eu disse a Yitzhak, é isso, estamos acabados. Não vou sair daqui.

Meu irmão ficou em silêncio.

Vi os dois irmãos de Buchenwald sentados não muito longe de nós. O irmão que tinha esquecido como falar segurava seu peito e sorria com o nariz escorrendo. O outro tirava a casquinha de uma enorme ferida na cabeça e lambia a pele. Eu não suportava mais olhar para os prisioneiros. Ouvi três deles discutir em voz baixa. Um disse, a guerra acabou, estou lhe dizendo, mais dois ou três dias, e é isso. Outro falou, concordo, enquanto puxava o cabelo. Um coçou a barriga e disse, o que vamos comer neste celeiro de merda. O primeiro respondeu, vamos comer feno, se for preciso, mas os russos virão, estou dizendo. Eu decidi, os russos virão, e, quando eles vierem, não me importo se em um ano ou dois dias, não vou sair deste celeiro.

O celeiro era seco.

Secamos nossas roupas, e depois vimos que havia um loft no celeiro. Meu irmão Yitzhak disse, vamos subir lá. Chamei os irmãos de Buchenwald para ir conosco. Subi primeiro, com meu irmão me empurrando de baixo. Os irmãos subiram atrás de nós. Havia uma grande pilha de palha no loft. Cavamos a palha. No fundo, encontramos sementes de trigo. Comemos as sementes na casca e ainda estávamos com fome quando a noite chegou e nos cobrimos com a palha. A palha tinha um cheiro limpo como o de casa, e nós dormimos imediatamente.

De manhã, descemos para nos aliviar.

Olhei para os prisioneiros no celeiro, fiquei chocado. Muitos haviam morrido durante a noite. Estavam empilhados, e não conseguimos entender como isso havia acontecido. Eu não ouvi tiros, ninguém gritou, chorou ou gemeu, morreram em silêncio, talvez de frio, e Yitzhak disse, eles não queriam mais viver.

Os alemães estavam lá fora. Os moradores do vilarejo nos observavam de longe. Não ousavam se aproximar. Os alemães estavam sentados embaixo de uma árvore perto do celeiro, cantando entusiasmados uma canção alemã de marcha. Eu ouvi a letra. Era assim, "os pássaros na floresta cantam tão lindamente, na pátria, na pátria, vamos nos ver de novo", e eles batiam com os pés no chão, batiam palmas no ritmo, como se estivessem se preparando para uma marcha festiva em algum estádio cheio de gente. Eu pensei, esses alemães que sigam para os desfiles, eles que marchem, não me importo, vou ficar no celeiro. Queria correr de volta para o loft, mas ficamos com os mortos. Andamos de um lado para o outro para relaxar os músculos das pernas. Eu ouvia os alemães rindo alto lá fora, e depois eles começaram a cantar canções tristes de amor sobre perder uma mulher. Fiquei surpreso quando ouvi a canção triste. Não sabia que soldados alemães eram capazes de cantar com ternura. Eu disse ao meu irmão, eu tinha uma harmônica no bolso, onde ela está.

Yitzhak olhou para mim intrigado, respondeu, a harmônica está comigo, não se preocupe, estou cuidando dela para você.

Mais tarde, subimos no loft e ficamos lá quase até a noite. Não tínhamos forças para descer. Fiquei deitado na palha mastigando sementes. Não tínhamos água. Espiei lá embaixo. A julgar pelas pilhas, percebi que mais haviam morrido. De repente, gritos lá embaixo. Homens da SS gritavam por um alto-falante de fora do celeiro. Quem quiser pão, saia.

Espiamos lá de cima. Os prisioneiros que tinham força para se levantar foram lá para fora. Os fracos permaneceram no feno. Os mortos não saíram de seus lugares.

Os irmãos de Auschwitz

Os alemães puseram os prisioneiros em uma plataforma sobre um trator. Ouvimos o trator ir para a floresta. Alguns minutos depois, *ra-ta-ta-ta*. E silêncio. Os alemães dizimaram os fortes com uma metralhadora. Ficamos no loft, dois pares de irmãos e formigas e vermes que ficavam só comigo. Olhei para meu irmão. Vi que ele não enxergava. Estava deitado de costas segurando a barriga. Eu queria dizer a ele, tenho formigas, formigas estão comendo meu cérebro. Fiquei em silêncio. Não tinha força para falar. Olhei para os irmãos. Eles dormiam lado a lado. Pareciam um só corpo repugnante com duas cabeças.

Algumas horas passaram, e de novo os gritos. Quem quiser pão, saia. Entendi que eles estavam me chamando para ir pegar pão. Finalmente minha vez tinha chegado. Eu me levantei. Mal consegui ficar em pé. Tive que me apoiar à parede para erguer o corpo. Inclinei-me para a escada e estendi uma perna.

Meu irmão Yitzhak pulou da palha, disse, o que está fazendo?

Respondi, eles estão chamando para irmos pegar pão.

Meu irmão segurou minha mão, apertou com força. Falou baixinho, não vamos sair daqui.

Eu disse, não. Não. Não. Estão chamando, eu vou descer.

Meu irmão me puxou, não vou deixar você descer, é uma armadilha, não entende? Não estão distribuindo pão, estão matando na floresta, você ouviu.

Eu gritei, não quero desistir, vou descer e é isso.

Tirando força da grande fome, empurrei meu irmão e pulei para a escada. Enquanto isso, o alto-falante chamava, quem quiser pão, saia. Levantei as mãos, gritei, espera, espera. Estou descendo. Meu irmão pulou em cima de mim e me empurrou para o feno. Eu me levantei. Parei na frente dele. Gritei, me solta! Ele levantou a mão e, *paft*, deu um tapa no meu rosto. Aaah. Era como um grande pedaço de madeira no rosto. Voei em cima do feno. Olhei para ele segurando o rosto. Minha bochecha ardia como se tivesse encostado no fogo. Foi o golpe mais doloroso que levei na guerra. Não conseguia acreditar que meu irmão Yitzhak tinha estapeado meu rosto.

Olhei para ele. Minha camisa estava molhada. As lágrimas caíam e caíam, levando com elas as formigas e os vermes da minha testa, do nariz e da boca. Os irmãos tremiam sentados no canto lado a lado, de mãos dadas. Meu irmão olhava para mim sem dizer nada. Só mordia o lábio.

Eu me encolhi em um canto. De repente um silêncio estranho caiu sobre o celeiro. Depois gritos, e choro, meu irmão espiou lá embaixo, disse, estão tirando prisioneiros do celeiro à força. É isso, estão matando todo mundo. Ouvimos os alemães falar embaixo da escada do loft. Meu irmão gritou, cava, depressa, vamos nos esconder. Cavamos a palha como loucos. Deitamos na vala. Jogamos a palha em cima de nós e esperamos imóveis. Meu irmão segurou meu braço embaixo da palha e beliscou com força, não soltava. Doía, e eu não falei nada.

Os alemães subiram no loft.

Eu os ouvi conversar acima de nós. Parei de respirar e ouvi uma pancada forte e um apito. Outra pancada na palha, apitos, parecia que estavam carregando palha para uma carroça. Eu entendi, estavam enfiando um forcado na palha. Queriam nos espetar como ratos. Ouvi os passos de um lado para o outro. Eu me encolhi até o tamanho de um ponto. Meu corpo tremia. Cada fiapo de palha era como uma agulha na pele. Senti milhares de agulhas me perfurando. Meu coração batia depressa, e eu quase não conseguia respirar. Não deixei a palha se mover sobre mim. Contei os golpes. *Trá*. Retire o forcado. *Trá*. Retira. *Trá*. Rezei para Deus não permitir que eles espetassem um forcado no meu traseiro, nas costas, na cabeça, e então eles pararam de enfiar o forcado na palha. Talvez por causa dos gritos lá embaixo. Ouvimos os alemães discutir acima de nós, depois passos apressados descendo a escada, e silêncio. Eu não entendia a situação. Era como estar em uma vala de mortos.

Não nos atrevíamos a sair.

Passamos horas ali com fome e com sede, e não nos movemos. Não ouvimos os alemães chamar para ir buscar pão. Não ouvimos tiros ou os gritos dos prisioneiros. Com cuidado, fiz um furinho sobre mim. Vi a escuridão da noite. Urinei na calça e verifiquei, talvez os irmãos estivessem mortos? Eu sabia que meu irmão Yitzhak estava bem. A mão dele tocava a minha. Não consegui dormir. Meu rosto ardia onde havia levado o tapa, e depois lembrei da história sobre meu irmão Yitzhak.

Uma noite, meu pai chamou meu irmão ao galpão no quintal. Ele queria ajuda para matar um bezerro. Os húngaros nos proibiram de matar bezerros. Matávamos em segredo. Meu irmão Yitzhak segurava a vela, o rabino matava, o pai removia a pele. Eu me recusava a entrar no galpão. Não suportava o sofrimento de um animal. Naquela noite, alguns minutos antes do abate, a polícia húngara invadiu o galpão. Alguém nos havia delatado. Eles gritaram com o pai, você abate, é? Hã? O pai ficou em silêncio. Eles levaram o rabino e meu irmão para serem interrogados. Yitzhak tinha doze anos de idade. Os soldados perguntaram ao meu irmão, o que você fez com o bezerro no galpão. Meu irmão não respondeu. Os soldados gritaram com o rabino, o que você fez com o bezerro no galpão, o rabino se recusou a falar. Os soldados puseram meu irmão e o rabino frente a frente e disseram ao meu irmão, bate na cara do rabino. Meu irmão não quis. Um soldado húngaro bateu no rosto de Yitzhak. Bata na cara do rabino. Ele não bateu. Um soldado bateu na cabeça do meu irmão.

Outro soldado parou na frente do rabino.

Ele ordenou, bata na cara do menino. Ele se recusou, *paft*, o soldado esbofeteou o rabino. Bata na cara do menino. Ele se recusou, *paft*, do outro lado. E então o rabino disse, Icho, vamos fazer o que eles dizem, está me ouvindo? O rabino deu um tapa no rosto de Yitzhak. Yitzhak devolveu o tapa. O rabino bateu, Yitzhak bateu. Era como passar uma bola de um para o outro. Os soldados olhavam para os dois e gargalhavam. Alguns minutos depois, eles ordenaram, agora chega. Disseram, vocês abateram um bezerro no galpão? O rabino e Yitzhak não responderam. Os soldados perderam a paciência. Mandaram o rabino embora e mantiveram Yitzhak ali.

Era inverno. O fogo ardia em um fogão de ferro.

O fogão ardia. Do outro lado do fogão havia um molde de concreto da altura de uma cadeira. O oficial húngaro, alto como um poste de luz, mandou meu irmão sentar no concreto borbulhante. Yitzhak sentou-se. Suas nádegas queimaram. Ele dançava como um acrobata no concreto. Os soldados riam. Ele dançava e dançava, não disse uma palavra.

Finalmentes, eles o soltaram. Ele voltou para casa com as nádegas queimadas e o rosto vermelho. Foram as risadas dos soldados que mais o machucaram. Eu disse a ele, a polícia húngara é assim. Por qualquer coisinha, fazem os judeus se estapear.

Eu sabia que tinha sido com eles que Yitzhak aprendeu a estapear e me salvou. Dormi embaixo da palha.

De manhã, ouvimos um som pesado do lado de fora do celeiro. Como o barulho de um trator.

Saímos de baixo da palha. Espiamos de cima do loft. Havia um tanque enorme na frente do celeiro. No tanque tinha um desenho de estrelas. Não sabíamos se o tanque pertencia aos alemães, aos russos ou aos americanos. Gritos de alegria soaram lá embaixo.

Prisioneiros gritavam, soldados americanos, soldados americanos, eles nos salvaram, os alemães fugiram.

Meu irmão, eu e os dois irmãos começamos a dançar como bobos na palha. Gritamos, a guerra acabou, a guerra acabou. Choramos abraçados. Um dos dois irmãos segurava o peito. O que tinha esquecido como falar caiu e não se mexia.

Tentamos acordá-lo. Não conseguimos.

Ele teve um infarto e morreu na hora. Morreu de empolgação. Sorrindo de orelha a orelha.

Yitzhak, eu e o pobre órfão de irmão descemos depois disso. Prisioneiros pulavam de alegria ao lado de uma carroça amarrada ao trator.

Meu irmão Yitzhak apontou para eles e disse, olha, salvamos os prisioneiros no celeiro. Os alemães queriam encher uma carroça, e nós os atrasamos. Eles subiram ao loft para nos procurar e não tiveram tempo para atirar nos que estavam na carroça.

Não respondi. Sentia um nó na garganta.

A guerra tinha acabado.

Nós andamos.

Yitzhak ia um pouco à frente, porque eu olhava tudo em volta. Havia sol. Uma nuvem branca. Era primavera. Eu vi um canteiro de flores.

CAPÍTULO 25

Yitzhak

Ficamos sozinhos no terreno perto do celeiro. Uma área grande que pertencia a um fazendeiro alemão.

Dov e eu sem o órfão de irmão. Sem os prisioneiros que tinham pulado da carroça e desaparecido. O ar era quente e havia muita lama. E havia o cheiro pesado de excremento de vaca, um cheiro misturado à acidez da palha. Como no dia em que saímos de casa no vilarejo de Tor'i, remeti nos Cárpatos. Ouvi o tanque percorrer o vilarejo. Ouvi um trem passar nos trilhos. Pensei, *oy*, daqui a pouco os soldados virão e nos levarão para uma sinagoga, e de lá de trem para alguma rampa. Certamente vão encontrar uma rampa para judeus que se esconderam. Dei um tapa na minha cabeça. Não, não, a guerra acabou.

Vi um estábulo na minha frente. Era maior que o que tínhamos em casa.

Ao lado do estábulo havia um cavalo marrom e gordo atrelado a uma pequena carroça, e ao lado dela havia uma caixa de metal. Peguei a caixa e me aproximei do estábulo. Queria ordenhar uma vaca para mim e meu irmão. De repente ouvi uma batida na pesada porta de madeira. Um fazendeiro de bigode e botas apareceu. Ele olhou para mim e Dov, perguntou em alemão: o que vocês querem? Eu disse *Essen und Trinken*, comer e beber, e fiz os sinais de que estava com fome. Ele me examinou da cabeça aos pés, olhou para as listras dos pijamas. Ele mastigou alguma coisa, cuspiu no chão e gesticulou para eu esperar. Esperei. O fazendeiro entrou na casa. Olhei para trás, vi Dov correr para o celeiro. Eu o chamei de volta, mas ele já estava no celeiro, olhando para mim. Fiz um sinal para ele vir, mas ele continuou em pé na entrada. O fazendeiro alemão voltou com uma canequinha, que ele me deu. A caneca estava quente. Bebi um gole. Café com leite quente e doce pela primeira vez desde que saí de casa.

Bebi tudo de uma vez e engasguei.

Comecei a tossir e arfar tentando puxar o ar, mas não havia nenhum. É isso, a guerra acabou, e vou morrer por causa de uma merda de xícara de café. Derrotei os nazistas, derrotei os cachorros, derrotei a fome nos campos, e agora vou morrer no terreno de um fazendeiro alemão que quer me ajudar a viver. Se tivesse um rifle, eu teria atirado em mim, de tanta raiva. O alemão também viu que eu quase não conseguia respirar, bateu nas minhas costas várias vezes, olhou para mim, depois para Dov, me levantou nos braços e me jogou na carroça, sentou na frente e deu uma chicotada no cavalo. O cavalo começou a correr justamente quando Dov saiu do celeiro em direção à carroça. Eu mantinha a mão na garganta. Não conseguia parar de tossir. Roncava como o bezerro que tínhamos abatido no galpão. Gritei, estou morrendo, estou morrendo.

Alguns minutos depois, chegamos a um hospital alemão, eu vi a placa. Na entrada, ouvi uma linguagem que não conhecia e percebi que Dov estava sozinho no grande terreno. O fazendeiro alemão me tirou da carroça e me carregou nas costas. Ele gritava, café, café. Dei café a ele. Três médicos me puseram imediatamente em uma cama, me forçaram a abrir a boca e enfiaram um tubo na minha traqueia. O café jorrou para fora. Consegui respirar. Estava molhado como se tivesse tomado um banho frio. Respirava como uma bomba livre de todos os bloqueios e olhava para o mais jovem dos três médicos. Ele pôs uma das mãos no peito e disse, América, América. Tinha um sorriso agradável e um anel grande no dedo. Ele apontou para um médico a seu lado. Seu rosto era comprido, barbudo, e ele era careca. Ele disse, Polônia. Polônia. O médico da Polônia não sorria. E depois ele apontou para o terceiro médico. Vi o cabelo liso e amarelo e fiquei assustado. Ele disse, Alemanha. O médico da Alemanha fez um gesto duro com a cabeça na direção do peito. Meu estômago revirou. Um médico alemão cuidando de mim? Eu queria gritar para o médico da América e para o médico da Polônia, escutem bem, médicos alemães matam crianças judias. Eu sou um menino judeu, vou sair daqui, adeus. Sentei na cama e vi os três cochichar como se fossem bons amigos. Não conseguia entender por que um médico da América e um médico da Polônia conversavam amigavelmente com um médico da Alemanha.

O médico da Alemanha olhou para mim e disse em alemão: você está em um hospital alemão. A guerra acabou. Estamos trabalhando juntos. E então o médico da Polônia disse em alemão: seu estômago está atrofiado e colado como chiclete. Ele fez um gesto com as mãos e as levou ao queixo. Depois encaixou uma unha sob o queixo e disse, não havia espaço para uma xícara de café no seu estômago, e você engasgou. Agora está tudo bem. Ele apontou para minhas pernas e disse, não se preocupe, vamos cuidar das feridas. Eu não queria que o médico alemão tocasse em mim e pulei da cama. Fiquei tonto e senti vontade de vomitar. O médico da Polônia falei, não, não, deite-se, rapaz, você vai ficar aqui conosco. Eu me lembrei do fazendeiro alemão que tinha me trazido ao hospital e disse a mim mesmo, não se preocupe, um fazendeiro alemão salvou sua vida, e voltei para a cama. Sabia que ele havia cuidado de mim porque a guerra acabou e ele queria se salvar. Eu queria chamar o jovem médico que cuidou de mim e falar com ele sem seus amigos, mas não sabia americano.

O médico polonês chamou as enfermeiras. Duas mulheres com seios grandes se aproximaram de mim, e meu coração começou a bater forte.

As enfermeiras cheiravam a sabonete bom, talvez perfume. Tinham mãos gentis e voz relaxante. Queriam me despir completamente, seguraram meus sapatos e puxaram, puxaram, e eu gritei de dor. As casquinhas das feridas tinham se tornado as solas dos meus sapatos. Elas cobriam parte do plástico na parte de cima. O médico polonês disse, tentem tirar a calça. As duas boas enfermeiras puxaram com cuidado a calça, nada. Também estava grudada na pele. O médico trouxe uma tesoura, cortou parte da perna da calça e apontou com um dedo. Eu tinha feridas antigas nas panturrilhas. A carne das feridas tinha se tornado o tecido da calça. Vi o médico contrair o rosto. Ele pegou um lenço e limpou a testa e o pescoço. Uma enfermeira pediu desculpas e saiu. Voltou depois de alguns minutos com o rosto molhado.

O médico olhou para ela, perguntou, tudo bem?

Ela disse, sim, sim, e ficou vermelha. O médico abriu minha camisa. A camisa também estava grudada ao corpo perto da axila. Entendi imediatamente que ficaria preso às listras sujas dos alemães pelo resto da minha vida.

Segurei a mão do médico e sussurrei, doutor, tira minha pele, não me importo, tira tudo, e chama o médico alemão, ele sabe como tirar pele e carne, chama, eu imploro.

As enfermeiras encheram uma banheira com água quente. Despejaram nela meia garrafa de óleo e me puseram lá dentro com as roupas e os sapatos. A carne foi amaciando lentamente. Os pijamas e os sapatos, também. Depois de cerca de uma hora, as enfermeiras tiraram minhas roupas como se removessem as escamas de um peixe vivo, desgraçado. A água ficou marrom-avermelhada. O cheiro era repulsivo. Senti fisgadas ardidas na pele, mas o que mais doía era a bunda. Não falei nada. As enfermeiras terminaram de me despir, soltaram a água suja e encheram a banheira com água limpa. Olhei para o meu corpo pequeno e, antes de mais nada, cobri meu pênis, que começava a aquecer, mas esfriou quando as enfermeiras pegaram sabonete e uma esponja áspera e começaram a esfregar meu corpo. Principalmente no lugar onde havia piolhos. Eu pensei, o que tiver que acontecer, vai acontecer, e é isso. Deixei que elas percorressem meu corpo como quisessem e não tentei deter a esponja. Ouvi respiração pesada, *fu. Fu. Fu.* Como soprar sem assobiar. Senti que elas removiam dois ou três dos miseráveis trinta quilos que eu pesava. Enquanto isso, comecei a ficar rosado nos lugares onde a carne não havia sido tirada. Era agradável, e eu tinha uma forte vontade de chorar. Mas me contive. Vi que elas se entreolhavam, envergonhadas com minha aparência.

Queria dormir por muito tempo.

As enfermeiras me puseram na cama. Espalharam pomada e curativos por meu corpo. Finalmente, trouxeram sopa de verdade com batata e pão fresco. Comi depressa e logo adormeci. Tive três dias de sono confuso, dor de cabeça e testa pegando fogo. Tive pesadelos, principalmente com mãos. Havia uma que se aproximava de mim em todas as oportunidades. A mão saudável era ligada ao ombro com as divisas de um oficial alemão que parava ao lado da minha cama para levar a um crematório. Eu tentava me esconder atrás de um cano, mas a mão do nazista me segurava com força. Vi a manga passada com um vinco definido como uma faca. Chamei a mãe e a mão desapareceu, e uma bota preta e brilhante apareceu. A bota pisou no meu peito. Eu tinha certeza, o alemão queria me sufocar. Abri bem a boca, gritei, alemães, alemães, com uma voz grossa que não reconhecia. A bota fazia pressão, e eu não tinha ar. Tentei empurrá-la, mas não conseguia. De repente, vi o cabo de um rifle e uma gravata pendurada sobre mim. Pulei da cama, mas duas mãos fortes me seguraram. E me puseram de volta na cama. As mãos estavam ligadas a uma cabeça sem rosto. Eu não sabia se eram as mãos de um alemão. Ouvi uma voz paternal.

A voz passou perto da minha orelha, disse *shhh, shhh*. Sou eu, Dr. Spielman, da Polônia. Você me conhece. Eu não queria ouvir. As mãos me deram um copo de água, mas eu não bebi, por causa do risco de envenenamento. Até tentei derrubar a água. A voz insistia, beba, é água com açúcar. Você precisa beber. Fechei a boca com força. Ele não desistiu, disse, nos conhecemos dois dias atrás por causa do café. Ele endireitou as costas, pôs uma das mãos no meu peito e disse, aqui, uma das mãos. Aqui, um copo de água. Água limpa. Beba. Bebi, e o sabor era bom. Deitei a cabeça no travesseiro e olhei para ele. Ele sorriu e disse, você tem tifo. Vai ficar bem em alguns dias.

Cochichei, não, não, tenho pensamentos, e tenho imagens, vou ficar louco.

Ele respondeu, você não vai ficar louco, os pensamentos e as imagens vêm com a febre. Quando a febre baixar, você vai ficar em pé.

Resmunguei, como sabe, como?

Dr. Spielman disse, antes da guerra, eu era psiquiatra em Budapeste. Conheço essas situações. Eu não sabia o que era um psiquiatra, mas me senti melhor até a noite chegar e eu ver um avental branco. Dois. Dentro deles havia um corpo inteiro. Cabeça, peito, braços, pernas, todos unidos, o corpo de uma mulher. Elas falavam americano. As enfermeiras puseram toalhas molhadas em minha testa, no peito. Pedi mais água com açúcar. Elas trouxeram para mim. Pedi mais. Elas me deram. Dormi. Acordei algumas horas mais tarde ensopado de suor. Estava escuro, uma escuridão com partes de corpos que rastejavam em cima de mim. Também havia bolsas e sapatos em uma vitrine. Eu queria pegar sapatos. A janela estava fechada, mas vi uma pilha de malas. Como uma torre. Subi na pilha. Vi a mão gesticular para eu pular. Não se mexe. Perto havia uma luva branca apontando para eu ir para a esquerda. Eu não sabia o que era melhor, esquerda ou direita. Acordei.

Ouvi minha voz gritar, esquerda. Direita. Esquerda. Direita. Uma enfermeira se aproximou de mim com uma lanterna. Eu gritei, me salva, me salva.

Ela trocou minha camisa e a calça, trocou o lençol, me deu remédio, sussurrou, durma, durma, eu perguntei, quando vamos comer, hein?

Ela disse, agora é noite, e saiu.

Eu não conseguia dormir.

Não consegui acreditar que me dariam pão de manhã e comecei a me preocupar que os alemães estivessem a caminho desse lugar. Em uma ou duas horas, eles nos levariam para um trem aberto e viajaríamos por alguns dias, e terminaríamos com uma marcha para a morte. Eu me levantei da cama lentamente. Passei entre as camas, me aproximando dos pacientes que dormiam. Procurava pão embaixo do travesseiro, do cobertor, do colchão. Juntei alguns pedaços, caso viajássemos em um trem de gado, e fui ao banheiro. Encontrei um esconderijo para o pão embaixo de um tijolo na janela. Espiei a área do chuveiro. Meu coração disparou. Não gostava de chuveiros. Olhei para o chuveiro e vi a mão de um alemão saindo dele. Reconheci a mão pela listra na manga. Estremeci. Tinha certeza de que o alemão queria cortar minha mão. Fugi imediatamente para a minha cama. No caminho, encontrei outros ladrões. Eles andavam na ponta dos pés, sem incomodarem uns aos outros. Escondi embaixo do elástico da minha calça o pão que tinha encontrado. Finalmente adormeci, e então choro e gritos.

Pulei na cama. Um paciente a duas camas da minha estava sentado e batia a cabeça na parede, ladrões, ladrões, onde está meu pão. Vários pacientes perto dele começaram a chorar. Não encontravam o pão que tinham guardado para o dia seguinte. Enfermeiras chegaram correndo. Acenderam as luzes. Um paciente com a cabeça enfaixada estava em pé na cama, chorando com uma voz rouca, não. Não. Não. Não vou sair do vagão, não. As enfermeiras conseguiram acalmar todo mundo com pão fresco que trouxeram da cozinha. Eu queria dormir. Ouvi uma enfermeira americana falar em alemão, não precisam roubar comida, tem o suficiente para todos. Boa noite. Foi inútil. Eu continuei roubando comida. Outros faziam a mesma coisa. Eu tinha que esconder pão perto do banheiro, no meu travesseiro, no pijama, até atrás da orelha.

Mais alguns dias passaram, e minha febre baixou.

Descansei na cama por mais alguns dias e então, certa manhã, lembrei chocado, eu tinha um irmão. Onde ele está. Onde está meu irmão. Não conseguia entender como pude esquecer meu irmão me espiando do celeiro.

Pulei da cama e corri para as enfermeiras que tinham cuidado de mim. Comecei a gritar, eu tenho um irmão, o que aconteceu com ele, onde ele está, estávamos juntos no terreno do fazendeiro alemão. As enfermeiras olhavam para mim como se eu tivesse perdido metade da cabeça. O Dr. Spielman chegou.

Ele me abraçou forte com os dois braços e me puxou de volta para a cama, dizendo, *shhh, shhh*, está tudo bem, *shhh*, vamos voltar para sua cama, quer um pouco de água com açúcar?

Eu gritei, doutor, não estou maluco, acredite em mim, eu tenho um irmão, estávamos juntos, estou dizendo, escute.

Dr. Spielman não queria ouvir, queria me dar água com açúcar, a melhor coisa para você é descansar, sim? Ele me pôs na cama, me cobriu com um cobertor e pôs a mão na minha testa. Olhei para ele. Havia uma ruga profunda entre suas sobrancelhas. Percebi que ele achava que minha febre estava subindo.

Esperei ele remover a mão, disse, por favor, não vá. Preciso de ajuda.

O Dr. Spielman afagou minha testa, disse, vou buscar uma injeção.

Não, não. Nem injeção, nem remédio. Quero que me escute, só dois minutos, não mais que isso, pode me ouvir?

O Dr. Spielman puxou uma cadeira e sentou ao meu lado. Eu olhava diretamente para ele.

Cerrei os punhos embaixo do lençol e falei devagar: Dr. Spielman, escute, meu irmão e eu nos encontramos por acaso em Buchenwald. Espere. Antes disso, vou lhe contar o que aconteceu conosco. Eu tenho uma família. Pai, mãe e três outros irmãos. Morávamos em um vilarejo nos Cárpatos. Na Hungria. Fiquei em silêncio, minha garganta fechou.

O Dr. Spielman pôs a mão sobre a minha e disse, o que aconteceu com sua família, Icho? Limpei o nariz no lençol, estávamos em Auschwitz. O pai, a mãe, Sarah e meu irmão mais velho foram separados. Só Avrum e eu continuamos juntos. Depois, mais tarde, Avrum desapareceu. Eu estava nos campos. Voltei para Buchenwald no inverno. Encontrei meu irmão, que é um ano mais velho que eu, no Bloco 56. Não o reconheci. Ele parecia um menininho doente. Saímos a pé de Buchenwald para morrer nas estradas da Alemanha, e às vezes viajávamos em vagões abertos de trem. Andamos juntos por centenas de quilômetros.

Puxei o lençol sobre o rosto e fiquei em silêncio.

O Dr. Spielman apertou minha mão e, depois, me perguntou o que havia acontecido.

Ele e eu ficamos vivos até o tanque americano chegar. Estávamos no loft de um celeiro quando os alemães fugiram. Nós descemos. Descemos junto com o órfão de irmão. Tenho certeza de que ele estava ao meu lado. Então eu bebi café, e não me lembro de mais nada. Dr. Spielman, onde está meu irmão?

O Dr. Spielman se encostou na cadeira. Levou a mão à cabeça careca e disse, eu acredito em você, acredito em você. Levantei o lençol e não conseguia parar de chorar. O Dr. Spielman foi buscar um pouco de água com açúcar. Bebi a água, depois ele disse, não sei onde está seu irmão, vai ter de olhar as listas. Mas você precisa saber, temos muitos pacientes aqui conosco e não sabemos o nome de todos. Vai ter de procurá-lo. Eu pulei da cama. O Dr. Spielman se levantou. Segurou meu ombro e disse em voz baixa: muita gente morreu no fim da guerra, entende?

Tampei os ouvidos, gritei, não vou ouvir. Meu irmão sobreviveu a todas as estradas alemãs e está vivo, e vou encontrá-lo, não se preocupe. O Dr. Spielman sorriu, muito bem, boa sorte.

Comecei a correr.

Cheguei à sala dos médicos. Uma enfermeira de cachos negros me ajudou a olhar as listas. Não achamos meu irmão. Ela sugeriu que eu olhasse em todas as camas, mas que perguntasse antes aos médicos e às enfermeiras. Comecei a correr entre médicos e enfermeiras. Não me importava se estavam no meio de atendimentos. Parava ao lado deles e explicava devagar, estou procurando meu irmão. Tem a minha altura. Olhos castanhos. Cabelo claro, não, nos campos ficou escuro, e ele é magro, deve ter uns trinta, trinta e cinco quilos, talvez tenham visto alguém assim no hospital? Médicos e enfermeiras não tinham visto ninguém assim.

Senti que estava enlouquecendo.

Procurei pacientes que conseguiam falar, perguntei, alguém conhece o celeiro no vilarejo perto da floresta, o celeiro aonde o tanque chegou? Um paciente em uma cama perto da porta levantou a cabeça do travesseiro. O curativo em seu pescoço estava sujo. Ele perguntou, floresta? Floresta? Eu me aproximei. Ele segurou minha camisa com os dedos queimados e chorou, me leve para a floresta, senhor, por favor, não consigo ir sozinho.

Insisti, você estava ou não estava na floresta antes do celeiro e do tanque?

E ele continuou chorando e falando floresta, floresta, tenho que ir para lá, as crianças foram deixadas na floresta, Moishe e Yossel.

Uma enfermeira se aproximou de nós e sussurrou, é inútil.

Um paciente engessado fez um sinal para me chamar. Eu me aproximei dele. Tinha uma cicatriz preta em sua cabeça careca. Ele batucava com dedos longos e finos no gesso em suas pernas, queria falar comigo e a voz não saía. Vi alguma coisa estranha em seu rosto. Levei um minuto para entender. Ele não tinha sobrancelhas ou cílios. Eu me abaixei. Ele sussurrou, conheço o celeiro no vilarejo. Estive lá com os prisioneiros que vieram de Buchenwald.

Minha voz tremia, o celeiro com o tanque?

Ele sussurrou, isso mesmo.

Perguntei, para onde foram os prisioneiros do celeiro, para onde? O homem franziu o cenho. Eu gritei, espera, para onde você foi depois do celeiro?

Ele sussurrou, para o hospital?

Perguntei, foi sozinho?

Ele sorriu, como poderia ir sozinho, não vê que estou engessado? Eles me levaram em uma carroça.

Comecei a suar, disse, eu fui carregado em uma carroça, quem levou você? Ele segurou a garganta e pediu água. Eu disse, espera, vou buscar água, mas antes tente lembrar, tinha outros prisioneiros na carroça?

Ele respondeu, não lembro, um fazendeiro me levou, um fazendeiro gordo, ele tinha um cachimbo na boca, me dá água. Fui buscar um copo de água. Ele bebeu, e me senti fortalecido. Pensei, talvez meu irmão também tenha desmaiado de fome e esquecido seu nome.

Corri até a entrada do hospital e comecei a olhar de cama em cama. Olhei o rosto dos pacientes adormecidos. Levantei cobertores, travesseiros. Uma enfermeira americana disse, seu irmão não está aqui, conheço todo mundo. Enquanto isso, cheguei ao fim do corredor. Comecei a percorrer o segundo corredor de camas. Alguns pacientes tinham curativos encharcados de sangue, a maioria não tinha curativos. Estavam ali deitados, pálidos, magros e exaustos, não abriam os olhos quando eu levantava o lençol. Alguns estavam deitados sobre manchas amarelas no meio da cama, o cheiro me fazia querer vomitar a cada segundo. Alguns sonhavam olhando para o teto. Alguns gritavam sem emitir nenhum som. Um pensou que eu fosse o Messias, estendeu a mão e sussurrou, me salva, me salva. Dov não estava lá.

Naquela noite eu não consegui dormir.

Uma luz clara desenhava um círculo na parede, e eu vi meu irmão jogado em uma vala, com o rosto na lama. Seu corpo parecia um saco molhado. Respirei fundo e expulsei a imagem do teto. Ouvi vozes de pacientes miseráveis, eles chamavam a família, explicavam chorando, não é minha culpa, não é minha culpa. Ouvi os passos dos ladrões entre as camas e respirações aceleradas. Não dei atenção aos ladrões. E Dov outra vez. Deitado de costas em uma estrada molhada, perto de um tanque queimado, comido por formigas e vermes. Sentei na cama e pressionei um dedo contra a cabeça, idiota, idiota, deixou seu irmão em um momento crucial. Por que lutou, se no fim o deixou sozinho.

Uma enfermeira com um relógio pendurado no bolso da blusa se aproximou de mim, você precisa de alguma coisa?

Eu disse, só do meu irmão, ela foi embora. Eu não sabia o que fazer. Eu me levantei. Fui até a janela mais próxima e apoiei a cabeça no vidro. Havia muitos pontos escuros, como um cemitério de mosquitos. De repente, uma avalanche de pensamentos atropelou meu cérebro idiota. Talvez meu irmão tenha comido alguma coisa e engasgado. Talvez tenha corrido atrás do tanque e caído embaixo das correntes, e os cachorros dos homens da SS o comeram? Espera, ele me viu beber café e sufocar, correu para longe e ficou espiando do celeiro, viu o fazendeiro me colocar na carroça; talvez tenha ficado com medo e morreu porque foi deixado sozinho?

Raspei a sujeira com as unhas e gritei dentro do coração, não é verdade, não, não. Dov está vivo e foi recolhido com os saudáveis. Eu não sabia qual era o paradeiro dos prisioneiros saudáveis. Voltei para a cama e sonhei. Vi Dov sentado em um cobertor. O cobertor que seguramos na floresta, na chuva. O cobertor começou a viajar como um barco em um rio. De repente, ele se levantou na água. Gritei para Dov, pula, pula, você vai cair. Dov me olhava como se eu fosse um estranho. O cobertor já chegava à minha altura. Corri atrás dele, tentando sem sucesso segurar o cobertor. Gritei mais alto, pula, pula, e me vi no porão com as malas. O prisioneiro lá em cima gritava, pula, pula. Eu pulei e caí no chão.

De manhã, acordei cedo no chão. O pijama estava molhado, e eu sentia a garganta arranhar. É isso, vou acabar pegando uma doença perigosa no meu cérebro idiota.

Verifiquei metade do meu rosto com os dedos. Depois a outra metade. Meu nariz estava no lugar. Os olhos. Encontrei a orelha direita, abri a boca. Examinei os dentes, um depois do outro. Contei os dedos. Havia cinco em cada mão, dez no total. *Humm*, estou bem e posso me levantar do chão.

Eu me vesti, lavei o rosto e examinei as camas para ver se algum paciente tinha chegado durante a noite. De longe, do outro lado do corredor, vi uma escada que descia. Perguntei a uma enfermeira, para onde vai essa escada?

Ao porão, ela disse.

Perguntei, e o que tem no porão?

Ela pensou por um momento, disse, casos muito difíceis.

Difíceis quanto? Ela não respondeu.

Segurei a grade da cama ao meu lado, cochichei, respira, *nu*, respira, e comecei a andar em direção à escada. Parei na escada. Apoiei-me à parede e contei os degraus de cima para baixo e de volta. Pus a mão no bolso e procurei pão. Não tinha pão. Corri ao meu esconderijo perto do banheiro e encontrei pão de dois dias. Enfiei o pão na boca e desci a escada. Arrá. Um porão enorme, escuro e fedido, talvez com uns cem metros ou mais, cheio de camas e pacientes. Sem janelas, só paredes de concreto áspero e pequenas lâmpadas pendendo de um fio. Eu me abracei e comecei a andar.

Fui passando por cama após cama após cama, como no corredor lá em cima, e logo entendi por que a enfermeira tinha falado em casos difíceis. As pessoas ali deitadas tinham a barriga inchada e a cabeça parecendo uma roda, às vezes sem rosto, só uma cabeça careca. Eu me aproximei delas. Tentei descobrir se o corpo sem rosto era de Dov. Pelos dedos, deduzi que não. Um paciente sentou na cama e coçou o curativo em seu nariz. O curativo caiu, só havia um buraco. Ele jogou a bandagem no chão e enfiou os dedos no buraco. Eu queria vomitar, mas me contive. Outro paciente estava sentado na cama contando uma piada para ele mesmo em iídiche. Ele ria, hahaha. Hahaha. E batia em si mesmo. Começou a chorar. Contou outra piada. Hahaha. Hahaha. Hahaha. Outro tapa e muito choro. Parei ao lado dele, disse, por que está se batendo, pare. Ele não parou.

Segui em frente. Havia uma mistura do cheiro forte de medicamentos e do fedor de fezes e urina e, no fundo, eu esperava não encontrar meu irmão. Rezava para ele estar saudável e feliz, e para nos encontrarmos em outra cidade.

Um dos pacientes olhou para mim. Os lábios caíam dentro de sua boca, o nariz quase tocava o queixo. Vi que ele estava amarrado à cama e parei perto. Ele sorriu sem os dentes e estendeu a mão magra, eu perguntei, quer ser livre, hã? Pressionei a mão dele. Ele uivou com uma voz grossa, segurou minha mão e a mordeu com força. Senti a dor até na bunda. Tentei puxar a mão e não conseguia. As gengivas dele eram como uma pinça de aço. Com a outra mão, segurei o nariz dele e apertei forte. Ele abriu a boca, e vi que havia uma marca profunda em quatro dos meus dedos. Tinha certeza de que o osso estava quebrado. Gritei, você é maluco, o que é isso. Ele sorriu e apontou para o teto. Olhei para cima, vi uma mosca gorda grudada no teto, e em um instante ela voou e pousou no rosto de um paciente, que estava com a boca aberta. A mosca desapareceu em sua boca.

Andei pelo outro corredor. Havia pacientes deitados embaixo da cama com o rosto no chão. Tive que me abaixar e bater nas costas deles. Alguns não responderam. Virei a cabeça deles e olhei para aqueles rostos. Em alguns casos, eu tocava um paciente e sentia o corpo frio. Eu não desistia com os mortos. Virava-os por um segundo, depois os devolvia ao lugar de antes. Estava quase chegando ao fim do corredor, e lá estava Dov.

Três camas antes do fim, eu o vi. Ele estava deitado de costas, olhando para o teto. Pulei em cima dele e o abracei com força. Chorei, você está aqui, encontrei você, *oy* estava tão preocupado, quando chegou ao hospital?

Dov não se mexia. Ele me olhou por um breve instante, depois olhou para o teto novamente. Eu chamei, ei, o que está acontecendo, sou eu, seu irmão, você esqueceu? Estávamos juntos, que foi, *nu*, fala alguma coisa. Ele não falava. Levantei o cobertor. Seu corpo parecia inteiro e saudável. Havia algumas feridas secas nas pernas e na mão, mas era só isso. Eu o toquei, os ossos estavam todos em seus lugares. Era como se ele dormisse com os olhos abertos. Levantei seu braço e o soltei. O braço caiu. Levantei a perna, e ela caiu. Fechei seu olho, ele continuou fechado. Segurei seu queixo e o puxei para baixo. A boca continuou aberta. Era como se eu estivesse perdendo toda a força que havia recuperado no hospital.

Corri ao andar de cima. Procurei um médico. O médico alemão se aproximou de mim, eu gritei, doutor, escute, encontrei meu irmão lá embaixo, no porão, onde está o Dr. Spielman, depressa. O médico alemão apontou para o escritório. Corri até lá. Dr. Spielman conversava com uma enfermeira. Eu o segurei pela camisa e o puxei para fora da sala.

O doutor disse, o que aconteceu? Gritei, encontrei meu irmão, encontrei no porão, lá embaixo. Apontei na direção da escada e comecei a correr para lá. O Dr. Spielman correu atrás de mim.

Dov estava na mesma posição. Toquei o ombro dele, disse lentamente, este é meu irmão, e ele não me conhece. O que ele tem?

O Dr. Spielman cruzou os braços e disse, agora vejo a semelhança entre vocês.

Eu respondi, Dr. Spielman, diga, que doença ele tem, e por que está no porão? Dr. Spielman sentou na beirada da cama, disse, conheço seu irmão e não tenho uma resposta para você. Para dizer a verdade, não sabemos qual é o problema do seu irmão.

Senti que estava prestes a desabar. Encostado na parede, falei, como assim, não sabe, você é médico, não é? Chame o médico alemão, ele conhece os campos, não, não, chame o médico americano, na América eles provavelmente conhecem casos difíceis.

Dr. Spielman suspirou, não vai ajudar, todos nós conhecemos esse caso.

Comecei a dançar para cima e para baixo. Gritei, não sabem, bom, então vou levar meu irmão daqui. Talvez nos ajudem em outro lugar, nos digam que doença ele tem.

O Dr. Spielman ergueu a voz, de jeito nenhum, ele precisa ficar em um hospital, sinto muito.

Pulei sobre meu irmão. Gritei, a guerra acabou, você entende ou não, acorde, *nu*, acorde. Meu irmão olhou para mim e voltou a olhar para o teto.

O Dr. Spielman afagou minha mão e me puxou para o corredor. Ele falou em voz baixa, vamos dar tempo ao seu irmão, gritar com ele não vai ajudar. Ele não entende e você precisa ter paciência, muita paciência, você tem?

Caí sobre a cama do meu irmão e abracei as pernas dele. Não conseguia conter as lágrimas. Durante horas, chorei por mim e por Dov. Enfermeiras e médicos entravam e saíam. O Dr. Spielman ia e voltava entre os andares. Eu o vi andar à minha volta. Vi quando ele fez sinal para as enfermeiras não se aproximarem. Depois de algumas horas, meu irmão sentou na cama e segurou minha mão. Examinou a palma e a virou para cima, para baixo, para cima, para baixo. Eu o vi se concentrar nas veias. Com cuidado, sentei ao lado dele. Cochichei, o que você quer, está tentando me dizer alguma coisa? Ele não respondeu. Só virava minha mão. Tentei fazê-lo parar e não consegui.

Senti ânsia de vômito. Apertei a boca com força e me levantei da cama. Tonto, caí no chão. Uma enfermeira de avental se aproximou de mim imediatamente. Ela me ajudou e me levou escada acima.

O Dr. Spielman me esperava no alto da escada. Ele disse, você precisa descansar na cama, entende? Deixe seu irmão e vá descansar, sim?

Respondi, é por causa do cheiro de remédio, se mudarem o cheiro, eu posso ficar com ele, ele parece saudável, o que ele tem?

O Dr. Spielman jogou a cabeça para trás, não tenho nenhuma explicação, queria ter.

O paciente na cama vizinha à minha acordou. Um paciente que eu não tinha visto antes. Era um homem pequeno sem carne nenhuma. Tinha um lenço em torno de seu braço, preso ao pescoço. Ele se inclinou para mim, meu nome é Isaac, muito prazer. O que aconteceu com você e por que está chorando?

Contei a ele sobre meu irmão.

Isaac disse, conheço o problema, conheci prisioneiros nos campos que não sabiam o nome que o pai e a mãe tinham dado a eles. *Gevalt Am Israel, gevalt, gevalt* – Oh, povo de Israel, ai de mim. E ele pôs a mão embaixo do travesseiro, pegou um pedaço de chocolate, pegue, pegue, eles só dão chocolate aos casos difíceis, pode pegar. Eu peguei.

Uma enfermeira de batom passou com bandejas de comida. Eu a observei. Eu a vi descer a escada para o porão. Pulei da cama e corri atrás dela. Ela deixou as bandejas sobre uma mesa no canto, pegou uma e se aproximou de Dov. Ele estava em sua posição normal. A enfermeira pôs a bandeja na cama, uma das mãos a segurando, a outra prendendo uma toalha na blusa do pijama, enquanto ela dizia em alemão, *good appetite*. Dov levantou a mão magra e virou a bandeja de cabeça para baixo no lençol. Sopa quente escorreu como urina amarela do lençol para o chão. Eu não conseguia acreditar que meu irmão estava jogando comida fora. A enfermeira ficou brava, é a terceira vez que isso acontece, vamos ter que pensar em outro jeito de alimentar seu irmão.

Eu me inclinei sobre meu irmão. Vi um pedaço de pão seco embaixo do travesseiro. Não conseguia acreditar. Dov tinha escondido pão seco embaixo do travesseiro e derrubado comida quente na cama.

Eu disse, você vai melhorar, e nós dois vamos sair daqui e voltar para o nosso vilarejo, o que acha?

Não, não, não vou voltar para o vilarejo, o que tem para nós em um vilarejo cheio de góis, vamos para outro lugar. Vamos para a Palestina, sim, Palestina. Você queria ir à Palestina, um lugar para judeus. É melhor para nós estarmos entre judeus, sim. Vamos começar nossa vida de novo na Palestina, o que me diz? Vamos encontrar terra para nós, construir um estábulo, vamos ser fazendeiros como o pai. Não sei onde o pai está, não sei se ele sobreviveu, mas vamos juntos para a Palestina.

Meu irmão segurou minha mão e começou a virá-la, para cima, para baixo, para cima, para baixo. Minha mão de novo, hum, o que você quer, *nu*, fala comigo, mas ele não falava.

Fiquei doido e comecei a gritar com ele, não tenho energia para isso, e você não vai morrer agora, está ouvindo?

Chutei a cama, quase quebrei meu pé. Pus as mãos no rosto do meu irmão e gritei, tive vontade de esbofetear a cara dele, acorda.

Não suportava mais o cheiro no porão. Saí de lá. Subi para o andar dos pacientes que tinham chance de viver. Lá havia o silêncio dos mortos. Eu me senti como se estivesse sozinho no mundo e segurei minha cabeça. Uma metralhadora disparou dentro dela. *Ra-ta-ta-ta-ta-ta.* E de novo um silêncio perigoso. Meu vizinho Isaac chamava de longe, vem aqui, menino, vem, tenho chocolate para você. Corri na direção dele.

Os irmãos de Auschwitz

Israel, 2001
14h, plataforma de trem em Nahariya

A plataforma está vazia, amarela de poeira e folhas que caem dos eucaliptos. Vagões atrelados e vazios esperam sob cabos tensos de eletricidade. O corvo ameaça lá do alto, *cráá, cráá, cráá*. Um corvo grande e impertinente. Abro o cronograma da Israel Railway e vejo 14h18 de Nahariya para Beit Yehoshua escrito em vermelho. Nenhum engano. Mesmo assim, estou sozinha na plataforma amarela com o *cráá* do corvo lá em cima.

Se Yitzhak estivesse ao meu lado, ele teria dito, esse silêncio é muito perturbador, talvez você não tenha visto, mas acabou de passar um trem de gado, levando todo mundo para longe? Bobagem, bobagem. Se Dov estivesse ao meu lado, ele teria dito, na verdade, me agrada estar sozinho na plataforma, não gosto de ser assediado, e dê-se por feliz por ser a primeira na plataforma, talvez embarque em um vagão vazio, o que tem de errado nisso. Eu responderia, quem dera, quem dera.

Enquanto isso, nuvens negras se formam lá em cima, o corvo voou para longe. Meus olhos estão secos e coçam. Pisco para umedecê-los. Tomara que chova.

Um homem com uma barba cobrindo o peito, um casaco preto e um chapéu coberto de náilon entra na estação com um bebê chorando encaixado embaixo do braço. Ele é seguido por uma mulher com um chapéu de veludo enfeitado por uma grande flor de tecido. A barriga dela é enorme, talvez esteja no nono mês, e seu umbigo é saliente embaixo do jérsei roxo que a cobre até os joelhos. Ela empurra um carrinho com um pato amarrado em um barbante, e duas crianças pequenas, uma de três anos, talvez, outra um ano mais velha seguram seu vestido. As crianças usam vestidos largos abotoados do pescoço até a cintura e casacos três-quartos. Uma está lambendo uma linha seca de muco, e a outra chupa o polegar.

O bebê esperneia querendo o colo da mãe, mas o pai se recusa a entregá-lo. A mãe diz, Menachem, *nu, bring me de kind* – traga o bebê, mas o pai insiste em ficar com ele. No balcão de passagens, o bebê já está berrando e se debatendo, e ela diz com uma voz nasalada, Shloimeleh, calma. Ela se aproxima pesada e estende os braços para o bebê, o pai paga pelas passagens. Ela abraça o bebê e o segura junto ao peito, *oy, oy, oy,* Shloimaleh, *shhh, shhh.* Os pequenos se penduram nela, também querem um pedaço da mamãe, com uma das mãos ela embala o bebê, com a outra, segura a cabeça dos pequenos.

Também queria um peito onde esconder meu rosto, chorar a história de Dov e Yitzhak que está grudada em minha pele como argila molhada. Quero remover a ferida, limpar a lama, tudo antes de uma casca preta crescer sobre a lama. Se Dov estivesse ao meu lado, ele diria, como é bom que haja uma mãe querendo abraçar seu filho, isso teria me ajudado no hospital, e então Yitzhak faria um ruído com os lábios, *fffrrr,* e diria, Dov, você não quis voltar para nós, entende?

CAPÍTULO 26

Dov

Fico deitado na cama como se estivesse em uma garrafa de vidro, não conseguia me lembrar de nada, exceto veias.

As pessoas se aproximavam de mim, e eu queria examinar as mãos delas. Na minha cabeça, uma palma com veias descendentes era um sinal de judeus, e uma palma com veias ascendentes era um sinal de cristãos.

E então veio o homem que passava a maior parte do tempo comigo. Vi que ele tinha cabelo na cabeça. Toquei minha cabeça, eu também tinha cabelo, como cerdas. Enquanto isso, minha cama começou a se mover pelo quarto. Eu queria dizer, me dá sua mão, segura a minha, estou caindo na água, mas as palavras permaneciam em minha cabeça. Estava cansado, queria dormir. Não sabia se poderia dormir, ou se tinha que me levantar da cama. Então vi que o homem estava me deixando, e percebi que podia ficar na cama tanto quanto quisesse, e isso era um sinal de que a guerra havia acabado.

Quando estava sozinho, eu costumava ver veias pendendo do teto, às vezes as veias tinham vermes, outras vezes, não. Quando havia vermes, eu levantava a mão para o teto para pegar um punhado de vermes para que eles não me tocassem, não voltassem à minha cabeça depois de eu ter acabado de me livrar deles.

Conseguia pegar um punhado de vermes e os jogava no teto, e outros vinham. Eu queria gritar, filhos da mãe, não tinha espaço na minha cabeça. Havia ocasiões em que eu via partes de pernas, ou um pé sem dedos. Às vezes, eu só via dedos sem um pé. Não sabia se os dedos eram meus. Queria movê-los, me esforçava muito, os dedos continuavam no lugar, e eu entendia que eles não eram meus.

Um dia eu vi um joelho no lençol e outro uns quatro centímetros abaixo do joelho. Quis esticar a mão para examinar o local. Ordenei que minha mãe descesse, a mão desceu e segurou o joelho, e então a perna começou a crescer sozinha. Ficou mais comprida, mais gorda, e ocupou todo o espaço na cama, se estendeu até as grades. Naquele momento, formigas apareceram no meu joelho, entrando e saindo da carne, bati a perna no colchão, as formigas desapareceram, levando a perna com elas.

Certa noite, vi minha mão coçar minha barriga e senti dor. Levantei a camisa e procurei um curativo. Não achei curativo, só arranhões e um umbigo que doía. Eu não entendia como um umbigo dolorido tinha ido parar na minha barriga. Mais tarde, ouvi um *tss, tss, tss* fraco na minha cabeça e peguei no sono.

CAPÍTULO 27

Yitzhak: Você me deixou maluco com suas veias. Virando minha mão para cima e para baixo por horas.
Dov: Eu não conhecia você, Yitzhak. Não sabia se era um perigo para mim. Tinha certeza de que havia uma diferença entre judeus e cristãos.
Yitzhak: É claro que tem uma diferença. Para quem construíram a rampa em Auschwitz, para quem construíram um crematório, se não foi para os judeus?

YITZHAK

Quando me sentava ao lado do meu irmão, sentia mais medo do que tinha sentido durante toda a guerra.

O hospital ficava na cidade de Neuberg von Wald na Alemanha. Eu passava alguns minutos sentado ao lado de Dov e corria para fora. Era só me sentar ao lado dele por um tempinho, e via que já o estava seguindo para a loucura, e tudo por causa do cheiro que vinha dos medicamentos e dos pacientes. Havia pacientes que choravam como se estivessem tossindo sem parar nem por um minuto. Havia pacientes lá que choravam como se estivessem vomitando em intervalos de minutos. Havia alguns que choravam como se tentassem fazer cocô uma vez por dia, mas choravam durante metade do dia como se tivessem diarreia. Só quatro ou cinco pacientes choravam como pessoas comuns.

Havia momentos em que meus nervos simplesmente acabavam comigo, eu me aproximava da cama de um paciente que estava chorando ao nosso lado, o levantava com a cama e, *trác*, era o único jeito de ter um pouco de paz por um tempo. Se tinha um pouco de paz de toda aquela choradeira, eu conversava com Dov, mesmo que sobre coisas bobas. Falava sobre nossa casa. Sobre o rabino que nos perseguia com seu cinto até a casinha que servia de banheiro e não parava nem quando estávamos de calça abaixada. Falava sobre a filha do vizinho. Dov gostava de brincar de pega-pega com a menina gói. Eles corriam pelo quintal e pela casa durante horas, morrendo de rir. Verdade ou não?

Dov mexia na mão como se eu não tivesse falado.

Uma vez perguntei ao Dr. Spielman, toda essa conversa o ajuda? O Dr. Spielman disse, não sei, mas não faz mal nenhum, então, continue falando.

Às vezes eu queria bater a cabeça de Dov na parede, e às vezes queria bater a minha cabeça na parede. Nunca bati a cabeça dele – só a minha. Sentava no chão ao lado dele e punha a cabeça entre os joelhos. Em um momento, havia uma poça ali. Eu me sentia como se estivesse perdendo minha família outra vez. As enfermeiras nunca me deixavam. Traziam uma tigela de sopa e diziam, seu irmão é novo, Yitzhak, ele vai superar tudo isso, tome um pouco de sopa quente, depois vá ao escritório, e vamos fazer um pouco de café para você. Eu não queria café no escritório. O cheiro estava lá também. Queria respirar ar limpo, queria contar pássaros nos fios de eletricidade. Queria ver crianças chutando uma bola e brigando por doce.

Só meu vizinho do andar de cima era normal, e ele não cheirava mal, talvez por causa dos chocolates. Ele sempre estendia a mão para mim e dizia, coma, coma, é contra o cheiro. Eu lambia chocolate e ficava em volta dos médicos. Andava atrás deles o dia inteiro. Eles corriam entre as camas como se tivessem que salvar o maior número possível de pacientes. Havia alguns pacientes que não permitiam que ninguém os tocasse, mas os médicos e as enfermeiras não desistiam, seguravam os corpos, limpavam vazamentos, cobriam feridas, afagavam cabeças carecas e seguiam em frente. Enfermeiras cuidavam deles enquanto eles dormiam. Não adiantava. Bandagens e gessos iam para o chão quando os pacientes acordavam. Um paciente com um problema respiratório na cama ao lado de Dov abaixava a calça e urinava na cama sempre que uma enfermeira americana passava. Ele chorava como um bebê molhado e infeliz. Não deixava que ninguém o tocasse. Eles só trocavam sua roupa de cama à noite. O cheiro de urina me deixava maluco. Depois de alguns dias, ele desapareceu, mas o cheiro ficou.

Era a morte que mais me amedrontava.

A cada uma ou duas horas havia uma nova morte. Havia pacientes que morriam em meio às lágrimas, choravam, choravam, choravam, depois *puft*, estavam mortos, e um momento depois peidavam. Às vezes dois ou três peidos em vários minutos, e o cheiro de carne podre ou diarreia. Até hoje, sempre que ouço o barulho de peidos, verifico se tem alguém morto, ou se é só uma reação saudável depois de uma boa refeição. Digamos, Shabat, *tcholent*, ou laranjas recém-colhidas. Os mortos mudavam como passageiros em uma estação de trem. As enfermeiras enrolavam os mortos em lençóis e os levavam para uma sala de refrigeração. De lá, levavam os mortos para um caminhão. Não sei para onde iam. Nunca cheguei perto da sala dos mortos, já tinha visto gente morta que dava problema.

Enquanto isso, enfermeiras viravam os colchões, colocavam um lençol limpo, às vezes rasgado ou manchado, e traziam um paciente moribundo que mal respirava. E aí esse paciente durava um ou dois dias, parava de respirar e morria. Não me lembro de ninguém que tenha permanecido vivo. Pacientes morriam de tifo, disenteria, pneumonia. Morriam de imagens que atormentavam a mente. Morriam porque cortavam os pulsos com uma faca, às vezes com um garfo. Alguns morriam porque não tinham mais forças para respirar. Vi uma pessoa morta assim. O homem parou de respirar e não se mexia. Depois de um minuto, abriu meio olho, fechou, abriu meio olho de novo, esperou um pouco com meio olho aberto, e foi isso. Ele foi rapidamente removido, e outro foi trazido.

Eu tinha medo por Dov. Temia que ele decidisse brincar de mãos para cima, mãos para baixo pelo resto da vida.

Dov não saía da cama. As enfermeiras o viravam de bruços, de costas, de bruços, de costas. Elas o lavavam na cama, e o tempo todo ele examinava as mãos de todas as enfermeiras. Elas davam água para ele com uma colher de chá. Às vezes ele bebia. Não queria comer. Pegava o pão que levavam para ele na bandeja de comida e o escondia embaixo do travesseiro. Acho que comia o pão à noite, sozinho. E fazia as necessidades na cama. Era muito pouco. Ele tinha uma faixa grossa de pano entre as pernas e era suficiente. O corpo de Dov parecia um conjunto bem-arrumado de ossos coberto por pele transparente, sem nenhuma carne. Eu podia contar as linhas que se cruzavam sob a pele. Eram azuis, cor de rosa, meio amassadas. Eu tinha medo de que meu irmão morresse de fome em um hospital cheio de comida.

Dormi no hospital durante todos aqueles dias.

As enfermeiras mantinham uma cama para mim mesmo quando eu podia ficar em pé. Eu comia no hospital, usava roupas comuns que as freiras traziam, não queria tomar banho. Não sabia o que poderia sair de um chuveiro que eu não conhecia. Parava na frente da pia e jogava água em mim e nas minhas roupas de baixo, era o suficiente.

Mal falava com os outros pacientes.

Conversava um pouco com o vizinho que me dava chocolate. Falávamos principalmente sobre Dov. Um dia ele desapareceu. Eu tinha certeza de que o haviam levado para a sala de refrigeração enrolado em um lençol. As enfermeiras conversaram entre elas, disseram não, não, ele foi mandado para outro hospital. Não acreditei nelas e sentia falta do chocolate. Na maior parte do tempo, ficava sentado ao lado do meu irmão, ou corria atrás do Dr. Spielman. Não o deixava em paz. Perguntava constantemente qual era o problema do meu irmão, me dê uma resposta, Dr. Spielman, ele tem chance? Não obtinha respostas.

À noite eu via pacientes que ficavam em pé e saíam da cama para roubar comida. Roubavam de outros pacientes. Roubavam da cozinha, do escritório, roubavam dos mortos que tinham começado a peidar. As camas se tornaram depósitos de comida, e não era suficiente para eles. Na cama, eles escondiam tudo que tinha no hospital. Café, açúcar, remédio, toalhas, sabonete, pijamas, curativos, garrafas, gesso, algodão, garfos, sal, talco. Pilhas de equipamento. Tinha os que roubavam e *puft*, morriam. Às vezes morriam à noite, a caminho da cama com um saco de café nas mãos. As enfermeiras descobriam o esconderijo e pediam para eles pararem. Não adiantava. Havia pacientes que usavam as camas dos vizinhos meio mortos como depósito e não dormiam, preocupados com sua propriedade. Os ladrões não eram os mesmos todas as noites. Às vezes conseguiam roubar, às vezes havia pancadas. Como nos campos, quando eles brigavam por uma casca de batata. Percebi que a guerra tinha acabado no mundo, mas não no coração das pessoas. Eu sabia, a guerra nunca nos deixaria. Como pressionar um ferro em brasa com um número no corpo de um bezerro. O bezerro fica mais velho, o número permanece inalterado. Eu sentia que estava afundando em um buraco negro sem fundo. Queria sair da escuridão e correr para fora.

Perambulava pela cidade de Neuberg von Wald. Era primavera do lado de fora. Depois veio o verão com um som agradável, e azul, e um pouco de branco, nuvens sem forma. Mesmo assim, eu me sentia como se houvesse um vidro transparente na minha frente. Alguns jardins perto das casas tinham flores. Vermelhas. Roxas. Amarelas. Um forte toque de laranja. Pessoas andavam perto das paredes das casas, ou perto da cerca. Quase não falavam umas com as outras. Era como se corressem para terminar alguma obrigação, voltar para casa e trancar a porta e a janela, e ficar lá dentro até a manhã seguinte. Talvez elas também não quisessem um jovem Hitler. Havia poucos compradores nas lojas. Vi vendedores parados nas portas, brincando com moedas que tinham nos bolsos.

Eu andava devagar pela rua, não tinha pressa para chegar a lugar nenhum. Sempre me mantinha na beirada da calçada. Deixava as calçadas do lado esquerdo para os alemães. E os alemães deixaram a rua para mim. Sem meu irmão, eu me sentia o último judeu no mundo, e isso era difícil. Engolia ar limpo e batia na calça e na camisa. O cheiro do hospital persistia.

Um dia passei por uma vitrine.

Havia calças nela, uma camisa, meias, uma gravata e uma lanterna bem grande. Cheguei perto da vitrine e *bum*. Vi uma silhueta familiar, mas estranha. Olhei em volta, estava sozinho. Estremeci. Queria correr. Não me mexi. Vi refletido no vidro um jovem que devia pesar quarenta quilos, talvez. Mais alto do que me lembrava. De calça cinza enrolada na cintura e presa por um cinto velho e sem cor. A fivela estava no último furo. Ombros cresciam sob a camisa clara, o pescoço continuava igual. Olhei para cima bem devagar, e perdi o fôlego. Eu tinha um rosto longo, fino, doente. Cabelo curto. Toquei meu rosto com cuidado, era espetado. Eu tinha linhas e pequenos ferimentos na testa. Meu nariz era comprido, largo, como o de um adulto. Acima dele havia sobrancelhas grossas, desgrenhadas, e eu sussurrei, *oy*, o que fizeram comigo, nem a mãe e o pai vão me reconhecer. Dei um tapa na minha cabeça, esqueci que não tinha mãe e pai. Pensei, talvez meu irmão não me reconheça porque mudei, o que eu faço, o que eu faço. Pus a mão no peito, meu coração se acalmou um pouco, e eu comecei a alisar minha testa. Minha testa ficou vermelha, as linhas permaneceram, os ferimentos também, e consegui ver que eu tinha um rosto liso, sem nenhum sinal de barba. Não conseguia entender por que não tinha barba, Avrum tinha uma grande na minha idade, e talvez eu ficasse com cara de menina por causa do gelo nos trens abertos. Abri o botão de cima da camisa. Não vi sinais de pelos. Disse a mim mesmo, a barba vai crescer, no fim ela vai crescer.

Meus dentes estavam no lugar, só a cor tinha mudado. Puxei a pele embaixo do olho. Era pálida e manchada, como a do outro olho, e então eu vi o homem da loja parado na minha frente. Ele tinha o rosto de um gigante. Estendeu um braço longo para mim e gritou *Raus. Raus.* Eu entendi. Também teria ficado assustado comigo.

Três meses haviam passado desde que encontrei Dov, e eu não sabia como seria. Um dia o Dr. Spielman se aproximou de mim e me levou a um canto do porão.

Fiquei de costas para a parede. Ele mantinha uma das mãos apoiadas nela e, com a outra, massageava a cabeça careca. Ia e voltava, ia e voltava, e de repente cravou em mim os olhos indagadores, pensou, pensou e pensou, e finalmente disse: Yitzhak, escute, sei o que você passou nos campos, eu estava lá. A voz dele era grossa, eu não a reconhecia.

Fiquei imediatamente tenso, tirei as mãos dos bolsos, onde esteve, doutor?

Ele ficou em silêncio por alguns minutos, depois disse, o caso de seu irmão é grave. Muito grave. Decidi tentar uma coisa. Havia gotas de suor em sua testa. Ele pegou um lenço, a enxugou e disse, se conseguir arrumar alguma bebida forte, talvez salve seu irmão.

Bati o pé no chão, perguntei, que bebida forte, doutor.

Tanto faz, conhaque, vodca, uísque, o mais importante é que tenha álcool.

Perguntei, álcool para ficar bêbado? Sim. Sim. Vá procurar a bebida na cidade, não vai encontrar nas lojas, procure na casa das pessoas. Se encontrar uma garrafa, traga-a para o hospital. Vamos inventar uma coisa para o seu irmão, talvez funcione, mas primeiro encontre a bebida.

Eu não entendi nada. Saí do hospital correndo.

Lá fora fazia um calor suficiente. Segui correndo pela rua. Passei por carros, quase passei por cima de uma idosa com um cachorro, e não parei. Ouvi a mulher me xingar, depois cuspir, o cachorro latiu, *auf-auf,* eu já estava longe, perto de uma fileira de casas com jardins secos. Parei na primeira casa e tentei respirar regularmente. Bati à porta e não esperei a resposta. Girei a maçaneta. A porta abriu. Entrei.

Na sala de estar havia um homem gordo de colete, segurando um livro. Ao me ver, ele se levantou sobressaltado. Vi que não tinha um olho e metade da testa. Ele abriu a boca. Olhei para ele com uma expressão severa, e ele a fechou. Pôs as mãos fechadas nos bolsos e me seguiu. Eu me dirigi ao armário na sala de estar. Cheio de copos. Abri portas laterais, abri gavetas. Havia pratos, utensílios de mesa, toalhas, não encontrei uma garrafa. Fui à cozinha. O homem me seguiu, estava dois passos atrás de mim. Havia um cheiro forte de fritura na cozinha. Uma mesinha, quatro cadeiras e armários baixos. Abri armários, movi latas, pacotes, utensílios, batatas. Não vi garrafa nenhuma. Perto da parede tinha uma caixa grande. Eu a abri. Nada. Saí da cozinha. Uma menina de uns seis ou sete anos se aproximou do homem. Ele fez um gesto para ela sair, e ela sumiu da sala. Eu a segui. Espiei o interior de um quarto. A menina estava ao lado de uma cama abraçando um urso de pelúcia. Vi um guarda-roupa, abri as portas, só havia roupas. Fui a outro quarto. Uma cama de casal e um guarda-roupa. Levantei roupas, toalhas, subi na cama e examinei o guarda-roupa, nada.

A menina estava na porta falando em alemão, é proibido subir na cama de sapatos, senhor, o que está procurando? Ouvi um estalo irritado. O homem estava ao lado da menina. Ele a segurou pelo braço, apertando com as unhas. Desci da cama. Olhei para a mão dele. Ele soltou a menina, que correu para o quarto dela. Fui ao quintal. Lá havia um galpão. Tinha um menino de uns dez anos na porta. Ele começou a xingar. O homem fez um *tsc, tsc*, o menino não parava de xingar. Vi que seus olhos pareciam os de uma pessoa chinesa, e a língua caía sobre o queixo. Eu me aproximei do galpão. O menino não se moveu, continuou xingando. Passei por ele e entrei no galpão. Virei caixas, olhei dentro de um tonel, havia garrafas vazias ali. Voltei à sala de estar. Vi uma escada para descer. As duas crianças estavam ao lado do homem, ele segurava a mão delas. Seu rosto era pálido como a parede. Desci ao porão, estava escuro. Uma janelinha perto do teto deixava entrar um pouco de luz. Esperei por alguns segundos até me acostumar à luz. Ouvi o homem lá em cima falar depressa. Sua voz lembrava uma metralhadora. Não prestei atenção. Abri caixas. Tirei um cobertor da prateleira. Examinei o chão. Não encontrei bebida alcoólica. Saí e a porta bateu. Ouvi o virar da chave na fechadura. Vi a cortina se mover.

Fui à segunda casa, terceira, quarta.

Ia direto à sala de estar sem pedir permissão, sem fazer perguntas. Entrava e procurava sozinho, como se a casa estivesse vazia. Os ocupantes não me incomodavam. Talvez tivessem medo de mim, não sei. Se encontrava uma casa com a porta trancada, quebrava uma janela. Às vezes subia no telhado e *poft*, pulava para dentro. Às vezes arrombava portas. Nada me detinha. Eu andava pela casa e saía.

Em uma das casas, uma avó de avental e chinelos me seguiu, ela chorava. Como se eu fosse o dono, e ela, o cachorro. Eu não disse nada. Procurei na casa dela também. Mas desisti de olhar o quintal. Ela não parou de chorar até eu sair da casa. Em uma das casas, uma mulher abriu a porta com um bebê no colo. Ela usava um vestido velho. Tinha um rosto pequeno e bobes no cabelo. Eu queria dizer, não se preocupe, senhora, não vou machucar ninguém, mas a voz não saiu. A mulher sentou-se em uma cadeira de balanço, me seguindo com os olhos. Eu me aproximei dela. Disse, *Trinken, Trinken*, e gesticulei apontando a boca com o polegar. Ela falou, *Nein, Nein*. E balançou a cabeça devagar. Eu a deixei e caminhei para a porta.

A mulher pulou da cadeira e segurou minha camisa. E disse em alemão, leve-me, por favor, senhor, leve-me com você. Corri para a rua.

Fui a uma região diferente da cidade.

Sabia que era difícil encontrar bebida alcoólica depois da guerra. As pessoas não tinham comida suficiente. Mas eu tomei uma decisão, eu, Yitzhak, não voltaria ao hospital sem uma garrafa de bebida. Nem que tivesse de vasculhar a cidade inteira. Nem que tivesse de pegar um trem para outra cidade. Continuei invadindo casas. Fui de rua em rua. Em uma das casas que entrei, um bando de gatos entrou atrás de mim. Eles me seguiram de aposento em aposento. Como se estivéssemos juntos. Uma velha corcunda e de óculos saiu do banheiro. Seus óculos caíram. Ela pegou um pano, limpou o vestido e gritou *meow kishta, meow kishta*. Peguei seus óculos e os pus na mão dela. Comecei a abrir armários, e os gatos atrás de mim. A velha pegou um copo de água em cima da mesa e jogou em nós. Pulei para o lado e sorri para ela. Ela berrou, pegue seus gatos e saia daqui.

Só um momento, avó, estou indo. Abri rapidamente um armário pequeno de canto. Estava cheio de trapos fedidos. Fechei o armário. Fui para o quintal. Os gatos me seguiram. Um cachorro de porte médio começou a latir preso por uma corrente. Pulei a cerca para a casa do vizinho.

Nessa busca, nunca peguei nada. Se o Dr. Spielman tivesse dito para eu levar joias, uma bandeja de prata, eu teria levado. Nada me incomodava. Não estava interessado em ouro. Não estava interessado em joias. Queria salvar meu irmão.

Finalmente encontrei. Foi antes do anoitecer, e a casa estava vazia. Arrombei a fechadura e entrei. Alguns passos me levaram a uma sala escura. Uma sala de estar com cortinas pesadas, um armário de madeira e um abajur de cúpula de vidro. Sobre um pesado aparador de madeira havia um gabinete magnífico. Uma bailarina branca tinha uma perna levantada e usava saia pregueada. De início, não vi nada por causa do vestido. Virei uma chavinha e abri o gabinete. O cheiro bom de bebida forte invadiu minhas narinas. Meu coração pulou. E lá estavam elas. Três lindas e gordas garrafas sobre uma prateleira. Eu as pus embaixo da camisa e segurei firme. Incapaz de me conter, comecei a gritar de alegria. Gritei, Dr. Spielman, temos o álcool para o meu irmão, e ele vai ficar bom, *aaa*. De repente ouvi gritos. Oh. Oh. Oh. Quase caí duro no chão. Virei. Sobre uma cadeira no canto havia uma grande gaiola de pássaros. Lá dentro tinha um grande papagaio colorido. Eu me aproximei e gritei mais alto, ooo. Ooo. Queria beijá-lo. Ele não parou de gritar até eu sair da casa.

Segurando as garrafas com força, corri para o hospital.

A noite caía. A rua estava quase vazia. As luzes desenhavam círculos com buracos no pavimento. Tive que me esforçar para não chamar o Dr.

Spielman da rua. Corri para dentro do hospital. Gritei para as enfermeiras, onde está meu médico, onde ele está? Dr. Spielman se aproximou de mim. Tirei as garrafas de baixo da camisa e as enfileirei sobre a mesa. O Dr. Spielman riu e disse: conhaque, uísque, vodca. E beliscou minha bochecha, disse, *ay, ay, ay,* Icho, não tem ninguém como você, ninguém. Tive a sensação de crescer dez centímetros, pelo menos. Senti até que a barba começava a surgir. O Dr. Spielman escondeu duas garrafas em um armário com chave, pegou o conhaque e dois copos e disse, venha, vamos descer para ver seu irmão. Descemos. O médico alemão foi conosco.

Chegamos perto de Dov.

Ele estava deitado lá, como sempre. O Dr. Spielman parou ao lado da cama. Ele me deu a garrafa e os copos para segurar, sentou Dov na cama, estalou os dedos e disse, abra a garrafa e sirva nos copos. Meio copo é o bastante. Abri a garrafa e servi o conhaque. Minhas mãos tremiam, e o conhaque respingou no chão. O Dr. Spielman disse, um copo para você, Icho, um copo para seu irmão. Vamos, vamos, chegue mais perto. Eu me aproximei. Ele pôs a mão no meu ombro e me virou de frente para Dov. Depois disse, espere, um pouco mais perto. Cheguei mais perto. Dov olhou para minhas mãos. E então o Dr. Spielman disse, você bebe primeiro, depois dá um copo ao seu irmão e diz para ele beber, entendeu?

Respondi, sim, mas ele não consegue beber sozinho.

O Dr. Spielman disse, vamos tentar. Chegue mais perto. Meu pé tocou a cama. Dov tentou segurar minha mão. Não deixei. Vi o Dr. Spielman tirar o lenço do bolso e enxugar a testa. O médico alemão sorriu para mim e assentiu, querendo me incentivar. Os pacientes ao lado de Dov não demonstravam interesse. Contei em silêncio, um, dois, três, levantei o copo e bebi de uma vez só. *Uááááá*, queimou. Eu tinha uma sensação de que uma tosse forte se aproximava, mas consegui engolir. Dei um pouco para o Dov. Ele pegou o copo da minha mão e esperou. *Arrá.*

Eu disse, beba, beba. Ele levantou o copo, bebeu todo o conhaque e começou a tossir.

O Dr. Spielman aplaudiu. O médico alemão gritou, bravo, bravo, e eu tive um ataque de riso. Não conseguia parar de rir.

Caí sobre meu irmão, o abracei e chorei, você vai ficar bem, e vamos sair do hospital. Era como se chovesse em meu cérebro, no rosto, nas costas, eu queria segurar, mas a chuva que caía de mim molhava meu irmão. Ele não ficou aborrecido e examinou minha mão. Eu disse, vire minha mão quanto quiser, não ligo. Enquanto isso, o conhaque começava um galope da minha barriga para a garganta. Rangi os dentes e quis correr para o banheiro. Consegui chegar ao corredor e *uááááá*. Um jato escuro. Sujei o corredor entre as camas. Tonto, vi tudo preto, agarrei a grade da cama mais próxima e fiquei dobrado para a frente.

O médico alemão levantou minha cabeça e segurou minha testa, disse, você não está acostumado a beber, venha comigo, venha comigo, vamos tomar um banho. Eu não me mexi. Não sei por quê, mas o médico alemão do Bloco 8 no Campo de Buchenwald surgiu na minha cabeça. O médico que levava crianças saudáveis e não as trazia de volta. Continuei de cabeça baixa, e ouvi dentro dos meus ouvidos, perigo! Olhei para o Dr. Spielman. A mão estava entre as de Dov. Ele viu que eu não me mantinha ereto e disse, vá tomar um banho, Icho, precisa se lavar.

Perguntei, quanto tempo vai demorar, e não me diga alguns minutos, não sou idiota, havia crianças no bloco que saíram com o médico alemão e foram para um experimento, diga a verdade, Dr. Spielman, quanto tempo ele vai me manter no chuveiro.

O Dr. Spielman ficou sério. Uma linha profunda se formou em sua testa. Ele disse, não se preocupe, Icho, esse é um bom médico, você se lembra dele do primeiro dia, vá com ele. Quero ficar um pouco com seu irmão.

Comecei a andar. Sentia um gosto amargo na língua e um cheiro de azedo. O médico não parecia repugnado comigo. Ele me segurava pelo braço como se fôssemos pai e filho. Olhei para ele. Notei um pequeno tique embaixo do olho e um sorriso fechado. Andamos com passos longos como se estivéssemos em um estádio. Eu pensei, no Bloco 8 consegui escapar, tive sorte, e talvez não tenha sorte, e o que vai acontecer, quem vai notar se acontecer alguma coisa comigo no chuveiro. Nem o Dr. Spielman está prestando atenção em mim. Em uma das camas, uma enfermeira americana alimentava um paciente. Nós nos aproximamos dela. Eu chamei, enfermeira, enfermeira, preste atenção, estou indo para o chuveiro com o médico alemão. Você viu, certo?

Ela levantou uma sobrancelha, disse, o quê? E sorriu para o médico. Fiz questão de repetir isso para mais duas enfermeiras.

Chegamos ao chuveiro que eu conhecia pelo lado de fora. Minha cabeça estava rodando, como uma roda girando em um eixo. Eu me apoiei à parede. O médico alemão trouxe uma toalha e pijama limpo. Eu disse, posso fazer isso sozinho.

O médico falou, muito bem, mas deixe a porta aberta. Entrei no chuveiro. Tirei a roupa devagar. As roupas tinham um cheiro azedo. Fiquei embaixo do chuveiro. Não conseguia abrir a torneira. Ouvi o médico alemão atrás de mim, ele perguntou, precisa de ajuda?

Eu disse, não, não, vou abrir a torneira, esse é o chuveiro dos médicos, não é?

Ele disse, sim, não se preocupe. Mas me preocupei até abrir a torneira. Deixei muita água cair sobre mim, lavando meu corpo inteiro com sabonete umas cinco vezes, pelo menos. Depois vesti o pijama. O médico alemão me levou ao escritório. Ele me deu um copo de chá, e quis confirmar o que ele poria no chá. O médico pôs três cubos de açúcar, mexeu bem, disse, beba, você vai se sentir bem. Bebi o chá e minha barriga ficou sonolenta. Não falamos mais.

CAPÍTULO 28

Dov

O conhaque que bebi me fez sentir vontade de rir.

Mas não saía nenhuma risada. Minha garganta queimava, os dedos formigavam, e as veias que eu via na parede engrossaram. As camas no porão começaram a se mover. Às vezes se torciam. Pessoas não conseguiam andar direito. Tinham que se apoiar à parede para avançar. Um zumbido alto de abelhas começou a soar no meu ouvido. Às vezes ficava mais fraco, normalmente ficava mais alto. Olhei para mim, queria ver se também viajava em minha cama. Viajava bem depressa, como em um carrossel no parque, eu sabia de tudo por um buraquinho que via na parede. Terminava uma volta e começava outra.

O conhaque que bebi me fez perder uma melodia.

Eu queria muito lembrar a melodia. Não conseguia lembrar o nome, mas na minha cabeça havia uma melodia que eu precisava acompanhar. Captava um som, e a melodia fugia. Insistia, outro som, e ela fugia. Queria dizer ao convidado sentado ao meu lado para, então, trazer uma harmônica.

Queria dizer, procura no bolso da minha calça, tem uma harmônica aí. Eu não sabia onde estava minha calça. Queria dizer a ele que beberíamos à vida e eu tocaria a harmônica para ele. Apertei sua mão e quis falar claramente com ele, mas o que eu dizia meu coração viajava, viajava, e voltava ao coração. Como se as palavras circulassem à nossa volta e retornassem ao mesmo lugar. Disse a mim mesmo, harmônica. Traga uma harmônica, e isso ficou no meu coração. No fim, eu me cansei e dormi em um segundo.

CAPÍTULO 29

Yitzhak

Continuamos com o uísque três vezes por dia. Eu bebia. Dov bebia. Eu falava, Dov ficava em silêncio. Vi que estávamos para terminar a terceira garrafa, e daí? Eu roubaria mais conhaque e beberíamos à vida, e mais vodca e licor, e ficaríamos presos no hospital por um ou dois anos, não! Não concordo com o arranjo do Dr. Spielman, odeio o hospital. Senti que começava a contrair a doença do meu irmão. De manhã, ao meio-dia e à noite, eu sentia um calor forte nas mãos, principalmente depois que bebíamos. Comecei a virar as mãos e a procurar sinais por causa do formigamento na pele. Pensei, talvez eu tenha um tipo de piolho que não conheço. Piolho de hospital. Olhei embaixo da camisa. Não encontrei piolho nenhum. Só marcas vermelhas e arranhões. Talvez meu corpo estivesse começando a produzir piolhos especiais? Talvez eu tivesse ovos de piolho trazidos dos campos, e eles se desenvolviam bem por causa da comida e do uísque que eu consumi três vezes por dia, durante uma semana, duas semanas, e estou cheio de piolhos de novo. Comecei a verificar mãos, barriga e peito depois de cada refeição. Durante o dia eu saía para pegar sol. À noite, pegava uma lente de aumento na sala dos médicos e me examinava.

Uma noite, uma enfermeira de rabo de cavalo e fita tocou em mim, o que está fazendo?

Procurando piolhos, consegue ver alguma coisa? Ela pegou a lente de aumento e me examinou minuciosamente. Eu disse, olha as costas também, e tirei a camisa. Não precisa, você está limpo.

Então, por que sinto coceira?

Ela disse, pergunte ao Dr. Spielman.

Na manhã seguinte, fui falar com o Dr. Spielman, que estava com vários outros médicos. Ele sorriu para mim, como vai, Icho, ainda tem uísque?

Respondi, o uísque está quase acabando, e eu estou enlouquecendo de coceira, qual é o problema comigo, doutor? Levantei a camisa e mostrei os arranhões. Ele franziu a testa e pensou e pensou, e fiquei alarmado, talvez tivesse contraído alguma doença grave, e se ele disser de novo, paciência, Icho, vou me esbofetear, duas bofetadas, e é isso. Talvez um tapa no Dr. Spielman e sua cabeça careca e seu lenço branco dobrado no colarinho engomado da camisa, e um no médico alemão, até no médico americano que não fala comigo, no meu irmão também, ah. Meu irmão vai levar dez tapas, vinte tapas, dez de cada lado, porque estou farto dele e dessa bobagem. Ele bebe seu uísque três vezes por dia, come um bolinho de carne, boa sopa, e não quer falar. Tudo bem. Que diabo ele está pensando, que tenho nervos para essa doença que ele inventou, não tenho, e vou embora deste hospital, e é isso. Se ele quer descansar em sua cama por três, quatro anos, que fique. Não vou me meter nisso.

Eu me aproximei do Dr. Spielman e gritei na orelha dele, não suporto mais essa coceira ou o cheiro dos seus mortos, entende? Os médicos no grupo pararam de falar. Um paciente com a cabeça enfaixada sentou na cama e começou a chorar. O Dr. Spielman disse *shhh, shhh*, e me levou para longe dali.

Na sala dos médicos, ele disse, sente-se, sente-se, e apontou uma cadeira. Eu não queria sentar. Queria me coçar no chão com meu sapato, e coçar embaixo do cinto, e na barriga. Dr. Spielman batucava com os dedos na mesa, *tarrarram*. *Tarrarram*. E disse, é difícil para você e difícil para todos nós. E depois olhou pensativo para a janela, os dedos se aquietaram. De repente ele virou a cabeça na minha direção e falou, preciso de uma vara de pescar.

O quê?

Encontre uma vara de pescar para mim.

Levantei as mãos, Dr. Spielman, senhor, para que precisa de uma vara de pescar em um hospital?

Ele se inclinou para mim como se tivesse um grande segredo especial e disse, vou pescar com seu irmão. Pescar? Ele está debochando de mim. Mas seu rosto era muito sério. Pensei, esse médico pegou uma doença da mente de seus pacientes lá embaixo.

Olhei diretamente para ele e falei cauteloso, talvez tenha formigas? Porque sei daquelas formigas do meu irmão, você as tem?

Ele respirou profundamente e disse com a voz de um especialista saudável, não faça perguntas, primeiro traga a vara de pescar.

Não sei por quê, mas fiquei cheio de felicidade.

Como se houvesse uma explosão de calor no meu coração. Como se o pai tivesse me puxado de lado e cochichado em meu ouvido, vai ficar tudo bem, Yitzhak, não se preocupe, vai ficar tudo bem. Como se Pai Israel tivesse vindo ao hospital especialmente por mim, e me segurado em seus braços fortes sem me tocar, como fazia quando eu era pequeno. Eu era um garotinho, não era? Saí do hospital e comecei a correr sem me coçar.

Parei perto de casas na primeira rua e elas pareciam familiares e felizes. Eu sabia que nelas não havia vara de pescar, e não sabia onde encontrar uma. Não acreditava que houvesse alguém em Neuberg von Wald que sentisse vontade de pescar. E então meu coração estremeceu, talvez houvesse um riacho nessa cidade, ou um laguinho onde se pudesse usar uma vara de pescar. Melhor procurar água e pegar a vara de pescar de alguém. Perguntei às pessoas. Não consegui uma resposta. E talvez não soubesse me explicar. Decidi entrar na casa das pessoas, como fiz com o conhaque. Procurei casas que não conhecia.

Comecei indo de casa em casa e batendo em portas. Se alguém abria, eu entrava rapidamente e procurava sozinho. Não tocava nos armários, passava pelos quartos e ia ao sótão, depois ao quintal. Ninguém tentou me deter. Os moradores me seguiam como se eu fosse um soldado com divisas nos ombros e um rifle. Eu me lembro de minha cabeça repetindo idiota, idiota, por que não tentou resistir durante a guerra. Eu queria matar alguém.

Depois de dois dias encontrei uma vara.

Corri para o hospital com ela. Entreguei a vara ao Dr. Spielman. Vi que ele ficou animado, segurava a vara com mãos trêmulas, e disse, muito bom, agora vamos ver se temos sucesso, vamos ver seu irmão.

Descemos até o porão. Encontramos Dov olhando para o teto. O Dr. Spielman disse, fique perto e não interfira.

Ele ficou no corredor de frente para Dov.

Dov examinou as mãos dele. Respirando fundo, Dr. Spielman esperou alguns segundos, depois mostrou a vara de pescar, a jogou para trás e para a frente.

O Dr. Spielman disse em voz alta: Bernard, você quer ir pescar?

Dov sentou depressa e respondeu, mas não tem água aqui, como vamos pescar?

Foi exatamente isso que aconteceu, três meses e meio depois da guerra.

CAPÍTULO 30

Dov

O homem careca estava ao lado da minha cama segurando uma vara de pescar. Eu não conseguia entender.

Sabia que não tinha água no quarto. Eu olhei, porque, por muito tempo, minha cama se movia como um barco pelo quarto. Uma noite, pus o pé no chão e senti que estava seco. Meu pijama, também. O pijama estava seco. Eu não conseguia entender como tinha viajado pela água sem me molhar.

O homem careca se aproximou de mim. Eu queria segurar a mão dele e não conseguia lembrar por quê. Ele não me dava a mão, só jogava a linha da vara e me convidava para ir pescar.

Eu disse, mas não tem água aqui, como vamos pescar?

Como, como se pode pescar sem água? No meu vilarejo havia um rio. Eu conhecia os pescadores. Eles jogavam linhas com minhocas na água e enchiam baldes, ele deve ser idiota, também tinha a risada de um louco, porque o vi rir alto e bater com as mãos no peito, e chamar as pessoas que estavam por perto de nós, venham, venham, temos um milagre aqui. Não sei nada sobre o milagre que ele mencionou, mas pelo menos cinco mulheres de aventais brancos se aproximaram, e pelo menos três homens de aventais brancos, e todos me abraçaram, e apertaram a mão do homem careca, e ele levantou a vara de pescar novamente e disse, milagre, milagre, ah, que bom que deu certo, havia lágrimas de alegria em seu rosto, e um homem sentou-se na cama e começou a bater palmas, e outro começou a cantar como um cantor em uma sinagoga, o que é isso, estão fazendo meu Bar Mitzvah, e eu de pijama, espera, onde estão as listras? E por que tem camas à minha volta, e onde estou? E foi então que vi meu irmão Yitzhak.

Ele estava um pouco afastado, com as mãos no rosto. Usava roupas limpas, e seu corpo tremia como quando andamos na neve. Yitzhak parecia limpo e saudável com pelos no rosto. Eu me senti mais quente, mais quente, mas Yitzhak não parava de tremer. O que ele tem, está doente?

Eu queria chamá-lo, dizer claramente, estamos juntos, chegue mais perto. Percebi que ele não poderia me ouvir, porque todos falavam animados, com alegria, e o cantor continuava cantando eufórico. Tentei levar minha perna, ela não se moveu. Tentei a outra, mesma coisa. Então vi que o quarto estava cheio de pessoas doentes e arrasadas, eu estava doente? Levantei a camisa do pijama, não vi sinais de doença, e minha cabeça continuou no lugar. Olhei para o teto, não vi veias, e não tinha veias nas camas. Onde eu estava?

O homem careca se aproximou do meu irmão e o abraçou como um pai. Todo mundo ficou em silêncio. O homem careca disse, seu irmão se recuperou, *nu*, o que tem a dizer? Tivemos sucesso com o conhaque e a vara de pensar, hã?

E, agora que tudo ficou para trás, posso dizer com certeza: Houve dias em que não acreditei que conseguiríamos colocá-lo em pé, sim, estou muito feliz.

Yitzhak engoliu a saliva, não disse uma palavra.

O homem careca se aproximou de mim, estendeu a mão e disse, sou o Dr. Spielman, é um prazer conhecer você. Apertei a mão dele.

Qual é o seu nome?
Bernard.
E o de seu irmão?
Icho.
Ele sorriu para mim e disse, muito bom, Bernard, muito bom. Você está em um hospital na Alemanha. A guerra acabou. Você esteve aqui inconsciente por três meses e meio, agora está bem. Seu irmão ficou ao seu lado todos os dias, e esses são os médicos e as enfermeiras que têm cuidado de você.

As pessoas de aventais brancos me cumprimentaram com acenos de cabeça. E ele continuou, nos próximos dias vamos ajudar você a sair da cama. Vai ter que se acostumar a andar, como um bebê. Vai demorar um pouco, não se assuste. Em uma ou duas semanas, vocês dois vão poder deixar o hospital. Parabéns, você se recuperou, e seu irmão também está saudável.

Ouvimos soluços engasgados. Dr. Spielman virou o rosto para o outro lado. Vi meu irmão segurar a garganta, suas bochechas ficaram vermelhas. A tosse se tornou um uivo, como o que ouvíamos de um lobo ou de uma raposa na floresta perto do nosso vilarejo, não lembro exatamente. Meu irmão deu uns passos para trás e se apoiou à parede, apertou a garganta com o punho e chutou a parede com força.

Os olhos do Dr. Spielman se moviam entre nós dois. Eu não conseguia entender por que meu irmão não chegava perto de mim. Não entendia por que todo mundo estava feliz, e só o rosto dele era triste. Queria ir até ele. Queria segurar suas mãos, como fazíamos antes. Estendi a mão para o Dr. Spielman, disse, me ajude a descer. Ele me amparou e tentou me sentar na cama. Todos os aventais brancos começaram a girar. Caí sobre o travesseiro. Estava cansado. Vi que, enquanto isso, meu irmão tinha desaparecido.

Daquele dia em diante, Yitzhak nunca mais entrou em um hospital, nem por ele, nem por outras pessoas. Até hoje, quase sessenta anos depois da guerra, ele não vai a um hospital e quase não enxerga, precisa fazer uma cirurgia de catarata, um procedimento simples para pessoas idosas. Marquei consulta para ele, não uma ou duas vezes, mas ele se recusa a ir ao hospital. Houve um incidente, depois que conversei muito com ele, e depois que sua esposa Hannah falou, e os filhos, quando ele concordou com a cirurgia. *Nu*, ele foi ao consultório do anestesista e sentou-se quieto, como se pretendesse fazer a cirurgia. O médico já o esperava, e isso nos ajudou? Não ajudou, porque Yitzhak fugiu. Sim, procuraram por ele no corredor do hospital, nos banheiros, na área externa, e onde ele foi encontrado? Em casa, sentado em sua poltrona.

Não sei o que vai ser de sua visão. Ele não lê um jornal há anos. Só vê as imagens na televisão, sem legendas. Não pode dirigir. E ele adorava dirigir, ele tem que dirigir, com as vacas, os bezerros, o feno, afinal, ele tem um caminhão no quintal. Felizmente, ele trabalha nos estábulos com o filho. Eles viajam juntos, caso contrário, como seria? Eu digo a ele, vá ao hospital, eu vou com você, algumas horas e eles resolvem o problema, mas isso ajuda? Nada.

Ele não suporta nada que tenha a ver com enfermaria. Eu cuido disso. Eu levo remédios e vitaminas para ele. Arrumo tudo em saquinhos de acordo com o dia. Se ele precisa de chás especiais de ervas, eu também compro. Que ele seja saudável, meu irmão.

CAPÍTULO 31

*Yitzhak: Um novo mundo nasceu diante de mim quando o Dr.
Spielman disse, seu irmão se recuperou e está falando com coerência.
Meu irmão se recuperou e eu comecei a viver.
Foi como se eu saísse da escuridão para a luz.*

YITZHAK

Em setembro deixamos o hospital e nos mudamos para uma casa de convalescentes.

Os americanos nos mandaram para um monastério no vilarejo de Indersdorf, a trinta quilômetros de Munique. Era um dia agradável, o ar tinha um cheiro festivo. Lembro como se tivesse acontecido hoje: céu azul com nuvens que pareciam enormes carneiros brancos, brilhantes. Procurei o rosto do pai nas nuvens. Nas férias, ele adorava pintar as paredes da casa com cal branca, de cheiro intenso.

Usávamos roupas novas. Uma camisa xadrez, calça escura e uma jaqueta de uniforme cinza com bolsos e zíper. Tivemos que usar um prego para fazer um furo no cinto e manter a calça no lugar. As roupas tinham cheiro de tecido que havia passado muito tempo no armário. Eu gostava do cheiro. Os americanos também nos deram sapatos novos de sola reforçada e couro grosso, nunca tinha visto sapatos bons como aqueles, nem meias de lã tão grossa e macia. Amarrei o cadarço com mãos trêmulas, com o pé apoiado no colchão, polindo o couro com o cobertor, *tsss, tsss*. Era como polir minha alma, *tsss, tsss*, e depois examinei os bolsos. Eram oito ou nove. Punha as mãos neles e esperava um pouco. Os bolsos estavam vazios, mas eu ainda me sentia como se tivesse um lugar privado só para mim.

Dos bolsos, passei para o zíper da jaqueta, *zip-zap*, e de novo, *zip-zap*, *ah*, não conseguia parar. Dov me disse, vai estragar o zíper, o que está fazendo, e eu falei, viu quantas cuecas deram para nós, você viu? Fiz uma pilha organizada na minha cama, eram sete cuecas, pelo menos, e sete pares de meias, só para mim, *aaah*. Eu me lembrei da ceroula de lã que os alemães me deram no Campo Zeiss, era a única que eu tinha no campo. Os piolhos amavam a lã da ceroula. Sugavam meu sangue e engordavam, e se multiplicavam, e sugavam ainda mais, e eu enlouquecia de coceira, e não jogava a ceroula fora por causa do frio. Só um jato de vapor fervente que eu às vezes conseguia na sala do encanamento, no topo do prédio, matava os piolhos. Água quente só os incomodava, e depois eles ficavam ainda mais irritados. O vapor me livrava deles por um ou dois dias, e depois apareciam outros, mais fortes.

Dov e eu saímos do hospital com uma sacola nas mãos. Parecíamos dois estranhos recortados de um jornal. Ríamos, batendo na cabeça um do outro. Depois fomos andando pela rua, pisando no asfalto como soldados em marcha. Queríamos ouvir o som de sapatos com solas originais. Era um som forte, confiante.

Do hospital eles nos levaram para o monastério, um edifício cinza com muitas janelas. Ganhei uma cama limpa em um quarto com Dov e alguns outros refugiados libertados dos campos. Alguns eram judeus, alguns eram cristãos. Os americanos nos mandaram para o monastério para engordar.

Todo mundo parecia ter voltado da morte. Os olhos eram inquietos, os movimentos, bruscos. Eles ficavam sentados na beirada da cama, roendo as unhas ou fumando um cigarro, e de repente pulavam da cama e saíam. Lá fora, andavam pelo comprimento e pela largura do terreno, examinavam a rua e procuravam insetos. Se havia o menor barulho, uma janela batendo com o vento, digamos, ou um balde caindo, deitavam no chão com as mãos na cabeça, ou se escondiam.

À noite, eu não conseguia dormir. Ia para a cama vestido e de sapatos. Segurava pão em uma das mãos, e na outra a alça da sacola que tinham me dado no hospital. Na sacola só havia roupas, cuecas, meias, duas toalhas e uma sacolinha plástica com produtos de higiene. Depois de algumas noites acordado, pus a sacola embaixo do travesseiro e finalmente consegui dormir, mas acordei de manhã com torcicolo. Nos primeiros dias, meu irmão e eu nos revezamos para vigiar as bolsas. Alguns as carregavam para onde quer que fossem. Eu os via ir ao banheiro e sentar com a bolsa sobre os joelhos, ou no chão. Alguns sentavam sobre a bolsa no refeitório. No pátio, pareciam passageiros em um plataforma de trem, sem o trem. Um deles vestia todas as roupas da sacola, e mesmo assim, inchado, continuava magro.

No monastério havia freiras e mulheres soldados inglesas e americanas da UNRRA, Administração de Assistência e Reabilitação das Nações Unidas. A maioria delas era judia. De repente tínhamos muitas jovens com seios, lindos cabelos compridos e cintura fina marcada por cinto largo, além de pernas em meias de náilon, *hummm*. Um prazer. De repente, lábios vermelhos sorriam para mim, e havia uma linha preta sobre o olhos, e mãos me tocavam com unhas bem feitas e pele macia com cheiro de sabonete bom, como perfume. As mulheres soldados passavam, e eu ficava atordoado. Um pobre coitado andava pelo monastério com uma toalha na mão. Cada vez que via uma bela soldado se aproximar, ele abria a toalha na frente do corpo e corria para o banheiro. Ele levou quase um mês para se acostumar com isso.

As freiras usavam vestes negras e compridas e um manto branco cobrindo a cabeça. Eu não via cabelo, só um olhar afetuoso, como se fôssemos um milagre de Hanukkah. As freiras e as soldados eram pacientes quando falavam conosco, não precisavam de alto-falante, embora trabalhassem muito duro por nós. Por exemplo, elas queriam nos ensinar modos à mesa. Cada um pegar a comida em sua vez, deixar alguma coisa na travessa para os outros, pão, frutas, vegetais. Esse era um grande erro. A travessa de comida ficava vazia em um segundo. Por causa disso, a lição sobre maneiras e contenção era repetida desde o início todas as manhãs. As soldados falavam, e eu via um sujeito de nariz molhado indo para baixo da mesa com seu prato. Via o vizinho dele, e entendia o porquê. O vizinho tinha aquela cara de quem rouba pratos. Espiei embaixo da mesa. Havia pelo menos mais quatro ou cinco de pratos na mão embaixo da mesa. Sentados no chão, comiam rapidamente com as mãos. Então, que piada, vi aquela mão grande aparecer embaixo da mesa, vagar cautelosa sobre várias cabeças e, *pá*, agarrar uma coxa de galinha com purê de batatas. Oh, que comoção lá embaixo. Os cinco homens sob a mesa largaram os pratos, agarraram a mão do ladrão e o puxaram para o chão. Era o ladrão de pratos. Ele caiu com a orelha no purê de batatas e começou a xingar, filhos da mãe, vagabundos, me deixem em paz, idiotas, mas eles não o deixaram em paz, puxaram com mais força, e a batata entrou no nariz, mas ele não soltava a coxa de galinha.

Uma soldado grande entrou correndo. Seu rabo de cavalo preto pulava como o de um cavalo espantando moscas. Ela parou ao lado do homem com o rosto no prato e disse, Yosef, estou esperando. Yosef não a ouvia. A soldado se aproximou da orelha dele e cochichou alguma coisa. Yosef levantou o tronco. Limpou a mão na calça e segurou o pescoço. A soldado então se abaixou e disse educadamente aos homens sob a mesa para sair de lá e sentarem em seus lugares, entenderam? Oito homens saíram de baixo da mesa e sentaram olhando para seus pratos. Enquanto isso, o que estava ao meu lado se levantou de repente, como se tivesse levado uma ferroada nas

costas. Ele tinha um rosto velho de cor desbotada. O sujeito moreno ao lado dele começou a assobiar uma canção alegre e *pá*, roubou seu pão. *Oh*.
O pobre homem começou a gritar, socorro, ladrões, socorro.
O homem moreno parou de assobiar e disse, cale a boca, menininha, pare de choramingar. Mas o sujeito de rosto envelhecido não queria parar de choramingar. O que ele queria era atacar o ladrão e arrancar um pedaço do rosto dele com os dentes.
De repente, tudo virou uma confusão. Três mulheres soldados chegaram correndo. Gritando, sentem-se tranquilamente, amigos, todo mundo sentado. Não adiantou. A soldado de rabo de cavalo agarrou o homem que mordia o rosto do outro, o levantou do chão e apertou contra o peito. Ela tinha peitos grandes.
E disse, chega, Miko, chega, Miko, e nesse momento lamentei não ser o maluco do Miko. Miko não gostava dos peitos dela. Ele esperneou, se jogou no chão e ficou gritando sem parar. O homem moreno também gritava, louco, louco. Ele exibia belas marcas vermelhas de dentes no rosto.
Ele voltou à cadeira e disse, sabia que tínhamos um problema aqui com um bebê, miau, miau, miau.
Uma freira com um bigode loiro se aproximou com uma bandeja cheia de comida. Ela ofereceu a bandeja a Miko e disse, pegue dois, *nu*, dois só para você. Miko não queria.
Eu disse à freira, pegaram o pão dele, tem mais pão?
Trouxeram pão para ele, e o homem se acalmou. A soldado de rabo de cavalo disse, bom apetite a todos, e agora escutem bem: não precisam pegar a comida dos outros, não precisam levar comida nos bolsos para o quarto, e por que escondem pão nas camas, servimos três refeições por dia, não é verdade? Todos ficaram quietos. Ela falou com um tom ainda mais claro, respondam, não é verdade? Alguém peidou, *pruuuum*. *Pruuuum*. Todos começaram a rir. A soldado de rabo de cavalo ficou vermelha. Olhou para a pequena soldado a seu lado. Ela usava uma trança que descia até o traseiro.
A soldado de trança sorriu para ela e balançou a cabeça, como se dissesse, não se incomode, não dê atenção, e falou a todos, quietos, quietos.

E então houve silêncio de verdade. O discurso da soldado de rabo de cavalo continuou: não precisam roubar comida da cozinha. A comida nos armários da cozinha e na despensa é para vocês. As caixas entregues pelo caminhão também são para vocês. E um homem na ponta da mesa gritou, e se os alemães tomarem o caminhão, hein? Conheço eles, vão tomar o caminhão, e aí, o que vocês vão fazer, hein?

Vários homens começaram a bater os talheres na mesa, gritando, sim, sim, sim, os alemães, desgraçados, tremendos desgraçados, eles virão e nos levarão para o crematório.

A soldado respondeu, não, não. Os alemães não virão, entendam, a guerra acabou.

Não conseguíamos entender nada. Nem podíamos entender as palavras do médico americano que trouxeram especialmente do hospital. Nem os oficiais americanos com divisas nos ombros. Não entendíamos nada. Nada. Como se tivéssemos um bloqueio na cabeça.

Eu me lembro de quatro oficiais altos, de boa aparência, foram levados ao monastério para falar conosco. Não sabiam que todo mundo ali tinha bloqueios na cabeça, e explicaram com tom profissional que a guerra tinha acabado. Os alemães foram derrotados, e havia comida suficiente para todo mundo. Não acreditamos em nenhum deles. Sentamos à mesa e olhamos que comida fresca poderia ser escondida em um bolso. E poderia durar pelo menos dois dias. Os oficiais falavam sobre paz no mundo, e nós estávamos em guerra.

As soldados e as freiras queriam nos devolver a uma vida normal. Elas nos ensinaram a tomar banho com sabonete e esponja. Lavar o cabelo três vezes, sim, esfregar as orelhas. Escovar os dentes. Pôr creme dental na escova, não comer a pasta e cuspir a espuma na pia, sim. Elas nos ensinaram a entrar no chuveiro, cada um na sua vez, quarto por quarto. Não queríamos nos lavar. Elas não queriam desistir. Punham todos nós em fila para o chuveiro e nos observavam para não podermos fugir. Às vezes essa fila não acabava, porque elas não conseguiam fazer todo mundo tomar banho do anoitecer até de manhã. Punham um embaixo do chuveiro, e três fugiam. Alguns se recusavam a entrar antes de olharem pela janela e ver que era água que saía do chuveiro. Eu os entendia. Também entrava no banheiro e verificava o chuveiro com muito cuidado. Quando olhava, a ideia sempre passava por minha cabeça, o que vai sair do chuveiro. Água quente ou gás, e talvez pó. Tiro a roupa e espero. Às vezes entro e fujo imediatamente. Houve muitas vezes em que tive certeza de que havia gás ali.

As soldados queriam que fôssemos para a cama na hora. Que fôssemos deitar sem as roupas e os sapatos. Elas imploravam, tiravam os sapatos à noite, estão sujando os lençóis, tirem, tirem, e vistam o pijama, aqui, escolham, tem muitos pijamas de duas cores.

As soldados nos ensinaram a tocar piano e assistir a um concerto. Queriam cultura para nós, e isso era difícil para mim, muito difícil, porque elas nos ocupavam com bobagens. Tinham um programa diário para nós. Um dia era uma viagem. No outro, uma peça em iídiche. Depois um circo, ou um concerto. *Aaah.*

Sete da manhã. Elas sentavam alguém ao piano em uma grande sala no monastério. Fico sentado em silêncio como elas ensinaram, como se fosse um ser humano normal, com as mãos cruzadas sobre o peito, ou sobre as pernas, ou de pernas cruzadas, cabeça erguida, sim, a coisa mais importante era cabeça erguida, dois ouvidos no piano, sim, sem dormir, podíamos nos apoiar uns nos outros. Sentei, como as soldados disseram. O piano se move e ouço o *tá* de um rifle. *Tá, tá, tá tá tá tá. Tá.* Muitas rajadas. Meus ombros caem, e eu choro, choro de nervoso, e olho para meu irmão, e para os outros amigos, e digo a mim mesmo, sou o único que está ficando maluco? E de repente vejo outro amigo chorando, e outro enxugando o rosto, e um pouco mais afastado outro olha para a própria camisa e belisca a perna, *aah,* o piano também o enlouquece. Olho para as soldados e vejo que estão felizes, sorrindo umas para as outras, assentindo, sim, sim, chorem, queridos, é saudável. Tolas, tolas, achavam que estávamos chorando por causa do piano que trouxeram para nós.

Os irmãos de Auschwitz

No dia seguinte, elas trouxeram mais dois pianos. Eu queria pular no teto, e então elas trouxeram uma peça em iídiche. Um ator de chapéu e echarpe no pescoço falou sobre Feigele – menina nova – que queria beber água de uma poça. Ah. Ele está falando sobre Feigele, e eu escuto, Shloimeleh e Saraleh, e depois um barulho horrível nos ouvidos. Como um rádio quebrado. O ator faz caretas com a boca, com as mãos, de acordo com seu rosto eu entendo que temos que rir, e não rimos, choramos muito. E então ele foi embora. O palco ficou vazio, silencioso. E essa era a coisa mais perigosa para mim. Porque todo silêncio trazia de volta os alemães com uma metralhadora. E depois da metralhadora vinha o silêncio poderoso com o forte sentimento. O silêncio da morte. Eu não suportava aquele silêncio. Precisava estar em um ambiente onde houvesse vida, para que eles não fizessem as pessoas sumir em algum crematório e me deixassem sozinho no mundo.

Um dia eles nos levaram a um circo. Um palhaço de batom bateu o pé enorme no chão. Ele tinha sinos na manga. Fazia *dim, dim, dim*, e eu ouvia *tá, tá tá*. E eu via sangue, muito sangue jorrar nos sinos na manga. Depois trouxeram um acrobata em uma corda. Todos assistiam àquele acrobata feliz, e eu examinava o buraco negro no palco de onde saíam alemães; dez alemães em fila como uma régua, e mais vinte alemães com rifles, e mais trinta alemães com capacetes de aço e, finalmente, mil alemães gritando *schnell, schnell*, e ficamos mortos por mais de uma hora.

Eu não conseguia contar às soldados sobre o inferno que ocupava minha cabeça. Não conseguia falar sobre o filme passando em minha mente, como uma roda enorme girando, girando, de volta ao início. Girando, de volta ao início. Girando, de volta ao início. Como o filme *The Muselmann* no trem. Prisioneiros pisando em cima dele, e ele abre os enormes olhos para mim. Não grita, não chora, só espera sua vida acabar. E havia um filme sobre um prisioneiro que estava perto da porta de um alojamento no campo, abrindo um buraco na porta a mordidas. Mordia, mordia, *tá*. Levou uma pancada do cabo de um rifle. Seu cérebro caiu e se espalhou.

E também havia o filme sobre o prisioneiro que dançava na boca de um cachorro grande. Dançava como uma boneca de pano. Porque mais três cachorros queriam pedaços dele. Filmes com um final ruim.

Só de vez em quando eu me lembrava do filme da menina alemã, a que me deu comida no Campo Zeiss, a menina de tranças, uma alta, outra baixa. Aquela menina me fazia chorar mais que tudo.

Eu sentia que a vida no monastério não era boa para mim. Tinha mais e mais bloqueios na mente por causa dos filmes que via sentado à mesa, ou ao piano. Disse à soldado com o rabo de cavalo, preciso trabalhar porque corro grande perigo. Ela quis saber, que trabalho, Icho, me conte.

Eu pedi, me ensine uma profissão, me ensine a ser açougueiro, como meu pai.

Eles me mandaram para um açougueiro alemão. Ele tinha costas largas como uma mesa e um sorrisinho fixo. Eu ia viajar com o açougueiro para buscar animais para o matadouro. Ele comprava vacas de fazendeiros da região e as matava no quintal. Eu adorava as viagens aos vilarejos. Adorava ver estábulos grandes com vacas leiteiras e bezerros. Nos primeiros dias, tive dificuldades. Chegávamos a um vilarejo, e eu me sentia sufocado. Vi que o açougueiro percebeu. Ele falava comigo, e eu não conseguia responder. Tinha certeza de que, se começasse a falar, viria uma grande enxurrada. Belisquei minha perna e ordenei a mim mesmo, controle-se. Depois de alguns dias, ficou melhor. Comecei a me interessar pelo preço das vacas, dos bezerros, do feno dos fazendeiros que via. O açougueiro me ensinou a cortar carne na direção certa, cuidar da carne, e me ensinou o que fazer com os órgãos internos. Enquanto isso, eu aprendia alemão. Ele falava comigo com uma voz suave, agradável. Para mim, era como uma linguagem nova. Eu não conhecia alemão sem gritos e ordens, como um prego quente no cérebro. Não conhecia palavras do alemão como, como vai, tome cuidado, corte devagar, não conhecia a alegria do alemão de manhã só para mim. Ele me chamava de menino. Venha aqui, menino, você entende, menino, agora, menino, faça isso. Às vezes ele punha a mão no meu ombro. A mão dele era molhada de água. Mesmo assim, eu sentia um calor agradável no ombro.

Um dia me cortei com uma faca na loja do açougueiro. Um corte profundo no dedo. Sangrou muito. O açougueiro alemão me levou a um médico que disse, dedo quebrado. Ele pôs uma tala embaixo do meu dedo e a prendeu com uma grande bandagem. O ferimento não cicatrizou bem, e eu não voltei a trabalhar com o açougueiro alemão. Meu dedo é torto até hoje.

Shaleachs de Israel – emissários – chegaram ao monastério. Shaleachs da Brigada Judia. Eles usavam roupas comuns. Eram bronzeados e saudáveis, tinham mãos fortes. Eu queria ser próximo deles, ouvir histórias sobre Eretz-Israel. Os Shaleachs perguntaram para nós, para onde vão depois do monastério, para a América ou para Israel.

Falei com Dov. Dissemos Israel, mas antes para nossa casa no vilarejo de Tur'i Remety, nos Cárpatos.

CAPÍTULO 32

Dov

O monastério foi bom para mim. À noite, elas davam chocolate para nos convencer a ir dormir. Não queríamos ir dormir. Andávamos pelo quarto, pelo pátio, pelo quarto, sentávamos nas camas, deitávamos vestidos. Nós nos levantávamos. Começávamos conversas, as abandonávamos no meio, voltávamos a elas. Havia um homem que depois de dez voltas no quintal parava perto da parede e *bum, pá*, batia com a cabeça na parede. Ele ganhava uma barra inteira de chocolate. De início, se recusava a comer. Dizia à soldado, coma você primeiro. Tinha certeza de que o chocolate estava envenenado.

Havia um que sentava conosco no pátio todas as manhãs e arrancava as sobrancelhas com as unhas. Ele ia das sobrancelhas para os cílios. Terminava com os cílios e passava aos pelos do peito. Segurava um tufo de pelos do peito e *poft*, arrancava com a pele. Nojento. Depois levantava as mãos com o pedaço de pele, como se voasse em um avião, *hummm. Hummm. Hummm.* Ele nos chamava para olhar. As soldados passavam iodo azul, punham um curativo grande e limpavam embaixo das unhas dele. Depois pegavam uma tesoura e cortavam suas unhas. Enquanto isso, uma soldado com uma trança comprida até o traseiro cantava uma canção para ele. Eu ouvia. Ele fazia *hummm. Hummm. Hummm.* E lambia um doce. Não sei onde as soldados arrumavam tanto doce. Elas tinham um depósito de doces nos bolsos. Davam doces para nós em todas as oportunidades. Por exemplo, se encontravam uma cama molhada de manhã. Às vezes elas achavam três ou quatro camas molhadas de uma vez só. Principalmente depois de uma noite com cachorros latindo. Alguns homens ficam agitados se uma soldado os toca mesmo que sem intenção, no cotovelo, por exemplo. Um sujeito se trancou na área de banho e ficou embaixo do chuveiro um dia inteiro porque uma soldado tocou seu ombro. Elas gritavam pela janela, Moishe, abra, abra. Só naquela noite ele aceitou sair.

Mal conversávamos entre nós no monastério.

Eles falavam um pouco sobre suas casas. Um pouco sobre o vilarejo, a cidade. Não fazíamos perguntas. Na maior parte do dia, seguíamos as enfermeiras para ver o que estava acontecendo e quais eram os planos, e eu ficava incomodado por causa dos vestidos compridos que elas usavam. Não queria que ninguém visse o que estava passando por minha cabeça e, a julgar pelos gestos de todos os outros, percebi que eles também não queriam que ninguém visse o que acontecia na cabeça deles. Havia um homem que gostava de seguir a enfermeira mais gorda. Ela usava um vestido largo pregueado. Ele se escondia atrás das árvores e corria atrás dela com as costas encurvadas. Tinha certeza de que ela escondia granadas ou talvez um pequeno Kalashnikov sob o vestido. Ele dizia, por que ela usa um vestido tão grande, se não é para esconder bombas, hã? Por que ela usa aquela cobertura que parece um lençol da cabeça até o pescoço, se não é para esconder um pente de balas?

Um dia a enfermeira gorda cansou do sujeito. Ela o levou para o quarto dela. Não sei o que fizeram lá, mas ele começou a visitar a enfermeira regularmente e parou de falar sobre bombas.

Havia dias em que fazíamos piadas com as soldados. Medíamos a cintura e os seios com os dedos, medíamos o comprimento de uma perna da saia para baixo, sempre discutindo sobre onde realmente começava a virilha, também pesávamos cada uma delas com as mãos. Ríamos um pouco, depois ficávamos em silêncio. Normalmente contávamos dedos, ida e volta, ida e volta. Contávamos até mil e começávamos de novo.

Ninguém no monastério sabia de onde era cada um de nós.

As histórias sobre os campos eram contadas só entre nós. Pelos rostos, pelas mãos, pelo cheiro da pele. Na fila do banho. À mesa do jantar, ou quando sentávamos no muro e olhávamos para longe, ou quando o nariz de alguém escorria sem ele estar resfriado.

O mais difícil eram os boatos.

Todos os dias havia boatos diferentes. Eu achava que ia ficar maluco. Era o suficiente alguém dizer que tinha visto médicos de jaleco branco, ou mencionar um caminhão de gás no monastério, e ninguém tomava banho. Todo mundo fugia para o pátio, e as pobres soldados não entendia por que não chegávamos nem perto dos chuveiros por três dias. Finalmente, as soldados diziam, vão pegar piolho, vocês querem piolho? De acordo com os boatos, eu sabia de que campo os refugiados tinham vindo. Por exemplo, quando falaram em caminhão, um dos homens gritou, levante-se, levante-se, como tinha visto em seu campo. Ele gritou para as soldados, peguem rifles, todo mundo, busquem abrigo, depressa, depressa. Foi preciso uma barra inteira de chocolate e um punhado de doces despejados em cima dele para parar o levante em sua cabeça.

Um sujeito costumava fazer uma pilha alta com todas as sacolas que mantinha em seu quarto. Ele recolhia as sacolas do quarto vizinho também. No começo batiam nele. No fim, ninguém mais o incomodava, até o deixavam abrir as sacolas e arrumar as roupas em grupos. Porque ele sempre devolvia tudo à noite. Eu sabia, aquele homem vinha do Comando "Canadá" no Campo de Birkenau, talvez houvéssemos estado lá juntos, mas eu não o conhecia. Outro homem vagava pelos banheiros o dia todo com uma escova, um pano e uma embalagem de Lysol. Ele limpava os banheiros da manhã até a noite, pobre coitado, tinha feridas por causa do Lysol. Um dia eu disse a ele, Simec, suas mãos, coitadas, o que está fazendo.

Ele falou, estou trabalhando.
Perguntei, que trabalho você fazia em Auschwitz?
Ele disse, cocô e xixi, pegou o pano e se afastou.

Na primeira vez que um trem passou pelo monastério, todo mundo correu para a floresta. Três trens passaram, e continuamos na floresta. Só no quarto aceitamos sair de lá.
Um dia um grupo de médicos chegou no trem. Eles usavam roupas comuns, sem jaleco branco. Uma freira idiota revelou, os médicos vieram ver como vocês estão. *Nu*, um segundo depois, não restava ninguém no monastério. Todo mundo fugiu para a floresta. Tínhamos certeza de que a guerra havia começado de novo. Tínhamos certeza de que os médicos escondiam luvas brancas nos bolsos, e logo nos enfileirariam em alguma rampa e começariam a nos orientar, esquerda, direita, tudo com luvas brancas. Durante as primeiras semanas, corremos para a entrada da floresta. Quanto mais comíamos, mais longe na floresta chegávamos. Alguns corriam para a floresta, outros para o centro do acontecimento, e lá esperavam para ver o que aconteceria. Alguns subiam no telhado do monastério e ficavam vigiando lá do alto. Às vezes esperávamos um sinal de alguém que tinha subido no telhado. De acordo com esses sinais, decidíamos se voltávamos ou não ao monastério.
E houve um dia em que nos reuniram para irmos assistir a uma peça iídiche, a matinê. Ficamos relutantes, de mãos nos bolsos, esperando o veículo. De repente se espalhou um boato, alemães. Uau. Todos nós corremos para a floresta. Àquela altura, tínhamos engordado um pouco, por isso corremos para mais longe. Eu era forte e subi imediatamente em uma árvore alta. Pensei, hoje ninguém vai me fazer descer desta árvore. Nem meu amigo Vassily. Vassily, meu melhor amigo no vilarejo. Vassily com o casaco, uma das mangas longa, a outra curta, e sapatos altos sem meias. Vassily com o cabelo loiro e liso como trigo no meio do verão, e com olhos castanhos como os meus. Vassily, que foi me procurar na floresta quando

os húngaros chegaram para levar minha família para a sinagoga. Vassily chorou embaixo da árvore, Bernard, se você não voltar até o anoitecer, eles vão matar sua família. Seu pai disse, lembre-se do jovem de Budapeste, lembre-se do amigo de Shorkodi, o que prometeu que você vai trabalhar em Budapeste. Eles o puseram contra uma parede. Dez rifles receberam uma ordem. Dez rifles de uma vez só. Bernard, escute, vão colocar sua família contra a parede, você entende, ou não?

O boato sobre os alemães nos manteve na floresta por horas, e depois ouvimos as soldados chamar, temos carne quente para vocês, temos pão para vocês, e vocês têm camas com lençóis. Cinco ou seis homens saíram correndo da floresta. Alguns minutos depois, ouvimos a freira gorda falar por um megafone: escutem, escutem, a guerra acabou. A guerra acabou. Não tem alemães no monastério. Nenhum. Por favor, voltem ao monastério.

Saímos da floresta lentamente. Um a um, de cabeça baixa. Estávamos envergonhados.

Depois de um mês, talvez um pouco mais, o tédio no monastério começou a me irritar.

Saí para ir andar por Indersdorf. Andava rápido por uns cem passos, devagar por uns cem. Corria meia rua, e andava devagar na outra metade. Encontrei uma hospedaria. Havia carros ali, principalmente os carros blindados dos soldados americanos. Eles estacionaram seus carros blindados ao lado da hospedaria e entraram para tomar uma cerveja. Eu gostava dos carros blindados. Às vezes corria até perto deles. Parava. Continuava devagar, dava a volta, escolhia o carro blindado mais bonito e chegava mais perto, mais perto, tocava o volante e corria para longe. Porque me lembrava do cabo do rifle nas minhas costas. Alguns minutos depois eu parava, e imediatamente voltava ao carro blindado. Ficava empolgado com o volante nas mãos. Com os mostradores e o cheiro da gasolina no tanque. Passava horas sentado perto da hospedaria e sonhando segurar o volante de um carro blindado em movimento.

Enquanto isso, tinha aulas de piano. Uma soldado de cabelo cacheado tentava nos ensinar músicas simples ao piano, e durante seis meses não consegui aprender a tocar *Ha-Tikvah* – o hino judeu. E eu tinha muito tempo para treinar. Eu disse a ela, sei tocar harmônica, você tem uma harmônica? Ela não tinha. Eu sonhava com o carro blindado.

Um dia meu irmão Yitzhak disse, é hora de irmos ao vilarejo.

Eu falei, sim, é hora de irmos para casa.

Yitzhak disse, ao vilarejo, ao vilarejo.

Repeti, sim, ao vilarejo.

Partimos para Praga. Pelas folhas caindo e as folhas no chão, era outono. Quase urinei na calça de empolgação. A senhora Fischer da UNRRA, uma mulher pequena com rosto empoado e contas brancas no pescoço, nos deu jornais em inglês com um carimbo vermelho. Ela disse, se pararem vocês no trem, mostrem a eles esses papéis. Não aceitem acompanhar os soldados em nenhuma circunstância.

Comecei a roer as unhas. Perguntei, que soldados? Alemães?

A senhora Fischer disse, não, não, não tem mais soldados alemães no trem. São soldados russos.

Perguntei, soldados russos que brigaram contra os alemães?

Ela respondeu, sim.

Não tínhamos dinheiro para a viagem. Yitzhak disse, não gosto de trens. Talvez seja melhor pegarmos carona e pronto.

Eu falei para ele, não chegaremos a Praga antes da neve.

Ele disse, mas ainda não gosto de trens, e mordeu o zíper da jaqueta militar.

Fomos para a estação de trem. Perguntei para mim mesmo, que trem virá para nós, um trem de passageiros ou um de gado, e então soou o apito. *Aah.* Eu queria correr. Olhei para Yitzhak. O rosto dele estava branco, como se ele estivesse na rampa em Auschwitz. Cheguei perto dele e demos as mãos. Estavam quentes e suadas. Gritei, é um trem comum com janelas, olhe.

O trem parou. Corremos para a locomotiva e contornamos o trem. Olhamos aqui e ali e *pá*, entramos pela janela. Sentamos. Não falávamos. Fechei as pernas e posicionei a cabeça como se estivesse acostumado a viajar de trem com assentos e uma janela. Como se estivesse acostumado a respirar normalmente e tivesse muito ar. *Hummfáá, hummfáá*. E não tinha cheiro, nenhum. Por que não? Porque as pessoas não urinavam nem defecavam na calça, e não havia ninguém morrendo no ombro de um vizinho. *Hummfáá*. As pessoas estavam sentadas e quietas, uma lia um jornal, outra dormia, mais alguém comia um sanduíche, e então ouvi um bebê chorar. Pulei da cadeira, e meu irmão me segurou pela manga, disse, sente-se, sente-se, e não olhe para trás. Sentei. Estava confuso, e fiquei ainda mais quando o condutor se aproximou. Chutei meu irmão e nos levantamos juntos. Andamos devagar até o fim do vagão. Saímos e nos escondemos no espaço entre os vagões. O condutor passou. Voltamos aos nossos lugares.

Duas pessoas atrás de mim começaram a conversar como se um desastre sério fosse iminente. Eu não sabia que alemães podiam ter medo. Um deles disse, soldados russos tiram pessoas do trem, se elas não tiverem documentos. A outra pessoa falou, Tiram, para quê? O primeiro respondeu: Para mandar para um campo de trabalho forçado na Rússia, ouvi falar que na Sibéria. O outro indagou: Sibéria? O primeiro disse: Longe, na neve. Precisam de trabalhadores, você tem documentos?

Minha boca ficou seca, você ouviu, você ouviu, meu irmão pediu para eu não me preocupar, nossos documentos estão em ordem, a senhora Fischer disse isso. Ponho a mão no bolso e seguro os documentos. Não parei de me preocupar. Na entrada de Praga, um soldado russo entrou no trem com um rifle. Deixei escapar um *oy vei*, e meu irmão fez *shshsh*. Estamos bem. Eu precisava ir ao banheiro com urgência e não ousava me levantar. O soldado russo apontou para mim e disse em alemão, documentos, documentos. Peguei os meus do bolso. Minhas mãos tremiam. O soldado examinou os documentos completamente. Vi que ele não sabia ler em inglês. Eu também não sabia. Vi que o carimbo vermelho no papel o satisfez. Ele me devolveu os documentos e se afastou. Desabei contra o encosto do assento. Disse ao meu irmão, e o que vai acontecer, se o carimbo vermelho não satisfizer o próximo soldado, o que vamos fazer?

Meu irmão disse, vai satisfazer. Eu tinha dor de estômago e me arrependi de ter saído do monastério.

Chegamos a Praga antes do meio-dia. Estava um pouco frio, e meu irmão disse, vou me informar sobre o trem para a Hungria. Decidimos nos encontrar na estação em duas horas. Andei pelas ruas. As pessoas usavam casacos de lã e chapéu. Fumavam muitos cigarros e formavam grupos para ver o que havia de notícias no jornal. Pus a mão no bolso, esperei alguns minutos, depois tirei, pus a mão no bolso de novo. Repeti esse movimento várias vezes.

Cheguei ao prédio da prefeitura. Vi pessoas em uma longa fila. Perguntei, para que é essa fila?

Eles me disseram, estão dando uma xícara de café e um sanduíche grátis. Eu estava com fome e fiquei na fila. Avançava lentamente. Havia soldados russos na mesa de distribuição. Dois entregavam os sanduíches, dois permaneciam ao lado deles com rifles. Meu estômago se contraiu, peguei meus documentos, só por precaução, e sussurrei *shshsh*. Calma. Peguei um sanduíche e uma xícara de café. Comi o sanduíche de uma bocada e continuei com fome.

Entrei na fila outra vez. Cheguei novamente à mesa. O soldado com o rifle me olhou diretamente. Ele tinha um bigode nervoso. Levantou seu Kalashnikov e apontou para a minha testa. Saí dali imediatamente. Queria correr e não me atrevia. Tinha certeza de que ele meteria uma bala na minha bunda. Deixei a prefeitura rapidamente. *Arrá*, o soldado russo estava disposto a me matar por causa de pão, e a senhora Fischer disse que a guerra tinha acabado e havia paz no mundo. Uma paz de merda.

Decidi voltar ao monastério.

Duas horas mais tarde, disse ao meu irmão, não vou ao vilarejo com você. Não posso mais sentir medo por causa de pão, me entende? Yitzhak não disse nada, só sentou na calçada.

Depois de alguns minutos, ele se levantou e disse, eu vou sozinho. Volte ao monastério e me espere lá. Quando eu voltar, iremos para a Palestina.

E ouça com atenção, se sentir coisas ruins, afaste-se e finja gritar com alguém, alto, está ouvindo? Mas longe, para ninguém ver.

Ficamos juntos na plataforma para a Hungria.

Eu com meu cabelo claro, mais ou menos cinquenta quilos. Nós dois tínhamos pelos macios no rosto e uma jaqueta militar com forro de lã, nenhuma bolsa. Meu irmão entrou no trem no minuto em que ele entrou na estação e ficou na janela na minha frente. Pus a mão no bolso e tirei força dos documentos. Meu irmão disse, vai ficar tudo bem; eu havia pedido. Tome cuidado. Ele falou, não se preocupe. Eu vou e volto.

O trem partiu. Não deixei Yitzhak até o trem desaparecer.

CAPÍTULO 33

Yitzhak

O trem saiu da estação em Praga, eu estava a caminho da Hungria. Dov ficou na plataforma, eu não conseguia desviar o olhar dele. Mesmo quando ele ficou do tamanho de um ponto, continuei olhando, mesmo quando me senti queimando e coçando.

No trem eu sentei, me levantei, andei um pouco, sentei de novo e me levantei para ir andar em outros vagões, porque a maioria dos passageiros dormia, e era difícil ficar sozinho. Andando pelos vagões, eu esperava encontrar alguns judeus da Hungria, talvez um ou dois do meu vilarejo, ou do mercado na cidade de Perechyn.

Não encontrei rostos familiares no trem. Voltei ao meu vagão e tentei cochilar com um olho aberto, o outro fechado. Uma mulher de vestido de teatro e chapéu enfeitado sorriu para mim e começou a piscar. *Arrá*. Fechei o olho aberto. Alguns minutos e *puft*, minha cabeça caiu para a frente. Levantei-a sobressaltado. Dei vários tapas em mim mesmo e sentei na beirada do assento, com um pé na frente do outro. A mulher de chapéu pôs a mão sobre o peito e piscou. Fechei os olhos, deixando uma fresta aberta. Ela lambeu os lábios com uma língua pontuda e mexeu em um brinco na beirada da orelha. Senti um formigamento na espinha. Queria dizer a ela, deixe-me em paz, não tenho paciência para suas bobagens, nenhuma, e me mudei para outro vagão. Estou andando em meio a pacotes e bolsas, quando, de repente, ouço Icho, Icho. Meu estômago revirou ao som daquele Icho. Virei devagar. Um homem baixo, barrigudo e com um rosto moreno pulou em cima de mim. Quase caímos no chão. Ele segurou minha mão com entusiasmo, como vai, Icho, não se lembra de mim?

Não lembrei. Ele disse, sou Chaim de Humenne, *nu*, Humenne, Humenne, na Eslováquia, o quê, já me esqueceu? Seu rosto assumiu uma coloração lamacenta, e eu não entendi. Chaim era um nome judeu, e o homem era gordo e normal, com cabelo normal e mão forte.

Perguntei, é mesmo, você é Chaim de Humenne?

Ele disse, sim, sim, me lembro de você pequeno assim, e colocou a mão na altura do quadril, lembro quando você vinha visitar seu avô e sua avó.

Minha garganta fechou por um segundo. O vilarejo, Humenne, era onde moravam meus avós maternos e três irmãs da minha mãe. Adorava estar com eles. Tinham dez gatos, pelo menos, e um cavalo fraco.

Eu tinha um zumbido na cabeça, não tenho avó nem avô, nem tias, você está sozinho e vai para Tur'i Remety. Apertei o último botão da minha camisa. Girei e girei, o botão continuou na minha mão. Chaim apontou para seu assento, e nós nos sentamos. Ele disse, sabe que suas tias voltaram dos campos, as tias estão agora no vilarejo, Icho, elas moram juntas na mesma casa, e seus pais?

Cocei o botão, falei em voz baixa, não sei, nos separamos em Auschwitz, as irmãs de minha mãe voltaram? Voltaram de Auschwitz?

Chaim disse que elas voltaram. Com a mão pesada no meu joelho, ele disse, você é adulto, Icho, agora é um rapaz, por que não vai visitar suas tias, depois vai para o seu vilarejo.

Desembarquei em Humenne.

Era noite e fazia frio. Ele apontou para uma janela com uma luz fraca, aquela é a casa, e foi embora. Eu me aproximei da casa. Vi a sombra de um lampião de parafina na janela. Espiei através dela. Havia uma cortina que parecia um lençol, e era impossível ver alguma coisa. Eu me aproximei da porta. Aproximei a orelha do buraco da fechadura, ouvi vozes. Bati à porta. Não abriram a porta para mim. Bati com mais força, nada. Aproximei a orelha da fechadura e não consegui ouvir nada. Perto da fresta da porta, chamei, tias, tias, sou eu, Icho, abram a porta. Elas não responderam. Bati mais alto, chamei, tias, sou eu, Icho, desci do trem a caminho de Tur'i Remety. Chaim estava no trem. Chaim me contou tudo.

Alguns segundos passaram, e então as tias disseram, Icho morreu, morreu, o que você quer, veio nos assustar, vá embora daqui.

Eu gritei, Icho não morreu, Icho está vivo, eu sou Icho e estou com frio, *nu*, abram a porta agora. E então ouvi um som como de choro, não, não, nenhuma criança dos campos foi deixada viva, está mentindo, vá embora, seu patife.

Eu me abaixei até a fechadura, falei baixinho, não posso ir embora, o trem partiu, e não tenho para onde ir.

Dei a volta na casa. Esperava encontrar uma janela aberta ou a porta da cozinha destrancada. Janela e porta estavam trancadas. Eu poderia ter quebrado a janela, como fiz quando procurava uma garrafa de bebida. Não queria assustar as tias. Voltei à frente da casa. Sentei e esperei. Pensei, talvez elas olhem pela janela e uma delas me reconheça. Mas como ela vai me reconhecer, idiota, está escuro aqui fora. Eu não tinha nem um fósforo no bolso. Falei alto, pena que desci do trem, pena que ouvi Chaim, pelo menos estava aquecido no trem. Queria dormir. Um cachorro cansado latiu do outro lado da rua. Ouvi três latidos, uma pausa, mais dois, ele adormeceu, e então ouvi passos na porta. Cauteloso, me aproximei. Uma das tias disse: como é o nome de sua mãe?

Leah.

Como é o nome de seu pai?

Israel.

Ouvi que elas cochichavam e respiravam depressa, depressa, como se corressem no lugar.

Três cabeças espiaram por uma fresta na porta.

Três cabeças cobertas por lenços coloridos e amarrados com um nó firme no alto e no meio. Uma tia segurava um lampião de parafina na altura do rosto. Seis olhos grandes me examinavam da cabeça aos pés, e a fresta da porta ficou maior. Elas usavam vestido escuro com colarinho e avental. Uma era pequena e magra. A segunda era alta e magra, com um rosto longo e círculos escuros sob os olhos. A terceira era pequena e roliça, com um queixo pesado, sem pescoço.

Estendi os braços para elas, tias, sou eu, Icho, *nu*, vejam, vocês me conhecem. Juntas, de mãos dadas, as tias deram dois passos à frente. O lampião de parafina balançou entre nós. Ouvi que elas discutiam sussurrando. Cheguei mais perto da luz.

A roliça me segurou pelo braço, dizendo, Icho, é você mesmo?

A roliça e a alta pularam em cima de mim juntas.

A lamparina de parafina caiu no chão. Segui com as tias em cima de mim. Estava escuro, e senti cheiro de parafina e *sauerkraut*. Ouvi, *oy vei, oy vei*, e respiração pesada, e gargantas pigarreando, *ram. Ram. Ram.* Senti quatro mãos segurando minha camisa e *pá*, elas me puseram em pé. Então apertaram meu pescoço, os ombros, beliscaram minha barriga e minhas costas, senti as tias medindo a grossura de minha carne. De repente a tia rechonchuda me pegou, jogou para cima e disse, não é o bastante, não é o bastante.

Comecei a rir, chega, tia, me ponha no chão. Ela não me ouviu, e caí com minha barriga sobre um peito macio, e quiquei para cima e para baixo, para cima e para baixo, *tchá. Tchá. Tchá.*

A tia roliça disse, essa criança não pesa nada, e me arrastou para dentro da casa.

Choramos juntos, a alta, a roliça e eu.

As tias limparam o rosto no avental, bateram no peito, abriram bem os braços, chorando, nosso Icho voltou, *oy*, Icho, Icho, a tia pequena ficava de lado. Torcia um lenço amassado nas mãos. Depois de uma hora, mais ou menos, o choro das tias se tornou uma risada louca, duradoura, com tapas nos joelhos e no lenço na cabeça, depois mais choro, e então a tia roliça disse, o que fez para continuar vivo, hein, Icho'leh?

Sentei-me em uma cadeira. Eu disse, não fiz nada, só fui para onde me mandavam, o que ela tem? Apontei para a tia pequena.

A tia alta disse que ela ganhou um presente de Mengele, não dê atenção, e seu pai, sua mãe, seus irmãos e sua irmã?

Falei, só Leiber por enquanto, e olhei para a tia pequena. Seu rosto era bonito, como vidro delicado com cor de leite, e seus dedos eram finos, claros. Ela parou de torcer o lenço quando a tia roliça disse, agora vamos comer.

A mesa na minha frente ficou cheia de comida. Tinha carne, batatas e *sauerkraut*, fatias de pão e linguiça, e presunto e maçã e bolos, e coma, criança, coma. A tia pequena não sentou à mesa.

Comi uma fatia de pão e geleia e empurrei o prato. Minha garganta estava bloqueada. Eu disse, estou cansado, tias, morrendo de vontade de dormir.

As duas tias à mesa disseram em uníssono, muito bem, Icho, e se levantaram ao meu lado e começaram a me puxar pelas mangas da jaqueta militar.

Eu disse, posso fazer isso sozinho.

Elas disseram, muito bem, Icho, e cochicharam entre elas, e depois a tia roliça pegou um pijama no armário. Ela me deu o pijama com listras cinzas e grossas. Meu peito se contraiu e parei de me despir. A tia alta disse, desculpe, criança, não tenho outros pijamas. Ouvi o som de choro no canto do quarto, como de uma criança faminta. A tia pequena estava chorando em seu lenço. Eu me aproximei dela. Com a mão estendida, toquei seu ombro. Ela pulou como se tivesse sido picada por um escorpião.

A tia alta sussurrou em meu ouvido, deixe-a em paz, Icho, a pobrezinha vai se acalmar.

Ela não se acalmou. Levantou a cabeça, apontou para o pijama, fez ruídos estranhos com a garganta, como um gato preso em uma armadilha. *Hisss. Hisss.* Seu dedo cavava um buraco no ar, havia fogo em seus olhos, *hisss. Hisss.* As duas tias pularam na direção dela, agarraram seu braço. Não conseguiam abaixá-lo. Elas gritaram, *Genug!* – Chega! *Sha. Sha. Sha. Sei still* – fique quieta. Está assustando a criança, e ela continuava com o *hiss*. Tinha pequenas gotas na testa, no nariz dela. Peguei o pijama, abri uma janela e o joguei lá para fora. A tia pequena caiu em uma cadeira.

Deitei na cama vestido. Minhas pálpebras estavam pesadas, o corpo também. Eu queria dizer boa-noite. Minhas bochechas se encheram de boa-noite, mas meus lábios pareciam colados. Vi Dov desaparecendo na plataforma e rezei para ele chegar ao monastério em segurança. Ouvi respirações fracas, como um trem ao longe, meu irmão em um trem? As respirações se intensificaram. Ouvi pequenos gemidos, e *tch, tch, tch*, e um longo *shssss*. Abri os olhos, e as duas tias estavam em cima de mim. Estavam de braços cruzados. A tia pequena estava um passo atrás delas. A tia gorducha sussurrava, durma, Icho, durma, estamos aqui, não vamos incomodar você.

Fechei os olhos. Ouvia respirações pesadas em cima de mim. Com dificuldade, levantei a cabeça do travesseiro, me apoiei sobre um cotovelo e disse cansado, não consigo dormir com vocês em cima de mim desse jeito.

Caí novamente sobre o travesseiro. Uma dor de cabeça subia da testa para o cabelo. A tia alta levantou os braços e empurrou as duas para longe, atrás da mesa. Ela disse, muito bem, muito bem, vamos para a cama, boa noite, conversamos amanhã.

Dois minutos passaram e, de novo, a respiração barulhenta. Vi três vestidos voando para o canto do quarto.

Eu me levantei da cama e voltei à minha cadeira. Ganhei um copo de leite, uma colher de chá de geleia e biscoitos. As tias disseram, coma, coma, conte tudo desde o início.

Comecei a falar. Falei sobre Auschwitz, sobre Buchenwald, sobre o Campo Zeiss. Sobre o encontro com Dov. Sobre o Dr. Spielman no hospital. Sobre o monastério. As duas tias estavam sentadas na minha frente, comendo biscoitos e limpando o rosto que ficava molhado de novo e de novo. Uma pilha de lenços se formava sobre a mesa. Duas horas mais tarde, elas trouxeram uma grande toalha do armário, em vez de lenços. A tia pequena sentou no canto. Ela segurava um ovo de galinha. Passava o ovo de uma das mãos para a outra, com os olhos cravados em mim. Eu a chamei, venha, chegue mais perto, sente-se conosco. Ela não queria chegar mais perto.

Eu perguntei, e vocês, tias, onde estiveram durante a guerra?

A tia roliça murmurou Bergen-Belsen. Bergen-Belsen, estávamos juntas. Mas antes em Auschwitz. Perguntei, e o avô e a avó o que foi feito deles?

A tia alta disse, não pergunte mais, Icho, não pergunte.

Eu não perguntei.

De manhã as pessoas chegaram.

As tias levaram cadeiras para o quintal. Não havia cadeiras suficientes. As pessoas sentavam em pedras e tábuas. Brincavam com o chapéu entre as mãos, ou riscavam a terra com uma pedra. Algumas pessoas tinham uma sacola nas mãos. Tiravam dela biscoitos e sanduíches. Algumas pegavam fotos. Talvez você os conheça? Eram rostos jovens, rostos velhos, o rosto de um menino, de uma menina, um bebê, você os viu? Esse é Zelig, Zelig Abraham. Essa é Elisha Kramer, essa é Irena, ouviu alguma coisa? Talvez minha Golda'leh, hã?

Limpei o rosto na manga. A tia roliça me deu um copo de água. Eu disse, ponha açúcar na água, muito açúcar. Pedi mais água, e bebi três copos de água com açúcar, e minha garganta continuava seca. As pessoas no quintal apontavam para fotos e começaram a falar sobre familiares que desapareceram. Havia um com mãos grandes e pescoço grosso. Ele falava com voz engasgada. Disse, levaram minha Yelena dos meus braços na rampa em Auschwitz. Ela estava descalça, tinha cachos loiros com uma fita larga. Eu não queria entregá-la. O homem da SS me bateu com o cabo do rifle. Yelena caiu, começou a correr descalça na rampa gritando, *papaleh, papaleh*. Comecei a correr atrás dela, gritando Yelena, venha, venha. Cachorros chegaram. De longe, vi uma avó encurvada segurar a mão de Yelena, segurar firme. Ela não tinha força para pegá-la no colo, e assim elas entraram em uma fila para o crematório. Ouvi minha Yelena, *papaleh, papaleh*, só isso, só isso.

O homem segurou a cabeça com as mãos. Seu choro atraiu outros, e ele levantou a cabeça e disse, minha Yelena adorava sopa. Minha Yelena pedia para ouvir uma canção antes de ir dormir. Queria a mesma música todas as noites. Foi a canção que eu cantei para ela no vagão escuro a caminho de Auschwitz. Fazia calor, era horrível. Minha menininha chorava, papai, água, água, e tudo que eu tinha para dar a ela era uma canção, entendem, judeus, uma canção em vez de água. E ele começou a cantar uma antiga canção de ninar. Pessoas no quintal cantaram com ele, *hi-li-lu, hi-li-lu, schlaff shoyen mein teyer feigeleh* – durma agora, meu pássaro precioso.

E eu chorei e chorei, as tias choraram também, mas a tia pequena não chorava. Ela levantou o avental e mastigou um canto. Alguém gritou, agora você, Icho, onde esteve.

Contei minha história desde o início. Pessoas acrescentavam os detalhes que sabiam. Disseram, Buchenwald, *oyyy, oy, oy*, talvez tenha visto Marek, acho que ele estava lá. Zeiss, onde fica Zeiss, na Alemanha, *oy, oy, oy*, ouviu falar em Herschel, Herschel Miller.

Um dia depois, mais pessoas vieram. O grupo no quintal ficava cada vez maior. Ao nascer do sol, a entrada estava cheia de gente. Eles se desculpavam, me olhavam com ar suplicante e citavam nomes. Eu não tinha nada a dizer. Minhas tias serviam chá e biscoitos e jogavam água nas pessoas que iam desmaiar. Eu pedia água com açúcar. As pessoas imploravam de novo, Icho, fale sobre você. Eu sentia calor, calor. Minha camisa grudava nas costas. Comecei a falar, pegar atalhos. As pessoas não desistiam. Alguns conheciam minha história desde o primeiro dia. Diziam, espere,

espere, você esqueceu o Bloco 8 em Buchenwald, como pôde, Icho, e imediatamente restauravam o que eu tinha omitido, com as próprias adições. Minha história foi ficando mais e mais longa.

Na terça-feira, quando o sol nasceu, não havia mais espaço. As pessoas estavam sentadas no acostamento da rua. Eu tinha que gritar para elas ouvirem. Elas não ouviam. Algumas pessoas na entrada do terreno começaram a repassar a história para a plateia além da cerca.

Eu me sentia exausto. Depois de uma semana, disse às tias, chega, vou para o vilarejo de Tur'i Remety. Nós nos abraçamos e eu prometi voltar.

CAPÍTULO 34

Dov

Meu irmão Yitzhak foi para a Hungria, e eu vivi um milagre.

Em Praga, encontrei meu Vassily. Vassily Korol. Meu melhor amigo no vilarejo. Encontrei Vassily onde os famintos se encontravam em Praga, perto da prefeitura, antes do meio-dia. Primeiro andei pelas ruas e toquei casas com porta e maçaneta. Às vezes havia um número na porta, às vezes um nome. Eu sabia, logo o inverno chegaria, e neve, o céu desceria sobre a estrada e eu não tinha casa para onde voltar. Sentia-me sozinho e arrasado. Uma mulher de luvas saiu para passear com o cachorro. Um cachorrinho com uma fita amarrada no pescoço. Pensei, o cachorro tem um lar e um prato de comida, e eu não tenho nem um endereço para onde enviar uma carta. Se tivesse um endereço, eu escreveria: Olá, sou Leiber, e estou vivo e com fome, quando virão me buscar? P.S. Vocês não vão me reconhecer. Parei de crescer nos campos. Acho que fiquei tão pequeno quanto era no *cheder*, talvez até um pouco menor. Vejo vocês em breve, seu filho amoroso, Leiber.

Minha garganta ficou apertada, o coração, também. Engoli e me afastei para o lado. Abri bem a boca e gritei alto, *aaaah*. *Aaaah*, como meu irmão Yitzhak me disse para fazer, se sentir dor, grite, mas não fale com estranhos. Minha barriga estava me incomodando. Eu me aproximei do prédio da prefeitura.

Primeiro verifiquei se o soldado com o Kalashnikov tinha sido substituído. Fiquei na longa fila e vi alguém conhecido. Três pessoas à minha frente havia alguém com um casaco curto, na linha da cintura. Via apenas uma cabeça, uma orelha e meia bochecha, e parecia Vassily. Eu me abaixei e vi que a pessoa usava uma calça boa. Seus ombros eram largos. Diferentes dos dele. Mas o cabelo, o cabelo era de Vassily, cabelo como trigo amarelo em um campo no verão. Cobri a boca com a mão meio fechada como um trompete e chamei em voz baixa, Vassily? Nada. Chamei mais alto, Vassily? O homem se virou, uau, certamente era Vassily, mas de bigode. Pelo menos meia cabeça mais alto que eu e barbeado.

Ele parou e disse, Bernard?

Nós nos abraçamos. Rimos. Como malucos, nos abraçamos e limpamos as lágrimas. Ele disse, você está vivo. O pai disse, não sobraram judeus, e você está vivo.

Abaixei a cabeça, disse, mais ou menos vivo, Vassily, e não entre duas vezes na fila para pegar um sanduíche, ouviu? Os russos vão meter uma bala na sua cabeça, você tem documentos carimbados no bolso?

Pegamos um sanduíche e sentamos em um banco em um pequeno parque. Vassily disse, você está muito magro, e onde está seu cabelo?

Resmunguei, onde, onde, melhor ficar em silêncio, e abri um buraco com o calcanhar embaixo do banco.

Vassily disse, lembra de brincar de esconde-esconde na floresta, você estava sempre na árvore mais alta, não?

Eu disse, lembro, lembro, e você está usando meias, é? E calça de Sabbath, e bigode, ei, você agora é um rapaz, Vassily, tem alguém?

Vassily ficou vermelho. Mastigou a ponta do bigode e disse, e seu pai, sua mãe, seus irmãos e irmã, ouvimos coisas terríveis. Vi fotografias no jornal, uma montanha de mortos, todos sem roupa, você viu?

Eu me levantei do banco e comecei a me afastar. Parei. Voltei. Sentei ao lado de Vassily e disse, encontrei Icho e vamos juntos para Israel, entende. Ele está a caminho de Tur'i Remety agora. Quando voltar, vamos para longe daqui, é isso. Mas antes para o monastério.

Vassily segurou minha mão, muito bem, muito bem, não adianta voltar ao vilarejo, não tem trabalho suficiente, nem mercado para produtos, as pessoas não têm comida, Bernard, por isso vim a Praga, posso ir com você para o monastério?

Pus o braço sobre os ombros de Vassily. Disse, é claro que pode vir. Estamos juntos, Vassily.

E, quando você for a Israel, vai me levar com você? Não respondi.

Vassily disse, somos irmãos, eu queria que você ficasse em nossa casa, mas os húngaros disseram que matariam todo mundo, somos como irmãos, certo?

Eu me levantei do banco. Vassily se levantou atrás de mim. Penteou os cabelos amarelos com os dedos. Eu também queria pentear minha cabeça, mas tinha fiapos. Vassily tocou minha bochecha com a ponta do polegar, disse, não se barbeia, hã? E onde estão os cachos?

Eu falei, eles pegaram um trem para a Alemanha. Ele segurou minha mão e a apertou com força. Senti um calor agradável no peito.

Andamos juntos pelas ruas.

Dois soldados russos ocupavam uma mesa em uma esquina. Vi que eles distribuíam alguma coisa para as pessoas na rua. Não parecia um sanduíche. Quando nos aproximamos, eles nos chamaram, venham aqui, venham. Cochichei para Vassily, tome cuidado, os soldados russos são muito perigosos. Nós nos aproximamos com cuidado. Os soldados sorriram para nós como se fôssemos bons vizinhos. O soldado barbudo sacudia a mão fechada diante dele, fazendo caretas como um mágico querendo surpreender.

Ouvi moedas tilintando. Ah, eles também têm algumas pessoas malucas. Ele abriu a mão com cuidado e riu com a boca cheia de dentes, o do meio em cima era de ouro.

A mão do soldado estava cheia de distintivos de metal. Ele pegou um e disse, Stalin. Stalin. E virou o distintivo, Lenin. Lenin. E depois ele se abaixou sob a mesa, pôs a mão dentro de alguma coisa, e eu ouvi um tilintar forte. Ele se levantou, piscou para nós e ofereceu dois punhados de distintivos. Não nos movemos. O soldado acenou com a cabeça, peguem, peguem. Peguei um Stalin. O soldado segurou minha mão e me deu mais distintivos. Para Vassily também. O soldado apontou para a maleta de Vassily. Vassily a abriu, estava praticamente vazia. Ele despejou lá dentro mais quatro punhados e fechou a mala. O soldado se aproximou de mim cambaleando, com cheiro de vodca. Pegou um distintivo de Stalin e o prendeu no bolso da minha camisa, e um no bolso de Vassily. Depois ele arrotou, deu um passo trôpego para trás, levantou um braço e bateu continência, como se fôssemos soldados. Eu não sabia o que fazer. De repente, ele apitou e peidou como um canhão. Vassily e eu pulamos ao mesmo tempo. O soldado bêbado começou a rir, e depois o outro soldado ficou furioso, o puxou pela camisa e o deitou no chão. Vi os dois lutando. Dois segundos, e três soldados com rifles chegaram correndo. Cochichei para Vassily, depressa, vamos sair daqui, mas ande devagar. Fomos andando para longe deles. Olhei para trás, os soldados arrastavam o soldado bêbado pela calçada. Eu o ouvi gritar, Stalinka, Leninka, babushka, *hee, hee.*

Quem é Stalin.

Eu disse, talvez um homem importante, se há tantos objetos dele, vamos distribui-los no monastério. De longe, vi outro ponto de distribuição.

Vassily disse, vamos passar por lá. Meu coração acelerou, mas fomos em frente, porque eu queria levar presentes de Praga para meus amigos. Também queria dar alguns às soldados e às freiras. Tiramos os distintivos do bolso da camisa e nos aproximamos dos soldados. Eles nos receberam bem e puseram distintivos em nossas camisas, no colarinho, no cinto da calça, e mais alguns punhados na mala. Eu entendi, eles queriam se livrar da quantidade que tinham levado. Vi que havia caixas cheias embaixo da mesa. Passamos por três ou quatro pontos de distribuição. A mala estava cheia, ficamos satisfeitos.

Saímos de Praga perto do anoitecer.

Queríamos atravessar a fronteira tcheca e chegar em uma estação de trem. Não tínhamos dinheiro para comida. Um homem bem judiado estava sentado na calçada, ele tinha uma mochila. Dentro da mochila era possível ver um pacote, parecia um embrulho de pão. Eu disse a Vassily, vou falar com o homem, e você rouba o pão. Ele concordou. Eu me dirigi ao homem. Perguntei em alemão sobre um trem para a Alemanha. Ele começou a responder, tinha uma voz alta de oficial. Todos os pelos do meu corpo se arrepiaram, e ouvi as explicações até Vassily tirar o pacote da mochila, então corremos. Paramos a uma distância segura. O alemão não se moveu. Ele limpava os dentes e nos observava. Não ganhamos nada com isso. O pacote continha ossos secos de galinha. Mastigamos os ossos e ainda ficamos com fome.

Decidimos sair da estação de trem.

Fomos a pé aos campos. Eu disse a Vassily, talvez nos campos de uma fazenda encontremos vegetais para comer. O sol se punha, e eu não sabia quem daria comida ao meu irmão quando ele chegasse ao vilarejo. Estava preocupado com ele. Perguntei a Vassily, nosso vizinho Stanku ainda está no vilarejo?

Ele disse, sim, Stanku ainda está no vilarejo, o que estamos procurando?

Falei, não sei, vamos encontrar alguma coisa. Andamos por cerca de uma hora por um campo deserto. De repente, no meio do campo, vi um grande avião com muitas janelas pequenas. Não vi ninguém. Assenti para Vassily, nos abaixamos e corremos para perto do avião. Eu não ouvia vozes. Espiamos lá dentro. Vi assentos vazios. Entramos no avião. Procuramos comida entre os assentos. Não encontramos nada. Voltamos ao campo. Perguntei a Vassily, isso não é um campo de repolho? Vassily se abaixou e começou a cavar a terra. Cavamos juntos. Encontramos raízes de repolho. Fizemos uma pilha grande, subimos no avião e sentamos nos assentos. Comemos tudo, e eu me senti como um rei. Nós nos abraçamos para não sentir frio e dormimos em um segundo.

Chegamos ao monastério na noite seguinte.

As pessoas do monastério se reuniram à nossa volta. Esfregavam os distintivos em nossas roupas, e eu disse, temos alguns para todos vocês. Pegamos os distintivos na mala e demos três para cada um. As pessoas fizeram o que nós tínhamos feito, puseram os distintivos na camisa, no cinto e no chapéu. Stalin e Lenin dominaram o monastério. Alguns não quiseram pegá-los. Queriam cuspir nos distintivos e cuspiam no chão. Havia os que se colocavam em posição de sentido e batiam continência uns para os outros.

No dia seguinte, o pátio estava alegre. Cada um que aparecia enfeitado com distintivos ganhava cuspidas ou saudações. A soldado com o rabo de cavalo me disse, você criou uma verdadeira bagunça com seus distintivos.

Eu disse, é melhor que seu teatro iídiche, pelo menos não estamos morrendo de tédio.

Uma noite, minha instrutora entrou no quarto. Seus cílios eram azuis. Ela me disse, você precisa vir comigo. Eu me levantei da cama, arrumei alguns distintivos na camisa e a segui até o escritório.

Havia quatro soldados americanos no escritório. O silêncio ali me assustava. Um deles apontou para uma cadeira à mesa e disse, sente-se, por favor. Eu me sentei. O soldado com as divisas nos ombros começou a me interrogar em alemão.

Onde conseguiu os distintivos de Stalin?

Trouxe de Praga.

De quem os ganhou?

Soldados russos.

Onde encontrou soldados russos?

Na rua, perto da prefeitura. Em outros lugares. Eles estavam nas esquinas da rua principal distribuindo distintivos gratuitos.

Para quem eles os davam?

Para qualquer pessoa que passasse pela rua. Davam até para as crianças.

Por que os soldados davam os distintivos de graça?

Minha boca ficou seca. Eu não entendia por que oficiais americanos se interessavam por distintivos russos. Inclinei-me para eles e disse, posso dar todos os meus distintivos para vocês. Muitos, muitos Stalin, com Lenin do outro lado.

O soldado com as divisas sentou-se em sua cadeira. Estava pensativo, com a testa contraída, e fiquei alarmado, ele vai me entregar aos alemães. Vai falar alguma coisa sobre mim aos alemães e eles vão me colocar em um caminhão. Provavelmente esconderam algum pequeno crematório nas montanhas, talvez até em uma floresta próxima. Eu queria fugir. Segurei a mesa e me levantei de repente. O oficial disse, sente-se. Senti um formigamento na nuca. Me levantei. Minha instrutora gesticulou para eu me sentar quieto. Eu não conseguia parar de me mexer. Queria gritar, me deixem em paz, onde está meu irmão?

O oficial disse, Bernard, os soldados russos pediram para você distribuir distintivos?

Pulei para a porta, não! Por que pediriam? Não falo russo e soldados russos me dão medo, eu os vi tirar pessoas do trem sem nenhum motivo, só porque não tinham documentos nos bolsos. Um homem gritou, se agarrou à janela, foi inútil, bateram nas costas dele com o cabo de um rifle e o mandaram sair. Eles eram como os homens da SS no campo, e um soldado russo apontou seu Kalashnikov para mim por causa de um sanduíche.

O oficial apontou para a cadeira. Eu me espremi entre a porta e a janela. O oficial cochichou com os soldados ao lado dele em um idioma que eu não conhecia. Minha instrutora me observava. Tinha rugas entre seus olhos. Ela tentou sorrir para mim, e seu rosto ficou todo torto. Eu me inclinei para ela e cochichei, e se os russos tivessem me pedido para distribuir distintivos, acha que eu teria dado ouvidos a eles? De repente, *pac*. Meu coração pulou. Entendi que os americanos desconfiavam de mim, achavam que eu espionava para os russos. Entendi que os americanos odiavam os russos, e por isso a senhora Fischer nos preveniu para não perdermos nossos documentos. Ela sabia que os russos eram perigosos.

Senti que ia desmaiar.

Finalmente, o oficial disse, agora traga a mala do seu quarto.

Trêmulo, corri para o meu quarto. Comprimi a bunda com força para ela não correr para a floresta. Vassily estava dormindo na cama de Yitzhak. Puxei a mala de baixo da cama. Arranquei distintivos das camisas que vi no quarto e os devolvi aos americanos. Eles abriram a mala e despejaram os distintivos sobre a mesa. O oficial disse aos soldados, os russos querem dominar Praga. E depois ele me disse, sente-se, e começou a fazer todas as perguntas desde o começo.

Pensei em meu irmão Yitzhak. Ele provavelmente ficaria bravo comigo. Pense um pouco, quem cuidou de nós no hospital, os russos? Quem nos mandou para uma casa de convalescentes? Os russos? Os americanos estão cuidando de nós. Os russos mandam pessoas para a Sibéria.

Estava envergonhado por não ter entendido isso por conta própria. Eu era jovem. Para mim, a guerra tinha acabado. Eu acreditava que meus problemas estavam encerrados.

Depois de dois dias de interrogatório, os soldados me liberaram. Não antes de eu ter recolhido todos os distintivos no monastério. Não deixei nenhum como *souvenir*.

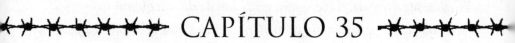

CAPÍTULO 35

Yitzhak

Depois de uma semana, saí do vilarejo de Humenne e me senti aliviado. Moradores continuavam indo à casa das tias em busca de parentes. Eu não suportava mais ouvir as pessoas chorar por Roza, Sida, Shura e Hannah, Lenna e Feige, Hershi, Martin e Gerti, ela tinha três anos, Gerti tinha uma bolsinha nas costas, como a bolsa que você leva em uma viagem às montanhas, você a viu, você a viu? Eu tinha certeza de que suas cinzas estavam espalhadas pelo Wisla, o que poderia dizer?

Um dia chegou um homem pequeno, de cabelos brancos. Devia ter uns trinta anos. Ele começou com Mira'leh e Moishe'leh, e eu gritei, não conheço Mira'leh e Moishe'leh, conheço 14550 e 15093, entende, pergunte por números, senhor. A tia gorducha trouxe imediatamente um copo de água com cinco colheres de chá de açúcar. Naquela noite eu disse às tias, vou embora amanhã, amanhã.

Fui a pé do vilarejo de Humenne até Brezna. Não queria pegar um trem, porque ele atravessava a fronteira sob controle russo. Em Humenne disseram que os russos estavam tirando do trem pessoas que viajavam sozinhas, mesmo que tivessem documentos nos bolsos.

De Brezna, peguei o trem para Perechyn.

Em Perechyn ficava o mercado onde meu pai vendia vacas. Eu conhecia bem o mercado. Conhecia os vendedores. Não queria ir ver o mercado. Sabia que não encontraria Yenkel, Simon, Jacob, ou as irmãs Klein da loja de vestidos. Conhecia uma estrada de terra nas montanhas que ia de Perechyn para Tur'i Remety. Dov e eu costumávamos levar vacas do vilarejo para o mercado por essa estrada. O pai prometia comprar sorvete para nós em Perechyn para cada vaca que levássemos a pé.

Encontrei o caminho e comecei a andar com o cheiro bom de terra molhada e feno. O caminho era exatamente como eu lembrava. Estreito, largo o bastante apenas para duas pessoas e uma vaca de médio porte. Ao longo do caminho havia espinhos e arbustos cheios de lesmas. Sob os arbustos havia um tapete de pedregulhos pretos. Peguei um punhado de pedras e as joguei longe. Duas aves voaram alarmadas. Eu me lembro de pensar, o caminho, as montanhas e o céu, tudo parecia a mesma coisa, se eu fechasse os olhos com força e os abrisse, veria Dov andando ao meu lado, com uma vaca entre nós, ele e eu batendo de leve no flanco da vaca com uma vareta, *nu, nu*, vaca, não é hora de pastar, vamos direto para o mercado agora, porque o pai está esperando por nós, e ele vai ficar feliz e dizer, muito bem, crianças, muito bem, agora corram, vão comprar sorvete, e ele nos dava uma moeda, apostávamos corrida até a sorveteria e Dov ganhava, ele sempre ganhava, e cada um de nós segurava um sorvete, e o lambíamos com prazer e andávamos por ali para ver como estavam Yenkel, Simon e Jacob.

Fechei os olhos. Fiquei quieto. Esperei.

E então brotou um grito do centro da minha barriga, *aahhhh, aahhhh*, e os chutes. Comecei a chutar pedras, chutar os arbustos e arremessar galhos com lesmas esmagadas, e me abaixei e peguei um punhado de terra e joguei no caminho, e gritei de novo, *aaahhhh*, e lágrimas mornas caíram em meu rosto, molhando a jaqueta militar, e limpei meu rosto com a manga, e meu nariz escorria como água, *aaahhh*, e continuei andando.

Cheguei ao vilarejo perto do anoitecer.

Fiquei afastado. As casas no vilarejo ainda eram como eu lembrava. Fileiras de casas pequenas e escuras feitas de barro misturado com palha, uma chaminé no telhado e um quintal grande. No quintal havia um estábulo, atrás dele tinha um palheiro, ao lado do estábulo havia canteiros de vegetais e flores com macieiras no fundo. Vi quintais com um estábulo e cavalos, quintais com um cavalo e nenhum estábulo. Três carroças carregadas de feno viajavam pela estrada, um longo *muuu* de vacas anunciando a noite.

Sentei no chão e pus a mão no peito. Senti que meu coração queria pular para fora e comecei a contar, um, dois, três. Cheguei aos cinquenta, e meu coração ainda não tinha acalmado. Falei para mim mesmo, agora levante-se e comece a andar, um, dois, um dois.

Fui me aproximando até estar a duas casas da nossa. A casa ficava na esquina. Havia luz nas janelas e vozes, a de uma mulher e a de uma criança, e da direção do estábulo vinha o som de um forcado revolvendo feno, eu queria arrancar meu cabelo. Apoiei-me em um tronco de árvore e segurei a barriga. Minha mente pulsava, aqueles góis filhos da mãe não esperaram o fim da guerra. Aqueles góis filhos da mãe não esperaram para ver se voltaríamos para casa. Embarcamos no trem para Ungvár, e eles invadiram a casa como lobos atacando uma carcaça, os desgraçados. Sentavam-se como uma família boa e amorosa à nossa mesa e comiam com nossos utensílios. Tomavam banho em nosso banheiro e logo seus malditos filhos iriam para a cama, e a mamãe iria dar boa-noite com um beijo na testa, e eu preciso de um Kalashnikov na mão, e quero arrombar a porta e acertar todos eles, *ta-ta-ta-ta-ta*.

Não sabia o que fazer com a raiva em meu corpo.

CAPÍTULO 36

Dov

Depois de Praga, fui parar no hospital.
Um dia estava esperando na hospedaria. Não me lembro de onde estava Vassily. Um vento frio soprava folhas das árvores para a rua. As girava como um carrossel. Um soldado americano chegou em um carro blindado aberto. Um carro blindado pintado recentemente. O soldado entrou na hospedaria, e eu subi no blindado. Passei a mão nos mostradores e no volante, segurei o assento, pulei para dentro e sentei, apertei a ignição, depois corri para trás da cerca. Estava sozinho. Voltei ao carro blindado e tentei virar o volante. *Brrrm. Brrrm.* O câmbio da marcha era duro. Afaguei o apoio de braço do assento, o carro blindado tinha um cheiro bom, e eu queria muito viajar em um carro blindado. *Brrrm. Brrrm.*
Depois de quase meia hora, o soldado saiu da hospedaria. Pulei do carro. Ele olhou para mim e sorriu. Sorri para ele. O soldado disse, quer uma carona?
Sufoquei, cochichei, sim, sim, nunca andei em um blindado aberto.

O soldado disse, mas vamos sentir frio, menino, o que me diz?

Eu disse, o frio não me assusta, e me lembrei dos trens abertos e do vento como uma lâmina de navalha, sem casaco ou luvas, só com o pijama fedido e os novos mortos para abraçar e me manter aquecido.

Entrei no carro blindado com as pernas tremendo. O soldado me deu uma lata de cerveja. Bebi de uma vez só. Uau, estava gelada como gelo. E então ele disse, segura firme, e pisou fundo no acelerador, e arrancamos, seguimos pela estrada. Meu coração chorava de alegria. Vi fogos de artifício e rezei para meus amigos no monastério me verem no carro blindado. Rezei para Vassily estar em pé na rua e para eu poder acenar para ele. Não vi amigos.

Fomos para os campos, e o soldado acelerou. Ele perguntou, você está se sentindo bem?

Gritei que sim, me sentia maravilhoso, e ouvi meus dentes dançar na boca. Estava congelando e me sentia no topo do mundo. Depois de duas horas nos campos, voltamos ao monastério.

Naquela noite eu tive febre alta.

Eles me mandaram imediatamente para um hospital na cidade de Deggendorf. Médicos americanos e alemães trabalhavam lá. Um médico americano me examinou com um estetoscópio. Ele dormiu em cima de mim enquanto ouvia meus pulmões. Depois de apertar meu peito e as costas, ele acordou e disse: você está com pneumonia, vai ficar no hospital. Abaixei a camisa e me levantei. Fiquei assustado, hospital? Eu me recusei, não, não, prometo ficar na cama no monastério por muito tempo, duas semanas, um mês, até dois meses, e prometo beber chá quente, e você pode me dar uma injeção no traseiro, mas vou voltar para o monastério. O médico escreveu alguma coisa. Informou que não havia nenhuma possibilidade de eu ir embora. Tive que me esforçar para não chorar.

Nos dias seguintes eu queimei de febre, me sentia um trapo.

Eles enfiaram uma agulha em minhas costas e drenaram água dos pulmões, e me deram muito remédio. Fiquei na cama e chamei o médico, preciso de fósforos.

O médico perguntou, para quê?
Eu disse, para os meus olhos, ou vou dormir por três meses.
Onde esteve durante a guerra?
Não lembro, doutor, tem um fósforo? Ele se afastou de mim e cochichou alguma coisa para uma enfermeira. Eu não tinha fósforos, por isso comecei a falar comigo mesmo para ficar acordado, eu disse, escute, Vassily, sentei ao lado de um soldado americano em um carro blindado aberto, e ele foi *zum, zum*, com o pé no acelerador, e eu estava no topo do mundo nos campos com uma cerveja gelada, onde você está, Vassily, e onde está meu irmão, quero meu irmão. Minha cabeça caiu no travesseiro. Belisquei a barriga e cocei o umbigo e a axila até adormecer.

Duas semanas passaram, minha febre baixou, mas eu não tinha forças para andar. Um dia, estava na cama e comecei a batucar com os dedos na grade de ferro na cama, como a soldado britânica tinha me ensinado a tocar piano. Não aprendi piano. Eu me lembrei da harmônica que tinha em casa. Tinha duas. O pai trouxe uma de Perechyn, e eu ganhei outra menor do meu avô no vilarejo de Humenne. Tinha sonhado com uma harmônica desde que estava na *cheder*, por causa das crianças góis. Eu as via tocar harmônica e bandolim. Elas montavam seus cavalos, uma das mãos segurando a rédea, a outra, a harmônica. Tocavam melodias que deixavam as pessoas alegres e felizes. Eu queria ser como as crianças góis. Disse ao pai, compra uma harmônica para mim, e comecei a aprender sozinho. Não tive sucesso. E então eles testaram nosso canto na escola. Uma mulher com uma voz alta me disse: canta. Eu cantei.

Ela pôs um dedo na orelha e disse, você não precisa mais cantar, não é para você, entende? Talvez estivesse certa. Talvez eu não tivesse ouvido musical. Escondi minha harmônica dentro de uma gaveta e a cobri com uma toalha.

Um dia, vi minha vizinha Ilona parar no meio do jogo de pega-pega para olhar para um menino gói montado em seu cavalo. Ele segurava uma harmônica e tocava uma polca. Eu chamei, Ilona, Ilona, vem me pegar, *nu*.

Ela não estava interessada. Queria seguir a melodia. Eu me senti sozinho. Corri para casa, peguei a harmônica grande e tentei tocar uma polca alegre. Não sei por quê, mas o que saiu foi uma polca triste, desafinada.

No hospital em Deggendorf havia muitos soldados alemães.

Soldados alemães com metade de uma perna, ou duas meias pernas, ou sem um braço e uma perna, coisas assim. Eles não tinham próteses. Rastejavam de quatro para o banho e o banheiro, arrastando o toco de membro. Às vezes o toco era envolto por curativos, às vezes não, às vezes eu não via o toco, só uma calça de pijama vazia amarrada com um nó grosso. Olhava para a cara deles. Alguns tinham um rosto forte e um olhar direto, como aço. Eles rastejavam pelo chão, segurando a perna das camas a fim de avançar um metro, depois outro. Vi um alemão ferido arrastar a perna curta na direção dos banheiros. Uma enfermeira americana que passava por ali estendeu a mão e disse, levante-se, levante-se. Eu vou te ajudar. A cabeça dele chegava à altura dos joelhos dela. O homem estendeu o pescoço e continuou rastejando para os banheiros.

Eram os jovens alemães que pareciam diferentes. Rastejavam pelo chão gemendo de dor. Às vezes paravam no meio do caminho, seguravam o toco de membro e gritavam por uma enfermeira. Alguns deitavam a cabeça no chão, eu os ouvia chorar.

O choro deles me levava às lágrimas.

Amigos do monastério não iam me visitar. Vassily, também não. Eu não entendia por quê. Só entendi quando voltei ao monastério. Eles não sabiam em que hospital eu estava, porque me levaram para lá à noite.

Depois de um mês, decidi fugir do hospital. Certa manhã, pulei a janela e voltei para o monastério.

CAPÍTULO 37

YITZHAK

Decidi ir à casa do nosso vizinho gói, Stanku.

Stanku, que nos abordou no dia em que deixamos nossa casa, querendo saber para onde iam os judeus. Stanku era o vizinho que fez bolos de Páscoa frescos para nos sentirmos bem durante aquele Pessach em 1944. Entrei no quintal dele. No portão, parei pela primeira vez. Respirei bem fundo e me aproximei da porta. Parei pela segunda vez. Ouvi os sons de uma casa, uma cadeira se movendo, a batida de uma panela sobre o fogão, ouvi Stanku, onde estão meus chinelos? Quis morrer.

Bati à porta. Stanku estava na soleira. Ele ainda era como eu lembrava. Exceto pela altura. Ele era mais baixo que eu. Tinha um rosto vermelho, enrugado, e um nariz grande. Usava um boné azul, eu conhecia o boné. Stanku resmungou alguma coisa, eu vi suas pupilas se mover nos olhos, e então ele me abraçou dizendo Ichko, Ichko, você voltou para nós, eu não acreditava que voltaria, como está, não tivemos notícia nenhuma desde que vocês foram embora, onde está seu pai, onde está sua mãe, onde estão todos?

Recuei.

Quem está morando em nossa casa?

Uma família do vilarejo, você não conhece, ele pigarreou.

Quem?

Sinto muito, não consegui impedir.

Quando eles se mudaram?

Pouco depois de vocês partirem.

Quanto tempo?

Stanku moveu a cabeça, suas bochechas empalideceram sob as lágrimas. Eu disse devagar, não chore, não vai adiantar, e as vacas? Stanku sussurrou, agora tudo pertence a eles. Segurei sua camisa, disse, e meu gato, onde está meu gato, pelo menos o gato, você prometeu cuidar do meu gato.

Stanku chorou mais alto. Minha cabeça caiu sobre seu ombro. Choramos juntos.

A esposa de Stanku apareceu na porta. Uma mulher pequena de cabelos castanhos. Ela me abraçou e disse, *oy, yoy-yoy, oy, yoy-yoy*, eles voltaram.

Entrei, e me segurei imediatamente no encosto de uma cadeira. Não sabia o que fazer com meu nervosismo.

Stanku disse, sente-se, Ichko, sente-se, e me empurrou para a cadeira. A esposa de Stanku foi à cozinha e voltou à mesa com uma panela de comida. Senti cheiro de carne. Puxei a cadeira para a mesa e vi Michael, filho de Stanku, em pé na porta. Ele tinha uma perna só. Tinha uma marca de queimadura na têmpora. Segurava uma bengala e se mantinha apoiado ao batente da porta. Stanku disse, você se lembra que Michael esteve no èxército russo, veja o que fizeram com ele.

Sentamos para comer.

A esposa de Stanku encheu meu prato três vezes, Stanku cortou pão para mim, Michael não parava de falar sobre as batalhas que tinha travado na Rússia, e eu em silêncio, não o vi durante um ano e meio e me sentia um estranho. Stanku disse, agora chega, Michael, vamos ouvir alguma coisa de Ichko, *nu*, conte para nós onde esteve, ouviu alguma coisa sobre seu pai, sua mãe?

Eu disse, estou cansado, Stanku, conversamos amanhã.

A esposa de Stanku se levantou depressa, vou arrumar uma cama para você agora mesmo, você é como um dos nossos. Venha, venha.

Não consegui dormir. Fiquei pensando nos sons que vinham do estábulo de Stanku, talvez do nosso estábulo.

De manhã, antes do nascer do sol, fui ao quintal. Os gansos queriam comida, um fazendeiro falava com seu cavalo. Eu me aproximei de nossa casa. Apertei os punhos contra a calça, vi Stanku em pé ao meu lado. Um cachorro latiu atrás da casa. A porta se abriu, e do outro lado estavam um homem e uma mulher. Atrás deles, duas crianças de pijama espiavam o que acontecia. O homem parecia ter uns trinta anos, minha altura, rosto sem barbear. Ele usava um suéter com reforços nos cotovelos e *leggings* até os joelhos. A mulher era bonita e usava um avental. O homem e a mulher olhavam para mim. O homem gritou com o cachorro, quieto, quieto, se aproximou de mim coçando o queixo.

Quem é você?

Sou Yitzhak, filho de Israel e Leah, e esta é nossa casa.

Você é um judeu.

Sim, e esta é nossa casa.

Não.

Sim.

Mas no rádio disseram que não havia mais judeus. Disseram que não restavam judeus. Também disseram que não haveria mais judeus, nunca mais. Porque eles mataram seus bebês.

Sua rádio se enganou. Estamos vivos.

Vimos fotos nos jornais. Muitos judeus mortos e empilhados. Não viu o jornal?

Vi, mas muitos judeus que restaram não foram fotografados para o jornal, e esta é nossa casa.

Vi no jornal que não sobrou nenhum, Stanku viu no jornal, não viu, Stanku? Todo o nosso vilarejo viu no jornal. Por isso estamos morando em casas de judeus.

Não é por causa dos jornais, é porque você não tinha uma casa, e foi mais fácil pegar tudo dos judeus.

Nenhum judeu voltou para casa, certo, Stanku?

Eu voltei.

Espere um minuto, onde está seu pai?

Não sei. Sou filho de Israel e esta é nossa casa. Conheço cada cômodo desta casa, sei onde ficam os armários, as camas, a pia da cozinha.

O fazendeiro enfiou o dedo no nariz, coçou alguma coisa e balançou o dedo, como um *nu, nu, nu* para uma criança travessa. E depois ele piscou para Stanku e disse, mas o prefeito de Perechyn disse que não havia mais judeus na Hungria, não é, Stanku? Ele disse que não há mais judeus na Europa, disse que não existe mais essa coisa de judeus. A esposa do prefeito também disse isso. Todo mundo sabe, não é, Stanku?

Stanku pôs as mãos fechadas nos bolsos e não respondeu.

Não existe essa coisa de judeus, ah, senti minha mandíbula travar como uma porta de aço. Queria pular em cima dele e arrancar seu olho, queria esganá-lo até sua língua branca cair e rolar pela rua. Andei rapidamente para trás da casa. O cachorro estava agitado, era grande. Eu queria pular em cima do cachorro e abrir sua boca até rasgar, Stanku e o fazendeiro chegaram correndo. O fazendeiro xingou e chutou o cachorro. O cão foi para seu canil, ganindo como um gato. Apontei para o quintal, dizendo com uma voz sufocada, isso é um estábulo judeu, entende? E aquilo é um galpão judeu, e ali tem um açougue judeu, e eu sou inteiramente um judeu, e há muito mais judeus no monastério, e seu prefeito é um grande idiota, então, do que está falando, hã?

O fazendeiro abaixou a cabeça e começou a tossir como se tivesse tuberculose. Sua esposa se aproximou correndo seguida pelas duas crianças de pijama. O fazendeiro viu a esposa e os filhos e acenou mandando-os embora. A mulher desapareceu com as crianças. Stanku se mantinha entre mim e o fazendeiro e mordia o chapéu.

O fazendeiro pôs a mão no peito e se aproximou de mim. Stanku tentou detê-lo. Eu disse a Stanku, não interfira. O fazendeiro deu um passo para longe de mim. Ele tinha saliva no queixo e um cheiro forte de tabaco. Ele disse, escute, judeu, não é bom você estar aqui. Não devia estar aqui. Não é bom para você. Nesse vilarejo não tem mais judeus, entende? Aqui os judeus acabaram, e no rádio também disseram que os judeus na Hungria estão *kaput*, quer ficar sozinho aqui? Ele se abaixou e cochichou, vá para um lugar de judeus. É melhor para você, entende? Recuei um passo para me afastar do cheiro dele.

O fazendeiro abriu a mão sobre os olhos como se eu fosse um sol ofuscante, dizendo, então, o que você quer?

Nada.

Como assim, nada?

Ele pigarreou e disse, vai ficar no vilarejo?

Não. Vim fazer uma visita.

Uma visita, e quando vai embora?

Vamos ver.

Não vai voltar?

Não.

Stanku disse: Ele vai voltar para a Alemanha. Daqui para a Palestina.

Onde fica a Palestina?

O mais longe possível.

Stanku disse, é um lugar para judeus.

O fazendeiro disse, você vai para um lugar de judeus, muito bom, então, não quer entrar e beber alguma coisa?

Perguntei, você viu um gato preto e branco, eu tinha um gato antes de irmos embora, um gato grande, você o viu?

O fazendeiro riu, não tem gatos aqui, só meu cachorro, talvez ele tenha ido para a casa dos vizinhos, Stanku, você viu o gato dele? Stanku disse, não, conheço o gato de Ichko. O fazendeiro estendeu a mão, por favor, entre, beba alguma coisa.

Fiquei onde estava. Stanku disse, Ichko, ele está convidando você para entrar na casa. Vamos entrar juntos.

Eu queria que a mãe, o pai e eu entrássemos na casa.

A mesa de jantar da minha família estava na entrada. Apertei a garganta com os dedos, dei um tapa na calça e tomei uma decisão: Eu, Icho, filho de Israel e Leah, me mantenho ereto nesta casa e baixo uma cortina de aço, sim. Sou um estranho, e esta casa não é minha, ela pertence a góis, sim. Não pertenço a este vilarejo, e não tenho ligação com esta casa, ah, entrei por acaso e não reconheço nada, e sinto que poderia matar todo mundo com um machado, *trá*. Posso cortar esse camponês filho da mãe em dois, *trá*. Ver metade do corpo cair para um lado, e metade do corpo cair para o outro lado, *trá-trá*.

Eu me aproximei do quarto que era meu e de Dov. Tinha uma vibração em minha cabeça, como uma mosca irritante. Disse a mim mesmo, tem moscas nesta casa e não me importo que a casa queime, que o estábulo queime, que eles chorem até amanhã e até mais.

Mas espiei dentro do quarto. Embaixo da janela havia duas camas pequenas e próximas, cobertas com um cobertor de lã. No armário tinha um risco que fiz há muito tempo com um prego, sussurrei, não reconheço isso, não, não. Fui ao outro quarto, vi as cortinas que a mãe costurou para o quarto de Sarah. As moscas em minha cabeça ficaram mais barulhentas, eu gritei com um sussurro, não reconheço, não reconheço.

A esposa do fazendeiro estava ao meu lado. Ela segurava um copo de água e um pires e uma colher de chá de geleia branca. Sorriu para mim e disse, por favor, experimente a geleia. O fazendeiro falou, por favor, sente-se, apontando para uma poltrona.

Fiquei onde estava. Procurei um lugar para olhar, todo lugar para onde eu olhava queimava, *oy*, a poltrona, e o tapetinho na porta, e a grande panela sobre o fogão, *oy*, eu quero, o quê, o quê, nada, não preciso de nada. Olhei para o fazendeiro.

Os irmãos de Auschwitz

Queria sentar em seu pescoço e gritar em seu ouvido, os alemães nos mataram, e você também nos matou, e essa morte é mais dolorosa, vá para o inferno, somos vizinhos, compramos presentes para vocês nas festas, ajudamos a cortar seu milho, a mãe tricotou um casaco e um chapéu para seus bebês, como pode dizer que não existe essa coisa de judeus, seus filhos da mãe. As crianças me olhavam de mãos dadas.

Eu queria encontrar fotos de família.

Sabia que, sem fotos, eu esqueceria o rosto da avó e do avô. Queria pelo menos uma da avó e uma do avô com Dov durante os anos que moramos com eles. Anos em que eles queriam ajudar a mãe, pensei, a avó e o avô eram pessoas boas, e não devíamos esquecer o rosto de pessoas assim. Eu queria fotos da mãe e do pai e de Sarah e Avrum, queria levar fotos comigo para a Palestina, e tínhamos um álbum, onde está nosso álbum. Eu me lembrava da primeira página do álbum. Havia ali uma foto da família toda. Sarah e Avrum em pé ao lado do pai. Dov e eu sentados em cadeiras ao lado da mãe. Tínhamos quatro e cinco anos de idade. Dov segurava um sino. Anos mais tarde, perguntei à minha mãe por que Dov estava segurando um sino, a mãe disse, para que aceitasse ser fotografado. Ele não queria sentar na cadeira ao seu lado e o fotógrafo disse, traga um sino, e ajudou. Eu me lembro do fotógrafo que vinha ao nosso vilarejo todos os verões. Ele tinha uma câmera sobre pernas longas com uma cobertura de tecido preto. No dia em que fomos fotografados, ele levou cadeiras da cozinha para fora e nos posicionou no quintal. Pediu umas dez vezes para minha mãe levantar a cabeça, sorrir. Não sei por que ela não ouvia o que ele pedia.

Puxei meu cabelo e disse ao fazendeiro com voz clara, no quarto da minha mãe e do meu pai, na gaveta de baixo, tinha um álbum de fotos de família. Quero o álbum, onde ele está, e no meu coração eu disse, se ele não me der as fotos, vou colocar essas crianças uma atrás da outra e *trá-trá*. Cortá-las ao meio. Sim, tenho que sair daqui pelo menos com as fotos de família para me lembrar deles.

O fazendeiro disse, não vimos fotos. Os gendarmes entraram na casa antes de nós, não é, Stanku? Lentamente, eu me aproximei das costas da cadeira. Tirei do bolso um canivete que as tias me deram e o abri embaixo da jaqueta militar. Empurrei o canivete contra o encosto da cadeira e abri um buraco. Guardei o canivete no bolso. Stanku disse, é verdade, Ichko, os gendarmes foram os primeiros a entrar na casa. Eles levaram muitas coisas.

Levaram para onde?

Levaram embora. Também queimaram algumas coisas.

O que eles queimaram?

Talvez tenham queimado fotografias, não sei.

Queimaram fotografias.

Sim.

As fotos fizeram uma grande fogueira?

Não lembro.

E o que eles fizeram com as cinzas, jogaram no rio Tur'i Remety?

Fui para o quintal.

A esposa do fazendeiro me seguiu com a água e a geleia. Ouvi o fazendeiro dizer a ela para voltar. Ela disse, lamento pelo seu gato, nosso cachorro come gatos, olhe no vilarejo. Olhei para ela. Queria um machado para ela também. O fazendeiro se aproximou. Disse, quer ver o estábulo?

Eu disse que sim, mas sozinho. O fazendeiro e a esposa voltaram para a casa. Dei dois passos e vi três galinhas e dois gansos ciscando a terra do quintal. Então fechei os olhos, e a mãe estava chamando os gansos, *piu. Piu. Piu. Piu. Piuuu.* Ela estava perto da parede do estábulo, espalhando grãos que levava no avental, *piu. Piu. Piu. Ahh.* Minha garganta fechou. Joguei a cabeça para trás e sussurrei, você está no quintal de um desconhecido e não reconhece as galinhas ou os gansos, e não reconhece as vacas no estábulo, chega, *nu*. Engoli e olhei para o céu. Estava cinzento com manchas amarelas, como em Auschwitz, mas sem o cheiro. Bem na minha frente estava o açougue do pai, e estava aberto. Não me aproximei. Fui ao estábulo. O pai tinha me falado no trem para Auschwitz, se você voltar, olhe sobre os batentes em cima da porta do estábulo, escondi várias joias de ouro da mãe lá, do casamento. Eu perguntei ao pai, por que está me dizendo isso, vamos para casa e você vai devolver as joias para a mãe, e o pai disse, não esqueça, Icho, e me lembrei de sua voz gentil.

Não encontrei batentes. Encontrei um buraco na parede.

Eu disse a Stanku, vamos.

O fazendeiro e sua esposa nos seguiram até a estrada. Ouvi quando ele chamou, Ichko, com uma voz rouca, e não parei. Ele correu atrás de mim e disse, tem alguma chance de seu pai e sua mãe voltarem? Parei. Virei para ele.

Com um olhar maldoso, disse lentamente, sim. Eles vão voltar. O pai vem primeiro, depois a mãe. Você pegou nossa casa, e o pai vai pegar a casa e o dinheiro que você deve a ele. A mulher derrubou o pires com a geleia e começou a chorar. Eu disse, você tem mesmo que chorar, e é bom que esteja chorando. Chore até meu pai voltar.

O fazendeiro coçou a calça e disse, seus irmãos virão?

Respondi, olhe para sua esposa e veja por você mesmo.

Eu sabia que ninguém da minha família ia voltar. Sabia que estavam mortos. Queria que o fazendeiro e a esposa dele ficassem virando na cama a noite toda até a noite acabar, e que eles ficassem de cabelo branco todas as outras noites. Que nunca se esquecessem de que essa casa pertence aos judeus.

Eu queria sair desse vilarejo para sempre.

Disse a Stanku, estou indo embora.

Stanku disse, espere um pouco, Ichko, você é meu convidado. Naquela noite eu soube que pessoas procuravam por mim. Meu padrinho estava me procurando. Ele havia voltado de um campo de concentração. Foi o primeiro judeu a voltar ao vilarejo. Ele foi direto para sua casa e a encontrou vazia. Mudei para a casa dele. Ele era alto, magro. Seu cabelo negro tinha desaparecido, restavam apenas fiapos grisalhos, e havia uma grande tristeza na casa. Não contamos um ao outro de onde viemos. Ele não perguntou sobre a mãe e o pai, ou sobre meus irmãos. Não perguntou nada, e eu não perguntei sobre sua esposa e ou seus três filhos. Às vezes, olhávamos um para o outro e nos entendíamos.

Meu padrinho disse, Icho, você vai descansar aqui comigo por alguns dias, depois vai embora. Eu fiquei.

Pessoas do vilarejo iam à casa do meu padrinho e ficavam perto da entrada.

Eles podiam ver minhas idas e vindas. Góis que eu conhecia esperavam meio dia antes de se atreverem a entrar. Se entravam, cumprimentavam e esperavam educadamente. Eles sempre esperavam eu começar a falar. Perguntei sobre o mercado em Perechyn e meu coração gritava: todos vocês odeiam judeus. Todos vocês odeiam, odeiam. Perguntei sobre o preço de um bezerro no mercado e o tempo todo meu cérebro desligava e girava como um carrossel. Se eles dissessem alguma coisa, eu atacaria com um machado. *Trá*. Um golpe para cada judeu que eles entregaram aos húngaros por um quilo de açúcar. *Trá-trá*. Eu sabia a verdade. Góis em nosso vilarejo entregavam judeus por um quilo de arroz. Por um quilo de farinha. Eram pagos pelo peso de cada judeu que entregavam. Judeus se escondiam no vilarejo e góis os delatavam e ganhavam um dinheiro extra. Havia uma família no vilarejo cujo filho estava na SS. Ele ficava feliz quando recebia informação sobre judeus. E recebia, ah, sim, tanto quanto queria. E quem delatou Dov quando estávamos na sinagoga, quem disse aos soldados húngaros que faltava uma criança. Quem disse aos soldados húngaros que Dov tinha corrido para a floresta para se esconder, talvez por ouro, talvez por dinheiro, e foi por isso que os soldados bateram nele quase até a morte.

Eu queria que os visitantes traidores com seus filhos traidores fossem embora depressa. Queria que me deixassem em paz. Mas antes queria vê-los presos à cadeira por um machado. Cada um com um belo e fino corte em sua cadeira. Metade do corpo sentado, metade do corpo escorrendo para o chão.

À noite, fui andar sozinho no vilarejo.
Um vento assobiava nas chaminés. Encontrei pessoas jovens com quem estudei na escola, na mesma turma. Trocamos algumas palavras polidas e eu segui em frente. Cheguei à rua principal como se tivesse um objetivo. Como se pessoas me esperassem no fim da rua. Estava no vilarejo onde nasci e me sentia sozinho.
Até hoje, nunca mais estive perto da minha casa.

Israel, 2001
O trem interurbano das 14h18 de Nahariya para o centro.

Quero me afastar tanto quanto possível.
O mar aparece na janela. Ondas breves atacam a praia. Elas fazem um som nervoso e posso imaginar o nervosismo pelos movimentos na praia. Os flamingos ficam sobre uma perna fina, talvez duas, e olham para longe. O flamingo tem uma postura firme, tranquila, pescoço comprido, cabeça majestosa. A batalha entre a areia e as ondas não faz diferença para ele. Está sozinho, e penso, o que aconteceu com aquela ave, em pé ali sozinha, e para onde todas elas vão com a luz, a qualquer minuto o sol vai cair no mar, e o que uma ave vai fazer sozinha no escuro, morrer?

Se Yitzhak estivesse ao meu lado, ele diria, não é um sinal de nada, e Dov perguntaria, o que não é um sinal? E Yitzhak diria, não é um sinal de que o flamingo vá morrer, a morte não tem sinais. E então Dov diria, a morte tem sinais, eu vi alguns. Yitzhak ficaria bravo, e Dov responderia para mim, gosto de estar sozinho, não me sinto confortável se as pessoas querem respostas de mim sobre tudo e eu não tenho respostas. E então Yitzhak diria, eles podem me fazer mil perguntas, não me importo, mas permanecer em uma praia grande sem o bando, isso é perigoso, Dov, uma águia com garras pode devorá-lo. Não concordo, Dov diria, ela tem asas saudáveis, poderia escapar com facilidade.

Nu, e daí, e Yitzhak se levantaria, e ela voaria por uma ou duas horas, no fim ficaria cansada, e teria que abaixar a cabeça, como ela saberia onde pousar? E talvez mais quatro águias esperando por ela no céu, nada fácil, não é? E então Dov diria, ela poderia mergulhar na água, vai dar um jeito. Eu poderia dizer que a ave é feliz. Por que feliz – os dois diriam, porque ela é bonita. Uma bela ave tem menos com que se preocupar na vida.

CAPÍTULO 38

Dov

As soldados no monastério em Indersdorf procuraram um trabalho para mim.

Foi depois que tive pneumonia e voltei do hospital. Eles me mandaram para a oficina de um alemão que só tinha um olho para aprender a consertar máquinas agrícolas. Na oficina trabalhava um homem que tinha deficiência, ele não usava bengala, tinha um ombro alto e uma perna curta. O trabalhador alemão estava feliz com a derrota dos alemães na guerra, porque eles não gostavam das pessoas com deficiência de sua raça. O trabalhador e eu ficamos amigos. Um dia eu disse a ele, estou louco para aprender a dirigir.

O dono da oficina tinha um carro sem pneus no terreno.

O trabalhador alemão disse: arruma um pouco de gasolina, vamos arrumar aquela lata velha, e eu vou ensinar você a dirigir. Mal consegui terminar o expediente. Corri até a hospedaria e esperei do lado de fora. Nesse momento começou a chover, e eu corri para a árvore mais próxima da hospedaria e fiquei vigiando a porta. O cheiro forte de terra molhada fazia cócegas no meu nariz e me causava arrepios. Pus as mãos nos bolsos e corri sem sair do lugar. Enquanto isso, ouvia os dentes bater dentro da boca. Eu disse, você vai ter pneumonia pela segunda vez. Tirei as mãos dos bolsos e segurei o nariz. Com a outra mão, pressionei as costas. Alguns minutos mais tarde, mudei para as orelhas, enfiei os dedos nelas, fechei a boca e voltei ao nariz e às costas, orelhas e boca. Pensei, não vou deixar germes infecciosos entrar em meu corpo, não, não, não vou voltar ao hospital, isso é certo.

Depois de meia hora, mais ou menos, um jipe americano chegou à hospedaria. Um soldado saiu do jipe. Segurando o chapéu, ele correu para a porta. Cheguei à porta atrás dele e o segurei pela manga.

Ele virou e perguntou, o que está fazendo na chuva?

Eu disse, sou do monastério, por favor, poderia me dar um pouco de gasolina, preciso de um pouco de gasolina.

Para quê?

Para a lata velha na oficina, estou aprendendo mecânica e quero ouvir o som de um motor funcionando, ele não tem rodas, é só um motor e um volante.

O soldado apertou minha bochecha e disse, mas tome cuidado, e correu para o jipe, me deu uma lata com dois litros de gasolina. Corri para a oficina levando a lata. O trabalhador com deficiência estava me esperando. Ele despejou a gasolina no tanque da lata velha, conectou alguns fios, *tttrrr. Tttrrr. Tttrrr,* o motor estava funcionando. *Uau.* Saltei sobre o trabalhador e dei um beijo nele. Ele ficou satisfeito e disse, venha, sente-se, vamos começar nossa primeira aula. Ele apertou o pedal e *pá*, engatou a primeira marcha. Apertou o pedal e *pá*, segunda marcha. Isso, agora você, devagar, Bernard, devagar, a marcha não deve arranhar.

Depois passamos ao freio. Eu apertei, apertei, até ele dizer chega, e então passamos ao volante. Ele me ensinou a virar à direita, à esquerda, linha reta, reto e de novo à esquerda, direita, pare. Eu estava eufórico.

No fim da segunda aula, o trabalhador alemão me disse, é isso. Agora você está pronto. De agora em diante, pode dirigir um carro comum, garanto. Dei dois beijos nele e fui procurar um carro comum.
Um dia eu estava esperando na praça. Entre o monastério e a hospedaria havia uma praça. Soldados americanos estacionavam seus carros lá. No meio da praça tinha uma estátua da Virgem Maria. Em volta da estátua tinha uma cerca. Fiquei na praça e esperei por uma oportunidade.
Não chovia no dia em que um soldado americano chegou à hospedaria. Ele estacionou seu blindado no meio da praça e entrou para beber alguma coisa. Pulei no assento do blindado e fiz como o trabalhador alemão tinha me ensinado. Liguei o motor, apertei o pedal, engatei a primeira e acelerei, o carro blindado morreu. Meu coração começou a bater mais depressa. Disse, desde o início, e cuidado com o pedal, é sensível. Esfreguei as mãos e liguei o motor de novo, *oy, oy, oy*, o blindado começou a se mover. Girei o volante para a esquerda e fui devagar, sem me atrever a engatar a segunda por causa da praça, tinha que virar à esquerda o tempo todo. O carro blindado andava lentamente em torno da Virgem Maria, e eu gritei, Icho, escute, estou dirigindo sozinho, tenho um volante nas mãos e estou dirigindo em volta da Virgem Maria. Depois de algumas voltas, consegui tirar uma das mãos do volante. Acenei para Maria, gritei, olhe para mim, sou um judeu, está me vendo? Eu me sentia forte, especialmente diante de Maria.
Só tinha um problema. O alemão da oficina não me ensinou a parar. *Nu*, eu estava dirigindo há uns vinte minutos e não fazia ideia de como parar um carro blindado em movimento. Comecei a suar. Gritei, socorro, socorro, não sei parar, socorro.
O soldado na hospedaria me ouviu. Ele correu para mim, pulou no carro blindado, desligou o motor e disse, ei, o que pensa que está fazendo, quem é você?
Comecei a gaguejar. Meu rosto ardia, eu cochichei, desculpe, sou do monastério, não vai contar aos alemães, vai?
Ele começou a rir e finalmente falou, desça daí, menino, *nu*, suma daqui.

Corri feliz para o monastério. Meu corpo todo estava aquecido, eu dizia, adoro soldados americanos e quero ser soldado como eles, porque eles não gritam, não batem e não falam judeu sujo.

O boato de que eu havia dirigido um carro blindado se espalhou rapidamente pelo monastério.

Eu me tornei conhecido como especialista em carros. Sentia-me como se tivesse crescido vinte centímetros. Na verdade, comecei a dar aulas de direção para Vassily. Ele esperava por mim na oficina à noite. Eu ensinava a ele na lata velha, e também dava aulas sobre mecânica de automóveis. Daquele dia em diante, esperávamos juntos na Praça da Maria.

Um dia vimos um trator pesado se aproximar da praça.

Um fazendeiro alemão o dirigia. Seu rosto era enorme, e o pescoço era largo. Ele deixou o trator com o motor ligado ao lado de uma parede queimada e entrou na hospedaria. Eu disse a Vassily, eu vou primeiro, você vai depois. Subimos no trator. Eu disse a Vassily, aperte aqui, empurre ali, mudamos marchas, e o trator começou a se mover. Opa, meu coração ficou apertado. Vassily pulou primeiro, eu pulei atrás dele. O trator entrou na parede e parou. As rodas não pararam. Continuaram girando e fizeram um buraco enorme na parede, mas já tínhamos fugido de lá, só judeus saídos dos campos sabem como fugir quando estão em perigo, e eles correm rápido, muito rápido. Não sei como o pesado trator não derrubou a parede ou entrou nas casas ali.

Passamos um dia inteiro escondidos do fazendeiro alemão no monastério. Eu tinha certeza de que ele nos levaria a um campo alemão e eles nos poriam em um veículo fechado com um cano ligado ao motor, e nós morreríamos, e meu irmão Yitzhak ficaria maluco.

Daquele dia em diante, não me atrevi a treinar para dirigir.

Em Indersdorf, conheci um homem que tocava os sinos da igreja.

Ele me deixou tocar os enormes sinos. Eu me pendurava na corda, um pássaro despreocupado, cantando alto, *ding, dong, ding, dong*. Às vezes minha garganta fechava. *Din... caf. Din... caf. Dong... hum.* Eu me via subindo rapidamente em uma árvore na floresta perto do meu vilarejo e gritando para o céu, *iúrrúú, iúrrúú,* e depois comendo castanhas de cascas verdes. As castanhas deixavam minha língua áspera como lixa. *Ding... dong... caf.* Eu me via correndo atrás de minha amiga Ilona em volta da casa, deliberadamente deixando de pegá-la, porque adorávamos correr e rir, fazendo ruídos de grande prazer. Sentia falta da risada das crianças, não por algum motivo em particular, sentia falta da risada que saía da garganta só quando mamãe e papai estavam por perto. Sentia falta de ser um menino em uma família, combinando com meu irmão mais velho para ele bater nas minhas costas e fugindo dele para o meu quarto, me escondendo embaixo da cama e ouvindo Avrum dizer, onde ele está, e minha mãe dizendo, deixe-o em paz, Avrum, ele é pequeno, agora vá tomar banho. Eu queria minha mãe.

Sempre pensava em Indersdorf.

CAPÍTULO 39

Yitzhak

Depois de três dias em Tur'i Remety, um jovem gói correu para mim como o vento. Eu o conhecia. Era amigo de escola de minha irmã Sarah. Ele segurava uma carta na mão e gritava, recebi uma carta de Sarah, sua irmã Sarah está viva. Abri a carta com mãos trêmulas. A carta caiu no chão. Abaixei para pegá-la e disse, leia você. Sarah contava que estava na Suécia. Tinha ido para a Suécia no fim da guerra e queria saber se alguém da família havia retornado ao vilarejo, e se havia notícias. Ela pedia ao amigo para responder e escreveu o endereço em letras grandes.

Abracei a carta e limpei o rosto na manga. O amigo de minha irmã passou um braço sobre meus ombros e riu. Eu disse a ele, os alemães não conseguiram matar Sarah, ela sobreviveu, e agora tenho meia família. E eu vou escrever para Sarah quando tiver um endereço em Israel.

Naquela noite não consegui dormir. Vi Sarah. Minha irmã tinha vinte anos quando saímos de casa. Ela era pequena, magra, pesava uns quarenta ou cinquenta quilos antes dos alemães, eu não entendia como uma garota desse porte tinha conseguido sobreviver ao inverno em um campo de concentração. Pelas histórias que ouvi em Humenne, deduzi que as condições das mulheres nos campos eram como as nossas. Pensar em Sarah abriu uma ferida em minha mente e provocou um pesadelo.

Eu a vi descalça na neve com um pijama sem listras. Ela segurava uma panela pequena e gritava, Icho, estou com fome, Icho, me ajude, mas eu continuava andando, e então entrava em uma estação e embarcava em um trem. Vi Sarah da janela. Ela continuava gritando, Icho, me ajude, e eu fui embora. Acordei molhado de suor. Não consegui falar por três horas.

Finalmente, disse ao meu padrinho, preciso ir encontrar Dov, quero contar a ele sobre Sarah.

Meu padrinho falou, mais alguns dias, Icho, fique comigo por mais alguns dias.

Um dia ouvi uma batucada alta perto da entrada. O percussionista do vilarejo estava perto da casa de meu padrinho. Ele usava um casaco preto com botões de metal. Segurava baquetas de metal e batia em um tambor pendurado sobre sua barriga. *Puum, puuruum, puum, puum, puuruum, puum-puum.* Batucada na rua significava que havia correspondência, e fui encontrá-lo. Ele me deu um bilhete, e no bilhete havia uma mensagem para mim: Você deve se apresentar imediatamente à NKVD na estação de polícia.

Entreguei a mensagem ao meu padrinho. Perguntei, o que é NKVD? Não conheço o lugar.

Meu padrinho leu a mensagem e ficou pálido. Ele a virou para baixo, sentou-se em uma cadeira e disse, sente-se, Icho, sente-se. A NKVD é a polícia secreta russa. Eles chegaram ao vilarejo no fim da guerra. Instalaram-se no prédio grande perto da sinagoga.

Meu coração quase parou.

Eu disse, o que a polícia russa quer comigo, e como eles sabem que vim ao vilarejo, não criei problemas, não pedi nada, fale, o que eles querem de mim agora? Meu padrinho não sabia o que os russos queriam de mim e, chocado, eu gritei, os góis me denunciaram, sim. Eles estão acostumados a denunciar judeus, não é verdade? Meu padrinho disse, acho que não, Icho, todo mundo sabe que você está indo embora do vilarejo. E o fazendeiro que ocupou nossa casa, não pode ter me denunciado? Talvez tenha pensado que eu ia ficar, entenda, ele tem medo de perder a casa. Comecei a me coçar. Meu padrinho me deu um copo de água. Perguntei, tem um pouco de açúcar, preciso de três, até cinco colheres de chá de açúcar.

Lembrei-me da história de Dov sobre o soldado russo que apontou um Kalashnikov para mim por causa de um sanduíche. As tias em Humenne também disseram que soldados russos sequestravam pessoas que estavam sozinhas e mandavam para campos de trabalho forçado na Sibéria. Eu me levantei da cadeira e falei, vou fugir, e é isso. Não quero saber de soldados russos, já tive o suficiente com os húngaros e mais que o suficiente com os alemães. Meu padrinho disse, não adianta, Icho, eles têm soldados em todos os lugares, vão pegar você, não vai conseguir escapar, tenho certeza de que deve haver algum engano, você deveria ir até lá.

Fui até a janela e perguntei, esse prédio da NKVD tem grades, ou não? Meu padrinho falou, não tem, só vidro. Eu disse, excelente. Vou a esse lugar da polícia secreta e, se me prenderem, eu fujo à noite pela janela.

Lavei o rosto e troquei de camisa. Tomei uma decisão: ninguém vai me mandar para a Rússia ou me colocar em um caminhão, e ninguém, mas ninguém, mesmo, vai me colocar em um trem de gado, sim, ninguém no mundo vai me fazer cavar poços na neve para insular canos.

Fui à estação de polícia. Havia um soldado na entrada com um rifle. Mostrei a ele o bilhete. Ele me levou a uma salinha, apontou para uma cadeira e saiu. Sentei na cadeira como se tivesse tempo, paciência e bons pensamentos. Minha cabeça estava explodindo. Os russos sabem que estou sozinho. Os russos sabem que, se me fizerem desaparecer, não vai ter ninguém para chorar por mim. *Arrá*. Eles ficaram sabendo que viajei de trem sem pagar passagem. Não, não, tem a ver com nossa casa. O fazendeiro contou a eles alguma história, e eles me prenderam. Eu me levantei da cadeira e pus a mão no bolso. Meu documentos da UNRRA estavam em ordem. Eu me aproximei da janela. Medi a distância da janela até o portão. Tentei abrir a janela. A maçaneta cedeu. Consegui respirar. Voltei à minha cadeira e vi um soldado parado à porta.

O soldado tinha uma expressão fechada e um bigode reto como uma régua. Ele queria que eu o acompanhasse. Andamos por um corredor estreito e chegamos a uma sala grande. Na sala havia uma mesa larga com seis cadeiras. Um oficial russo estava em pé ao lado da janela. Ele parecia ter uns vinte e cinco anos. Havia estrelas em seus ombros. Ele usava uniforme passado com uma listra na calça e nas mangas, e as botas eram de cano alto. Tinha um quepe em cima da mesa. Bom sinal. O oficial pediu para o soldado sair da sala. Ele se aproximou de mim e vi olhos azuis, nem bons nem maus, cabelos de cor clara, um nariz pequeno e testa alta. Uma cicatriz do tamanho de uma chave descia do fim da sobrancelha até o meio da face.

Ele me examinou e perguntou em russo, como se chama, rapaz?

Icho.

Sente-se, Icho, sente-se.

Sentei. Ele puxou uma cadeira e se aproximou de mim. Pressionei as costas contra o encosto e ele falou, me diga o nome de seus familiares, por favor, e onde eles estão.

Eu não sabia o que dizer sobre Dov e Sarah. Disse que eles estavam lá, quero dizer, estiveram lá, e talvez não estejam mais lá. Não sei.

O oficial se inclinou para trás. Ele disse, Avrum é jovem, pode voltar, quantos anos você tinha quando saíram de sua casa?

Quinze.

Quinze, e se manteve vivo. Crianças não sobrevivem aos campos, como conseguiu?

Eu não sabia o que dizer.

O oficial se inclinou para a frente e disse em voz baixa, Icho, quero que me conte o que enfrentou. Para mim, é importante ouvir tudo, tudo mesmo, e comece pelo dia em que todos vocês saíram de casa, mas, antes, uma xícara de chá e biscoitos. Havia um soldado na porta com uma bandeja.

Ele pôs a bandeja sobre a mesa e saiu. O oficial me deu uma xícara de chá e biscoitos doces, e tive certeza de que estava sonhando, sim. E no sonho tem um oficial russo com divisas nos ombros, e ele me dá chá para beber e biscoitos para comer, e está interessado em minha família judia, é isso. Ponho a mão sobre a perna e a belisco, minha perna dói. Percebi que não estava sonhando.

Terminamos de beber o chá e, olhando para a parede na minha frente, comecei a falar.

Falei lentamente sobre a rampa de Auschwitz. O oficial queria que eu desse a ele uma imagem precisa, onde ficavam os alemães e onde ficavam os cachorros, e onde ficavam os prisioneiros de pijama, e depois ele disse, um momento. Ele abriu uma gaveta e pegou um papel e um lápis, que me entregou, pode desenhar isso para mim, Icho?

Eu disse, não, não, não quero desenhar. Ele pegou o lápis e desenhou círculos no papel, alguns com x, outros sem x, e não havia espaço para crianças com avós, e ele pegou outra folha de papel, e desenhou um longo comboio no caminho, enquanto isso, algumas crianças e avós descansavam em um bosque, como se estivessem em um piquenique, e então pus um dedo no papel dele e disse, ponha a orquestra aqui.

Ele jogou o lápis longe e gritou, orquestra? Quer dizer uma orquestra que toca música?

Eu disse, sim, sim, marchas. Também havia músicas alegres, dependendo da hora, íamos ao som de marchas para o trabalho, para o crematório íamos com uma canção feliz, ou o contrário, os alemães queriam agradar as pessoas a caminho da morte, legal, não?

O oficial tirou um lenço do bolso, esfregou a testa, e eu pensei, *oy*, o oficial russo também está começando a se coçar, coitado. E então ele disse, continue, continue. Queria saber exatamente onde ficavam os chuveiros, e onde eles punham as malas, e diga-me, de que cor era a fumaça da chaminé?

Eu disse, não há cor para isso, e o cheiro também não está no seu desenho, sim, sim.

Estávamos em um bloco. Estou falando e vejo o bloco surgir no desenho, os beliches como sardinhas em uma lata, e ele diz, mas não tem mais espaço, Icho, e eu digo, espreme, espreme, agora pode levar todos eles para fora para um desfile. Prisioneiros ficam em filas retas, alguns caem no chão, e tem sempre uma pilha enorme atrás do bloco, e eu digo a ele, acrescente os ratos, mas o que aparece é um ratinho, e eu digo, senhor Oficial, um rato tem uma barriga enorme, e qu ro vomitar, mas me controlo, e na quarta folha de papel, prisioneiros nus estão em pé para a *Selektion*, e há sempre três prisioneiros na cerca, e na quinta folha, estou no trem para Buchenwald, e tenho sede, e seguro a garganta, e o oficial russo diz, beba outra xícara de chá, coma biscoitos, e ele treme e engole, tosse, pega o lenço, vai até a janela e *bum*, dá um soco na parede e volta imediatamente para perto de mim, continue, e eu continuo.

Depois de um rápido intervalo para ir ao banheiro, ainda não entendo por que o oficial russo queria ouvir sobre o destino de judeus desgraçados. Depois de quatro, cinco ou seis horas, o oficial russo na minha frente, ligeiramente inclinado, ligeiramente tenso, me olhou por um longo instante me questionando, e eu não sabia o que fazer, por isso fiquei na frente dele, um pouco cansado e tenso. De repente, vi suas pálpebras começar a tremer como as asas de uma borboleta prestes a morrer, e então aconteceu. Ele caiu sobre meu ombro e começou a chorar, *aaah*.

Fiquei paralisado.

Então levantei os braços, os abaixei. Eu os levantei de novo, e parei a três centímetros de suas costas. Ele fungou no meu ombro e disse em iídiche, Icho, sou judeu como você, sou um oficial russo que é judeu com você, e é segredo. E depois ele se afastou do meu ombro e disse, lutei contra os alemães em vários fronts, não importa, os russos acreditam que sou cristão.

Engasguei, um judeu, um oficial judeu?

Ele se sentou na cadeira e limpou o rosto. Disse, meus pais são judeus. Somos judeus morando na Rússia. Eu me alistei no exército russo e escondi de meus comandantes que sou judeu. Depois da guerra, eles me transferiram para o seu vilarejo. Estou no comando de toda a área. Soube que você viria a Tur'i Remety. Chamei você aqui porque queria ver uma criança judia que sobreviveu aos campos. Ouvi histórias difíceis sobre os nazistas, também vi coisas, não entendia como você conseguiu resistir, queria conhecer você, Icho. Ele se levantou e me abraçou com força, chorou mais intensamente.

Eu não entendia nada.

Um oficial judeu. De uniforme. Um oficial judeu em um exército gói. Eu não conseguia acreditar que isso existia. Afinal, um judeu era nada, uma barata, um trapo. Um judeu andava em um comboio para o crematório. Um judeu era um número azul em um braço. Um judeu era um escravo para soldados, e ali estava um judeu no comando de soldados, com divisas nos ombros, e estrelas no peito, me dizendo em iídiche que é comandante da polícia secreta russa em meu vilarejo, é impossível ele ser judeu como eu. Ele é alto, tem boa aparência, cabelos claros e olhos azuis, como um gói bem-sucedido, não, não, é um engano, mas por que esse oficial está chorando no meu ombro como se fôssemos irmãos, e por que está me abraçando com seus braços fortes, *aah*, meu pai costumava me abraçar assim, papai, onde está papai, quero meu pai, eu..

E então veio.

Um grande choro brotou da garganta, do peito, dos ombros, da barriga, um terrível choro. Como se eu chorasse por cada hora, cada dia, mês após mês, durante quase um ano e meio. Meu nariz pingava como uma torneira na camisa do oficial, e ele não me soltava. Ele me abraçava com força e disse, nós dois somos judeus, Icho, somos como família. Ele me deu um lenço que tirou da gaveta e afagou minha cabeça.

Caí sentado na cadeira. Disse, perdoe-me, senhor Oficial, não estou acostumado a chorar. Ele pôs um dedo sobre minha boca e disse, obrigado, Icho, obrigado por me contar sua história, foi importante ouvi-la, estou feliz por termos nos conhecido.

Caminhei para a porta. O oficial me deteve dizendo, quero ajudá-lo, é só me dizer de que precisa, você quer sua casa de volta, eu os tiro de lá em um dia.

Eu disse não, não, estou indo embora daqui.

Ele falou, tem certeza, Icho, posso providenciar.

Eu disse, certeza, mas talvez chame o fazendeiro e a esposa dele para um interrogatório, sim, papai escondeu as joias da mamãe nos parapeitos do celeiro, não as encontrei, você também não vai encontrar, mas traga-os, faça-os suar um pouco.

O oficial perguntou, você precisa de dinheiro?

Eu disse não, não, não preciso de nada.

Bem, comida, talvez? Roupas? De que precisa?

Eu disse a ele, de nada.

Ele não desistiu e pôs dinheiro no meu bolso, para o trem, e para comprar comida. E depois disse, você precisa de ajuda para atravessar a fronteira, espere. Talvez queira morar em outro vilarejo na região, posso providenciar isso com facilidade, o que você quer, menino, é só me dizer.

Tirei do bolso a carta de Sarah e mostrei a ele o endereço na Suécia. Eu disse, escreva para Sarah e diga a ela para ir a Israel. Meu irmão e eu vamos para Israel. Estou cansado de viver entre góis, não quero mais morar em Tur'i Remety, não quero outro vilarejo na Hungria, não quero Alemanha, quero viver em um país de judeus, lá as coisas serão boas para nós. Tenho certeza disso.

O oficial pôs o braço em torno dos meus ombros e saímos. O soldado no portão o saudou, e ele não removeu o braço. Estávamos na rua. Ele me abraçou e disse, cuide-se, e lembre-se, se precisar de alguma coisa, estou aqui. Do outro lado, a uma caminhada de um minuto de onde estávamos, havia um grupo de moradores do vilarejo, e eles olhavam para nós.

Eu disse ao oficial, talvez possa chamar o vizinho que não cuidou da nossa casa ou do meu gato, pergunte a ele se recebeu dinheiro, e o que fez com o dinheiro, e talvez, no fim, possa chamar a rua inteira para interrogatório, chame-os uma vez por semana, talvez, ou uma vez a cada duas semanas, é possível?

O oficial sorriu, é possível, é possível, será uma honra chamar essas pessoas e interrogá-las sobre como ocuparam uma casa sem pagar por ela, e eu tive a sensação agradável de óleo quente sobre uma ferida, e minha língua foi dominada pelo sabor de chocolate quente, doce, e pensei, finalmente posso jogar fora aquele maldito machado, e nunca, nunca mais vou querer segurar um machado e cortar as pessoas ao meio.

Voltei à casa do meu padrinho. Não conseguia falar. Fiquei na cama e cobri a cabeça com um travesseiro. Depois de algumas horas, ouvi uma batida à porta. Meu padrinho estava lá. Ele me chamou para sair.

No quintal havia uma carroça e um cavalo. Dois fazendeiros começaram a descarregar coisas da carroça. Cadeiras, utensílios de cozinha, uma balança, máquina de costura, cobertores, velas. Eu conhecia aqueles objetos. Enterrei os dedos nos cabelos e gritei, eu me nego, não, o que acham que estão compensando? Como ousaram invadir nossa casa enquanto estávamos fedendo nos trens, hã? Meu padrinho disse, eles estão com medo. Talvez esperassem que o oficial russo pusesse você e a mim nos caminhões, ou em um trem para a Sibéria, e eles se livrariam dos dois últimos judeus. Talvez estejam em choque. Pensaram que você ia chorar e rezar, e que eles veriam a performance final dos judeus. Foram duramente punidos com o que estava bem ali bem diante da cara feia deles, porque viram o comandante de polícia abraçar você, e agora estão rezando e chorando por eles mesmos. Eu disse, excelente, e não quero nada deles, diga para irem embora.

Meu padrinho observava cada movimento dos fazendeiros, estão rastejando para você, Icho, não entende? Estão acostumados a rastejar. Primeiro rastejaram para os soldados húngaros, depois para os alemães, agora rastejam para os russos e o amigo deles, você. Rastejantes.

Outra carroça entrou no quintal. Dois fazendeiros que chegavam do fim da rua descarregaram a cama de mamãe e papai, um terceiro fazendeiro descarregou travesseiros com fronhas bordadas. Entrei na casa e bati a porta. Senti meu coração se partir em pedaços. Sentei no chão com a cabeça entre os joelhos. Meu padrinho estava ao meu lado. Ele disse em voz baixa, o que devo fazer com as coisas no quintal?

Eu falei, nada, por enquanto. Deixe os góis suar por algumas noites sem lua, depois veremos. Vou embora depois de amanhã, pode ficar com tudo.

Algumas horas mais tarde, o fazendeiro que morava em nossa casa chegou. Veio com um bolo e vinho e um pote de repolho em conserva, pôs tudo em cima da mesa e chorou por ter sido chamado à estação de polícia. Ele enrolou a aba do chapéu e chorou mais alto, disse a eles na estação que estava disposto a sair da casa, se eles me dessem alguns dias para me organizar, mas a polícia secreta me disse, fique lá por enquanto. O que vai acontecer, não sei o que fazer, você me diz o que fazer, vai ficar? Vai voltar?

Não respondi. Saí pela porta do fundo da casa, atravessei rapidamente vários quintais, cheguei ao campo na frente da floresta, comecei a correr, só corri e corri.

Voltei perto do anoitecer. Meu padrinho esperava por mim no quintal. Ele disse, venha, você tem que ver isso, e me puxou para dentro da casa. A cozinha do meu padrinho estava cheia de mantimentos. Potes de geleia, garrafas de vinho, pães, um saco de milho, uma lata de *sauerkraut*, uma vasilha de ovos, carne defumada, um pedaço de tecido amarrado com uma fita. Todos os presentes estavam espalhados no chão. Ele segurou a cabeça e disse, bloquearam minha casa. Perguntei, quem, quem? As pessoas da sua rua, dizem que foram chamadas para interrogatório, o que posso fazer com todas essas coisas?

Então ouvimos a batida à porta. Meu padrinho disse, abra. Não me movi. Meu padrinho abriu a porta. Um velho fazendeiro esperava do outro lado com uma galinha embaixo do braço. As pernas da galinha estavam amarradas. Meu padrinho cochichou, esse homem mal tem o que comer, veja o que ele trouxe para você. Pulei o pacote de açúcar e o saco de batatas, me aproximei da porta e disse ao fazendeiro, não quero sua galinha, leve a galinha e volte para casa. Da próxima vez, ajude os judeus que estiverem com problemas, está ouvindo? E diga a esse vilarejo que os judeus estão voltando, e que não devem ser denunciados, isso é revoltante, está ouvindo? O fazendeiro sorriu acanhado e ofereceu a galinha, eu disse, não precisa, não tem espaço. Ele levantou uma perna para passar por cima de um pote de geleia e uma lata de óleo, pôs a galinha em um saco de trigo e procurou um caminho para sair. Disse ao meu padrinho para ir atrás dele e avisar que vou tentar conversar com o oficial russo para que ele seja deixado em paz. Meu padrinho pegou um saco de açúcar e correu atrás do fazendeiro. Eu o vi oferecer o açúcar, o homem não cedia.

Olhei para os pacotes. Minha barriga doía. Eu disse ao meu padrinho, vou dizer ao oficial russo que, se mais judeus voltarem dos campos ao vilarejo, ele deve ajudá-los, mas não deveria parar os interrogatórios por pelo menos três meses, até meio ano. Que chorassem. Que suassem. Que rezassem na igreja deles.

Deixei Tur'i Remety para sempre.

Fui embora pelo caminho por onde vim. Com uma pequena bolsa, um casaco e um chapéu na cabeça. Entrei no trem e comprei uma passagem com o dinheiro que o oficial russo me deu. Voltei para a casa das minhas tias na Eslováquia. Tomei canja de galinha, descansei e, dois dias mais tarde, me despedi delas. Fui para Indersdorf, na Alemanha, encontrar meu irmão.

CAPÍTULO 40

DOV

Fiquei muito feliz quando meu irmão Yitzhak voltou ao monastério. Não estava preocupado com ele. Sabia que ele era capaz de se cuidar. Tinha certeza de que os russos não fariam mal a ele. Meu irmão Yitzhak tinha lidado com alemães e cachorros, os russos seriam um problema?

Nós nos preparamos para deixar o monastério. Vassily, meu amigo do vilarejo, implorou para que eu o levasse a Israel. Não levei. Não sabia que um gói podia ir a Eretz-Israel. Acho que cometi um grande erro. Hoje, cristãos vão a Israel. Eu poderia tê-lo levado. Ele teria sido circuncisado e teria vivido conosco em Israel. Lamento que ele não tenha vindo. Vassily era um fazendeiro nato, e nós nos amávamos.

Vassily fugiu de Tur'i Remety para Praga por causa da tuberculose. Todos os irmãos dele no vilarejo morreram de tuberculose. A família tinha treze filhos. Os pais e as irmãs não foram atingidos. Só os meninos. Eles não sabiam que havia germes da tuberculose no leite das vacas. A cada um ou dois anos, um desses irmãos morria. Isso o afetou. Vassily chorou quando me despedi dele. Choramos juntos.

Vassily deixou a Alemanha e foi para a Inglaterra. Ele escreveu uma carta para mim e meu irmão. Escreveu sobre sua vida na Inglaterra e queria saber sobre nós. Não sei por que não respondemos. Também me arrependo disso. Vassily Korol era o nome dele. Era meu melhor amigo e sinto saudade dele.

De maio de 1945 até agosto de 1945, eu estive em um hospital na Alemanha. Do hospital, me mudei para uma casa de convalescença em um monastério perto de Munique. Enquanto estava no monastério, fui hospitalizado de novo. No fim de março de 1946, deixamos o monastério. Saímos com um grupo de jovens judeus. Eles nos levaram à França, para Lyon, e de lá para Marseille. Partimos em um navio chamado *Champollion*. Chegamos a Israel legalmente e fomos logo para Camp Atlit.

CAPÍTULO 41

Yitzhak

No navio para Israel, eu me senti um idiota.

Não conseguia entender o que estava errado comigo. Não tinha contato com ninguém, nem mesmo com os jovens que estavam comigo no monastério. Estava ansioso desde que acordei de manhã. Não tínhamos família, nem idioma, nem profissão. Não tínhamos dinheiro nos bolsos. Mesmo assim, eu estava feliz por ter escolhido viajar a um país de judeus. Sonhei com uma fazenda. Sonhei com uma fazenda que era minha, com vacas leiteiras como as que meu pai tinha.

Nossos instrutores no *Champollion* nos ensinaram canções hebraicas.

Eles eram jovens alegres com mãos fortes, e insistiam em cantar. Relutante, eu fingia cantar e batia palmas, mais ou menos. Depois das canções hebraicas, eles nos falavam sobre o país, sobre Haifa e Tel Aviv. Eu ouvia suas histórias. Sabia que, se quisesse uma vida boa no país deles, tinha que fazer o que eles diziam. Dov não tinha paciência para ouvir as histórias. Ele ia à popa do barco e olhava para o mar.

Um dia, Dov encontrou uma garota e quis ainda mais ficar sozinho. Eu andava entre os instrutores e perguntei se havia fazendeiros em Israel. Eles disseram, há muitos fazendeiros, e me contaram sobre a vida em um *kibbutz*, que era como uma comunidade. Perguntei, e há fazendeiros sozinhos, não juntos? Eles me disseram, sim, em uma *moshaw* – uma cooperativa de fazendeiros – e não se preocupe, tudo vai dar certo.

Eu não conseguia parar de me preocupar.

Principalmente por causa do nervosismo das pessoas no navio. As pessoas andavam pelo convés como se tivessem um parafuso solto. Discutiam por bobagem, como onde dormiriam à noite. Dormiam amontoados em salas de estoque sob o convés, e eu não conseguia entender por que era importante dormir do lado direito do depósito ou do lado esquerdo do depósito. As pessoas brigavam na fila do banheiro, lá era sempre sujo. Elas brigavam na fila da comida, e havia comida suficiente para todo mundo. As pessoas escondiam pão nos bolsos como ladrões. Estávamos na fila para pegar comida, e de repente eu via duas pessoas se atacando, e por quê, porquê, sem querer, uma tinha encostado no pé da outra, ou falado alto perto da orelha do vizinho. Um homem arrancou uma tábua do convés para bater na cabeça do homem que estava na frente dele, por quê? Porque ele havia deixado uma brecha na fila da comida. Havia homens e mulheres que se mantinham próximos um dos outros e eram inseparáveis. Iam juntos até ao banheiro. À noite dormiam juntos embaixo do cobertor, como se um homem da SS pudesse entrar no navio e dizer: homens à direita, mulheres à esquerda. Eu me lembro de ter ficado resfriado por causa de toda a preocupação, como poderíamos nos tornar um só povo com todo esse nervosismo.

E havia horas em que eu olhava para o mar. Planejava minha fazenda. Não sabia onde seria minha fazenda, mas em minha cabeça eu poderia ver uma casa em um terreno com gansos, um estábulo com vacas leiteiras e um celeiro cheio de feno, e um campo verde perto da casa. Enquanto isso, eu seguia nosso curso. Zarpamos de Marseille. Passamos por Bizerte, na Tunísia. De lá fomos para Alexandria, no Egito, e, finalmente, chegamos a Haifa.

CAPÍTULO 42

Dov

Quase me casei no navio para Israel.

Deixamos Marseille em um navio com muitos pisos, e lá embaixo havia depósitos. Eles abriram espaço para nós nos depósitos. Dormíamos no chão, sem colchões, só cobertores.

Navegamos por sete dias. Havia tensão no ar, havia ondas altas. Pessoas andavam pelo navio em grupos. Algumas faziam perguntas, e algumas inventavam respostas. Qualquer um que andasse por lá com um cigarro atrás da orelha e tivesse uma voz alta e profunda podia ser encontrado, normalmente, ao lado de pessoas com perguntas. Ele as ouvia com um rosto sério e assentia, e finalmente respondia a todos como se soubesse. Eu andava pelo convés com alguns poucos amigos que conhecia do monastério e rezava, só não nos deixe virar no mar. E, então, um milagre aconteceu comigo.

Eu tinha dezoito anos e me apaixonei por uma garota.

Um dia estava sentado no convés com amigos, contando ondas. Soprava um vento frio. Um homem e uma mulher que eu não conhecia se aproximaram de nós. O homem apontou para nós e perguntou em iídiche, de qual desses jovens você gosta? Eu me lembro de ter pensado, esse homem perdeu a razão nos campos, se acha que somos produtos em um mercado. Ele deve ter passado muito tempo em Auschwitz.

A mulher nos examinou por um bom tempo. A cada minuto, ela olhava para outra pessoa. Finalmente, apontou para mim. Ah? O homem disse, esta é Betty, e você quem é?

Olhei para ela, e um calor agradável se espalhou por mim, do pescoço aos pés. Esqueci meus amigos do monastério, esqueci o aumento das ondas do mar, esqueci de mim mesmo. Fiquei paralisado com o rosto de Betty e estava feliz. Betty sorriu para mim. Vi que um de seus dentes era maior e coberto por outro dente, bonitinho, e eu sorri de volta. Betty se aproximou, eu me levantei, e trocamos um aperto de mão. A mão dela era macia e úmida.

Ah, adorável Betty. Gostei dela desde o primeiro momento. Seus cabelos eram compridos, na altura dos ombros, e os olhos eram verdes. O nariz era estreito, e os lábios estavam pintados de rosa. Ela era um pouco gordinha, da minha altura, usava saia leve e jaqueta presa na cintura. Os seios fartos transbordavam da jaqueta. Devia ter a minha idade a menina da França que falava iídiche e havia estado nos campos. Ela viajava para encontrar parentes em Israel e queria ficar na terra judia.

Ficávamos sentados no convés de manhã até a noite enrolados em um cobertor, todos os dias a mesma coisa, e Yitzhak não via e não dizia nada. Trocávamos segredos cochichando no ouvido um do outro, principalmente coisas engraçadas contadas em iídiche, até o sol mergulhar no mar. Às vezes nos sentávamos silenciosos diante do sol nascente, mesmo quando não podíamos vê-lo por causa das nuvens. Na fila da comida, Betty me explicou sobre baguetes francesas e queijo com mofo, e quanto ela sonhava com uma taça de vinho tinto. Ensinei a Betty os nomes húngaros para as árvores. Ela desenhou a Torre Eiffel na minha perna e quis saber onde eu havia estado durante a guerra. Disse a Betty, nasci em um navio, agora cante uma canção francesa. Ela cantou *Frère Jacques, Frère Jacques* e me ensinou o beijo francês. Eu ficava escondido embaixo do cobertor e sentia os dedos dela viajar suavemente por minha mão. Ela cobria a minha com pequenos círculos como se fizesse uma massagem, ai, Deus, os pelos do meu corpo se eriçavam em um segundo, mas não só lá. Às vezes, minha mão começava a tremer sozinha, e havia eletricidade em minha pele. Eu ficava assustado e cerrava o punho, e então ela sussurrava, qual é o problema, meu Bernard, e continuava com os pequenos círculos com os dedos, no meu pescoço, na orelha, quase sem tocar, e cada parte de mim era preenchida.

Um dia ela encontrou uma cicatriz no meu braço, como um buraco. Olhou para mim com tristeza e disse, isso dói? Arde? E imediatamente começou a cobrir a cicatriz com beijinhos, como se o buraco em meu braço fosse minha boca. Betty sussurrava, amo você, *mon amour*, amo, amo, e começávamos um longo e hermético beijo francês, ah, Betty, Betty.

Eu queria que o tempo parasse para sempre. Não parou. Estávamos nos aproximando da terra. Betty disse, quero ficar com você, Bernard, tenho família em Israel, eles esperam por mim, mas quero ir com você, o lugar não é importante para mim, é você que quero, *mon amour*, vamos nos casar.

Eu estava confuso. Meu peito doía, e eu não sabia o que fazer. Fui procurar meu irmão. Eu o encontrei no depósito mais baixo sob o convés. Ele conversava com um dos instrutores do grupo. Eu o chamei de lado, disse em voz baixa: Betty quer se casar, e não sei o que fazer. Meu irmão gritou, o quê? E franziu o cenho, como assim, se casar, o que você sabe sobre a vida, você não tem casa, não tem dinheiro, não sabe nada sobre Israel, e quer o peso de uma esposa ainda tão jovem, para que precisa disso? Percebi que meu irmão estava certo. Betty não fazia parte do grupo dos jovens dos campos. Eles já nos tinham dito no navio que nosso grupo permaneceria junto. Ela não podia ir conosco. Betty disse, vou para a casa dos meus parentes em Tel Aviv, vai saber como me encontrar, Bernard?

Nós nos separamos. Betty chorou quando nos despedimos, e eu, claro, também.

Betty, *mon amour*, meu primeiro amor. Mais tarde, senti muita saudade dela. Sonhava com ela antes de dormir. Não tinha dinheiro para ir procurar Betty. Soube que, um ano depois, ela se casou. Nunca mais a vi de novo.

CAPÍTULO 43

Yitzhak

Chegamos ao Porto de Haifa no meio de abril de 1946. Eu tinha dezessete anos e pouco. Era quase meio-dia. O céu tinha um tom especial de azul como eu nunca tinha visto antes, uma cor limpa. Uma grande banda esperava por nós. Os músicos usavam um uniforme escuro e seguravam instrumentos estranhos. Canos com pequenos buracos, canos gordos e complicados com buracos grandes. A banda tocava melodias alegres, como as que ouvi em Auschwitz. Um homem segurava uma varinha na mão e a sacudia como se os mandasse embora. Não vi cachorros. Atrás e do lado da banda havia homens, mulheres e crianças. Eles tinham expressões felizes. Acenavam para nós como se fôssemos da família. Ficavam parados de pernas afastadas, como pessoas que sabiam ser donos da terra.

A banda me irritou.

O que escondiam de nós atrás da banda, o quê? O que estavam escondendo? Deviam ser burros ou idiotas, ou as duas coisas, se achavam que não pensaríamos em maus sinais. Perguntei a um dos instrutores, para que a banda?

Ele bateu nas minhas costas, sorriu para mim com seus dentes brancos, disse, estão dando a vocês uma recepção festiva em nome da UNRRA. Vocês são os primeiros jovens imigrantes, refugiados do Holocausto.

Perguntei, que jovens.

Ele disse, você é um jovem refugiado, é do campo na Polônia, não é? Refugiados.

Não entendi o que eram refugiados. No entanto, perguntei, outros refugiados virão?

Ele disse, muitos judeus virão. Ah, era possível ver que ele não entendia a rampa em Auschwitz, não sabia que as chaminés devoraram quase todos os judeus.

E eles vão mandar uma banda ao porto para todos?

Ele disse, não sei, veremos.

A banda tocava marchas, e as pessoas começaram a se mover, batendo palmas no ritmo. Tive certeza de que trocariam socos a qualquer minuto. Eles se agrediriam, fugiriam, procurariam uma floresta. Comecei a suar, e então vi que havia confusão, como em Auschwitz: pessoas que tinham desembarcado do navio começaram a andar em direções diferentes, sem entender o que pessoas saudáveis diziam a elas, e houve uma grande demora no desembarque. De onde eu estava, podia ver que alguns queriam voltar ao navio. Acho que por causa da banda. Aquilo deixava todos nós muito nervosos, aquela banda tocando marcha após marcha. As pessoas saudáveis de Eretz-Israel continuavam aplaudindo no ritmo. Pareciam pessoas boas, felizes, e os bebês em seus braços também pareciam saudáveis e felizes. E pareciam educados também, pensei, provavelmente são bons comerciantes com vida de sorte. Pelo comprimento de suas pernas fortes, tive certeza de que poderiam pegar um potro sem problema nenhum. Não sei por quê, mas a felicidade deles encheu meus olhos de lágrimas. Ao meu lado, vários outros jovens tinham os olhos cheios de lágrimas.

A luz do sol era forte. Sem cheiro ou fumaça. Senti meu corpo se livrar pouco a pouco do nervosismo. Do porto, eles nos levaram para Camp Atlit. Mais uma vez, havia listas e nomes. Eles falavam alto em hebraico, mesmo sem um megafone. Alguns tinham topetes imensos que caíam lindamente sobre a testa. Eles liam dois ou três nomes, levantavam a cabeça e *pá*, jogavam o tapete para trás. Os jovens de Eretz-Israel usavam calça cáqui e camisa com as mangas enroladas em uma faixa larga sobre os músculos. E que músculos tinham, podiam levantar um bezerro, até dois ou três sobre os ombros sem problema nenhum, eram largos e bem desenvolvidos. Podiam até pegar galinhas ou um pato com o dedo mínimo, e carregar pelo menos três ou quatro sacos de feno nas costas.

Eu lembro, quando eles chamaram meu nome, endireitei os ombros e o pescoço, estufei o peito e disse, sim, com minha voz mais forte. Minha voz ecoou tão forte quanto a deles, fiquei satisfeito. Alguns não respondiam quando eram chamados. Às vezes, tinham que repetir um nome três vezes antes de os outros jovens no grupo dizerem, é ele, é ele, apontando para alguém. Houve um que se recusava a responder ao nome que chamaram.

O rapaz com as listras se aproximou dele e disse, responda, qual é seu nome? O jovem estendeu uma das mãos, puxou a manga e mostrou o número azul em seu braço. O israelita tossiu e disse, esqueça seu número. Em Eretz-Israel, você é Ya'akov Mandelbitz, está claro? Agora repita comigo, Ya'akov Mandelbitz, Ya'akov Mandelbitz. O jovem resmungou alguma coisa.

Os rapazes terminaram de ler nomes, depois salpicaram pó sobre nós, acho que era DDT. *Aaaatchim*. Que cheiro ruim. Disseram que era contra doenças que dão coceira. Pena que eu não tinha alguns frascos nos campos. Depois eles nos levaram a cabanas de madeira. Cada um ganhou uma cama, um cobertor, um lençol e um travesseiro. Os cobertores cheiravam a DDT. O cheiro não me incomodava, estava feliz por não ter piolhos.

No dia seguinte, eles nos disseram, agora temos que esperar até cada um de vocês ser mandando para um assentamento no campo.

Eu perguntei, quanto tempo vamos esperar?
Disseram, uma ou duas semanas, no máximo.
E o que fazemos nesse tempo?
Eles disseram, vamos cantar um pouco, contar para vocês sobre Eretz--Israel.
A coceira começou imediatamente. Eu disse ao jovem que tinha lido os nomes, preciso de um pouco mais de DDT, e pode me dar um frasco para mais tarde? Ele disse que não.

Os rapazes nos reuniram em uma das cabanas e contaram sobre o *kibbutz* e o *moshaw*, e cantamos canções, *"Anu banu artzah"* – Chegamos a este país – *"Se'u tziona ness veh degel"* – Carregar uma bandeira para Zion – *"Hatikvah"* – A Esperança – o hino do país. Os jovens do país cantavam entusiasmados, os jovens dos campos na Polônia, não. Os que estavam sentados na primeira fileira cantavam bem. Os da segunda fileira, nem tanto, os da terceira, nada. Alguns moviam os lábios formando as palavras, outros olhavam para os cantos ou para o teto e nem moviam os lábios. Eu movia, formava as palavras. Dov também as confundia.

Os rapazes de Israel batiam os pés no chão, aplaudiam, e cantavam incansáveis muitas canções. Um deles pôs dois dedos na boca e assobiou, um assobio tão alto que quase explodiu meu tímpano. Pelo menos cinco ou seis dos mais novos do grupo pularam do banco e correram para fora. Havia momentos em que, no meio do *yula, yula, yulala*, minha cabeça começava a latejar. *Ta. Ta-ta-ta.* Mas fiquei na cabana feliz e cochichei para meu irmão, vamos ficar até o fim. Dov era um daqueles que se levantavam e sentavam constantemente, se levantavam e sentavam, davam dois passos e voltavam às suas cadeiras. Deixavam todas as pessoas saudáveis de Eretz-Israel tontas.

Havia várias pessoas saudáveis de Eretz-Israel que interromperam a canção por causa daqueles que se levantavam, e estavam confusos: não conseguiam encontrar a porta, queriam abrir uma janela, estavam cansados e queriam deitar no banco, tudo no meio da grande felicidade.

Quando os rapazes ricos passaram às canções tristes, punham as mãos atrás das costas e se abraçavam, balançavam e gesticulavam para nós, abracem também, e todos juntos. *"Hinei ma tov oh ma naim, shevet achim gam yachad"* – Como é bom e agradável irmãos estarem juntos – cantem conosco, *"Hinei ma tov oh ma naim, shevet achim gam yachad",* e esse verso fez alguns chorar com toda essa união, mas havia os que tinham nervos fracos e continuavam se levantando de suas cadeiras. Os rapazes diziam em hebraico para eles se sentarem, logo teremos refrescos, mas muitos se levantaram e saíram, sem entender uma palavra do que era dito a eles, e por isso perderam os refrescos.

Na cabana feliz, eu adorava cantar *Hatikvah* acima de tudo. Quando chegamos ao verso "Ser um povo livre em nossa terra, a Terra de Zion, Jerusalém", eu gritava loucamente como se tivesse um megafone na boca. Gritar esse verso me fazia sentir bem.

Dov teve um período muito, muito difícil em Atlit. A cabana feliz era o mais difícil de tudo. Às vezes eu o puxava para uma cadeira, dizendo a ele que haveria biscoitos *wafer* ou biscoitos comuns, e *oy va'avoy*, se não distribuíam doces no final. Dov estava infeliz, acho que principalmente por causa da garota da França que queria se casar com ele. Eu não podia concordar com um plano como esse, porque aquela menina não sabia nada sobre o que tínhamos enfrentado. Falávamos como pessoas normais, sorríamos quando era apropriado, mas tínhamos o coração quebrado, e isso ela não viu nem sentiu, éramos doentes crônicos, de certa forma, e pessoas comuns não viam isso imediatamente. Eu tinha muito medo por nós. Sabia que, se Dov se casasse, cometeria suicídio em uma semana. Fiquei feliz por ele ter concordado em desistir, mas me preocupava com o que via em seus olhos. Eu o via sentar com pessoas e não ouvir o que diziam a ele. Vi que ele queria ficar sozinho, e eu estava preocupado. Eu me recusava a deixá-lo sozinho. Ia atrás dele, segurava sua mão e o levava de volta para sentar com todo mundo até os refrescos.

Duas semanas em Camp Atlit, e levaram todos nós para um vilarejo na Baixa Galileia, na frente do Kinnetet – Mar da Galileia. Espinhos da altura de nossa cabeça e lodo negro e pesado. Nesse vilarejo as ruas eram estreitas, o trabalho era duro, e os bolsos, vazios. Um coletivo, nos disseram, e não sabia nada sobre isso. Amigos diziam, se você mistura *kibbutz* e *moshav* privado em um grande caldeirão, tem um *moshav* coletivo. Eu imaginava um grande caldeirão, misturava e misturava, e continuava com fome. Na primeira semana, não entendi o que estava fazendo naquele vilarejo coletivo.

CAPÍTULO 44

Dov

Éramos vinte e cinco jovens homens e mulheres que chegaram a um pequeno vilarejo coletivo que tinha dez anos de idade. Um grupo jovem, principalmente da Polônia, sobreviventes do Holocausto, como éramos conhecidos no vilarejo, eu não sabia a que exatamente tinha sobrevivido, mas também não perguntei.

Era abril. Andamos ao longo de uma rua enlameada sentindo o cheiro intenso de grama molhada. Ao longo do caminho, eu vi pequenas casas de pedra preta com quintais vazios. Homens e mulheres de cerca de trinta anos esperavam por nós em um prédio bem grande que chamavam de Sede dos Membros. Os homens usavam roupas simples, calça cáqui, camisa azul. As mulheres vestiam saia curta, algumas usavam calça. Tinham um x vermelho bordado na camisa. Perto de várias mulheres havia um carrinho com um bebê. As pessoas olhavam para nós e cantavam juntas, *"Trouxemos paz a vocês, trouxemos paz a vocês, paz a vocês todos"*. Alguns aplaudiam e acenavam com a cabeça para nós, *nu*, cantem conosco, mas eu me limitava a uma cadeira e à enorme barriga de uma mulher de suéter sentada no canto. Ela segurava a parte de baixo da barriga, e eu queria fugir.

Eu me levantei da cadeira, mas meu irmão, Yitzhak, segurou minha calça e me puxou de volta para a cadeira, e cochichou, qual é o seu problema, sente e fique quieto. Eu não conseguia sentar e ficar quieto por causa da imagem na minha cabeça: a cena da barriga enorme de uma grávida, talvez no nono mês, e ela estava voando para o fogo, *aah*. Disse a mim mesmo, controle-se, ou vai ser seu fim. A mulher barriguda sorriu para mim, parecia feliz.

Pessoas no hall falavam e falavam em hebraico, nós não entendíamos uma palavra sequer.

Eu me abaixei como se tivesse que amarrar um cadarço de sapato, dei um grande passo e saí. Procurei árvores. Não encontrei nenhuma. Do outro lado da entrada havia uma pequena fileira de pinheiros em buracos redondos, pareciam meio vivos, meio mortos. Meu irmão estava ao meu lado. Ele me olhava desanimado e me chamou com um dedo, íamos voltar à sede.

Voltei ao meu assento, e alguém com dentes salientes na mesa central levantou-se e disse em iídiche, olá, meu nome é Issasschar, e sou seu instrutor e tradutor. Ele nos deu as boas-vindas em nome dos membros, disse algumas palavras sobre o coletivo e explicou nossa rotina diária no vilarejo. Issasschar procurava constantemente palavras em iídiche, mesmo assim consegui entender que ele dizia que começaríamos a trabalhar cedo de manhã, continuaríamos até o meio-dia, e todas as tardes estudaríamos em uma sala de aula com um professor.

Ele diz sala de aula com um professor, e minha cabeça faz *pá*. Sussurrei para meu irmão, pergunte que professor, depressa, porque talvez tenhamos que voltar a Camp Atlit agora, antes de o caminhão voltar ao vilarejo. Meu irmão disse, me desculpe, senhor, como assim, uma sala de aula e um professor, como em uma escola? Issasschar disse que sim e se aproximou de nós, porque nesse tempo as pessoas começaram a falar entre elas, e não conseguíamos ouvir nada. Ele disse, organizamos uma turma especial para vocês, tem livros, cadernos, e temos um excelente professor no vilarejo.

Os irmãos de Auschwitz

Meu irmão disse, e o que vamos aprender na escola? Vão aprender hebraico, leitura e escrita, história, Bíblia e... é isso. Entendi que havia várias outras coisas que tínhamos que aprender, e ele não conseguia encontrar as palavras em iídiche. Sussurrei para o instrutor, diga, tem navios de volta no país, sim ou não, e de onde partem seus navios, e para onde vão esses navios, e quantas vezes por semana. O instrutor não entendeu uma palavra sequer.

Eu precisava pôr alguma coisa doce na boca.

As mulheres serviram um copo de limonada e uma fatia de bolo para cada um. Um bolo marrom com chocolate macio na cobertura. Pus o bolo na boca, e meu nariz escorreu. O bolo tinha o gosto daqueles que minha mãe fazia para o Shabbat. Eu gostava de ficar com a mamãe na cozinha. Ajudava a bater claras em neve, misturar lentamente o açúcar e a farinha e colocar no forno de ferro que ficava sobre dois pratos de metal. Queria engolir todo o bolo que restava sobre a mesa e agarrar os pedaços dos outros que comiam devagar e educadamente. Disse ao meu irmão, se, neste vilarejo, eles fazem bolos bons como os que mamãe costumava fazer, vamos ficar bem. Ainda estou preocupado com as aulas, o que acha?

Meu irmão sorriu para mim, disse, vamos ficar bem porque não temos outro lugar, entende? E então Issasschar disse, agora vamos para os quartos. Ele nos levou a duas casas térreas, nos dividiu, três ou quatro por quarto, com camas e um pequeno gabinete, meninos e meninas separados. Ganhamos roupas e sapatos reforçados e de cano alto, e um nome novo para o grupo. Companheiros, Issasschar chamou. Vamos, companheiros, levantem-se, companheiros, sem devaneios, companheiros, e agora é hora de ir para a cama, *nu*, companheiros.

Naquela primeira noite, eu não consegui dormir. Segui as faixas de luz que entravam no quarto pela janela. Cheguei ao teto e comecei a descer. Queria voltar ao navio para abraçar Betty.

No dia seguinte, fomos examinados por um médico.

Um homem de óculos e cabelo oleoso, sem avental branco. Ele pigarreou. Pigarreava a cada um ou dois minutos. *Ram-ram*. Enquanto isso, examinava o peito, as costas, as orelhas e até dentro das ceroulas. Meu rosto corou por um instante. O médico não falou nada. Nem eu. O médico não olhava nos meus olhos. E eu não olhava para ele.

Alguns dias mais tarde, Issasschar foi ao meu quarto e disse, Dov, você tem um horário marcado para cirurgia.

Senti que ia desmaiar. Gritei, que cirurgia, como assim, cirurgia, não tenho dor nenhuma, e decidi fugir.

Issasschar sentou-se na minha cama e me mostrou uma carta. Ele disse, é do hospital, sinto muito, mas não entendo o que está escrito na carta. Falei para ele, não vou a lugar nenhum, sou saudável.

Meu irmão concordou imediatamente, dizendo, não vou permitir que meu irmão vá para o hospital. Passamos por hospitais suficientes na Alemanha, entende? O instrutor saiu.

Um dia depois, fui chamado para ir falar com o médico.

Meu irmão não quis ir comigo. Sua boca estava branca, ele bateu com um punho na perna e me disse, tome cuidado, Dov, tome cuidado, e não vá a nenhum lugar sozinho com o médico, está ouvindo?

Eu disse, muito bem, não se preocupe, e dei a ele um doce que tinha escondido no meu bolso.

O médico e eu fomos à enfermaria. O cheiro de remédio fez meu corpo formigar. O médico falou com o instrutor. Percebi que o médico sabia falar bem. O instrutor traduziu. Só havia um problema, o instrutor não sabia como dizer hérnia em iídiche. Ele disse para eu tirar a calça. Tirei. O médico apontou para minha virilha. Eu sabia para onde. Alguma coisa doía ali. Começou na Hungria, nas noites em que o pai, meus irmãos e eu arrastávamos toras pesadas de madeira para os vagões de trem. Fazíamos esse trabalho em troca de comida. O instrutor pegou uma haste usada para examinar a garganta e a quebrou em dois pedaços. Ele dizia, hérnia, hérnia, eu não entendia. Finalmente, ele disse, temos que operar, eu vou com você.

Fui com o instrutor ao hospital italiano em Tiberias.

Minha terceira vez em um hospital em um ano. Esperamos em um banco, e eu queria que um avião viesse do céu e jogasse uma bomba na sala dos médicos. Eu me levantei do banco e fui ao banheiro. Voltei e sentei. Cerca de vinte minutos mais tarde, fui ao banheiro de novo. Tinha muita urina, porque estava com medo do anestésico que me manteria no hospital por três meses.

Não conseguia explicar ao médico o que tinha vivido. O iídiche do instrutor não era suficiente para os meus problemas. Eu perguntei a ele, diga-me, como chego ao navio mais próximo para Tiberias, hã? Ele me abraçou, e fui chamado lá dentro.

Passei dez dias no hospital depois da cirurgia.

Tinha muita dor na perna, na barriga e na cabeça. Eles colocaram um pesado saco de areia sobre a ferida para mantê-la no lugar. Eu não podia me mexer. As enfermeiras me lavavam na cama com água e sabão, me secavam com uma toalha, cobriam a ferida com um curativo, falavam e riam alto em hebraico. Eram agradáveis aquelas enfermeiras que falavam hebraico. Uma era ruiva, com pele vermelha como se tivesse passado dois meses exposta ao sol. Ela comprimia os lábios e deixava o ar sair como uma melodia, *ttshshsh, ttshshsh*, e sorria para mim. Outra prendia o cabelo para trás formando uma banana preta com muitos grampos. Eu tinha vergonha de falar em iídiche, ai, estou com dor, e tirem essa bolsa. Eu me sentia como um velho fraco e desgraçado. Tinha outro problema. Na cama da frente havia um jovem que me fazia rir. O nome dele era Maurice, e suas orelhas eram enormes. Ele sabia como mexê-las para cima e para baixo e virar os lábios como uma meia. Ele fazia um bico e o virava do avesso. O pior era durante as visitas médicas. Um médico parava ao lado da minha cama com algumas enfermeiras, lia meu cartão e, enquanto isso, do outro lado, eu via Maurice virar os lábios do avesso. Não conseguia parar de rir por causa dele.

Quando eu ria, o lugar da cirurgia doía ainda mais. Eu implorava, chega, Maurice, chega. Maurice me ignorava. Comecei a deitar com o rosto voltado para a parede. Não adiantava. Ele dizia alguma coisa, só uma palavra, e eu sabia que estava falando comigo com os lábios do avesso.

Recebi muitas visitas no hospital. Issasschar me visitava quase todos os dias. E outros amigos do grupo, também. Meu irmão não me visitava. Eu não fiquei bravo com ele. Hoje eu sei: meu irmão Yitzhak nunca vai pôr os pés em um hospital. Nem por ele mesmo. Os três meses que ele passou cuidando de mim no hospital em Indersford no fim da guerra foram suficientes para ele. Eu me lembro de quando quiseram aplicar uma injeção nele, e ele desmaiou.

Desde a cirurgia em Tiberias, passei por mais duas operações na virilha. Minha esposa, Shosh, me visita, as crianças me visitam, os amigos aparecem, Hannah, esposa de Yitzhak, também faz visitas. Ela sempre diz que Yitzhak a segue pela casa dizendo, vá ver Dov, vá, vá. Ele não vem, não consegue pôr os pés em um hospital.

Depois da cirurgia em Tiberias, percebi que outro milagre tinha acontecido comigo. Uma dia depois da operação, fui informado de que o médico que operou minha virilha era um espião, e eles o pegaram naquela noite. Ele espionava para o Líbano. Foi preso imediatamente. De início fiquei alarmado. Afinal, ele poderia ter me matado com sua faca. Esses pensamentos espalhavam gelo por minhas costas no meio de uma onda de calor.

Eu gritei, milagre, milagre. Alguém está olhando por mim lá do alto. Quando meu irmão Yitzhak ouviu a história, procurou imediatamente uma cadeira para sentar-se e pediu água com cinco colheres de açúcar. Dei a ele água e um pedaço de pão que tinha no bolso. Ele jogou fora o pão, levantou-se e deu um soco na janela de vidro.

O vidro quebrou com seus gritos, eu disse para você não ir a médicos, falei que era perigoso.

Mas eu estava satisfeito com a cirurgia. A dor na virilha desapareceu, e tomei uma decisão, eu, Dov, serei um bom trabalhador neste vilarejo, e tudo porque Issasschar disse, em Eretz-Israel, o mais importante é ser fazendeiro, como os góis em nossos vilarejos na Hungria, ou na Polônia. E então ele me perguntou, qual é sua profissão?

Respondi, mecânico, como tinha dito na rampa em Auschwitz, quando menti. Mas, de lá para cá, adquiri experiência na oficina na Alemanha. No vilarejo eles ficaram contentes. Precisavam de um mecânico para a oficina deles.

Eu me levantei da cama às quatro da manhã. Me lembro de uma batida alta na porta. Pus um pé fora da cama e saí. Tinha ido para a cama com as roupas de trabalho. Havia acordado pelo menos uma hora antes das quatro e contado estrelas na janela.

O guarda que me chamou tinha uma arma no ombro. Ele me deu bom-dia e me acompanhou à oficina. Eu me sentia mecânico treinado com um diploma da Alemanha, e isso me fez querer chorar. Queria dizer ao guarda, obrigado, senhor, por me acompanhar ao trabalho e garantir que eu achasse o caminho. Não falei nada. Sabia que o guarda não entendia iídiche.

Separei-me do guarda perto da oficina. O mecânico chefe esperava por mim. Ele estava meio dormindo, bocejando alto. Seus bocejos cheiravam a café. Ele usava um boné na cabeça e sorria simpático entre os bocejos. Um cachorro correu entre nós, lambeu meus sapatos e balançou o rabo. Peguei um pedaço de pão do meu bolso e dei ao cachorro.

O mecânico me levou para conhecer a oficina e explicou coisas em hebraico. Não entendi uma palavra sequer. Assenti e afaguei o cachorro, que correu atrás de nós. Enquanto isso, terminamos a visita, e ele me deu um contêiner pesado e me mostrou um automóvel. Abri a tampa do contêiner e cheirei o conteúdo. Cheiro de óleo. Eu não sabia o que fazer. Falava iídiche, húngaro, russo, um pouco de alemão, e não tinha palavras para ele. Esperei. Ele abriu o capô do motor, apontou um buraco que parecia a abertura de um cano e acenou com a cabeça na direção do cano. Entendi que ele queria que eu pusesse o óleo no cano. Levantei o contêiner e despejei o óleo – direto no chão. O mecânico agarrou a cabeça e arrancou o boné, gritou alguma coisa e apontou a saída. Entendi e saí de lá.

Quatro e meia da manhã e eu estava sozinho na rua. Estava escuro, e eu sentia vergonha. Enfiei as mãos nos bolsos e comecei a vagar sem rumo. Em nosso prédio, os companheiros dormiam. Eu não conhecia mais ninguém no vilarejo. Andei por mais cinquenta metros, e então ouvi o mecânico gritar, Dov, Dov, parei. Olhei para trás. Ele estava embaixo da lâmpada na oficina e me chamava para voltar. Voltei. Percebi que tinha cometido um engano. Havia desperdiçado óleo muito caro. Não sabia como pedir desculpas em hebraico e lamentava muito. Procurei palavras que fossem conhecidas pelo mecânico. E então tive uma ideia. Comecei a cantar *Hatikvah* para ele. Lembrei algumas palavras. Ele ficou ereto como uma bandeira, eu também me empertiguei, e cantamos juntos. Depois ele pôs a mão em meu ombro e começou a explicar sobre motores. Seus movimentos eram delicados, e entendi que ele havia me perdoado. Do carro, passamos a um painel de madeira que parecia uma mesa. Ele pegou papel em uma das gavetas e desenhou um motor, dando nome a cada parte e sinalizando cada uma com uma flecha. Percebi que no vilarejo eles acreditavam que eu era professor de tratores. Tinham certeza de que haviam recebido um mecânico diplomado da Alemanha. Eu não podia dizer que tinha aprendido mecânica em uma lata velha, em uma oficina pequena. E não sabia no idioma deles que estava com fome. Constantemente com fome.

Durante as primeiras semanas, tivemos uma cozinha comum. Comíamos tanto quanto queríamos. Bom, mais ou menos. No vilarejo eles decidiram fechar a cozinha. Fomos designados a famílias. A comida que eles punham no prato era um quarto do que eu realmente queria. Sentia vergonha de pedir mais. Quando punham uma travessa no centro da mesa, eu pegava tanto quanto todo mundo, duas ou três colheres, mas poderia comer tudo sozinho. Até duas travessas. Havia *tzena* – medidas de austeridade – no país. Membros *moshav* comiam o que tinha durante a *tzena*, pão, queijo, alguns vegetais, às vezes ovos, raramente carne. Eles pensavam que éramos como eles. Não éramos. Eu não podia contar à família sobre a fome que tinha conhecido nos campos e gritar, a comida em sua travessa não é suficiente para mim, preciso de dez travessas, tenho que comer carne, muitas porções de carne. E depois comecei a ter maus pensamentos, se não havia comida no vilarejo, os membros começariam a atirar, começariam a nos reduzir, sim. Eliminariam alguns do nosso grupo para que houvesse comida suficiente para todo mundo.

Eu disse ao meu irmão, Yitzhak: Não suporto pensar em pão o tempo todo. Os sonhos à noite são suficientemente ruins. Não posso voltar às cascas de batata, entende?

Meu irmão abaixou a cabeça. Fez um buraquinho na terra com o salto do sapato e disse, então vou buscar pão para você. E Yitzhak conseguiu, porque Yitzhak sabia como arrumar pão, e não fazia diferença quanto ele conseguia, eu queria mais, mas, acima de tudo, queria fugir.

CAPÍTULO 45

Yitzhak

Fomos do Holocausto para um novo inferno.
Novamente sons e palmas. Novamente os sorrisos de famílias normais com pai, mãe, crianças pequenas, uma mesa posta e a mãe tirando um lenço da manga para limpar o nariz de um filho, e depois um abraço. Vimos um pai que dirigia uma colheitadeira, que à noite era um herói que protegia um posto com uma arma. E quem éramos nós, eles queimaram nosso pai e nossa mãe, e queimaram nosso avô e nossa avó, e queimaram nossos irmãos, tias e tios. Sentíamos vergonha. Eles falavam e falavam, e eu não entendia nada. Estava sempre verificando com os outros, entendeu o que eles disseram, entendeu? Nada.
Quando começamos a entender a língua deles, entendemos também o que diziam sobre nós nesse país. Eles nos chamavam de "sabão", diziam, "vocês foram como carneiros para o matadouro e não resistiram. Não lutaram como homens. Eram milhares de vocês naqueles trens, por que não se rebelaram. Podiam ter tomado as armas deles, eliminado alguns

alemães, pelo menos, antes do crematório". *Aah*. Sentíamos que novos amigos se levantavam contra nós. Para os alemães éramos lixo, em Eretz--Israel éramos carneiros. Essa conversa feria meu coração. Sofrimento de manhã, sofrimento à tarde, e à noite, acima de tudo. Eu queria apagar Auschwitz, Buchenwald e Zeiss da minha mente, e não conseguia. E então veio o nervosismo, porque percebi que o inferno não tinha acabado. Às vezes queria usar um machado nos nativos desse país. Cortá-los em dois. Talvez só um golpe na cabeça, sem cortar.

Eles nos puseram para trabalhar desde o primeiro dia. Alocaram-nos em vários lugares, como o estábulo, os galinheiros e campos. Eles diziam, façam isso, façam aquilo, muitas explicações e gestos com as mãos, porque eles queriam que tudo saísse certo, e era difícil para mim. Eles nos ensinaram a carregar um saco de restos orgânicos nas costas, segurar com os dois braços, andar encurvado do caminhão ao depósito, e víamos os corpos em decomposição dos prisioneiros ser arrastados para uma grande pilha. Eles nos davam uma pá para cavar um buraco para uma árvore, e víamos uma cova para os mortos. Eles tocavam música clássica para nós no vilarejo com um *cello*, e ouvíamos a orquestra de Auschwitz e os gritos de uma mãe, Golda'leh, Golda'leh, eles levaram minha Tuvia. Queriam que sentássemos em uma sala de aula comum para aprender hebraico, e chamas e fogo saíam de nossas orelhas. Issasschar, o tradutor com os dentes salientes, disse, venham aprender a dançar Hora, vamos, amigos, vamos, elevem as pernas, todo mundo, para o lado, e agora batam os pés três vezes, *tá. Tá. Tá*. E embaixo dos meus pés eu via um rosto como massa suja. O mais difícil eram os incêndios. O sino do vilarejo tocava, e todo mundo corria com panos molhados, ou um balde cheio de água, ou um bastão especial para apagar o fogo nos campos ou nas florestas. Pessoas gritavam, onde é o incêndio, onde é, e eu ficava parado. Porque só ver o fogo provocava uma pressão nos meus ouvidos. Acontecia a mesma coisa com fogueiras e a canção *Hinei Ma Tov* – Irmãos Sentados Juntos em Volta do Fogo. As chamas eram altas, havia fumaça, e eu via minha família desaparecendo na fumaça. Ouvia o *pá-pá-pá* dos galhos, e me lembrava do *pá-pá-pá* dos piolhos cozinhando no vapor.

E havia a necessidade urgente de habituar-se à vida em comunidade.

Eu não entendia o método econômico deles. Um estábulo do tamanho que eu me lembrava de termos em casa, e ele pertencia a todo mundo, os galinheiros pertenciam a todo mundo, as hortas eram de todos. Perguntei, e quem ganha no fim, todo mundo, e as perdas, quem as cobre, todo mundo?

Ninguém, nós as registramos, e depois continuamos trabalhando e torcendo pelo melhor, como assim, torcer pelo melhor, torcer pelo melhor é... *nu*, qual é o seu problema, por que está tão preocupado, Yitzhak.

Eu disse, porque quero entender quem dá, no final. Eles me disseram, Deus dá, certo?

Eu fiquei ainda mais preocupado.

O trabalho braçal era duro, o bolso ficava vazio. Perguntei, onde vou arrumar dinheiro para comprar coisas.

Eles me perguntaram, de que você precisa, Yitzhak.

Eu disse, calçados para trabalhar, por exemplo.

Eles disseram, vá à loja.

Mas eles não tinham nenhuma.

Disseram, encomende sapatos, e eles trarão para você.

Quando trarão.

Em duas ou três semanas, pelo menos.

Falei, onde vão buscá-los, no mercado? Conheço um mercado muito bom, e quero comprá-los eu mesmo.

Eles disseram, como assim, mercado, nós os compramos em uma loja apropriada.

Fui à loja do vilarejo para encomendar sapatos.

Os preços na loja eram fixos. Eu não podia tocar os produtos nem calcular o peso deles nas mãos. Queria baixar o preço do açúcar. Eles disseram, você precisa entender, aqui não barganhamos.

Por que não, porque todo mundo é igual em um coletivo, não tem diferença, todos os membros ganham a mesma coisa. Eu não conseguia entender como as pessoas ganhavam, se não tinham dinheiro nos bolsos, eles me explicaram que cada membro tem um orçamento, tudo é anotado em um livro no escritório.

Perguntei, e se um membro quer comprar alguma coisa.

Eles disseram, ele compra.

E como ele paga.

Não tem problema, eles reduzem os números no livro.

Eu disse, e se eu quiser trabalhar o dobro do tempo para ganhar mais dinheiro.

Eles me disseram, tudo bem, mas o orçamento não muda.

Voltei ao meu quarto e bati com a cabeça na parede.

Sentia muito a falta do mercado Perechyn. Os barris de peixe e *sauerkraut*, sacos de feijão e arroz, pacotes de temperos, pedaços de tecido colorido, lamparinas, ferramentas de trabalho, e os gritos dos vendedores. Sentia falta de ouvir uma boa piada ou alguma história, sempre havia tempo para conversar no mercado, ninguém tinha pressa. Na loja, percebi que eu não tinha pressa porque havia outras pessoas ali, e todo mundo comprava do mesmo vendedor.

E havia o problema da comida.

A comida que davam para nós não era suficiente. Eles punham meio tomate, cebola, um pedaço de queijo, algumas azeitonas e uma fatia de pão no prato. Só isso. Quase não havia carne. Isso causava desânimo e muita raiva. Nossos corpos começavam a viver. Tínhamos fome mesmo quando estávamos de barriga cheia. Meu irmão Dov recebia um filão de pão por dia no trabalho no campo. Ele comia todo o pão no café da manhã. Não sobrava pão para o almoço. Os membros cobravam trabalho duro, precisavam de nós para trabalhar e fazer a fazenda funcionar, e trabalhávamos duro, mas a comida que eles punham em nossos pratos nos deixava furiosos. Tínhamos vergonha de reclamar, porque os membros do vilarejo comiam como nós. Eles nos davam o mesmo que comiam. Não sabiam do enorme buraco que tínhamos na barriga.

Começamos a perder o controle no refeitório. Caíamos sobre os pobres vegetais à mesa, sobre a margarina e a geleia. Pegávamos margarina e passávamos uns nos outros. Fazíamos guerra de água com a água das jarras. Ríamos como doidos para não chorar. Não sei por quê. Talvez estivéssemos extravasando o nervosismo da guerra. Éramos com uma garrafa de refrigerante que havia caído no chão antes de ser aberta. Talvez precisássemos esvaziar o coração, mas tínhamos vergonha do nosso passado. E, mesmo que não tivéssemos vergonha, como poderíamos ter explicado sem conhecer o idioma, como?

Senti que começava a ficar maluco.

Queria arrancar minha pele.

Dov disse, não posso viver aqui deste jeito, entende.

Falei para ele, é difícil para mim também, acredite, mas vamos dar uma chance ao lugar. Comecei a fazer um plano em relação à comida. Fiz um mapa em minha cabeça com os lugares onde havia comida. Saía da cama de manhã para ir trabalhar, e procurava, sim. Nos galinheiros havia ovos. Na padaria tinha pão. Vegetais na horta. Planejava o que pegaria à noite, quando ninguém pudesse ver. E assim começamos a comer por fora. Vi que outros membros do nosso grupo também faziam planos. Começamos a andar à noite em grupos. Cada grupo comia em um lugar diferente. Alguns comiam atrás dos galinheiros, ou perto do chiqueiro. Alguns iam à floresta. Era a primeira vez que nos sentíamos livres. Quando cantamos *Katikvah* no salão, "Ser uma Nação Livre", não nos sentíamos realmente livres. Só quando comíamos com nosso grupo, em nosso idioma, nos sentíamos realmente livres. Depois de uma noite assim, alguns não queriam se levantar de manhã para ir trabalhar. No vilarejo, achavam que éramos preguiçosos. Não sabiam que perambulávamos à noite procurando comida.

Fiz um plano em relação à comida, mas também cheguei a uma conclusão.

Decidi que eu, Yitzhak, filho de Israel e Leah, começaria uma vida normal em Eretz-Israel. Sim, sim. Porque estava cansado de sentir raiva. Cansado de perambular pelo mundo com um machado, cortando pessoas ao meio. Eu disse a mim mesmo, vou me construir neste país, mesmo que eu tenha de comer um monte de merda. Disse a mim mesmo, tenho de ser bem-sucedido em um país de judeus. Não tenho outro lugar, é isso. E, no fundo, eu sabia que, naquele vilarejo, não seria capaz de viver a vida que queria.

CAPÍTULO 46

Dov

Meu irmão me disse, vamos dar uma chance a isso, Dov, e eu suportei. Nós nos sentíamos como escravos. Eles não gostavam de nós. E eu não gostava deles. Éramos estranhos para eles, e eles eram estranhos para nós. Ficávamos incomodados com o *cello*, a conversa e as risadas dessa gente. Sentíamos falta das coisas simples que tínhamos em casa antes dos campos. Gosto de canções simples e histórias curtas. Queria ouvir histórias, mas não tinha tempo para histórias. Havia trabalho duro, e isso era tudo.

Começamos a perder o controle.

Havia jovens que brigavam trocando socos. Eles excluíam alguns do nosso grupo das brigas, e isso contribuía para aumentar nosso tédio. Os que restavam e não brigavam começaram a desistir. Eu me lembro do primeiro dia em que eles puseram azeitonas pretas no nosso prato. Não conhecíamos azeitonas. Pensamos que fossem doces no prato. Nós as pusemos na boca, tinham um gosto amargo, salgado. Cuspimos as azeitonas no chão. Fizemos ruídos de vômito, *uaaah, uaaah,* e jogamos azeitonas uns nos outros, e na parede. Entramos em um estado de euforia de sobrevivente de campo, como eles cochichavam sobre nós. Eles cochichavam e cochichavam, e pegávamos azeitonas do chão e as jogávamos nos trabalhadores da cozinha. As mulheres no refeitório seguravam a cabeça com as mãos. Desperdiçávamos comida na *tzena*, e isso as matava.

Finalmente, eles fecharam o refeitório e nos distribuíram entre as famílias, e assim houve mais sofrimento, além do *cello* e dos comentários irritantes que eles faziam. Eu comia qualquer coisa que eles me davam e ainda ficava com fome.

Um dia, a mulher com quem eu comia disse: Vou sair amanhã. Vou deixar uma panela de sopa para você. Venha para casa, Dov, vá até a cozinha e coma sozinho.

Cheguei ao meio-dia.

Era um dia quente de verão e, como o *cello* deles, as moscas feriam meus ouvidos. Eu respirava com a boca seca e bati à porta. Não obtive resposta. Tirei os sapatos e entrei silencioso. Procurei uma panela de sopa. Vi alguma coisa que parecia sopa em uma panela sobre a bancada. Peguei a panela e bebi o que encontrei. Continuei com fome. Raspei o fundo da panela com as unhas e pus aquilo na boca. Tinha gosto de lata queimada. Calcei os sapatos e saí.

No dia seguinte, ao meio-dia, a mulher esperava por mim.

Ela disse, Dov, por que não comeu a sopa na panela, deixei uma panela cheia de sopa para você.

Eu disse, mas eu comi.

Ela perguntou, de que panela você comeu?

Da panela que estava em cima da bancada.

Ela ficou assustada, espera um minuto, comeu o que tinha na panela perto da pia?

Eu disse, sim, foi essa panela que vi, estava ali. Apontei para a bancada.

A mulher pôs a mão no peito e disse, *oy*, aquela era a panela suja onde cozinhei, eu a enchi de água e não tive tempo para lavá-la. Comeu aquilo, realmente?

Eu disse, sim, era um pouco salgada, mas não tinha gosto ruim.

A mulher ergueu os olhos para o teto e fez um ruído *catch-catch-catch*, mas a sopa que preparei para você estava no armário, por que não abriu o armário, você sabe que guardamos a comida ali, olha, a panela está lá desde ontem, provavelmente ficou com fome, que pena.

Fiquei com vergonha de dizer a ela que água suja com alguns pedacinhos no fundo era minha alimentação habitual nos campos, quando eu tinha sorte. Também não contei a ela sobre a decisão que tomei no caminho para seu quintal. Não disse a ela que eu, Dov, estava cansado de sentir fome o tempo todo, cansado. Eu, Dov, estava farto de raspar o fundo de panelas para comer. E então comecei a invadir o galinheiro do vilarejo. Segurava um quilo de pão que encontrei na padaria. Peguei vinte e oito ovos. Fui ao curral dos carneiros. Lá havia um fogão elétrico. Quebrei os ovos na assadeira de pão. Mexi bem com um palito e fiz um omelete enorme para mim. Comi o omelete sem deixar nada, nem uma migalha. Eu me sentia bem. Fui trabalhar na colheita de vegetais na horta, alguns iam para a caixa, alguns eu comia entre os arbustos, tomates, por exemplo, pepinos, couve-flor. Levava batatas para o quarto. Eu as cozinhava no quintal. Pegava pão na padaria do vilarejo. Entrava como um gato, pegava um filão de pão cheiroso, escondia embaixo da camisa e ia embora. Não gostava de entrar na padaria. Felizmente, alguém do nosso grupo sempre trabalhava lá, e tínhamos um acordo. Ele jogava três ou quatro filões de pão pela janela, um de nós esperava embaixo dela, e dividíamos o pão.

Eu não gostava de entrar na padaria por causa do forno.

Tinha um forno grande embutido na parede. Um fogo forte. E havia um padeiro de avental sujo que usava uma pá para colocar as assadeiras de massa dentro da parede. Sempre que entrava na padaria, eu me lembrava dos homens da SS que pegaram uma de nossas parentes, uma mulher no nono mês de gravidez. A mulher chorava e chamava por Deus. Deus não chegou, só os homens da SS, que apodreçam no inferno. Um deles a segurou pelos ombros, os outros, pelas pernas. Eles conseguiram levantá-la um pouco, e ela caiu. Eles xingaram e cuspiram nas mãos, a mulher começou a espernear, ouvi muitos peidos saindo de seu traseiro. Um dos homens da SS deu um tapa no rosto dela. Ela ficou paralisada por um segundo. Eles se abaixaram e a levantaram com dificuldade. Ela balançou nas mãos deles, e um deles disse, um, dois, três, e eles a jogaram no fogo. Até hoje ouço seus gritos, acho que também escuto os gritos de um bebê, ou talvez seja só impressão.

Pensei muito sobre o que o fazendeiro de Budapeste me disse em Auschwitz. Ele disse, Bernard, roube, mate, mas, acima de tudo, salve-se, você tem chance, entende? Doía ter que roubar comida em um vilarejo de judeus, mas roubei e sofria menos quando eles cochichavam insultos sobre mim ou o grupo. Nunca roubei galinhas do galinheiro, mesmo que os cochichos fossem altos. Não queria matar animais.

Membros do vilarejo sabiam sobre nossos roubos. Ovos sumiam do galinheiro. O padeiro contava o número de filões. Issasschar estava bravo conosco, disse que éramos ingratos. Sim, ingratos. Sabíamos que eles estavam certos e queríamos ser bons. Vimos como eles trabalhavam duro para cuidar de sua jovem fazenda. Vimos que eram pessoas trabalhadoras com belas intenções, mas não podíamos evitar. Até hoje me arrependo de ter arremessado azeitonas e pegado ovos para omeletes em quantidades que eles nunca teriam se permitido por causa da *tzena*.

* * *

No vilarejo eles queriam que aprendêssemos hebraico, e eu estava cansado do trabalho que começava logo cedo e de perambular à noite para me sentir saciado. Ficava mais cansado nos dias em que trabalhava como carregador. Eles nos diziam para descarregar sacos de milho e cevada dos caminhões. Eu via que meu corpo caía aos pedaços sob os sacos. Os membros do *moshav* eram fortes. Seus músculos eram salientes sob a pele, eu não tinha músculos salientes. Mal tinha carne embaixo da pele. Conseguia fazer trabalhos leves, como misturar a compostagem com as mãos, ou alimentar as galinhas, ou ordenhar as vacas, trabalhos assim. De qualquer maneira, ao meio-dia estava cansado e não queria ir às aulas deles, que começavam no início da tarde. Issasschar não desistia. Íamos para a sala de aula e rezávamos para nosso professor ficar doente, mas tínhamos um professor muito cheio de energia.

Safra, o professor, sabia um pouco de iídiche e sabia tricotar meias. Ele conseguia fazer dezenove carreiras, pelo menos, enquanto copiávamos palavras do quadro-negro. Seu rosto era redondo, e os olhos estavam sempre sorrindo. Mesmo quando ele contava fileiras de uma meia, o sorriso permanecia. Ele nos ensinava história e hebraico em um iídiche engraçado. Eu não entendia nada do que escrevia no meu caderno. Como na *cheder* em Tur'i Remety, quando nosso professor passava do iídiche para o hebraico. *Vayomer, gesukt* – ele dizia, *Vayedaber, geredt* – ele dizia, *nu shoyn* – ok.

Nosso professor queria que aprendêssemos a ler e escrever, mas eu achava hebraico difícil. Certas letras não existiam em húngaro. Eu sempre confundia as letras. No fim, perdi o ânimo, até hoje escrevo cometendo erros. Como escrevo "chorar" em hebraico? Como escrevo "piano"? Como escrevo "tremoço" ou "anêmona" vermelha? Jacinto? Consegui aprender nêspera e papoula.

O professor nos deu nomes hebraicos. Ele dizia, como o chamam em casa?

Eu disse que os cristãos me chamavam de Bernard, em casa me chamavam de Leiber.

Ele disse, Leiber significa leão-urso – Arieh-Dov – escolha, Arieh ou Dov?

Eu disse, Dov.

E então ele perguntou ao meu irmão, como chamam você em casa?

Meu irmão disse, Icho. Os vizinhos cristãos me chamam de Ichco.

O professor falou, você vai ser Yitzhak, vamos aprender sobre Yitzhak na Bíblia, certo?

Mais que história e Bíblia, o professor ensinou sobre sermos seres humanos. Cumprimentar um adulto, dizer por favor e obrigado. Comer com educação e lavar as mãos antes de uma refeição. Lavar as orelhas muito bem para não ter nada amarelo dentro delas.

O professor, Safra, nos amava. Aceitei assistir à sua aula por causa desse amor. Estava disposto a passar quatro horas sentado e ouvir como deveria falar com um homem velho. Estava disposto a ouvir dez vezes o que dizer a alguém doente, ao fraco, a todos que estavam em *Shiva* – os sete dias de luto pelos mortos no judaísmo.

Se esse professor tivesse continuado a falar e explicasse, eu saberia como chorar por minha vida, mas o professor falava menos sobre os mortos e conforto e muito sobre a gramática hebraica, *ir, foi, andar, era, eram, irá, iremos*, e eu queria gritar, iremos todos para o inferno muito antes de sabermos como dizer *Kaddish* – a palavra em hebraico para a oração pelos mortos.

Ele falava sobre Deus no Gênesis, e eu não suportava aquele Deus, ele estava em Auschwitz?

* * *

As noites no vilarejo partiam meu coração.

O sol se punha, e eu me sentia cheio de tristeza e pesar. Não havia jovens da minha idade no vilarejo. Só havia famílias com crianças pequenas. Não tinha nenhum refeitório como o *kibbutz*, onde as pessoas podiam se reunir, conhecer alguém. As famílias se recolhiam para suas casas.

Ficávamos sozinhos.

Às vezes as coisas eram boas. Tínhamos alguns palhaços no grupo, principalmente Shimon e Eliyahu, que viajaram conosco no navio. Eles nos faziam rir com suas histórias e piadas vulgares. Faziam gestos com as mãos, imitavam membros da fazenda, como a primeira aula de ordenha no estábulo, sem falar, sim, ou uma visita ao médico para fugir do trabalho.

Rolávamos no chão com as descrições que eles faziam. Mas, na maioria das noites, nossos palhaços ficavam em silêncio, e nós, também. Ficávamos em silêncio por causa de nossos mortos, cada um carregando o próprio fardo: sentia saudade de minha avó, que mantinha uma maçã coberta com açúcar queimado no bolso do avental e um punhado de amêndoas doces, *aah*. Sentia saudade de um primo que amava girar engrenagens e cantar alto, e por sua bela irmã que tocava violino. *Aah*. Sentia falta dos amigos dos jogos de futebol na rua. O doce Shloimeleh, filho do vizinho, tinha só três anos de idade, Shloimeleh, e queria ouvir mil vezes a história assustadora sobre o leão que gostava de devorar crianças. Ele gargalhava, principalmente quando o leão rugia, *raaaar*, e devorava a criança.

No fim, Hitler o devorou. *Aah*. O barulho de tiros alcançava o vilarejo todas as noites, o cheiro dos mortos, os gritos e os cães famintos, todo mundo, todo mundo se reunia em meus ouvidos, vibrava, *trrr. Trrr. Trrr.*

Mesmo depois que terminávamos de fritar os omeletes no fogão no curral e sentávamos para comer, os mortos esperavam por nós com seus últimos momentos na estrada, no terreno, no chão de um carro aberto para gado.

Eu estava cansado dessa vida e do barulho que vinha dos mortos, e estava cansado de roubar e comer no escuro com os homens da SS, que de repente estavam lá quando eu abria bem a boca. Queria fugir de mim, fingir que tinha nascido em Eretz-Israel, bem perto do Lago da Galileia ou Safed. Ser como aqueles jovens perfeitos que vimos no navio, no campo em Atlit, os jovens com seus topetes e um *kaffiyeh* enrolado no pescoço. Eu queria fazer coisas, como entrar confiante em um lugar que não conhecia. E, se alguém me fizesse uma pergunta, responder depressa sem olhar para o chão. Queria ser feliz de todo o meu coração. Como eu invejava a risada livre e de boca aberta, como eles riam jogando a cabeça para trás, batendo nas costas uns dos outros e se sentindo como se tivessem dizimado os alemães com as próprias mãos.

E eu queria Betty.

Sentia falta de seu perfume floral. Sentia falta do beijo, da língua brincando com língua. Ouvi-la sussurrar *mon amour* e sentir mil abelhas em meus ouvidos. Pensar em Betty me fazia querer chupar alguma coisa doce. Não tinha nada doce para roubar naquele vilarejo. Às vezes eu cutucava uma casquinha na mão ou na perna, deixava o sangue correr, por nenhum motivo, nenhum motivo. E havia casais em nosso grupo. Eles se encontravam no quarto, um de cada vez, às vezes nos campos. Alguns faziam sexo. Todos nós sabíamos das novidades. Yitzhak tinha uma namorada. Não lembro o nome dela. E tinha Sonya com o batom. Sonya tinha perdido três dedos nos campos. Sonya me seguia por todos os lados. Andava atrás de mim quase como se flutuasse. Às vezes com rolos no cabelo. Às vezes com batom escuro que sujava os dentes. Sempre que ela ria, eu tomava um susto. Era como se tivesse sangue em seus dentes. Eu fugia de Sonya. Não me interessava pelas meninas do nosso grupo, nem mesmo pelas agradáveis, bonitas. Sentia falta de Betty *mon amour*. Não tinha dinheiro para ir visitar Betty, nem havia um trem que passasse por ali e onde eu pudesse entrar sem ser visto, viajar para longe.

Queria fugir antes de morrer.

Disse a mim mesmo, não tenho esperança neste vilarejo.

As meninas partiram primeiro e foram imediatamente escolhidas. Não havia muitas meninas para casar naquela época. Uma menina que foi a Tel Aviv para visitar parentes voltou com o casamento marcado. Em suas férias seguintes, ela ficou embaixo do *chuppah* – o toldo nupcial judeu. Eu me lembro de três ou quatro garotas, pelo menos, que se casaram em um mês. As meninas tinham pressa de casar, pois assim não tinham que voltar àquele vilarejo. No vilarejo, as pessoas não entendiam esses casamentos. Sugeriam que as garotas esperassem um pouco, conhecessem melhor os noivos. As meninas não desistiam e diziam, se temos que esperar, vamos esperar em Tel Aviv. Sonya, a que me perseguia, também foi embora. Sonya implorou para eu casar com ela. Eu não queria casar. Queria comer bem sem o barulho dos mortos nos meus ouvidos. Queria comer um café da manhã satisfatório e um almoço de quatro pratos, e um jantar completo, e queria dinheiro no bolso.

Os meninos partiram depois das meninas.

Foram embora um a um. Firmes, sozinhos. Sem uma palavra, de manhã simplesmente descobriram que faltava alguém no trabalho na fazenda. Eles procuravam e procuravam, não encontravam o garoto no quarto. Dois dias depois, outro ia embora. Três dias mais tarde, outros dois partiam. As famílias do vilarejo não conseguiam entender por que eles as deixavam. Não conseguíamos explicar isso a eles. Era como se nosso trem tivesse parado no pequeno vilarejo por acaso.

* * *

Cheguei ao vilarejo coletivo em abril de 1946. Eu tinha pouco mais de dezoito anos. Deixei o vilarejo sozinho menos de um ano depois. Meu irmão Yitzhak ficou, saiu depois de mim. Mudei para um *moshav* privado não muito longe do vilarejo coletivo, em uma colina com vista para o Mar da Galileia.

Ali tinha toda a comida que eu quisesse, e eu tinha dinheiro no bolso.

CAPÍTULO 47

Yitzhak: Dov, você se lembra do choro da bebê na casa onde eu comia?
Dov: Não. Eu me lembro do choro de uma menina na casa perto do hall.
Yitzhak: Era por causa da bebê que chorava que eu gostava de ir à casa daquela família.
O choro dela me fazia lembrar que a vida existe.

YITZHAK

Decidi dar uma chance à vida em um vilarejo coletivo.

Passei por uma crise quando paramos de comer no refeitório e nos dividiram em famílias. Eu não queria ir para uma casa de família. Issasschar foi ao meu quarto. Ele disse, Yitzhak, estão esperando você, todos foram para uma família, vamos, eu vou com você para a casa da família. O bolso dele estava cheio, e eu também queria um bolso cheio com um sanduíche para mais tarde.

Falei, não vou para uma casa de família.

Ele sentou em uma cadeira, não está com fome?

Eu disse, com muita fome. Dê-me dinheiro, e vou comprar comida para mim.

Não, não, não tenho dinheiro, e você precisa ser como todos os outros.

Dei um passo na direção da porta e segurei a maçaneta. Disse, não quero ser como todos os outros, e me deixa em paz.

Ele saiu. Caí na minha cama e cobri a cabeça com um travesseiro. Queria minha mãe e meu pai, mas vi que não conseguia me lembrar de como era a aparência deles. Isso me assustou. Soquei o travesseiro, e não conseguia ver nada. Chamei, papai? Papai? Mamãe? Nada. O travesseiro ficou molhado. Peguei o travesseiro, joguei na parede e ouvi uma batida à porta. Limpei rapidamente o rosto, endireitei as costas. Um membro da fazenda estava parado na porta. Eu o conhecia, trabalhava com ele. Ele usava roupas escuras de trabalho, e sua risada e grito eram os mais altos do vilarejo. Ele carregava um prato coberto com uma toalha. E disse, esperamos por você, Yitzhak, coma, meu amigo, bom apetite, e vá amanhã.

Não fui.

Issasschar chegou com o professor de hebraico. Ele falou e falou, e foi inútil. Eles foram embora. E então uma mulher pequena chegou com um prato na mão. Tinha olhos verdes e um rosto redondo de lua cheia. Ela me deu o prato e tocou meu ombro com a mão pequenina. Senti um calor agradável, e ela disse, vá amanhã, as crianças em casa estão perguntando por você, todos queremos ver você em casa.

Fui visitá-los. Eram três filhos, um era bebê. Eu gostava de ouvir o bebê chorar, gostava de ver um bebê vivo nos braços da mãe, mesmo quando isso revirava meu estômago. Talvez porque via a mãe, o pai e filhos bonitos sentados juntos à mesa para o primeiro prato, o segundo prato e uma sobremesa doce, e um pai que beija a mãe e belisca seu traseiro, e ela fica vermelha, ri e começa imediatamente a recolher os pratos sujos e levá-los para a pia, e o que persiste em minha cabeça são aqueles pratos sujos do

Pessach. E eu não sabia o que aconteceria se soldados húngaros viessem a esse vilarejo coletivo e dissessem, uma hora, e todo mundo fora. Meu coração começou a acelerar, e eu sussurrei, *shhh*. *Shhh*. Calma, nesse vilarejo ninguém vai expulsar famílias judias de suas casas, fato: havia um grande rifle sobre o armário e muitas balas.

Comi com a família e continuei com fome. Tinha vergonha de pegar toda a comida que realmente queria. O chefe da família pegou três fatias de pão, eu, um convidado, pegaria seis?

As famílias no vilarejo tentavam nos fazer sentir bem, e talvez não se esforçassem muito. Por que outro motivo teríamos nos sentido tão envergonhados pelo que passamos? As famílias não entendiam o que nos faltava ou por que partíamos. E talvez se recusassem a admitir que trazíamos muitos problemas conosco. E talvez estivéssemos cansados de ouvir sussurros sobre nossos problemas, e também nos sentíamos mal por roubar comida deles, e não conseguíamos parar de roubar.

Dov foi o primeiro a ir embora. Decidi partir depois que ele se foi. Não contei a ninguém. Um dia, peguei uma mala e fui para Nachlat Yitzhak, embora tivesse uma namorada, Bracha, que era dois anos mais velha que eu. Quando deixei o vilarejo, Bracha também foi embora. Ela queria se casar com um milionário, e nós partimos.

CAPÍTULO 48

Dov

As palavras "um judeu que trabalha a terra" provocavam uma sensação boa em meu coração.

As palavras "um judeu com um trator e um arado" me davam esperança de talvez sermos uma nação em nosso país, talvez uma nação pequena e complicada com problemas dos mortos em nossos ouvidos, mas uma nação, mesmo assim.

Eu tinha muito respeito por pessoas que tinham uma conexão com a terra. Eles me lembravam os góis em nosso vilarejo na Hungria, e eu adorava a vida de fazendeiro. Quando eles me serviam ovos da fazenda, queijo feito em casa e pão com trigo que colhiam dos campos, eu sentia arrepios. Queria segurar o pão em minhas mãos, levantá-lo e dizer em voz alta, este é o pão feito somente por judeus. Judeus aravam o campo, judeus semeavam e colhiam com colheitadeira, judeus enchiam sacos de trigo e cevada e criavam pilhas de feno que pareciam torres no celeiro.

Decidi ser motorista de trator.

No pequeno *moshav* para o qual fugi ao sair do vilarejo coletivo havia sete famílias e um trator, um trator que se arrastava em correntes. Os fazendeiros me aceitaram como motorista de trator para todo mundo. Eu tinha um horário de trabalho regular. Arava, semeava, colhia em ordem. Ganhava dez esterlinas por mês e era um milionário. Tinha toda a comida que queria, um quarto só meu, e estava feliz. No *moshav* eles me deram um certificado especial, o de motorista de trator e soldado. Durante o dia eu dirigia um trator, à noite eu guardava. Tinha um rifle e era responsável por um posto de guarda e por outros judeus. Lembro que minha barba cresceu mais depressa na época, e eu até cresci cinco centímetros.

Almoçava com as famílias em um esquema de rodízio. Elas me davam quatro porções de comida em todas as refeições. Eu esperava pacientemente cada porção e sempre fazia contato visual com cada pessoa. Se me davam três porções, ou mesmo duas, eu não me importava. Por quê? Tinha comida esperando por mim no quarto, comida que eu mesmo comprava: comida enlatada, linguiça, biscoitos, *wafer*, fruta, vegetais, doces, eu tinha cinco filões de pão antes do nascer do sol, no mínimo. Comprava tudo em quantidade e comprei uma bicicleta. Andava com ela por estradas estreitas e era feliz.

Encontrei novos amigos no pequeno *moshav*.

Eram todos jovens, da minha idade, e nascidos no país. À noite sentávamos em uma cabana de eucalipto, e eles contavam histórias. Eu gostava de ouvir suas histórias, ríamos muito. Eu não contava histórias, e eles não perguntavam nada.

Eu me lembro de invejar aqueles que tinham nascido no país. Eles tinham um relógio grande no pulso com uma tira larga e tampa de couro marrom que fechava sobre o mostrador. Eles faziam um *tic* com a tira, olhavam as horas e *tac*, fechavam, eu gostava de ouvir aquele *tic-tac*, era o *tic-tac* de homens corajosos. Invejava a coragem que eles tinham para fazer coisas.

Um dia, fui com um deles a Tiberias no trator, seu nome era Shalom e ele usava um *kaffiyeh* em volta do pescoço, e um cinto grosso com um desenho na fivela. Fiquei atrás de Shalom, que dirigia o trator. Grama verde e anêmonas vermelhas cresciam como um tapete ao lado da estrada. O Mar da Galileia era um pouco manso, um pouco agitado, com pequenas ondas espumantes. No meio da descida para Tiberias havia um carro blindado. Shalom reduziu a velocidade. Vimos que o blindado era britânico e estava vazio. Shalom disse, o blindado parece ter quebrado, vamos descer e dar uma olhada. Ele abriu o capô e começou a mexer nos cabos.

Vamos roubar o carro blindado. Hã?

Engoli em seco e segurei as mãos atrás das costas. Disse, tem certeza?

Ele riu e falou, sorte que chegamos aqui primeiro, em um minuto estaremos viajando com estilo, você quer?

Eu não sabia o que dizer.

Ele sentou no banco do carro blindado, ligou alguns cabos embaixo do volante e conseguiu ligar o motor. Uau. Sentei ao lado dele e saímos da estrada para os campos. Shalom acelerou, não tirava o pé do acelerador, o blindado sacudia e sacudia nos buracos da trilha. Eu me segurei ao banco e comecei a suar. Não tinha energia para ficar doente. Olhei para trás. Vi um blindado com dois soldados britânicos nos perseguindo. Gritei pare, pare, eles estão nos perseguindo. Shalom pisou no freio, nós quase voamos dos assentos. Saltamos do carro blindado e começamos a correr pelo campo. Os soldados britânicos também pararam, desceram do carro blindado e começaram a nos perseguir. Eu me lembro de ter corrido pelo campo como corri dos vinte prisioneiros com um filão de pão nas mãos. Sabia que os soldados britânicos nunca me pegariam. O espaço entre mim e Shalom cresceu. Shalom virou à direita e correu em outra direção. Os soldados pararam. Eu os vi voltar ao carro blindado, cada um subiu em um carro diferente. Demos a volta no campo e voltamos ao trator.

Shalom disse, Dov, você sabe correr, onde aprendeu a correr assim? Fiquei em silêncio. Mas meu coração cresceu e cresceu.

Três meses passaram, e eu sofri um acidente.

O Mandato Britânico chegou ao fim, sem eu sentir a dor de um bastão. Os britânicos fugiram do país. Deixaram seus cavalos na estação de polícia em Tiberias. Os jovens do *moshav* viajaram imediatamente para Tiberias, para pegar os cavalos. Eles me convidaram para ir também, e ter um país meu me causava uma agradável euforia.

Chegamos à estação de polícia, não vimos ninguém, só cavalos. Os cavalos, nobres e bonitos, formavam uma longa fila, como se esperassem por nós para levá-los para casa. Quase tive diarreia com o prazer das ondas que percorriam minha barriga. Escolhi um cavalo branco, especialmente lindo. Ele tinha uma cauda longa e pele lisa. Pulei em cima dele e galopei em pelo para o *moshav*. Queria cantar alto, gritar, olhe, eu tenho um cavalo, eu tenho um cavalo. Estava constrangido diante dos jovens que cavalgavam ao meu lado, por isso me sentei ereto e cheguei ao *moshav* alto e másculo.

Perto de um dos estábulos, parei para dar água ao cavalo e também levei feno para ele. Afaguei seu pelo com suavidade, sussurrando, vamos ser amigos, meu cavalo, e me lembrei dos cavalos que os góis levavam para as corridas em meu vilarejo na Hungria. Falei entusiasmado, ah, a vida finalmente está começando a me abençoar, e eu amo Israel. Enquanto isso, um corte no fornecimento de água foi anunciado por causa de uma briga. Eu estava sujo, suado. Decidi galopar no cavalo do vilarejo coletivo para me lavar no prédio onde morava. Queria exibir meu cavalo branco aos amigos no vilarejo, principalmente para Yitzhak. Pulei sobre o cavalo, estalei a língua, *clique-clique*, abracei o pescoço dele e partimos a galope para a estrada. Na entrada do vilarejo tem uma torre de água. Tem duas estradas em torno da torre. Uma estrada à direita e uma à esquerda. O cavalo galopava para a torre. O cavalo viu duas estradas. Ele não pensou por qual delas seguiria. Talvez estivesse esperando um sinal meu. No entusiasmo, esqueci de dar a ele esse sinal. E então, quando estava quase na torre, ele virou à direita e eu voei, caí de cabeça.

O fim do comando britânico, e eu sofria um ferimento na cabeça.

Perdi a consciência exatamente como tinha perdido no fim do regime nazista. Membros do vilarejo me carregaram nas costas para a enfermaria. Eles me deixaram sobre a maca e chamaram o médico. Fiquei inconsciente por três ou quatro horas. Quando recobrei a consciência, não conseguia me lembrar de nada. Levei um dia inteiro para me lembrar do cavalo. Queria sair da cama para ir procurar meu cavalo. O médico não permitiu, porque eu tinha uma concussão.

Eu disse ao médico, mas eu tenho um cavalo branco, onde está meu cavalo?

O médico falou, você precisa descansar.

E então um amigo do meu grupo disse, seu irmão Yitzhak me pediu para avisar que foram disparados tiros na direção do vilarejo árabe de M'rar. Seu cavalo assustou e correu para os campos.

Sentei imediatamente. Tive a sensação de que meu cérebro flutuava em um barril de água. Gritei, e você não foi atrás dele?

O amigo pediu desculpas. Não tivemos tempo, Dov, Yitzhak disse que viram o cavalo galopar em direção a M'rar.

Passei três dias na cama por causa da concussão. Meu coração doía com a perda do cavalo branco. Eu não entendia que podia ter morrido.

# CAPÍTULO 49

Yitzhak

Procurei trabalho em Nachlat Yitzhak.
Eu me lembro de um dia de inverno que chegou no outono. Ele pisou em folhas amarelas que jaziam mortas no chão como sujeira no campo por causa da lama. Eu usava uma jaqueta militar leve e tremia na frente da vitrine de uma loja. Queria arrumar meus cabelos bagunçados e melhorar minha aparência. Na vitrine havia camisas de flanela, calças e três suéteres. Na parede lateral tinha um casaco marrom com forro de lã, um casaco do meu tamanho. Entrei na loja e estendi a mão para o casaco. Minha mão ficou suspensa no ar por causa do grito em minha cabeça, idiota, você não tem dinheiro, e não precisa de um casaco marrom forrado para viver.

Um homem barrigudo se aproximou de mim. Eu disse, com licença, senhor, conhece algum estábulo com vacas na região? Ele se dirigiu à porta, apontou um cipreste alto e disse, ao lado daquele cipreste você encontra um estábulo.

Ergui os ombros e fui para o estábulo. Outro homem barrigudo e com uma testa pequena cravou os olhos em mim. Ele perguntou, o que está procurando, rapaz? Tinha o sotaque de um judeu alemão.

Vi que seu estábulo era limpo e organizado e lamentei não estar usando um bom casaco. Eu disse, estou procurando trabalho com vacas.

Ele perguntou, você sabe ordenhar?

Falei em alemão, sei ordenhar muito bem, ordenhava no estábulo de meu pai na Hungria e ordenhei aqui também. Gosto de ordenhar, e um dia vou ter uma grande fazenda leiteira.

Ele sorriu para mim. Um bom sinal. Ele esfregou uma bota na outra, removeu um pouco de lama e disse, quer começar amanhã?

Falei, hoje, não tenho onde dormir.

Ordenhei vacas, tirei o lixo e levei contêineres cheios de leite na carroça e a cavalo para o Tara Dairy em Tel Aviv. Dormia em um quarto pequeno ao lado da casa do fazendeiro organizado, Joseph Stein, e adorava meu trabalho em Nachlat Yitzhak. Era um grande alívio não ter que me preocupar com comida e uma cama. Eu tinha tanta comida quanto queria. Mas à noite, quando o sol se punha e eu ia para o meu quarto limpo, o cheiro de Auschwitz vinha visitar meu nariz e, às vezes, minha garganta. Já estava habituado a essa hora, quando o cheiro adocicado de queimado não desaparecia sem uma garrafa de vinho ou vodca que eu comprava na loja e despejava em meu coração, que tremia cada vez que Auschwitz invadia minha mente.

Mina, esposa do fazendeiro Joseph, me convidou para almoçar com eles. Pequena, ela quase não tinha cabelo e tinha um polegar com uma verruga e sem unha. Sempre tinha uma fatia de pão no bolso. Às vezes ela dizia algumas palavras, mas, na maior parte do tempo, ficava em silêncio. Ela servia uma colher de purê de batata e uma coxa de galinha em meu prato e ficava olhando para mim até eu terminar de limpar o prato com pão. Eu sempre me despedia dela com alguma coisa em meu bolso, castanhas, uma laranja, ou biscoitos feitos com um copo pressionado à massa.

Havia ocasiões em que ela dizia, só sobrou pão, leve um pouco para mais tarde, e me dava uma fatia. Eu não queria aceitar, porque estava ganhando dinheiro. Podia me sentar tranquilamente em uma cadeira depois de um dia de trabalho, tirar os sapatos, abrir o cinto e beber um ou dois copos e manter a calma. Se quisesse um bom casaco, eu tinha um bom casaco. Se quisesse abrir sementes, podia. Se quisesse comer um bolo de creme salpicado de açúcar, comia. Se quisesse uma garota, eu tinha. Eu me sentia bem em Nachlat Yitzhak, mas não estava em paz. O cheiro de Auschwitz não deixava minha língua ou meu nariz, e às vezes eu ouvia vozes maléficas em meus ouvidos.

Um dia, dois jovens da *Hahagana* – uma organização paramilitar judaica no Mandato Britânico da Palestina – chegaram em um caminhão.

Chovia, eu tinha acabado a ordenha. Eles eram homens jovens e altos, um com uma voz profunda, o outro com uma barba estreita em torno do queixo. Esses me disseram, Yitzhak, precisamos de você na *Hagana*, e eu quis chorar. Esses jovens altos tinham feito a viagem até Nachlat Yitzhak em um dia chuvoso especialmente por mim, *aah*.

Fiquei comovido e disse, esperem alguns minutos enquanto me arrumo, como se estivesse acostumado com jovens do *Hagana* vindo me procurar.

Peguei minhas roupas do quarto, me despedi do fazendeiro e sua esposa e fui com eles. Levava no bolso três sanduíches embrulhados em um guardanapo. Um de linguiça, um de geleia, um de margarina e sal, e mais três fatias de pão sem nada.

Sentei na cabine do caminhão entre os dois jovens, e seus músculos fortes pressionavam meus ombros. Entramos na estrada, e os limpadores de para-brisa do caminhão não eram adequados à chuva. O motorista com a voz profunda disse, *oy*, não enxergo nada, preciso virar à esquerda, e ele empurrou uma pequena alavanca. Vi que ele estava verificando se a pequena luz piscante em forma de seta tinha acendido para indicar uma curva.

Chegamos a um prédio sem janelas à direita. A cabeça do rapaz de barba caiu para trás e para o lado, sobre meu ombro. O outro dobrou o joelho, fiquei espremido dos dois lados, e o prédio à direita me deixava nervoso. Pensei, talvez seja um pequeno crematório. E esses dois, que não conheço, estão me levando para a Gestapo. Bati imediatamente na minha testa, não tem chaminé, nem fumaça, deixe de ser idiota, e *hummm, hummm*, escapou da minha boca.

O jovem ao volante perguntou, você está bem?

Disse que estava tudo bem, e mentalmente escrevi uma frase em hebraico sem erros, Israel é um país maravilhoso com muitos judeus fortes, mas o que saiu foi *hummm, hummm*. Chegamos ao cinema em Ramat Gan, e a chuva parou.

Havia um caminhão coberto com um lona de um lado da rua. Cerca de quinze, talvez dezoito jovens estavam parados na rua. A maioria parecia ter mais de vinte anos. Alguns eram fortes, outros magros, como eu. Seguravam uma mochila ou uma bolsa, não vi trouxas feitas com lençol, nem avós de lenço ou crianças pequenas.

O rapaz com a voz profunda disse, Chaim, levante-se, deixe-o sair. Eu desci. Os dois apertaram minha mão, desejaram boa sorte, rapaz, e foram embora. Eu me aproximei do grupo perto do caminhão. Perguntei, alguém sabe para onde vão nos levar no caminhão? Um homem forte de cílios vermelhos disse, para Shavei-Tzion, um lugarzinho perto de Nahariya.

Fui o último a subir no caminhão, de propósito. Se tivesse que pular, era importante entrar por último, para pular a tempo.

Sentamos no chão e partimos. Eu não perdia a estrada de vista, mantinha os olhos no asfalto. Alguns rapazes conversavam entre eles, outros arranjaram a mochila embaixo da cabeça e dormiram. Viajamos por uma hora, mais ou menos, talvez mais, e então vi um bosque de eucaliptos à esquerda. Não sei por quê, mas os bosques perto do Crematório IV em Auschwitz-Birkenau invadiram minha mente e se fixaram em todos os lugares. Os bosques do desastre. Mães e filhos sentavam naqueles bosques como se estivessem em um piquenique e esperavam sua vez de ir ao crematório por causa da sobrecarga nas portas, e as filas de pessoas não diminuíam.

Fiquei nervoso de novo e ataquei o sanduíche de linguiça. Chegamos a Haifa, e a primeira coisa que vi foi uma chaminé jogando fumaça para cima. Olhei para as pessoas no caminhão. Todo mundo parecia despreocupado, como se uma chaminé com fumaça fosse normal na vida de seres humanos. Só um rapaz de óculos e com o nariz escorrendo abriu bem o olho. Seu olhar estava fixo na chaminé, e ele mastigava os dedos. Tentei atrair seu olhar, pensei, três olhos dão mais segurança. Inclinei-me para a frente e para trás com as curvas que o caminhão fazia na estrada, não consegui fazer o rapaz olhar para mim. Ele era como um paralítico resfriado. Então, o cheiro maléfico invadiu minha mente e todos os outros lugares, e ataquei o sanduíche de geleia e o sanduíche de margarina e sal, e também as três fatias de pão puro. Só quando nos aproximamos do porto eu me acalmei e respirei normalmente.

Em Shvei-Tzion, eles nos treinaram para atirar: segure o rifle reto, ponha-o sobre o ombro, sim, não se mexa, olhe pela mira, não feche o olho, certo, os dois olhos abertos, ponha o dedo sobre o gatilho com cuidado, devagar, prenda a respiração, não respire, não respire, fogo! Eu me tornei guarda de comboio militar. Sim, isso mesmo. Estive em Auschwitz, estive em Buchenwald, estive em Zeiss, dois anos depois, sou convidado para ser um soldado armado no Estado de Israel, acompanhar comboios de Nahariya para Haifa e Akko e proteger Metzuba.

Andei faminto por quilômetros para morrer nas estradas da Alemanha, e dois anos mais tarde me pedem para levar comida em uma mochila a amigos heroicos no Kibbutz Yechiam. *Aah*. Seguro meu rifle por apenas três minutos, e meus olhos começam a ficar úmidos. Abraço o rifle com força, com força, e digo, *oy, oy, oy, mamaleh*, e então minhas mãos começavam a tremer, e no meu coração havia alguma coisa como a banda da parada que eu gostava de ver pela televisão, *pom-pom, pom-pom, prooompompompom*. Uma banda de trompetes, e tambores, e címbalos e flautas com um botão. A banda que nos deu as boas-vindas em Porto Haifa era minguada, comparada à minha. Porque sou Yitzhak, filho de Leah e Israel, conhecido como Strul, nunca sonhei segurar um rifle em minhas mãos. Os húngaros tinham rifles, os alemães tinham rifles, e o que eu tinha? O quê? E agora, três anos mais tarde, tenho um estado. Aah. Pelo número de trens, e pelo número de mortes nas estradas da Alemanha, eu tinha certeza de que meu povo estava exterminado, na melhor das hipóteses saberiam sobre nós pelos livros. Não, não, eles também queimavam os livros. Talvez aprendessem sobre nós em cemitérios, não! Eles quebravam lápides para pavimentar estradas. Sim.

O castigo mais duro era não ter permissão para participar de alguma operação. Eu sabia, se não me protegesse, quem me protegeria? E sabia que poderia ser morto. Não me importava com isso, estava disposto a morrer por meu país, era uma grande honra.

Em Eretz-Israel, eu era o oposto de um judeu humilhado. Era um judeu orgulhoso, um judeu livre. O fato de eu, Yitzhak, carregar uma arma, receber uma ordem e *pá*, atirar com meu rifle, *arrá*, se alguém na Alemanha me tivesse dito isso, pegue uma arma, atire, eu teria atirado em todos os nazistas que levaram meu povo para o crematório. Mas eu não tinha arma, água ou pão. Eu era 55484 costurado no pijama, e só por acaso não cheguei a Wisla em forma de poeira.

Quando estava na frente do espelho com meu rifle e vi músculos salientes e ombros que preenchiam minha jaqueta, a cor saudável em meu rosto, e ouvi a voz de um homem, meus olhos lacrimejaram diante dessa maravilha, sim. E o que doía mais que tudo era que minha mãe e meu pai não estavam ao meu lado na frente do espelho. Eu os queria muito, e queria Avrum, o avô e a avó, todos os meus tios, tias, primos na frente do espelho, todos nós juntos, olhando para essa maravilha, eu, Yitzhak, filho de Israel e Leah, um soldado se fortalecendo em Eretz-Israel.

CAPÍTULO 50

Dov

Quando você é jovem, é fácil se mudar de um lugar ao outro. Passei cerca de um ano no vilarejo coletivo e toda manhã eu me levantava e via que estava vivo. Tocava meu corpo, meus braços estão no lugar, tenho duas pernas inteiras, tenho um olho. A coisa mais assustadora era não ser capaz de abrir meus olhos por causa de uma infecção, ou algum outro bloqueio. Finalmente, eu me levantava. A primeira coisa que fazia era verificar minha gaveta. Tem pão. Eu sempre guardava uma fatia para o dia seguinte.

A transição para um *moshav* privado foi uma grande alegria para mim. Eu ia para a cama à noite e não conseguia dormir com a empolgação. Não acreditava que tinha dinheiro no bolso. Punha a mão no bolso da calça, pegava um punhado de moedas e as deixava tilintar, *ding, ding, ding,* até adormecer. Mais tarde, procurei pijamas com bolsos. Às vezes, à noite, depois do trabalho, fazia torres de moedas no ar e então, *fuufuufuu,* e ouvia o som das moedas rolando pela mesa, para o chão, *hummm.* Um som saboroso como sorvete. Eu tinha tantas latas de comida na prateleira quanto quisesse. Tinha minha motocicleta lá fora, na alameda do lado de fora do meu quarto. À noite sentava com meus *Sabra* – amigos nascidos em Israel, cada um e todos eles ótimas pessoas. Ríamos sem nenhuma preocupação. Um dia percebi que dois anos tinham passado, e me vi mudando pela terceira vez. A Guerra da Independência tinha chegado ao fim, e meu irmão Yitzhak estabeleceu um *moshav* na Galileia Ocidental com um grupo de amigos do batalhão. Yitzhak tinha um sonho com uma grande fazenda leiteira com um celeiro alto no terreno, e eu tinha dificuldade para ficar longe do meu irmão. Podia ser uma jornada de cinco minutos, uma jornada de dez minutos até ele, nada além disso. Eu tinha de saber que, se houvesse um desastre repentino, digamos, alguém decidisse nos mandar a pé pelas estradas, poderíamos nos encontrar imediatamente e andar juntos. Decidi me mudar para o *moshav* que estabelecemos, e não estava feliz.

No começo vivíamos em barracas. Havia uma velha superfície de concreto no lugar. Pusemos barracas em cima dela. Depois de vários meses, o concreto afundou. Cavamos o concreto e encontramos caixas embaixo dele. Caixas com corpos mortos. Não sei de que períodos eram os corpos, mas era claro, para mim, que os mortos sempre vinham me encontrar: Às vezes tenho a morte à noite, no meio do dia, às vezes tenho a morte em caixas embaixo de uma barraca. Durante duas semanas eu tive uma enxaqueca por causa de todos esses mortos, mesmo depois de montarmos as barracas em outro lugar. Mais tarde nos mudamos para cabanas de lata e progredimos bem. Tínhamos vacas, cavalos e um trator da Jewish Agency. Eu trabalhava ao ar livre com o trator. Meu irmão, Yitzhak, trabalhava na fazenda e nós morávamos juntos.

Todas as manhãs, eu me levantava antes do meu irmão, entrava no banheiro primeiro, ficava lá pelo tempo que fosse necessário, depois arrumava a cama e lavava algumas camisas nossas. Bebíamos nosso primeiro café no refeitório comunitário, as mulheres jovens do *moshav* o preparavam. Então eu fazia sanduíches gordos para mim e meu irmão, uma grande pilha de sanduíches grossos, e embrulhava cada um com papel e escrevia com lápis no papel qual era o recheio, queijo, linguiça ou geleia. Trabalhávamos duro no *moshav* de meu irmão, mas não sentíamos fome.

À noite, eu tomava banho primeiro, mas antes disso matávamos insetos. Tínhamos muitos insetos na cabana de lata. Nós os pegávamos do chão, despejávamos parafina neles e os queimávamos.

E então sofri um acidente. Quebrei o braço. O carro de um membro do *moshav* parou no meio da estrada. Ele me pediu para girar a manivela, enquanto ele pisava no acelerador. Segurei a maçaneta com as duas mãos e girei com força. O osso quebrou em dois lugares. Eles me levaram ao hospital, e eu tinha a sensação de que meu cérebro tinha virado líquido, que negócio é esse entre mim e hospitais, e por que os ossos do meu pobre corpo são como palitos de fósforo, *tic.* Quebrou, *tic-tic.* Você precisa de um gesso, disse alguém de avental branco, e senti vontade de esbofetear a cara dele, destruir uma parede e correr como um foguete para encontrar uma floresta e ficar lá para sempre.

Deixei o trator e montei guarda com um gesso no braço, quase incapaz de segurar um rifle.

Mais tarde passamos a ter casas e terras separadas. Minha casa ficava perto da de Yitzhak. Trabalhamos do amanhecer até a noite e não ganhávamos para viver. Mal tínhamos alguma coisa para comer, e muitos membros deixaram o *moshav.* Meu irmão Yitzhak era bom administrador. Talvez por ele ser bom para ler números e saber onde estava a sorte. Ele estava cinco passos à frente de todo mundo, já sabendo onde a sorte estaria.

Meu irmão também casou depressa. Hannah, esposa dele, tinha ido visitar um parente em nosso *moshav.* Yitzhak a conheceu na sexta-feira. No dia seguinte, no Sabbath, ele me disse, vou me casar com Hannah. Ele levou uma noite e meio dia para decidir que ele e Hannah eram adequados. Eu disse, tudo bem.

Um dia, três oficiais com jeito de bandidos foram à nossa casa. Eles usavam boas jaquetas e bons calçados. Vi quando eles chegaram ao quintal, e meu coração ficou apertado. Pus um pedaço de chocolate na boca e saí para encontrá-los, como se estivesse acostumado a receber bandidos judeus no meu quintal. Eles procuravam alguma coisa no quintal, disseram alguma coisa, e finalmente me deram um aviso. Entendi que eles queriam me expulsar do *moshav* porque eu devia dinheiro à Jewish Agency. Eu não tinha dinheiro para pagar a Agência e decidi deixar o *moshav*.

Meu irmão Yitzhak ficou. Yitzhak tinha Hannah. Ela lavava camisas, cozinhava e fazia sanduíches. Eu podia partir sem me preocupar.

Aluguei um quarto em Nahariya, a quarenta e cinco minutos do *moshav* de meu irmão.

Aprendi a operar uma escavadeira e cavar canais de água. Depois me tornei operador de guindaste, e gostava desse trabalho.

No momento em que soube que estavam fundando uma nova cidade em Eretz-Israel, fui o primeiro a chegar lá. Eu me sentia em casa nesses lugares. Alugava um quarto ou me instalava em um hotel perto do trabalho e comia em restaurantes. Fazia questão de comer uma refeição de quatro pratos no almoço. Alguma coisa leve na entrada, uma torta ou um pedaço de peixe, ou uma salada. Segundo prato, sopa. Prato principal, carne, um filé alto, ou meio frango e purê de batatas, ou arroz, ou macarrão. O quarto prato era um doce, frutas cozidas ou sorvete, ou *strudel* com castanhas e café. Quando concluísse o trabalho na nova cidade, voltaria para Nahariya.

* * *

Quando eu era operador de guindaste, me ofereci para trabalhar em locais perigosos, como as fronteiras do norte ou do sul. Sentava na escavadeira com a cabeça visível, sabendo que os sírios ou egípcios poderiam atirar em mim. Os rifles dos sírios e dos egípcios não me incomodavam. Eu estava disposto a desistir do restaurante com refeições de quatro pratos e uma boa torta com arroz, comi o suficiente. Sabia que, se não cavasse fortificações na fronteira, haveria um Auschwitz aqui.

Meu irmão Yitzhak disse que eu deveria me casar.

Ele olhou muito sério para mim e viu que as migalhas começavam a cair na minha camisa, que eu saía à noite com um colarinho sem passar e que as manchas não eram removidas nas lavagens que eu fazia sozinho. Eu queria me casar com Betty, que conheci no navio. Mas sentava no Penguin Café em Nahariya, e os anos passaram. Betty não permaneceu em meu coração e não houve mais ninguém. Ano após ano, e por muitos anos eu me sentei no Penguin Café com amigos todas as noites, ouvindo risadas, piadas e histórias, bebendo cerveja gelada ou vodca, dependendo do humor e das mulheres à mesa. Meu irmão Yitzhak insistia. Ele dizia, escute o que eu digo, depois de uma certa idade, se você não casa, acaba se acostumando a viver sozinho, e esse é um hábito ruim. Você precisa casar, era isso que ele dizia, e mais dez anos passaram.

Meu irmão Yitzhak talvez não entendesse que pensar em família me dava noites de insônia, que um dia eu acordaria e não haveria ninguém ao meu lado, porque talvez tivessem levado todo mundo para alguma floresta, ou meu filho pegaria pneumonia e morreria, e isso faria a mãe dele adoecer, e ela também morreria, e outro irmão morreria, e em uma manhã de domingo eu poderia me encontrar sem nada.

Vinte anos passaram antes de eu aceitar me casar.

Quando conheci Shosh, não tinha intenção de me casar. Shosh me convenceu, e eu tinha Yitzhak do outro lado. Finalmente, me casei aos quarenta anos de idade, e aos sessenta, quando queria um descanso da vida, tinha filhas na idade do *Twist, rock 'n' roll*, e do barulho saindo dos alto-falantes.

Eu me casei com Shosh por seus olhos risonhos. Porque ela era alegre. Mas também porque ela cuidava dos papéis, dos cartões de identidade, arranjava coisas no Gabinete do Interior, no rabinato, em um salão de casamentos, na floricultura, em uma loja de convites, uma loja de fotografia e uma loja de roupas – ela organizava tudo, e sem isso eu não teria me casado. Minha esposa Shosh nasceu em 1945 – justamente quando eu saía do inferno, ela nasceu. Parti para uma vida nova, e ela também. Eu a conheci por intermédio de uma amiga dela, uma garçonete no Penguin Café. Não acreditava que faria de uma mulher iraquiana minha esposa. Você tem que se acostumar com os iraquianos. Eles me convidavam para almoçar. Eu chegava ao meio--dia, eles serviam a comida à cinco. Às cinco eu estava morrendo de fome.

É bom que eu tenha me casado. Bom que tenha uma família. Não sei o que teria feito nesta vida sozinho.

# CAPÍTULO 51

Yitzhak

Meu sonho de estabelecer uma fazenda leiteira quase foi destruído durante a Guerra da Independência.

Por acaso, fui salvo da morte quase certa.

Era primavera. Eu estava de licença do batalhão para o Sabbath. Fui ver minha família adotiva no vilarejo coletivo. Mantive contato com eles. Eu deveria voltar ao batalhão no domingo. Não pude voltar. Havia uma guerra. As estradas foram bloqueadas, e eu tive febre. Mas, mesmo assim, pretendia voltar. Enchi minha mochila, mas minha mãe adotiva não me deixou partir. Eu disse, tenho que ir, estão me esperando. Ela limpou as mãos molhadas no avental e disse lentamente, você não vai, Yitzhak, tive um pressentimento ruim a manhã toda, você vai ficar aqui. Seu rosto era vermelho, e ela mantinha um lenço na manga. Continuei arrumando a mochila. Ela parou na porta e disse, espere aqui, não se mova, e correu ao médico do vilarejo.

No fim, eu obedeci a ela. O comboio para o sitiado Kibbutz Yechiam foi bloqueado. Tivemos quarenta e sete mortos. Eu deveria estar entre eles.

Permaneci no vilarejo e não integrei o comboio dos mortos. Comecei a acompanhar o motorista do caminhão de suprimentos para o vilarejo com meu rifle. Mais tarde, tornei-me um soldado de combate e lutei em todas as guerras do estado. Quando era jovem, fui atirador com metralhadora, e era bom, não tinha sonhos ou pesadelos. Megafones gritando não me assustavam. Depois fui motorista, trabalhava duro, desde que não houvesse fogo perto de mim. Eu só precisava sentir cheiro de fumaça para os meus olhos doerem, ou eu ter uma infecção de ouvido. Foi assim durante anos.

Eu sabia que, se não me casasse depois da Guerra de Independência, me encharcaria de álcool.

Vivíamos uma vida relaxada no *moshav*. Não tinha ninguém para cuidar de nós. Eu não tinha roupa limpa. Nem comida organizada. Ia para Nahariya para comer. Gastava o dinheiro que ganhava no *moshav* em álcool. Gostava de beber conhaque, vodca, e me embriagava e falava bobagem. Às vezes arremessava copos, deitava no chão e esperneava, e gritava e ria como um louco.

Dov também bebia. Ele gostava de uísque, gin, Slivovitz. Mas Dov bebia e ficava em silêncio. Eu fazia muito barulho quando bebia.

Na Penguin e no Ginati Café havia uma banda. Eu gostava da banda. Colava dinheiro na testa dos músicos para que eles não parassem de tocar. Colava muito dinheiro. Sentia que tinham que continuar tocando, ou a escuridão e o cheiro sufocante viriam.

Eu sabia que sozinho estaria perdido.

Tinha vinte e um anos e queria uma família. A decisão de casar foi rápida. No momento em que vi Hannah, eu soube que ela seria minha esposa. Ela era pequenina e adorável. Hannah sabia o que eu tinha enfrentado sem conversarmos sobre isso. Olhávamos um para o outro e entendíamos tudo. Hannah nasceu na Romênia, em 1932. Quando ela tinha sete anos, a família foi mandada para a Ucrânia, para o Gueto Vinoj. A mãe dela e três irmãos. O pai permaneceu no campo de concentração. Ela teve tempos difíceis na Ucrânia. Eles saíam do Gueto para mendigar. Durante quatro anos, procuravam comida nas ruas, e as pessoas batiam neles. Posteriormente, a família voltou para a Romênia. Encontraram o pai dela. Cinco anos depois da guerra, eles emigraram para Israel.

No dia seguinte ao casamento, deixei Hannah e desapareci por três dias. Não me lembro de onde estava. Acho que fui procurar alguma coisa relacionada à fazenda leiteira. Eu me esqueci de dizer a Hannah que tinha tarefas a cumprir. Não estava acostumado a ter uma esposa em casa. Hannah foi ao nosso vizinho no *moshav*. Ele atrelou o cavalo à carroça e foi me procurar.

Demorei para me acostumar a estar com uma mulher em casa. Levei tempo para me habituar a ir para casa tarde da noite e encontrar uma mulher me esperando, uma casa arrumada e cheiro de comida boa. Levei bastante tempo para me acostumar a acordar de manhã e encontrar outro travesseiro e uma mulher ao meu lado. Eu precisava de vodca e conhaque para me acostumar a ver uma toalha limpa, uma calcinha de mulher e batom perto do espelho no banheiro.

Depois de um dia duro de trabalho, principalmente depois de um bom acordo comercial, eu ia a um restaurante com amigos e fazia um brinde à vida. O que mais me agradava era que o dono do restaurante guardava os miúdos da vaca para nós. Ele fritava a carne para nós, e bebíamos muita vodca, conhaque e uísque, *hummm*. Um prazer. Passávamos muito tempo no café de Tuti Levy's. No fim, desisti de beber. Acho que por causa da idade e da responsabilidade. Eu tinha Hannah, havia as crianças, tínhamos um teto sobre a cabeça, eu ganhava nosso sustento, era maravilhoso. Não queria meu fígado estragado por conhaque. Viemos do nada, queríamos fazer alguma coisa e ter sucesso. O mais importante era que eu conseguia criar uma família.

CAPÍTULO 52

DOV

Minha irmã Sarah chegou a Israel depois da Declaração do Estado. Sarah tinha vinte e quatro anos quando chegou a Israel. Ela chegou da Suécia depois de ter estado em Bergen-Belsen. Meu irmão foi o primeiro a ter notícias de Sarah, e nós dois escrevemos para ela. Nós a convidamos para vir a Israel. Não soubemos de Avrum, não soubemos de nosso pai, não soubemos de nossa mãe. Mais tarde tivemos notícias de meu pai. Soubemos que ele foi libertado de um campo de concentração, não lembro o nome, e ele morreu por causa de comida. Zalmanowitz me contou. Ele disse que vários prisioneiros libertados mataram um carneiro e comeram muita carne. O pai foi um deles, dá para acreditar?

Meu irmão Yitzhak e eu sentíamos saudade de Sarah. Bebíamos café e dizíamos, Sarah. Sentávamos na sala e dizíamos, Sarah. Nós nos lembrávamos de Sarah nos trancando em nosso quarto porque ela queria paz e sossego na casa, para poder fazer sua lição de casa sem que a incomodássemos. Sarah era boa aluna. Ela estudava no Ginásio Hebraico, em Ungvár.

Sabia como se dedicar aos livros e cadernos. Nós não sabíamos. Sarah queria ser professora ou diretora de escola. Sarah estudou no Ginásio por pouco tempo, depois a expulsaram por causa das leis contra judeus. Ela ficava em casa e ajudava a mãe a lavar e arrumar as roupas dos soldados húngaros, assim tínhamos comida.

Quando encontramos Sarah no Porto de Haifa, quase não a reconhecemos. Ela era menor e mais magra do que lembrávamos. Sua cabeça alcançava a altura dos ombros de Yitzhak e dos meus. Seu rosto era comprido, da cor de uma parede, e havia batom claro em seus lábios. O cabelo era muito curto e de uma cor que não reconhecíamos, preto misturado com fumaça. A expressão do olhar não mudara, ainda era firme, inquisitiva.

Sarah olhou para nós e gritou, vocês são meus irmãozinhos? Choramos muito.

Do Porto de Haifa, levamos Sarah para o pequeno *moshav* onde eu era motorista de trator. Ela morava comigo em meu quarto. Eu não falava sobre meus campos, e ela não falava sobre os dela. Eu não falava sobre minha rotina diária, e ela não me contava como tinha sido a dela. Eu não falava sobre o que comia nos campos, e ela não me dizia o que comia. Vi que Sarah olhava para o outro lado quando eu punha uma fatia de pão no bolso. Eu também virava o rosto quando Sarah escondia pão em uma gaveta, embaixo de uma toalha.

Havia muitos solteiros no *moshav*. Um dos jovens se interessou muito por Sarah. Ele falou comigo. Sarah o rejeitou e decidiu se mudar para Tel Aviv, onde conheceu Mordecai, que havia emigrado para Israel no navio *Altalena*. Sarah e Mordecai se casaram e foram morar em Be'er Sheva. A vida era difícil para eles em Be'er Sheva. Quatro anos se passaram, e eles partiram para o Canadá e, de lá, para os Estados Unidos da América. Mantivemos contato e falamos por telefone. Meu irmão Yitzhak e eu não viajamos para visitar Sarah na América porque não viajamos para lugar nenhum. Sabemos que no fim do dia temos que ir para casa, porque não se sai de casa. Nem mesmo para visitar nossa irmã Sarah. Nem mesmo para visitar um dos nossos filhos que mora longe. Sarah visitou Israel duas vezes. Não sei o que Sarah sofreu durante a guerra, e ela não sabe o que sofremos.

# CAPÍTULO 53

Sarah

Queens, Cidade de Nova York

Depois da guerra, Yitzhak só voltou ao vilarejo por causa do gato. Ele procurava seu gato grande de pelo preto e branco. Yitzhak adorava aquele gato, ele falou sobre isso?

Era o primeiro dia do Pessach, 1944, eu tinha vinte anos. O pai voltou da sinagoga e disse, temos que arrumar nossas coisas, estão mandando os judeus para fora do vilarejo.

Gendarmes nos tiraram de casa.

Até aquela manhã, os gendarmes eram nossos amigos, porque levávamos para eles roupas limpas que a mãe e eu lavávamos e remendávamos para eles. Alguns desses gendarmes gostavam de beber café na cozinha da mãe e conversar com ela em húngaro. Eles também aceitaram trocar roupa por comida, porque o pai não estava trabalhando. Os gendarmes viraram o rosto para o outro lado, e vi que eles representavam perigo para nós. Mesmo assim, quando saímos, cochichei para um deles, o bolso que costurei para você ficou bom? Ele virou de costas e apontou o rifle na direção da sinagoga, onde me levaram imediatamente para trás de uma cortina e ordenaram que eu me despisse. Revistaram-me procurando joias. Eu tinha vinte anos e fui obrigada a ficar nua diante de soldados. Mais tarde ficou escuro lá fora, cachorros latiam, as vacas mugiam reclamando no estábulo, meus irmãos disseram aos gendarmes, temos que ordenhar as vacas, deixem-nos ir, vamos voltar. O gendarme mais próximo levantou o rifle e brincou com a trava.

Nós nos preparamos para dormir.

Dividimos os bancos da sinagoga entre as famílias e arranjamos cobertores em cima deles. Os gendarmes disseram para contarmos piadas a noite toda, queriam que os divertíssemos para mantê-los acordados. Nós nos revezamos para contar piadas. Se um judeu engasgava no meio de uma piada, já havia outro ali para contar outra.

Depois de dois dias na sinagoga, eles nos levaram em caminhões até Perechyn, uma cidade próxima do nosso vilarejo.

Os moradores do vilarejo nos acompanharam até entrarmos nos caminhões, e senti meu coração se partir. Nasci naquele vilarejo, todos os meus irmãos nasceram lá. O pai e a mãe se mudaram para Tur'i Remety logo depois de se casarem. Tínhamos amigos de escola naquele vilarejo, o pai tinha conexões com os góis, nenhum habitante do vilarejo se mudou, nenhum deles se manifestou. Alguns acenaram se despedindo, eu não respondi. Queria gritar, essa é uma boa peça, não? Vocês têm uma peça judia e presentes para levar para casa, não sabia ainda que eles tomariam casas e estábulos.

Olhei para o céu e jurei, eu, Sarah, nunca voltarei a esse vilarejo.

Em Perechyn eles nos puseram em um trem para Ungvár. Eles nos levaram para uma fábrica de tijolos, para alguém chamado Moskowitz. Era uma grande pedreira, como um buraco cavado no chão. Trens iam e vinham trazendo mais e mais judeus. Havia milhares de judeus ali, homens e mulheres, crianças, avós, todos com apliques amarelos nos bolsos e trouxas nas costas. Ficávamos todos juntos e espremidos na pedreira por causa da chuva. Não tínhamos teto para nos cobrir. Andávamos na lama, sentávamos na lama, dormíamos em tábuas com cobertores na lama. Fazia frio, e havia o cheiro de excrementos humanos. Eles nos davam uma refeição por dia, e foi assim que começaram a fechar nossa mente. Recebíamos apenas sopa de batata preparada por voluntárias judias. Eu também me ofereci para cozinhar. As pessoas passavam horas na fila para comer, e havia gritos e empurrões, muito nervosismo, e, no fim, todo mundo ficava com fome.

Certa manhã, fui descascar batatas. Vi um avô de barba branca encher um prato com lama e comer com uma colher de chá. A mulher ao lado dele gritou, avô, avô, cuspa a lama, cuspa. Ele riu, e a lama escorreu pelas laterais de sua boca e chegou à barba. Ele limpou a boca com a mão e a limpou no casaco. A mulher começou a chorar. Dois homens seguraram o avô pelos braços. Eles o deitaram sobre uma tábua e o cobriram com um cobertor. Foi inútil, ele pôs a mão magra para fora do cobertor, então, pegou um punhado de lama e pôs na boca. De manhã, eles o levaram para o caminhão enrolado em um cobertor.

Os gendarmes húngaros procuravam dinheiro e joias.

Eles arrastavam judeus para um dos cantos da pedreira, principalmente aqueles que sabiam ser ricos. Lá no canto, batiam neles com um bastão e gritavam, onde está o ouro, onde está o dinheiro. Às vezes enfileiravam uma família inteira, e davam apenas no pai uma surra com choque elétrico, os gritos dos filhos nos faziam pular. Depois nos acostumamos com isso. As mulheres ficavam em outro canto, perto de um cobertor que estendiam sobre uma corda. As gendarmes ou góis revistavam a vagina das mulheres judias procurando ouro e joias, uma mulher não parava de sangrar depois que enfiaram as mãos em seu corpo. Eu as vi colocar uma vasilha grande entre suas pernas, demorou três horas até ela morrer.

Ficamos sem o pai.

Os gendarmes levaram os homens logo no início. Eles os colocaram em vagões de trem que paravam permanentemente em trilhos na beirada da pedreira. Diziam que os homens eram comunistas e perigosos para o governo. Roubei sopa que preparei no almoço e, à noite, levei ao vagão do meu pai.

Um dia tive uma febre alta e tosse. Tremia muito e não conseguia me aquecer com os cobertores molhados. Ouvi um religioso barbudo dizer perto de mim: se um dia tivermos um casamento na pedreira, um funeral e uma circuncisão, os húngaros libertarão os judeus. Dois dias depois disso, aconteceu. Um rabino casou um jovem casal na pedreira. O mesmo rabino realizou uma circuncisão em um bebê de oito dias e também houve um funeral, como todos os dias, mas não fomos libertados.

Pouco antes de deixarmos Ungvár, minha febre baixou, e o pai retornou. Eles disseram que seríamos levados para campos de trabalho no Leste. Ficamos felizes com a saída do lodo fedorento. Um homem de corpo grande e braços longos não parava de falar em voz alta, por que estão tão felizes, judeus, chorem, chorem, os soldados os estão enviando para morrer como moscas, chorem, chorem, sua vez chegou, e o tempo acabou. Pessoas começaram a gritar com ele, cala a boca, idiota, está assustando as crianças. O homem gritava mais alto, crianças, chorem, mãe, chore, você também, pai, avó, por que estão em silêncio, *nu*, comecem a chorar. Um soldado húngaro arrastou o homem para trás do trem. Um tiro ecoou, e as crianças se acalmaram.

O vagão era escuro e cheio. Qualquer criança que não era mantida no colo parava de respirar. Crianças gritavam, bebês choravam, pessoas imploravam a Deus, e eu me mantive perto de uma fenda que encontrei na porta e fiquei olhando através dela. Um trem de passageiros passou por trilhos próximos. Os passageiros estavam sentados em cadeiras. Os passageiros olharam para nós, eu os vi se benzer.

Não sabíamos para onde estavam nos levando. Não sabíamos se isso demoraria horas ou dias. Tínhamos um pouco de pão que ocultamos em trouxas antes de iniciar a jornada. Conseguimos o pão com ambulantes, demos a eles utensílios de casa. No carro havia dois baldes, um cheio de água, o outro vazio, para nos aliviarmos. A água do balde desapareceu em menos de uma hora. Era sufocante. Pessoas imploravam por água. Crianças pequenas choravam e morriam. Uma mulher enfiou o dedo na boca de uma criança que não parava de chorar. A criança sugava e chorava. Sugava com mais força, finalmente adormeceu. Uma gota de sangue desenhou um fio fino e vermelho em seu queixo.

Tínhamos que nos aliviar no baldinho, na frente de todo mundo. Eu me segurava até não aguentar mais. Abaixava a calcinha, abria as pernas, ficava em pé sobre o balde e segurava o vestido afastado do corpo. O balde estava quase cheio. Eu fazia um grande esforço para não me sujar com o excremento de outras pessoas. Tinha a sensação de que meu estômago subia. Queria vomitar. Rasguei um pedaço do vestido para me limpar. Mulheres que menstruavam rasgavam tiras dos lençóis e as colocavam na calcinha. Depois de algumas horas, o balde fedorento começou a transbordar. O cheiro era pavoroso. Um homem alto de bigode se ofereceu para esvaziar o balde por uma abertura estreita e alta, perto do teto. Tinha arame farpado perto da abertura. Ele subiu em uma mala e tentou esvaziar o balde sem tocar o arame farpado. O vento lá fora jogou a sujeira de volta em seu rosto. Pequenos pedaços pretos, parecidos com lama, grudaram em seu bigode. Ele não soltou o balde até conseguir esvaziá-lo completamente. Depois ele pegou um lenço e limpou seu rosto. Fechei a boca com força, respirei profundamente e pedi a Deus para me ajudar a não botar tudo para fora.

Dois dias no vagão, e um jovem de vinte anos do meu vilarejo morreu ao meu lado. Ele morreu em silêncio. Estava doente em Ungvár. A mãe insistiu em levá-lo na jornada. Nós rolamos o jovem para um canto e o cobrimos com um cobertor. A mãe sentou ao lado dele, tirou o lenço da cabeça e arrancou os cabelos.

Chegamos a Auschwitz à noite.

A porta foi aberta com um estrondo, soldados gritaram, todos para fora, depressa, todos para fora. Quase não consegui descer. Sentia dores em tudo: nas costas, nas pernas, no pescoço.

Uma luz parecida com a de um holofote feriu meus olhos. Depois da linha de luz vinha a escuridão, como se o mundo todo acabasse em Auschwitz. Ouvi instruções pelo alto-falante. Vi uniformes pretos e uniformes verdes, e botas, e um cinto com revólver, e muitos capacetes. Alguns tinham rifles nos ombros. Quase todos seguravam um bastão, como uma bengala usada por pessoas velhas. Ao lado dos soldados havia cachorros grandes. Um pouco mais longe, pessoas de pijama e chapéu listrados. Pairava no ar o cheiro doce de carne queimada. Como um churrasco para cem mil pessoas.

Os soldados brandiam seus bastões, gritavam, depressa, depressa. Deixem seus bens no trem. Pessoas no vagão eram ofuscadas e tentavam avançar, mas suas pernas tinham esquecido como andar. Elas caíam e se levantavam e seguravam nos casacos umas das outras e empurravam para a frente, como um rio de correnteza confusa. Meu coração batia, batia, a mulher empurrando meu ombro gritou, estou perdendo minha menininha, Tibor, a menina, onde está a menina. Ela era uma mulher alta e jovem, talvez vinte e três anos, com um rosto branco, bonito, e cabelos longos e pretos como carvão. Seu cabelo descia sobre os ombros como cordas pesadas molhadas de suor. Ela usava um casaco longo, até o chão, e justo na cintura. O homem ao lado dela tentou segurar a menininha e foi empurrado para trás. A mulher se jogou para a frente e conseguiu segurar a mão da pequena, que devia ter uns três anos. Com a outra mão ela segurava um bebê contra o peito. E então eu vi uma onda de pessoas empurrar a mãe para trás e a pequena desaparecer. A mulher chamou, Mariska, Mariska, onde está você, Deus, vão pisoteá-la. A mulher levou uma pancada com o cabo de um rifle nas costas, mas não percebeu. Esticou bem o pescoço, os olhos quase saltando da órbita, gritando, Mariskaaaa, Mariska desapareceu.

Vi que os alemães estavam separando homens e mulheres. Ouvi os alemães gritar para as jovens mães entregarem seus bebês para avós e pessoas idosas. Mas as pessoas idosas não podiam pegar nada. Exaustas, sentavam-se na plataforma. Alguns amarravam uma toalha em volta do queixo, porque a barba tinha sido cortada, e eles estavam envergonhados.

Um soldado com um rifle se mantinha próximo da mãe de Mariska. O bebê no colo dela choramingava. Sua voz era como a de uma galinha prestes a morrer. Vi que o soldado queria alguma coisa. Tinha a estatura da mãe.

Pareciam ter a mesma idade. O soldado disse em voz alta, entregue seu bebê para uma velha. A mulher não se moveu. O soldado gritou novamente, dê seu bebê para uma velha depressa e junte-se às mulheres jovens. A mulher segurou o bebê com mais força contra o peito, e o movimento que fazia com a cabeça sugeria que estava se negando. Seu rosto era cheio de sofrimento. O soldado aproximou-se da mãe até quase tocá-la e, segurando o cabo do rifle entre as pernas, estendeu os braços para o bebê. Ele gritou, me dá, judia estúpida, me dá. A cabeça dele quase tocava a dela. O alto-falante anunciou, homens separados, mulheres separadas, depressa, depressa. A mulher olhou diretamente para ele, sussurrou, não, não. Seu queixo era forte. O soldado abaixou os braços, deu meio passo para trás, abriu a boca, fechou, fez um gesto breve com a cabeça, como se dissesse, como quiser, e se afastou. Mãe e bebê foram empurrados na direção dos idosos.

Duas outras garotinhas, uma de uns sete anos, a outra de cinco, talvez, estavam de mãos dadas, sem mãe. Usavam chapeuzinhos de pele branca sobre as orelhas, como fantasias para o Purim. A mais velha tinha uma bolsa pendurada no ombro e usava um casaco bordado, a pequena vestia um casaco bordado e não tinha bolsa. Três outros meninos foram empurrados para os idosos. Um usava chapéu e casaco de lã com uma caneca amarrada a um botão do casaco. Dois outros vestiam casacos com botões brilhantes, como se estivessem antes do Bar Mitzvah. Todo mundo tinha um aplique amarelo no casaco. Minha mãe e eu estávamos lado a lado.

E então os alemães me separaram da minha mãe. Sei que levaram minha mãe diretamente para o crematório. Acharam que ela era uma avó. Minha mãe era jovem, tinha quarenta e dois anos. Cabelo preto. Rosto liso, minha mãe era uma mulher forte. Ela estava acostumada ao trabalho duro. Mesmo assim, eles a levaram de mim como se fosse uma avó que tivesse de morrer imediatamente. Eu a vi se afastar com as outras avós em direção ao crematório, talvez uma caminhada de cinco minutos da rampa, um lugar onde havia uma ambulância da Cruz Vermelha. Suas costas eram eretas, ela olhava para a frente. Os braços balançavam ao lado do corpo. Ela caminhava como se o fim daquele mundo esperasse por ela ali.

Os alemães procuravam profissionais.

Eu disse que era costureira. Sabia usar uma máquina de costura, ajudava minha mãe a remendar roupas. Eles me levaram em uma fila com outras jovens. Algumas usavam lenços, outras, um chapéu franzido ou amarrado na parte de cima, no meio, ou duas saliências laterais. Algumas mulheres usavam vestidos de bolinhas ou xadrez e um casaco de gola de pele ou lã, algumas vestiam jaqueta e casaco. Algumas seguravam fardos, ou uma caneca, ou uma garrafa, ou uma bolsa, algumas usavam sapatos e meias enroladas, outras usavam meias na altura dos joelhos. Algumas mulheres usavam batom, a maioria não usava, e todas tinham o rosto sério.

E, durante tudo isso, a manhã chegou. Vi uma chaminé alta, até duas, e alojamentos marrons. Fileiras e fileiras de alojamentos com janelas estreitas no alto, e ouvi música alegre e vi um fotógrafo. O fotógrafo, um soldado uniformizado com um chapéu, nos fotografou de frente, de cima, até do alto de um vagão de trem. A mulher ao meu lado olhava sério para ele. Uma mulher com um rosto bonito ajeitou o cabelo, puxou um cacho gracioso sobre a testa, arrumou o vestido e se preparou para a fotografia. Percebi que a morte em Auschwitz era como um casamento. Tem uma orquestra, um fotógrafo, pessoas, mas em Auschwitz não tem comida.

Fomos levados para um grande salão e não vi mais minha família. Havia fileiras e fileiras de bancos compridos. Havia mulheres de vestidos listrados e aventais pretos. Elas usavam botas polidas. Tinham cabelo curto e arrumado e a barriga inchada. Ouvi um idioma parecido com alemão-eslovaco. Ali havia vários soldados. Eles pareciam bêbados e felizes. Recebemos a ordem para nos despirmos rapidamente. Não nos movemos. Os soldados nos atacaram, fomos estapeadas, xingadas, vaca, idiota, judia imunda, tire a roupa, depressa. Nós nos despimos. Arrumamos as roupas em uma pilha sobre um banco. Fiz um sinal na parede e escondi o corpo com os braços. Uma delas não queria tirar a calcinha e o sutiã. Um soldado com um arranhão no rosto se aproximou e agarrou seu seio. Ele tinha um canivete no bolso. Encaixou a lâmina sob o sutiã e o rasgou. A mulher caiu no chão e começou a gritar. O soldado berrou, dispa-se. Algumas mulheres próximas começaram a gritar, Tzili, Tzili, Tzili, uma delas se abaixou e puxou sua calcinha. Estava suja de sangue. Enquanto isso, eles gritavam para nós, corram, depressa, depressa. Fomos para os barbeiros. Eles rasparam nossa cabeça com navalhas, primeiro cortaram cabelos longos com tesouras enormes, como aquelas usadas em carneiros. Os barbeiros não paravam de trabalhar nem por um instante, suavam, as mãos apressadas. Algumas garotas saíam dos barbeiros com cortes na cabeça. Depois eles nos desinfetaram. Soldados seguravam grandes latas de spray e nos cobriam com um desinfetante ardido. Espalhavam uma substância ácida nas cabeças raspadas. Tive a sensação de que minha cabeça pegava fogo. De lá, eles nos mandaram para o chuveiro. Um jato de água fervendo deixava bolhas em nossa pele. E então nos davam uma roupa cinza de mangas curtas e tecido áspero, de gola pontuda, três botões e cinto de cordão, e me senti nua. Eles devolveram os sapatos que trouxemos de casa, que cheiravam a creolina, e depois nos levaram para os alojamentos. A orquestra tocava músicas alegres. O fotógrafo, que não tinha um rifle, fotografava como sempre, o megafone gritou alguma coisa, o cheiro doce ficou mais forte. Perguntei a uma das mulheres de avental e botas, e nossas roupas. Ela torceu o nariz, riu alto e disse, para que precisa de roupas, tola, logo vai chegar à chaminé, e apontou com seu bastão na direção da fumaça. Havia crueldade em seus dentes. Senti que ia desmaiar.

Sussurrei *mamaleh*, e caí sobre as pernas das mulheres na minha frente. Meu vestido subiu. A mulher atrás de mim pisou na minha barriga e pulou para o lado. Gritei de dor e abaixei o vestido. Uma mulher grande segurou meus braços e me pôs em pé. Ela não soltou minha mão, mais tarde seguimos de mãos dadas como duas irmãs. Fomos levadas ao Bloco A, Alojamento 20, Campo de Birkenau.

Entramos no alojamento. Era marrom escuro, construído com toras rústicas. Não havia janelas como nos galpões em casa. Havia apenas aberturas estreitas perto do teto. Na parede dos alojamentos havia argolas de aço.

Uma prisioneira mais velha com seios caídos e pernas finas disse que as argolas de aço serviam para amarrar cavalos, é um estábulo para cavalos, perguntei, quantos cavalos, ela disse, cinquenta e dois cavalos alemães, quinhentas, seiscentas, setecentas mulheres judias podem caber aqui, dependendo da estação. Eu me sentia sozinha no longo fogão no meio do bloco. Perguntei, tem aquecimento no inverno? A prisioneira respondeu, é claro que não, está vendo algum cavalo aqui? Ao longo das paredes havia beliches de madeira, de três andares, sem colchões. Em cada uma das beliches havia um cobertor fino.

Edit Elifant, uma bela e loira eslovaca com maçãs do rosto altas e ombros largos, era nossa *kapo*. Os alemães a colocaram no comando do bloco todo. Ela segurava um bastão com dedos longos, delicados. Eu sabia que Edit pertencia a uma família de pianistas e tinha três criados, pelo menos. Ela usava um vestido listrado e um avental preto feito de tecido de forro. Na manga havia uma faixa vermelha bordada em branco, e no braço havia um número azul que parecia uma tatuagem.

Edit Elifant tinha várias ajudantes que sabiam falar alemão, eram bonitas ou particularmente altas. Cada ajudante era responsável por um número de camas. Acima de Edit havia os alemães. Ela tinha um quarto na frente do bloco. Um dia espiei o quarto dela. Havia cortinas, um tecido bordado sobre a mesa e almofadas coloridas, e um abajur decorado em dourado, era como o quarto de uma pessoa rica.

Edit Elifant deu a ordem para ficarmos ao lado dos cubículos, e depois ela nos dividiu em grupos de cinco. Ela estava com seu bastão em cima do fogão de pedra no meio do bloco e falou alto em húngaro, aqui vocês obedecem às ordens e, se não obedecerem às ordens, vão se arrepender, por que vieram?

Uma das garotas disse com cautela, o que poderíamos ter feito, pulado embaixo do trem?

Edit Elifant suspirou e disse, melhor embaixo do trem, a única saída deste campo é pela chaminé. Sua voz era suave como a de uma mãe, e eu caí sobre o fogão, consegui me agarrar aos tijolos e me segurar, depois juntei os joelhos e me levantei. As garotas que estavam ao meu lado puxaram meu vestido e me ampararam. Mais tarde, caímos nas camas dos beliches e dormimos em um momento.

Várias *kapos* de blocos vizinhos passavam por nosso bloco procurando parentes. Elas também usavam um vestido listrado e avental preto. Uma *kapo* encontrou a prima, uma menina doce com cílios longos e pele transparente como vidro. Ela estava no beliche vizinho ao meu. A *kapo* trouxe cobertores para nós e sussurrou, no campo Birkenau eles levam as mulheres da rampa para o gás. Do gás, levam as mortas para a cremação no forno. Por isso tem cheiro de carne queimada. Mais tarde eles jogam as cinzas ao vento, e fora do bloco nós não nos conhecemos, está claro?

Comecei a tremer. Abracei meu corpo, me senti pequena, fraca, e tremi. A *kapo* tinha um rosto largo e um peito enorme, e tinha confiança. Mas eu não acreditava nela e fiquei feliz quando ela foi embora, mas não conseguia parar de tremer. Edit Elifant olhou para mim e disse, você pode mudar de lugar e escolher cinco garotas com quem quer dormir. Eu me juntei a quatro moças de Ungvár. Não as conhecia antes, mas tínhamos conhecidos em comum. Depois ela nos mostrou como dobrar os cobertores. Ao meio-dia, as prisioneiras apareceram com uma grande panela e serviram sopa em vasilhas vermelhas de lata. A sopa cheirava mal e não comemos. Edit Elifant gritou, por que não estão comendo?

Dissemos a ela, porque não temos colheres.

Ela chutou o balde no canto e gritou como um homem da SS, então comam sem colheres, suas húngaras mimadas, comam. Bebemos a sopa direto do prato e comemos um pedaço de pão. Eles colocavam bromo no pão para pararmos de menstruar. A barriga inchava, e a menstruação parava.

De manhã bem cedo ouvimos gritos.

A *kapo* falou, chamada, levantem-se depressa, todo mundo aqui fora para a chamada. Ouvimos ao longe o toque de um sino. Saímos para o terreno vazio entre os dois blocos. Quinhentas mulheres de vestido fino, sem suéter, sem casaco. Havia estrelas no céu, e senti as picadas de mil alfinetes na pele.

Ficamos ali em grupos de cinco. Eu estava na frente com as meninas mais baixas, as mais altas ficavam para trás. Sabia que sem comida eles pensariam que eu era uma criança da pré-escola e fiquei muito preocupada. As ajudantes da *kapo* começaram a nos contar. No meio da contagem, houve confusão, e elas começaram a contar novamente do início. A ajudante que contava minha fileira, uma mulher jovem e particularmente alta com o rosto de um cossaco, continuou contando e cometeu um erro. Ela xingou como se estivesse em um mercado e bateu com o bastão em várias cabeças, *pá, pá, pá*.

Finalmente terminaram a contagem. Mas os números não batiam com as listas que elas tinham em mãos. Ouvi discussões e pés batendo no chão, e depois a *kapo* gritou, idiota, idiotas. Percebi que elas temiam um erro, e de novo começaram a contar como se não tivessem outro plano para nós. Uma hora passou, duas horas, três, finalmente gritaram, fiquem eretas, vacas judias, retas como uma régua. Os bastões das ajudantes voavam indiscriminadamente sobre nossas cabeças. Ouvi choro e sofrimento. Senti como se a faca de um açougueiro removesse minha pele tira por tira. Não conseguia mais me manter ereta e temia a fúria da cossaca. Vi marcas molhadas no chão. Havia um cheiro intenso de urina no ar. De repente gritos, atenção! Atenção! Todas de joelhos, ajoelhem, húngaras fedorentas, mãos para cima. Nós nos ajoelhamos. Os ossos do meu corpo doíam. Não consegui erguer as mãos acima da cabeça. A cossaca se aproximou de mim. Ela tinha bolhas brancas nos cantos da boca e um fogo frio nos olhos. Levantou o bastão e bateu nos meus cotovelos. Senti um choque elétrico no cérebro. Depois de alguns momentos, ouvimos uma ordem: levantem-se. Nós nos levantamos. Sentem. Sentamos. Levantem-se. Sentem. Levantem-se. Eu não conseguia me levantar. Então veio a ordem, eretas, depressa, depressa. Algumas mulheres no grupo começaram a gritar umas com as outras, para trás, para a frente, uma das garotas gritou comigo, *nu*, levante-se, levante-se, vai ser culpa sua se nunca sairmos daqui.

Enquanto isso, a manhã chegou, e uma luz brilhante cobriu os alojamentos. Eles pareciam pesadas e assustadoras saliências na névoa. Ao longe, ouvi a orquestra de Auschwitz com suas marchas e as guardas femininas da SS que chegavam de uniforme cinza, de chapéu e faixa vermelha na manga. Na faixa havia o símbolo da suástica em um círculo branco. As guardas alemãs levantaram a mão esquerda em uma saudação diagonal com o *Heil Hitler* que tínhamos ouvido no rádio, e então as guardas da SS começaram a nos contar novamente. A boca da guarda da minha fileira encurvou-se para baixo como se ela estivesse aborrecida, ela gritou, a fileira está torta, torta, e se afastou para ir falar com Edit Elifant.

A *kapo* empalideceu, deu um salto e começou a nos bater com seu bastão.

Finalmente, a chamada acabou, e fomos informados de que todas as prisioneiras receberiam um número tatuado no braço. Não recebemos um número. Edit Elifant providenciou para que não viessem tatuar nossos braços. Voltamos ao bloco. Caí no beliche e dormi em um momento.

Uma das garotas no meu quinteto era pintora. Ela sabia desenhar rostos. Desenhou o rosto de Edit Elifant e deu o desenho para ela. Ela ficou feliz com o desenho e retribuiu dando a ela um lenço. Mais tarde, ela pegou o lenço, o dividiu em dois e foi embora. Depois voltou com mais dois lenços. E cortou outro, e voltou com mais dois. Aos poucos, ela vestiu todas as meninas no bloco com o lenço. Pelo menos tínhamos a cabeça e as orelhas aquecidas. Vimos que Edit Elifant queria nos ajudar. Ela às vezes trazia comida para nós em segredo, batatas, pão. Sentimos que tínhamos uma supervisora de bloco que era como uma mãe, desde que não houvesse alemãs na área.

Um dia nos levaram para o chuveiro.

Entramos no chuveiro, onde nos despimos e nos deram sabonete. A supervisora de banho, uma mulher gorda com feridas no rosto, gritou, lavem direito, e usem sabonete em todos os lugares fedidos de seu corpo. Vou cheirar cada uma e todas depois do banho. Ela sacudiu um dedo gordo na frente do nosso rosto e saiu. Pensei, outra faxineira eslovaca desagradável, e comecei a rezar. Tinha certeza de que estava mentindo e de que logo começaria a sair gás do chuveiro. Olhei para as mulheres a meu lado. Todas elas tinham corpos magros, brancos, com ossos salientes, algumas com marcas azuis no corpo, algumas com feridas de tanto coçar. Até os seios murchavam em Auschwitz, só a barriga inchava. As mulheres choravam, gritavam, uma delas começou a comer seu sabonete. Seu pescoço era longo como o de uma bailarina, as pernas eram longas e finas. Ela gritou, não vão me matar, alemães imundos, vou morrer por conta própria. Alguém tentou tirar o sabonete dela. Ela mordeu essa mão, deu outra mordida no sabonete e vomitou. Outra jovem deitou no chão e começou a espernear. Ela chorava, não quero morrer. Quero viver, por que não me deixam viver? Choramos com ela. A seu lado havia uma mulher da minha altura com um peito plano e dois mamilos escuros. Ela se curvou sobre a mulher no chão, pressionou sua testa e estapeou seu rosto com força. Não sei de onde ela tirava a força que tinha nas mãos. A mulher no chão ficou em silêncio, todas nós ficamos em silêncio. E então a jovem de peito plano estendeu a mão e a ajudou a se levantar. Minha cabeça começou a girar como um carrossel. Eu me apoiei à parede da área do chuveiro, fechei os olhos e vi minha mãe. Ela andava pela rampa, balançava os braços ao lado do corpo, se afastava de mim. Eu queria chamá-la, mamãe, espere por mim, espere, e então veio a água. Água quente. Nós nos abraçamos, pulamos, nos ensaboamos rapidamente, ajudamos umas às outras ensaboando costas, rindo alto, eu ainda estava preocupada porque parecia muito pequena.

Depois do banho, vi um homem que tinha ido visitar Edit Elifant. Ele entrou no quarto dela na frente do bloco. Acho que o homem era Mengele. Ele voltou várias vezes. Às vezes levava Maryanka. Maryanka, uma pequena menina polonesa, era bonita com seus olhos azuis, nariz pequeno, faces como maçãs vermelhas e cabelo loiro e liso. Mengele pedia para ela cuidar da menina. Vi que Mengele realmente amava Maryanka. Ele olhava para ela com uma expressão mansa, risonha. Vi que Maryanka não tinha medo de Mengele. Seu sorriso era o de uma mulher que sabe chefiar. Ela sorria com a boca fechada. Seus cílios tremulavam delicadamente como pequenas borboletas. Ela punha seus dedos pequeninos na barriga e afagava com movimentos brandos.

Um dia, Maryanka foi deixada com Edit Elifant, e Edit fez tranças nela. Maryanka cantou canções polonesas para ela. Sua voz era fina como a de um pássaro. Edit gostava de ouvi-la. Às vezes elas cantavam o refrão juntas. As canções que ouvíamos no quarto da frente nos faziam chorar no vestido. Sentia saudade de minha família, avô, avó, tios, tias, todo mundo. Uma das meninas no bloco ficou sem cílios e sem sobrancelhas por causa das canções de Maryanka. Ela atacava as sobrancelhas principalmente nos agudos. Depois passava para o cabelo, estava começando a crescer, e já se viam falhas na cabeça careca. A jovem que dormia na cama embaixo da minha no beliche não tirava as mãos dos ouvidos. Certa manhã, as duas foram levadas na *Selektion*. Foi depois de uma noite quando Maryanka havia cantado e cantado, sem parar. Tinham sido músicas realmente felizes.

Edit Elifant nos salvou da morte certa.

Edit tinha seus caminhos. Os alemães queriam nos separar na *Selektion*. Ela disse a Mengele, tenho um grupo de mulheres mais velhas que pode trabalhar, o que devo fazer? Mengele disse, ponha as mulheres para trabalhar. Ela nos dava tarefas pequenas, sem importância, como limpar, carregar panelas, coisas deste tipo. Eu trabalhava depressa, me oferecia para carregar panelas grandes, como se fosse forte. Um dia eles fizeram uma *Selektion*, e Edit Elifant não conseguiu interferir. Um enorme soldado da SS segurava um bastão e luvas. Ficamos perfiladas ao lado do bloco. Ele fez um sinal para mim e apontou as mulheres idosas. Fui para o grupo das mulheres velhas, consciente de que esse era meu fim. Enquanto isso, eles gritavam para as mulheres que tinham passado pela *Selektion* para ficarem em filas de cinco. Não muito longe de mim havia um quarteto de mulheres jovens.

Esperei até o soldado virar e pulei no meio do quarteto. Fiquei na ponta dos pés, inflei o peito, ergui os ombros. Endireitei as costas como se fosse alta e forte. As mulheres começaram a andar. Continuei entre elas. Estava a salvo do gás, por enquanto.

Alguns dias se passaram, e houve outra *Selektion*. Ficamos em fila a caminho do crematório. Ao meu lado havia várias outras meninas, as menores de nosso bloco. Nossa *kapo* se aproximou de nós. Ela disse aos soldados alemães: preciso de mulheres para trazerem sopa da cozinha. Deixe-me ficar com algumas. Os alemães concordaram. Ela escolheu mulheres do nosso grupo, eu fui uma delas. Edit nos levou de volta ao bloco, e eu fui salva temporariamente. Edit Elifant salvou mais e mais mulheres. Ela cortou o cabelo cinza que tinha começado a crescer em algumas das mulheres. Ela nos dava pomada para espalhar sobre um hematoma ou ferimento na pele. Às vezes, mulheres eram enviadas ao crematório por causa de um pequeno hematoma. Ela nos transferia de um lugar para outro e inventava trabalhos para fazermos, para ficarmos longe dos olhos maus. Tirava meninas das garras dos soldados recorrendo a todo tipo de pretexto. Às vezes, salvava judias perto do crematório, onde a ambulância da morte ficava com sua cruz vermelha e caixas de Zyklon B. Perto dos alemães, ela gritava e usava o bastão, mas eu via a grande tristeza em seu rosto. Seus olhos eram grandes, castanhos e úmidos, como os de uma mulher que ama. Poderia ter sido uma enfermeira ou uma boa médica em um hospital.

Em Birkenau nos obrigaram a escrever cartões-postais para nossos vilarejos.

Eles nos forçaram a dizer que nos sentíamos bem. Escrevíamos mentiras. Muitas mentiras. Escrevíamos sobre comida boa. Escrevíamos sobre alojamentos com camas, cobertor e lençol. Escrevíamos contando que tínhamos bom trabalho, árvores e aves, e belos jardins com flores de perfume doce. Não escrevíamos nos postais que o cheiro doce não tinha nada a ver com flores.

Desde Auschwitz, não consigo nem chegar perto de um churrasco. Na América se come muito churrasco. Eu fico longe disso. Como *gefilte fish*, bolinhos de carne e *cholent*, muitos vegetais e pão. Sempre tenho pão de reserva na gaveta, sempre. Também tenho duas fileiras de pão fatiado no *freezer*, quer ver?

Sarah ri, e ela tem olhos travessos e a risada de uma menina. Ela se levanta da cadeira, lava as mãos, diz, e agora um intervalo, vamos tomar um café.

* * *

Cidade de Nova York, 2001
Intervalo para o café na cozinha de Sarah, 11 horas

Olho para Sarah. Sarah tem setenta e nove anos, uma mulher pequena e esguia, com as costas eretas, cabelos brancos e lisos, olhos cheios de sabedoria e um olhar atento e inquieto. Sarah fala e limpa a mesa, e seus dedos desenham círculos grandes e círculos pequenos, e os círculos se misturam, e às vezes os dedos se afastam da beirada da mesa, e ela puxa a borda da toalha, e volta ao meio, e limpa novamente a toalha floral de plástico, começa outros círculos como se o oleado fosse um enorme campo, que requer mais e mais círculos para viver.

Se Dov estivesse na cozinha de Sarah, ele teria dito, *oy*, Sarah, Sarah, o que nossa irmã passou, e ela era tão pequena. Se Yitzhak estivesse na cozinha de Sarah, ele teria dito, Sarah estava sozinha, e Sarah passou por muitas *Selektion* e derrotou os homens da SS, malditos, por quê? Porque tinha inteligência, e sorte, uma *kapo* como Edit Elifant é muita sorte na vida. E então Dov teria dito, pena não termos tido um *kapo* como a dela conosco. E Yitzhak teria dito, Dov, estávamos lá juntos, Sarah estava sozinha.

CAPÍTULO 54

SARAH

Um dia nos disseram para sair de Birkenau.

Não queríamos ir, tínhamos certeza de que era uma armadilha com uma abertura para o céu. Eles nos mandaram em trens de gado para Gelsenkirchen, na Alemanha. Era um dia ensolarado, e as nuvens eram como lã de algodão amassada. Homens da SS iugoslavos e alemães viajaram conosco no trem. Os homens alemães da SS não eram tão duros quanto os da Iugoslávia. Um alemão da SS batia em uma garota e ia embora. O iugoslavo da SS batia em uma garota até ela cair no chão e parar de se mexer, e depois mandava seu cão faminto para cima da garota.

Em Gelsenkirchen, nós trabalhávamos limpando ruínas.

Os americanos bombardeavam fábricas alemãs, e nós carregávamos grandes pedras para uma pilha. Tínhamos as mãos cheias de arranhões e machucados, as costas queimadas, e não sentíamos os pés. Eu temia que minhas pernas quebrassem e eu acabasse caída no entulho. Eu me lembro de andar com uma pedra nas mãos e, às vezes, só com o deslocamento de ar provocado pela passagem de um homem da SS, eu caía. Às vezes só caía e via que, na verdade, não havia passado ninguém, e então dizia a mim mesma, Sarah, não precisava cair. Às vezes eu ouvia um grito, ou o baque de uma pedra que caía das mãos de alguém, e eu caía, e, se não me levantasse rápido o bastante, eles apontavam um rifle para mim. Por isso aprendi a me levantar imediatamente, digamos que eu estivesse deitada de costas, ou de bruços, ou de lado, eu puxava imediatamente a perna para a barriga, enfiava os dedos no solo e dava impulso com a mão, dava um pulo e ficava em pé.

Depois de algumas poucas semanas em Gelsenkirchen, eles mandaram algumas prisioneiras de subterrâneo para Essen, na Alemanha, não lembro quantas meninas. Eles nos mandaram para um campo militar para trabalhar em uma fábrica de munições. Tínhamos de verificar a força dos metais com uma máquina especial. Os alemães usavam metais fortes para construir tanques. Naturalmente, também mandávamos metais mais fracos para seus tanques. Lembro que no trabalho eu sentia que a fome estava dissolvendo minha mente, havia ocasiões em que não conseguia lembrar o que fazer com o metal por causa da fome. Estava pensando em alguma coisa, e de repente o pensamento era apagado no meio. Digamos que eu não soubesse se deveria cortar um pedaço do vestido que usava para fazer um lenço comum e um lenço de cabeça, ou se seria melhor deixar uma saia três-quartos, por causa dos tombos e dos esfolados no meu joelho. Eu tinha um problema constante com pão de manhã: deixar um pedaço do pão que comia de manhã para mais tarde, ou comer tudo de uma vez, e assim, no meio do pensamento, surgia uma tela branca diante dos meus olhos, e eu não conseguia lembrar a pergunta.

Mulheres começaram a roubar pão. Mulheres brigavam por uma folha de repolho. Mulheres brigavam com os punhos ou mordiam costas para pegar o fundo de uma panela de sopa. Muitas mulheres adoeciam e morriam. Eu as via na cama de manhã. Pareciam uma pilha de roupa suja para a lavanderia. Eu só pensava em uma coisa, como eu, Sarah, morreria: com uma bomba jogada por um avião, doente, com gás do chuveiro ou de fome.

Eu não sabia o que seria melhor para mim. Com uma bomba, era possível acabar de repente, por exemplo, se um avião se aproxima de nossa fábrica e arremessa uma pilha de bombas, e o teto de concreto cai sobre nossa cabeça, isso é bom. Mas o que acontece se um pedaço de concreto cai na minha perna, e fico lá presa e não morro? Alguém me salvaria? De jeito nenhum. E talvez doença seja melhor, uma doença que acaba rapidamente, disenteria, ou tifo, talvez pneumonia. E o que acontece se a doença progride lentamente e eu fico meio morta? No fim, eu torcia por gás. Melhor morrer por gás, como minha mãe. Alguns minutos, e é isso, mas gás me revoltava. Gás trazia cremação em um forno, e o cheiro de carne queimada, foi isso que Edit Elifant disse, e eu não queria acabar como uma galinha. Tinha vinte anos e queria viver.

Quase não havia carne em mim, eu era osso e pele seca, magra como uma folha de papel em um caderno. Queria muito pão e água. Não conseguia empurrar na fila, o mais leve toque, e eu caía no chão. Tentava ficar de lado e esperar minha vez para a sopa salgada. O sal queimava minha garganta, e não tínhamos água. Um dia não aguentei mais. Uma das garotas no campo se aproximou de um soldado alemão que tinha uma arma e um cantil de água. Ela disse ao soldado, me dê água ou atire em mim com sua arma. O soldado gritou para ela voltar à fila. Ela não se moveu. Manteve-se ereta, olhou diretamente para ele. Disse, me dê água ou atire em mim agora. O soldado deu água a ela, e a moça voltou à fila.

Prisioneiros de guerra trabalhavam no campo perto de nós.

Soldados russos, italianos e franceses. Os alemães nos proibiam de falar com os prisioneiros de guerra. Nós os ignorávamos e íamos para perto dos prisioneiros de guerra. Um prisioneiro francês fazia grampos de cabelo com arame e os contrabandeava para o acampamento das mulheres. Nosso cabelo tinha crescido um pouco, e começamos a usar grampos acima da orelha, perto das têmporas, onde havia um pequeno rabo de cavalo, ou uma franja. Fedíamos, imundas, tínhamos feridas infeccionadas na sola dos pés, nos braços, e fazíamos questão de grampos no cabelo. Jogávamos beijos para os prisioneiros de guerra francês. Soldados italianos nos davam sabonete. Algumas mulheres trocavam sabonete por pão. Às vezes encontrávamos uma torneira em algum canto, nos lavávamos rapidamente embaixo dela e escondíamos sabonete embaixo dos braços. Não chegávamos nem perto dos prisioneiros de guerra russos. O olhar deles era maldoso e desconfiado.

Um dia os americanos bombardearam a fábrica em Essen.

A sirene soou justamente quando nos chamavam para comer. Nós a ignoramos, talvez por ser uma bela noite de luar. Os alemães não se interessavam pela lua, nem os prisioneiros de guerra russos, eles queriam comer. Os alemães tinham de matar vários prisioneiros de guerra para colocá-los no *bunker*.

Eu fiquei abaixada no *bunker*, com o coração disparado por causa do bombardeio, que balançava as paredes como se fossem de um navio. Depois de alguns minutos, as bombas chegaram mais perto do *bunker*, como um martelo de cem toneladas na cabeça. Senti pressão e dor nos meus ouvidos, e calor e umidade em todo o meu corpo. Eu me lembro de ter chamado Deus. De ter olhado sem pressa para os que sofriam. Cochichei, ajude, Deus, ajude, e prometo ser uma boa judia, uma judia que observa o Mitzvoth com Shabbat e os dias santos, mas me tire deste inferno.

O bombardeio terminou, e continuei viva, mas a fábrica foi completamente destruída. Os soldados nos devolveram ao campo em um pequeno trem. Esperamos no campo por alguns dias, e depois eles nos mandaram novamente à fábrica para limpar o entulho. Um grupo trabalhava durante o dia, e outro, à noite. Éramos cerca de cem em cada grupo. Era inverno com neve e tempestades, e mesmo assim nos forçavam a percorrer uma distância de algumas horas todos os dias. Enrolados em cobertores para enfrentar a noite, partíamos. Era um belo dia quando notei que até as mulheres bonitas deixaram de ser bonitas e tinham manchas na pele e ferimentos azuis em torno do nariz e da boca. No entanto, ainda havia mulheres particularmente bonitas, eu era a menor e a que tinha mais manchas.

Os irmãos de Auschwitz

Quando andávamos pela estrada, alguém sempre caía, e me perguntava como eu, Sarah, ainda resistia.

Um dia vi uma mulher alta e adorável na neve. Parei ao lado dela para descansar. Ela mantinha o cabelo em dois rabos de cavalo de cinco centímetros com dois grampos e usava um cinto no vestido que parecia ser de fita. Mais doloroso que tudo era ver uma mulher adorável morrer no meio da estrada, isso tocava meu coração, e, às vezes, eu até chorava. Sabia que, se morresse na neve e uma mulher parasse ao meu lado, tudo que ela veria seriam algumas manchas e vergões vermelhos sobre a pele desagradável. O homem da SS gritou atrás de mim, anda, anda, e eu caí na neve. Tentei me levantar depressa, mas não consegui. As pernas ficaram enroscadas no cobertor que me envolvia, e estava molhado e pesado. Vi o cano de um rifle apontado para mim de uma distância de seis metros, e meu peito se fechou como uma porta. Tirei o cobertor de cima de mim, cravei os calcanhares na neve, apoiei as mãos no chão, levantei o traseiro e pulei para ficar em pé. Andei ereta como se meu vestido e eu estivéssemos muito bem na neve. Depois de alguns passos, virei para trás, peguei o cobertor da neve e cobri a cabeça com ele. Naquela noite não consegui dormir de frio. Tinha certeza de que estava com pneumonia e começaria a morrer lentamente, como algumas pobres almas na semana anterior.

Um dia, a tempestade foi particularmente forte, e os soldados não conseguiram trazer sopa para nós no vento. Foi quase um dia inteiro sem comida, e depois disseram que o município de Essen tinha nos convidado para jantar. Caminhões com lonas chegaram ao campo, e pelos sussurros das garotas perto de mim percebi que elas também estavam pensando no crematório. Mesmo assim, entramos no caminhão. Os soldados nos levaram para um prédio grande, e ganhamos boa comida, pão, carne, batatas, sopa de vegetais, bolos. Ficamos muito contentes. Voltamos ao campo com boa cor no rosto e um grande inchaço entre o *décolletage* e o cinto, e tudo por causa da comida que pusemos dentro do vestido. Ganhamos vida para os próximos dias.

Não fomos levadas ao chuveiro por um bom tempo.

Em alguns alojamentos havia fornos. Nós nos despíamos e púnhamos as roupas em uma grande panela no fogão para eliminar os piolhos. Os piolhos morriam com um barulho de estalo, *pac. Pac. Pac-pac-pac*, a partir do início da fervura. O que eu mais gostava era de vestir as roupas diretamente da panela, isso me ajudava a dormir, mesmo que meu corpo estivesse sujo.

Eu não sonhava à noite. Queria um pouco de silêncio, não suportava mais a vibração constante dos alojamentos: sussurros, gritos para Deus, pai, mãe, Rosie, Ester'keh. Não suportava ouvir o assobio e o chiado das pobres almas antes da morte. Eu já tinha percebido que a morte tinha um som inicial. As pessoas normalmente não choravam antes de morrer. Primeiro assobiavam pelo nariz, depois pela boca, e finalmente morriam com a garganta seca. Eu queria fugir para longe, me afastar dos soldados e dos latidos de cães acostumados a comer seres humanos. Sentia saudade do silêncio no meu quarto em casa, quando todo mundo estava lá fora, principalmente os pequenos, Dov e Yitzhak. Eles sempre faziam barulho, aqueles dois, e eu adorava ler livros sem outros ruídos.

Um dia nos levaram a pé para um lugar que não conhecíamos.

Eles não nos preveniram. Disseram para entrarmos na fila, como em qualquer outro dia. Pensamos, vamos trabalhar. Tremendo, ficamos enroladas nos cobertores molhados. Meu nariz pingava como uma torneira, meus dedos das mãos e dos pés estavam paralisados. Olhei para meus sapatos, havia buracos no couro, e também havia buracos nas solas esfoladas. Eu sempre dormia de sapatos, principalmente depois de Gelsenkirchen, quando vi uma mulher comer o sapato dela.

Na chamada, vi os homens da SS virar no sentido oposto ao que costumávamos seguir. E então eles gritaram, andem, andem, indicando a direção oposta. Não sabíamos para onde estavam nos levando, e entendi que tinha chegado a hora de deixar este mundo. Olhei para cima, havia neve comum. Progredimos lentamente em fila, e havia lacunas. Senti que a mente me deixava, como a vontade de lutar por minha vida. Meus pés andavam sozinhos, seguindo os pés na minha frente. Sabia que, se a mulher na minha frente caísse, eu cairia atrás dela. Se ela ficasse na neve, eu também ficaria na neve, é isso. E então vi uma renda na neve. Não sei por quê, mas senti uma pequena alegria. Abaixei com cuidado e peguei a renda. Atrás de mim, ouvi uma mulher gritar, era o grito do assobio que sai pela boca antes da morte. Disse a mim mesa, fique longe daquela mulher, ou vai cair na neve com esse assobio. Consegui me convencer a ficar em pé por mais um tempinho, e então apertei o cobertor sobre os ombros, amarrei a renda em torno da cabeça, o nó no meio e no alto. Arranjei meu único grampo no cabelo, esfreguei um dedo nos lábios com força, belisquei as bochechas e cochichei, pronto, Sarah. Agora pode deitar na neve para sempre.

Não caí. Continuamos andando e andando, chegamos a lugares sem neve. À noite dormíamos no primeiro lugar que aparecesse ao anoitecer. Às vezes havia um teto em algum prédio, ou celeiro, às vezes dormíamos sem um teto, às vezes embaixo de uma árvore ou de um arbusto. Mulheres à minha volta caíam como a chuva. Abaixavam a cabeça e *pá*. E *pá*. *Pá-pá*. Os alemães mataram algumas com um rifle, não sei por quê. Mais tarde nos puseram em um trem. Viajamos por vários dias sem comida. Em alguns momentos, o trem parava no meio de um campo, desde que tivesse uma horta específica ali. Esse vegetal era maior que uma batata-doce, mas não era doce. Nem todo mundo podia descer no campo. Os soldados alemães nos ajudavam, desciam do trem e traziam vegetais para nós, porque nos conheciam do campo, queriam conhecer especialmente as jovens educadas, as agradáveis e polidas entre nós. Quando saímos do campo, eles pararam de gritar e bater e procuraram oportunidades para conversar conosco. Vi que ficavam felizes ao trazer os vegetais, e traziam mais e mais, até ficarmos satisfeitas. Eu olhava para os alemães e não sentia nada, estava cansada.

Chegamos a Bergen-Belsen, e a primeira coisa que vi foram as barracas.

Nas barracas havia apenas corpos humanos, camadas e camadas de corpos fedendo a carne podre e doença. Procurei prisioneiros judeus e não vi nenhum. Eu me lembro de pensar que não havia sobrado judeus no mundo e, se havia, eram só algumas poucas mulheres judias. De onde estava, eu conseguia ver um pequeno grupo de mulheres judias ao lado de uma barraca. Elas usavam vestidos sujos, duas tinham cobertores nas costas. Cada uma das mulheres olhava para uma direção diferente, elas não conversavam, tinham morrido em pé. Perto do caminho vi outro grupo, algumas estavam descalças e de vestido, com os pés pretos e sujos, e algumas estavam sentadas e debruçadas sobre pedras perto do caminho. Aproximei-me de duas mulheres que estavam perto dos alojamentos. Uma tinha perdido um sapato, a segunda segurava uma bolsinha vazia. Perguntei o que estava acontecendo no campo, tem comida? A mulher com a bolsa me viu e não respondeu. A mulher sem sapato coçou um pouco a barriga, não me viu parada ao lado dela.

* * *

Em Bergen-Belsen, eu vi que soldados alemães estavam fechados nas torres de guarda. Não se movimentavam pelo campo. Às vezes disparavam algumas rajadas contra o campo e ficavam em silêncio de novo. Talvez tivessem medo de germes e doença, talvez de canhões. Ouvimos o som de canhões ao longe, prisioneiras disseram, são os russos, e eles estão se aproximando de Bergen-Belsen.

Soldados húngaros perambulavam entre nós, guardando principalmente a cozinha central, que não era mais usada. Perto da cozinha tinha uma grande pilha de comida podre. Prisioneiras tentavam roubar batatas ou beterrabas forrageiras da pilha estragada, mas os guardas húngaros esperavam pacientes no local com as armas apontadas, que apodreçam no inferno. Os prisioneiros em nosso grupo pareciam um pouco mais saudáveis, e um soldado húngaro com uma expressão cheia de ódio se aproximou de nós e disse, mulheres são necessárias para cavar covas para os mortos, quem cavar ganha pão, querem cavar? Cavamos covas e arrastamos as mortas das barracas. Amarrei um trapo no rosto, e ainda sufocava, o cheiro era como um veneno ácido que queimava o nariz, a garganta e o peito. Às vezes eu segurava um corpo e puxava, puxava, e de repente me via apenas com um braço ou uma perna. Às vezes punha a perna em cima da barriga e continuava puxando a cabeça ou o pescoço. Não pensava em nada, queria pão.

No Campo Bergen-Belsen, encontrei tia Yuli Levikowitz. Ela era irmã da minha mãe. Minha mãe tinha três irmãs. Yuli Levikowitz, Sari Levikowitz e Margaret Levikowitz. Margaret era surda e idiota. Tia Yuli era magra, encurvada, e tinha uma ferida na perna, um buraco.

De início não a reconheci. Ela estava parada ao lado do meu alojamento. Aproximei-me dela. Seu rosto era pálido, e havia um osso saliente como uma bola embaixo de seu pescoço. Gaguejei, tia Yuli? Ela olhou para mim, seu rosto continuou paralisado. Cheguei mais perto, tia Yuli, é você? Sou eu, Sarah, Sarah, filha de Leah e Israel.

Tia Yuli arregalou os olhos, cobriu a boca com dedos finos como palitos e disse, Sarah? Choramos abraçadas. Tia Yuli me abraçou e me puxou para o alojamento dela. Estava escuro, e havia um cheiro forte de excremento. O chão do alojamento estava cheio de excremento. Mulheres de olhos grandes ocupavam as camas dos beliches e estendiam a mão magra do cubículo, dizendo água, água. Tia Yuli tirou rapidamente um pacotinho de baixo do cobertor dela e me mostrou. Disse, é tabaco, vamos. Fomos em direção à cerca. Do outro lado da cerca havia prisioneiros sujos. Pensei, ah, então tem mais homens judeus no mundo. Tia Yuli gritou alguma coisa e jogou o pacote por cima da cerca. Vários minutos passaram, e alguém jogou pão para ela. Tia Yuli me deu o pão e disse, você precisa comer tudo agora. Comi imediatamente. Ela me perguntou sobre a família, eu não sabia o que dizer. Tia Yuli e eu não estávamos no mesmo alojamento. Nós nos encontrávamos nos intervalos, quando eu não estava arrastando as mortas para a cova. Um dia fui procurá-la, e ela havia desaparecido, não sei para onde. Meu irmão Yitzhak a encontrou com as irmãs depois da guerra no vilarejo de Humenne. Eu não encontrei ninguém. Não voltei à Hungria.

Bergen-Belsen era um lugar de germes e doença.

A maioria das mulheres comigo em Bergen-Belsen adoeceu com tifo estomacal, disenteria, febre.

As que conseguiam ficar em pé e andar deixavam o alojamento para ir procurar pão e marcavam o caminho com pingos de diarreia. Era impossível cessar a diarreia no campo. Às vezes, para se limpar, algumas rasgavam um pedaço do vestido que usavam. Não tinha água corrente no campo, só algumas poças de água suja perto de cada alojamento.

Dia e noite era possível ouvir os uivos que pareciam ser de animais desgraçados e muito chiado anterior à morte. Tinha uma mulher que levantava a mão, apontava para o céu e murmurava palavras que eu não compreendia, como se estivesse conversando com Deus. Havia outra mulher, com uma fita na cabeça careca, que segurava uma tábua suja enrolada em um cobertor. Ela tossia, cuspia sangue e cantava uma canção de ninar para o cobertor. Eu a vi levantar o vestido e procurar um seio. Não havia seios, só sacos vazios. Ela começou a uivar, a tosse piorou, ela ainda segurava a tábua contra o peito, batendo nela com a mão fraca como se segurasse um bebê que precisava arrotar. Havia duas mulheres que deitavam abraçadas no cubículo como mãe e filha. Uma era alta, a outra, pequena. Pareciam ter sessenta anos. A suposta mãe quase não se movia. A suposta filha coçava as costas, o pescoço, as pernas, coçava as costas da mãe também.

Quando uma mulher morria, os piolhos abandonavam seu corpo frio e iam procurar outro quente. Por isso eu tentava ficar longe dos corpos frescos. Já tinha piolhos demais. Às vezes eu falava com meus piolhos. Dizia, se eu morrer no crematório ou com o gás, vocês também morrem.

Corpos frescos eram arrastados dos cubículos para o corredor no fim do bloco. De lá para uma grande pilha, depois para uma grande cova cavada atrás do bloco pelas saudáveis.

Um dia ouvimos tiros e gritos de alegria que eu nunca tinha ouvido antes. Fiquei no beliche sem forças, e os tiros e mais gritos se aproximaram do alojamento. Logo agarrei um osso em uma perna, depois um osso em outra perna, desci para o chão e de lá me arrastei para fora. Além de mim, havia algumas outras mulheres lá fora. As duas que se abraçavam como mãe e filha saíram antes de mim. A suposta filha estava com um braço ao redor da cintura da suposta mãe, que era muito alta, e apoiava a cabeça em seu ombro. Ao meu lado estava a mulher com uma fita em volta da cabeça careca, ela saiu sem a tábua que chamava de Yoszi, só com um cobertor apertado em torno do peito. Tossindo, estendeu a mão na direção dos tiros. Atrás dela saíram várias outras mulheres. Algumas estavam boquiabertas, outras só choravam, uma sentou no chão e cobriu a cabeça com um cobertor. Isso aconteceu ao entardecer, quando a luz desaparecia. Eu me apoiei à parede do alojamento, os tiros cessaram, mas não os gritos das prisioneiras, que corriam juntas, algumas mancando, outras pulando, todas correndo para o portão, e então vi que todos os guardas húngaros tinham desaparecido, e as torres de guarda estavam vazias. Vaguei por ali como uma bola sem ar, sem entender nada. Subi em uma caixa, levantei a cabeça e ouvi gritos de alegria do lado de fora do campo. Aproximei-me e vi prisioneiros levantando os braços, venham, gritavam, os ingleses chegaram, a guerra acabou. Corri com todo mundo sem saber para onde, e senti meu coração voar.

Fui parar na parte alemã do campo, perto de imensos depósitos de comida. Não sabia que havia depósitos de comida no campo. Os portões desses depósitos estavam abertos. Prisioneiros agarravam pesados sacos de farinha, açúcar, arroz, e os arrastavam pelo chão. Às vezes um saco rasgava, e todo mundo pulava em cima do que caía dele e enchia os bolsos. Vi comida enlatada, geleias, pão, óleo correndo como água, prisioneiros correndo como loucos, pegando mais e mais latas, alguns cambaleando para fora do depósito com uma garrafa de álcool. Encontrei pão, havia pilhas de filões de pão. Sentei e comi pão. Olhei para as torres da guarda e, novamente, vi que estavam vazias. Não vi alemães. Não vi soldados húngaros. Só soldados ingleses, altos, limpos, com uma boina na cabeça e casaco três-quartos. Olhavam para nós atônitos, como se nunca tivessem visto mortos em pé ou andando.

Uma mulher gritou, loja de roupas, e imediatamente mais algumas mortas se levantaram com latas, pães e galões nas mãos e começaram a correr na direção do depósito. Eu me aproximei e vi prisioneiras vestindo um suéter, depois outro, um casaco sobre eles, vestindo um guarda-roupa inteiro. Algumas se despiam completamente e vestiam roupas que pegavam de uma grande pilha. Todo mundo vestia um guarda-roupa inteiro, segurando outro nos braços. Algumas pegavam alguma coisa, soltavam rapidamente. Peguei um vestido limpo e um suéter grosso e voltei ao alojamento. No caminho, vi uma mulher sem lenço, de calça de prisioneira e um longo casaco, abrindo uma cozinha privada perto das mortas prontas para ir para a cova. A mulher pegou algumas tábuas e papel, acendeu um fogo, abriu a comida enlatada e a despejou em um grande recipiente de lata, que pôs sobre o fogo. Havia umas seis porções no recipiente, pelo menos.

Então vi outra longa fila. Os ingleses levaram água limpa para nós em tanques especiais. Eu não tinha força, mas minha garganta queimava de sede, então, com dificuldade e dor, fiquei na fila. Enquanto isso, vi prisioneiras que, sem que ninguém mandasse, começaram a arrastar corpos para um grande pedaço de tecido pendurado em varetas, improvisando uma maca. Elas arrastavam os corpos para uma grande pilha, depois os depositavam em uma vala comum, sem nomes.

Enquanto isso, a área entre os alojamentos se enchia de trapos e caixas, e de comida derramada e desperdiçada. O campo era tomado por lixo colorido e prisioneiras fracas que andavam meio atordoadas, esperando para entender o que tinha acontecido ali. Algumas mulheres arrastavam baldes de água para os alojamentos e começaram a dar água para as que estavam nos beliches, incapazes de se levantar. Um grupo de dez mulheres, pelo menos, carregava uma grande panela de sopa, algumas iam para os alojamentos com seis ou sete filões de pão e voltavam com mais, e incentivavam as que se deitavam exaustas. Qualquer uma que conseguisse andar arrastava alguma coisa para os alojamentos, os depósitos de comida se mudaram para os alojamentos, e as que estavam quase morrendo tiveram outra chance.

Naquela noite, não consegui dormir por causa do aperto no peito. Embora entendesse que a guerra tinha acabado, sabia que não sobreviveria, morreria de alegria com um suéter grosso e algumas manchas no rosto. À minha volta ecoava o som de latas sendo abertas, o farfalhar de papel, o ruído de garfos no prato e mulheres conversando. Ao meu lado havia alguém que chamava Gretti, Gretti, Gretti, e chorava, e de novo, Gretti, Gretti, Gretti. Finalmente, eu adormeci.

Na noite seguinte, os ingleses trouxeram carne enlatada para nós. Pela cor, vi que era carne gorda. Mulheres que conseguiam se levantar dos beliches enfiavam grandes pedaços de carne na boca e engoliam sem mastigar, pegavam mais carne e mais pão e mais carne e mais bolos, não falavam, só engoliam e engoliam. O queixo era oleoso e brilhante, os olhos umedeciam, algumas tinham uma estranha irritação roxa nas faces. Os alojamentos se encheram de inalações e exalações e barulhos de engolir, como um imenso aspirador de pó. Mais tarde eles nos deram chocolate grosso misturado com leite condensado. As mulheres bebiam uma xícara de chocolate e pediam outra. Eu comi um pouco. Punha alguma coisa na boca e queria vomitar imediatamente por causa do cheiro de morte. Havia algumas outras mulheres que se recusavam a comer. A mulher que apontava para o céu não abandonava Deus. Deram comida, ela pegou, a escondeu embaixo do cobertor e continuou falando absurdos com a língua branca.

Depois de comer, me senti fraca e tonta. Pensei, tenho pão, tenho água, e estou ficando fraca. Estava certa de que havia contraído uma doença e morreria em Bergen-Belsen. Queria dormir por uma semana, pelo menos. Não conseguia dormir porque as mulheres perto de mim começaram a chorar e gritar, *oy*, minha barriga, minha barriga. Alguém desceu do beliche e apertou as costas delas, elas queriam se aliviar fora do alojamento, mas não tiveram tempo. Um mau cheiro que eu não reconhecia se instalou no alojamento como uma nuvem pesada e úmida. Tampei o nariz com dois dedos, e a tontura aumentou.

No dia seguinte, perto do meio-dia, acordei com o cheiro de *goulash*. Estava sonhando com minha casa? Desci do beliche e vi *goulash* de verdade com um cheiro de verdade. Mulheres seguravam um prato cheio de *goulash* e engoliam rapidamente batatas e carne que os ingleses tinham trazido. Vi várias mulheres com a calça manchada pedindo outra porção. Provei um pouco de *goulash* e saí. Pessoas continuavam perambulando pelo campo como em um mercado sujo, cada uma segurando alguma coisa, um pedaço de tecido, ou um filão de pão, ou um prato de comida, todo mundo parecia ocupado. Havia pessoas reunidas em grupos, algumas fumando cigarros, algumas segurando uma garrafa. Havia pessoas sentadas sozinhas sem nenhum dente na boca, olhando para a frente, e entendi que elas haviam partido muito tempo atrás.

Não suportei o sol e voltei ao alojamento.

E então ocorreu um desastre que não conhecíamos. Uma mulher gritou salvem-me, salvem-me, minha barriga está queimando, *mamaleh*, estou morrendo. Várias mulheres começaram a rastejar no chão imundo, rastejaram, rastejaram, e morreram. Outras morreram em seus beliches, algumas morreram com um prato de comida em uma das mãos e um bom casaco na outra. Soldados ingleses entraram no alojamento. Andavam entre os beliches segurando um lenço sobre o nariz. Estavam pálidos, os olhos eram chocados, e eles falavam depressa, depressa. Um deles disse em alemão, para fora, todo mundo para fora. Eu me arrastei para fora. Os soldados ingleses disseram para sentarmos, todo mundo sentou, e eles apontaram um lugar não muito longe do alojamento. Até levaram com todo cuidado mulheres que não conseguiam andar e as deitaram no sol perto de mim.

Depois de meia hora, mais ou menos, eles trouxeram habitantes alemães que usavam roupas comuns e não tinham rifles, nem bastão, nem cachorro. Os ingleses entregaram um balde, um pano e uma vassoura a cada alemão e ordenaram que limpassem os alojamentos. Eu não conseguia acreditar no que via. Alemães de cabelo loiro e músculos fortes, como as fotos que eu tinha visto, sentados no chão de nosso alojamento, esfregando cada centímetro com um pano, enquanto nós, judias magras com piolhos e pele descamando nos aquecíamos ao sol como se estivéssemos em uma clínica de convalescentes. Pensei, você está sonhando, Sarah, está dormindo e sonhando. Não era um sonho. Belisquei minha perna, e doeu. O tempo passava, e de vez em quando, em intervalos de minutos, um alemão saía correndo para vomitar na areia. Os alemães não cediam, quando eles terminavam de vomitar eram orientados a continuar a limpeza. Havia sol e soldados que cuidavam da comida e da água, e, mesmo assim, sete ou oito mulheres morreram perto de mim em poucas horas.

Depois de uma limpeza completa feita pelos alemães, os ingleses desinfetaram o bloco e espalharam sacos inteiros de palha limpa no chão. Enquanto isso, jovens alemãs da região chegavam, mulheres jovens e saudáveis de cabelo limpo, rosto de pele lisa e seios fartos. Algumas tinham unhas esmaltadas, sobrancelhas delineadas e batom. Os ingleses mandaram as alemãs nos lavar, e várias mulheres do grupo começaram a chorar. Uma amarrotou a roupa e gritou, não, não, não. Outra cuspiu no chão. Algumas mulheres permaneceram quietas, inclusive eu.

Duas alemãs se aproximaram de mim. Uma delas tinha quadril largo e brincos de pérolas nas orelhas furadas. Outra usava uma corrente com um crucifixo no pescoço, cabelo curto e franja. Estendi a mão fraca para tocar os furos em minhas orelhas, e eles haviam fechado. Então toquei o grampo no cabelo. Removi o grampo e o segurei na mão fechada. As duas jovens sorriram para mim e me despiram com cuidado. Elas cheiravam a suor. Olhei para meu corpo, vi ossos e pele amarela cheia de escamas, como em um peixe seco. Os olhos da mulher com o crucifixo se encheram de lágrimas por um momento, ela mordeu o lábio inferior, pegou um lenço do bolso, mas ainda molhou a cruz. A jovem com os brincos de pérolas a censurou e começou a me ensaboar suavemente. Vi que ela se esforçava para respirar normalmente, por sua respiração eu soube que eu não tinha chance. Depois de lavar meu cabelo, elas me enxugaram como se usassem lã macia para isso, e me vestiram com um vestido limpo. Finalmente, pentearam meu cabelo e me seguraram nos braços como se eu fosse um bebê, e me deitaram sobre um grande colchão no alojamento. Eu me sentia bem.

Mais algumas horas passaram, e elas trouxeram bolachas secas e uma xícara de chá, e depois um médico inglês de óculos chegou e disse, comam só as bolachas, não devem comer comida gordurosa.

Foi inútil. As mulheres continuaram abrindo latas de comida, e a pilha de mortas perto dos alojamentos era alta como uma montanha. Comi as bolachas e um pouco de pão, me senti fraca, mas não desisti de ar fresco. Eu me arrastava para fora do alojamento com alguma dificuldade e me apoiava à parede por alguns minutos.

Um dia vi um caminhão aberto entrar no campo. Havia soldados no caminhão. Em minutos espalhou-se um boato de que eram prisioneiros alemães. As pessoas no campo começaram a correr atrás do caminhão, gritando, xingando, jogando garrafas e pedras. Os prisioneiros ficaram feridos. Vi rostos cheios de sangue, vi um deles cair atingido por uma pancada na cabeça. Não joguei nada, mal conseguia ficar em pé, e, se tivesse arremessado uma pedra, eu teria voado junto com ela para os prisioneiros. Mais tarde vi aqueles prisioneiros vagar pela área. Reconheci os rostos fortes, cabelos claros e a expressão de superioridade. Também os reconheci pelo volume da calça acima dos joelhos, pela camisa para fora da calça, sem cinto ou arma, sem chapéu. Eles passavam entre os blocos e colocavam os corpos em uma carroça larga e então, ocupando o lugar dos cavalos, levavam os mortos para uma cova no limite do campo. Procurei felicidade em meu coração, mas não encontrei.

Os dias passaram. Prisioneiros libertados que conseguiam seguir sem ajuda foram transferidos para um grande edifício militar alemão. Alguns se organizaram em grupos e deixaram o campo. Tinham algum lugar para onde voltar. Eu não tinha para onde ir. As mulheres judias que estavam ao meu lado também não tinham para onde ir. Eu me sentia mais fraca a cada dia. Mulheres continuavam morrendo nos alojamentos e fomos transferidas para outro. Vi os ingleses queimar alojamentos esvaziados. Ver o fogo me fez sentir bem. Eu queria que todos os alojamentos em Bergen-Belsen fossem queimados sem que nada restasse para servir de lembrança.

Um dia os médicos ingleses passaram entre nós. Eles procuravam mulheres doentes. Disseram que mulheres doentes deixariam Bergen-Belsen para se recuperar em um hospital. Duas mulheres deitadas ao meu lado, Rissi e Hanchi, sabiam inglês. Rissi e Hachi disseram aos médicos que estávamos doentes. Os médicos perguntaram, Sarah, que doença você tem? Eu não sabia o que dizer, mas sentia que estava morrendo, como se fosse devorada por dentro. Os soldados encontraram centenas de mulheres doentes em nosso alojamento. E então pessoas vestidas com avental escuro, de chapéu e sapatos cobertos de tecido, chegaram e nos levaram do alojamento em macas com cobertores. Cobriram nosso rosto e espirraram DDT em nós. E nos colocaram em ambulâncias e caminhões. Eu via fumaça preta por todos os lados, lembro de ter pensado, alojamentos alemães queimam preto, judeus queimam cinza e branco.

Deixamos Bergen-Belsen.

Eles nos levaram a um lugar chamado The Round House, a casa redonda, um prédio grande de dois andares com um telhado inclinado, era um clube nazista. Os ingleses encheram o clube com centenas de camas e transformaram o lugar em um hospital. Eles me deram uma cama com meu travesseiro, dois lençóis limpos e um cobertor. Os lençóis cheiravam a uma mistura de sabão e naftalina. Puxei o cobertor sobre a cabeça, me abracei e sussurrei, *mamaleh, papaleh,* e quis morrer. Enfermeiras de língua inglesa se aproximaram de mim. Uma delas puxou o cobertor de cima de mim, falou em voz baixa, eu não entendia nada, então ela pôs a mão em minha cabeça e acariciou, sussurrando, *sh, sh.* Depois trouxe outro travesseiro, e eu pus o molhado embaixo dele.

O hospital era barulhento durante o dia e à noite, um barulho irritante. Havia pacientes que chamavam constantemente, enfermeira, enfermeira, havia pacientes que falavam alto com a parede, de manhã, na hora do almoço e à noite, a mesma coisa, alguns conversavam entre as camas, às vezes a terceira cama a partir da entrada se interessava pela sétima cama, o que vai fazer depois do hospital. Também havia alguns que ficavam encolhidos na cama, como um bebê exausto. Não falavam nem choravam, depois de um ou dois dias, eu via que a cama estava vazia. As camas vazias eram imediatamente ocupadas. Mais alguns dias passaram e um grupo de médicos parou ao lado da minha cama. Um deles era um médico inglês de barbinha ruiva e um grande vão entre os dois dentes da frente. Ao lado dele havia mais dois médicos jovens. Pelas perguntas, entendi que eram estudantes de medicina. E também tinha uma enfermeira que eu não conhecia, com quadril de menina, e duas freiras. As freiras apontaram para elas mesmas e disseram, belgas, belgas. O médico me examinou e disse, bem, ela tem tifo, e levantou o queixo como se não houvesse nada a ser feito, e o entendi sem saber inglês, e perguntei em alemão, quanto tempo tenho, doutor? Ele não disse nada e passou para o próximo paciente.

Meu corpo queimava. Tirei a roupa e fiquei nua embaixo do lençol esperando o fim. Em um dado momento, removi o grampo do cabelo e o dei à mulher deitada a meu lado. Cochichei, cuide do grampo, é uma lembrança de um prisioneiro de guerra francês, cuide dele.

Estava calma. Não me importava se ia viver ou morrer. Só lamentava uma coisa, lamentava que nunca mais veria meus irmãos Avrum, Yitzhak e Dov.

Alguns dias passaram, eu vi que não estava morta.

A primeira coisa que fiz foi pegar de volta o grampo da mulher ao meu lado e o pus no meu cabelo. Eu o afaguei como se o grampo e eu estivéssemos juntos a vida toda, e depois a enfermeira do primeiro dia se aproximou de mim. Ela sorriu e disse, você vai ficar bem, Sarah, e me ajudou a me levantar da cama e trocou o lençol, e me vestiu com uma camisola limpa. A camisola era enorme. Eu pesava uns vinte e sete quilos. Dali em diante, aquela enfermeira me alimentou com mingau em uma colher de chá, e água com uma colher de chá, e muito remédio. Eu comia como um passarinho, mas sabia que ia ficar bem.

Uma noite, soldados ingleses chegaram ao hospital para nos animar. Eles trouxeram uma vitrola e discos e nos ensinaram a dançar uma coreografia inglesa. As garotas que conseguiam sair da cama dançavam a coreografia com eles. Embora estivesse mais forte, eu não saía da cama, tinha certeza de que minhas pernas quebrariam no meio da dança.

Alguns dias mais tarde, o médico com o vão entre os dentes se aproximou de nossas camas e disse, garotas, temos que decidir, vocês podem ir para casa, ou podem ir para uma casa de convalescença.

Perguntei, onde é a casa de convalescença?

O médico disse, na Suécia.

Eu falei, por que Suécia.

O médico disse, Suécia é boa. Pensei, talvez por ser longe, e perguntei em voz baixa a um soldado que foi visitar uma enfermeira bonita se havia cachorros na Suécia, e se havia armas lá, e ele riu.

Eu disse, por que está rindo, e com quem a Suécia lutou durante a guerra, hein? E então informei ao médico, ponha-me na lista para a Suécia, e assinei papéis.

Os médicos da Suécia foram nos visitar. Tinham a altura do teto. Eles examinaram minuciosamente todas as mulheres que escolheram a Suécia. Puseram um equipamento no peito, nas costas, examinavam olhos, garganta e orelhas com uma luz, apalparam o estômago, eu me contraí imediatamente e comecei a suar, finalmente eles nos deram um bilhete e uma barra de chocolate, biscoitos *waffle*, sabonete bom e creme para as mãos, e disseram, dois dias.

O dia chegou.

Macas de novo. Soldados, prisioneiros de guerra, receberam ordens para nos levar para fora. Vi imediatamente que eram húngaros. O rosto era como o dos soldados que nos tiraram de nossa casa, que me disseram, tira a roupa, judia estúpida. Também os vi em Bergen-Belsen. Eles ficavam com seus rifles perto de uma enorme pilha de lixo próxima da cozinha e atiravam nas prisioneiras que se aproximavam.

Os soldados húngaros levantaram as macas e cravaram o olhar nas alças. Eram submissos e polidos, como cães cautelosos com o dono. Carregavam as macas com cuidado, principalmente na porta onde estavam os soldados ingleses. Os húngaros me cobriram com um cobertor e calcularam a distância entre a maca e a porta, respirando como se tivessem de carregar um homem grande e barrigudo. E então vi um grupo de ambulâncias com o símbolo da Cruz Vermelha. Eu me lembro de ter clamado a Deus, eles estão mentindo para nós, talvez a Suécia seja o crematório na Alemanha? Segurei-me à maca e sentei, os soldados disseram em húngaro, deite-se, senhora, deite-se, e eu gritei, parem! Parem! E ouvi atrás de mim um grito como de um animal assustado, virei por um momento e vi uma mulher de meia e camisola se jogando da maca e começando a correr. Ela corria sem rumo, procurando um lugar para se esconder. Foi seguida por várias outras mulheres que se espalharam assustadas, e depois vi mulheres correndo para fora do hospital, e elas também começaram a fugir. Os soldados húngaros começaram a perseguir as mulheres, que ficaram ainda mais alarmadas por causa dos húngaros, e gritavam, salvem-nos, salvem-nos, uma das mulheres entrou em um barril vazio que estava ao lado de uma árvore, duas desapareceram em uma pilha de caixas. Um soldado forte pegou uma mulher, abraçou seus ombros, tentou conversar com ela, foi inútil, ela chorava e levantou a camisola para cobrir a cabeça. Enquanto isso, médicos e enfermeiras chegaram, disseram muitas palavras tranquilizadoras em húngaro, finalmente as mulheres aceitaram entrar nas ambulâncias. Continuei sentada na maca. Sabia que, se começasse a correr, cairia, e meu corpo se quebraria em dois.

 Até hoje não suporto ambulâncias. Cada ambulância na rua me faz querer fugir para o subterrâneo. Uma vez, uma ambulância foi ao nosso prédio para transportar alguém que havia tido um infarto. Eu estava voltando do mercado. Passei metade do dia perambulando pela vizinhança com sacolas de alimentos nas mãos, e era um dia quente no meio do verão, como o dia em que saí da Alemanha.

 As ambulâncias nos levaram ao Porto de Lübeck. Eles nos colocaram a bordo de um navio e nos acomodaram em cabines lotadas na parte de baixo da embarcação. Minha camisola estava molhada de suor, eu não conseguia encontrar ar. Subi ao convés e me apoiei na grade. O navio deixou o porto, e a primeira coisa que vi foi uma grande bola de sol abraçando a água, pintando as ondas de vermelho. Minha garganta fechou, eu pensei, um ano sozinha com os alemães, sem o pai e a mãe, com o corpo de uma menina de dez anos, e estou viva, viva. Fiquei no convés até escurecer e não olhei para trás. Não queria ver solo alemão e, desde então, nunca mais quis, nem na televisão.

Chegamos ao Porto de Kalmar na Suécia depois de uma viagem de dois dias.

Era julho de 1945. O porto estava cheio de gente feliz. Havia mulher de pele lisa e bonita, com um chapéu especial e um vestido com *décolleté*, às vezes com uma estampa, às vezes de corte reto com um broche ou bordado no meio. Todos tinham um grande sorriso para nós. Desembarcamos magras e pálidas, algumas sem cabelo, eu de cabelo curto com um grampo de um lado. Algumas mulheres estavam em macas, outras em pé, embrulhadas em cobertores. As pessoas acenavam com lenços, e naqueles rostos felizes eu vi como estávamos miseráveis.

Do navio fomos transferidas para um hospital, eles nos examinaram em busca de doenças infecciosas. Três semanas de agulhas e radiografias e leituras de temperatura a cada duas horas no idioma alemão. O idioma alemão me deixava quente e gelada, talvez a Suécia fosse parte da Alemanha? E talvez fizessem experimentos especiais, e no fim seríamos todas levadas para um crematório? Além de mim, vi outros pares de olhos se movendo de um lado para o outro e se cansando daquele alemão. Uma mulher não muito longe de mim pulou da cama, correu para fora e voltou dois minutos depois. Tudo bem, não tem nada lá fora, ela disse, e sentou para comer. Recebíamos só uma refeição por dia, porque os médicos não queriam que morrêssemos por causa de comida. Isso não me incomodava, porque eu sempre tinha pão embaixo do meu travesseiro, outras também tinham pão. E então, sem discutir nada entre nós, organizamos turnos. Todas as manhãs, uma das mulheres saía do hospital para verificar se estavam construindo ou organizando alguma coisa lá fora, se estavam mudando o ambiente. Nada acontecia.

Três semanas se passaram, e eles decidiram que eu não tinha nenhuma doença contagiosa. Eram cerca de trinta mulheres jovens, contando comigo, que podiam sair do hospital. Eles nos deram um enxoval, três sutiãs, quatro calcinhas e pares de meias, dois vestidos, um suéter, um casaco, sapatos e uma camisola em uma mala, e disseram, amanhã vão para a casa de convalescentes. Naquela noite vi várias jovens levar as malas na direção do chuveiro. Elas riam atrás da porta, pediam, ajudem, abotoem meu sutiã, digam, como estou, e coisas assim. Eu não fui experimentar nada. Sabia que cabiam duas Sarahs no sutiã e na calcinha que me deram, e que três de mim caberiam no vestido, e ainda sobraria espaço.

Do hospital, eles nos transferiram de ônibus para a casa de convalescentes em Ryd. Uma assistente social albina e cheia de energia disse em alemão, vamos para uma casa de convalescentes especialmente para sobreviventes da Tchecoslováquia, belos vestidos! No ônibus, as mulheres riam da própria aparência, algumas abriam malas, comparavam roupas, tocavam o tecido, mediam o comprimento e o acabamento. Enquanto isso, o ônibus entrou em uma grande floresta de pinheiros, e todas ficaram em silêncio. Sentei perto da janela e comecei a assobiar. Uma das mulheres no ônibus começou a chorar. A assistente social se aproximou dela. A mulher chorava, me leve para o hospital, não quero ficar aqui, não quero. A assistente social a acalmou com palavras bondosas. Depois de uma hora, vimos prédios de dois andares entre as árvores, sem chaminés. Ao lado dos prédios havia canteiros de flores amarelas e cor de laranja, mas nos recusamos a sair dos ônibus. A assistente social ia de uma a outra. A diretora da casa de convalescentes, com seu colarinho engomado e cabelo preso, a ajudava. A enfermeira tinha um sorriso gentil. Algumas aceitaram descer com a enfermeira, e eu estava entre elas. Outras esperaram no ônibus até terminarmos de ver os quartos. Só quando as chamamos elas aceitaram descer.

Recebemos um quarto limpo para quatro garotas, cada uma com uma cama e um armário pequeno, mas eu não tirei as coisas da minha mala. Queria deixá-la pronta para qualquer eventualidade. O sino tocava três vezes por dia, nos convidando a comer em lindos pratos de porcelana sobre toalhas de mesa bordadas. Garçonetes de avental e touca passavam entre as mesas com bandejas cheias e serviam boa comida para nós. As garçonetes tinham cabelos cacheados e encaracolados. Também queríamos cachos. Uma das mulheres do grupo disse, qual é o problema, ela nos ensinou a fazer rolos de papel com o dedo. Tínhamos cabelo curto, mas puxávamos e puxávamos, e à noite enrolávamos o cabelo. De manhã tínhamos cachos e ondas.

Ao lado do refeitório tinha uma sala com um piano, um palco para peças e um sala especial com equipamento de ginástica. Os funcionários da casa de convalescentes eram bons para nós. Garantiam que estivéssemos constantemente ocupadas, nos ensinaram a falar sueco, nos convidavam para dançar, ou ouvir concertos, corais, sentávamos no salão como mulheres comuns interessadas em música, mas não éramos mulheres comuns. Na verdade, a primeira coisa que eu via ao abrir os olhos de manhã era o rosto de minha mãe em nossa casa em Tur'i Remety. Nunca saía de casa, sempre ajudei mamãe com os pequenos, e então, um dia, em um momento, todo mundo desapareceu na rampa em Auschwitz, e eu não sabia se eles estavam vivos ou mortos. Só sabia sobre mamãe. Sentia saudade de minha mamãe. Continuei assistindo às apresentações de concertos e corais compostos por meninas doces com bordados nas mangas e fitas nas tranças. Eu as aplaudia, mas às vezes, em um lampejo, todas as meninas do coral ficavam nuas umas em cima das outras, e seus corpos encolhiam no palco e suas lindas tranças caíam no chão, e eu fechava os olhos apavorada, os abria lentamente, e as meninas lindas estavam se curvando para a plateia, e eu aplaudia ainda mais, e de novo as meninas lindas ficavam nuas, e ratos gordos atacavam os rostos que todo mundo amava tanto, *oy* minha *mamaleh*, e eu rezava a Deus, ou saía correndo.

Depois de quase um ano na casa de convalescentes, cheguei ao peso normal de uma mulher esguia de vinte e dois anos, e então, na primavera, eles me transferiram com várias outras garotas para um campo de refugiados tcheco chamado Robertshöjd, perto da cidade de Gothenburg, na Suécia. Em volta do campo havia uma cerca de arame farpado, na entrada tinha um guarda que examinava documentos. Vi a cerca e quis fugir, mas me acalmei, pare, Sarah, para, não tem crematório, nem eletricidade na cerca, os suecos são bons, descanse. Encontrei forças, segurei a mala com força, pus a outra mão no peito, levantei a cabeça e entrei no campo como se fosse uma mulher alta, normal. Fui levada a um bloco com camas de dois andares, vinte garotas por quarto. Disse à diretora, querida mulher, não consigo dormir em uma cama de dois andares, é o chão, ou uma cama comum. Ela me deu uma cama comum em outro quarto.

Havia homens góis naquele campo.

Os góis moravam perto da cozinha e eram sempre os primeiros na fila para a comida. Recebíamos comida por uma portinhola na parede. Havia ocasiões em que os tchecos não queriam esperar na fila, e então se empurravam, se xingavam e se agrediam. As brigas dos tchecos me enfraqueciam, eu ia rapidamente para o fim da fila. Havia dias em que ficava sem comer por causa dos gritos deles.

Um dia, informaram que encontrariam trabalho para nós, e me registrei imediatamente. Comecei a trabalhar na fábrica Lessly, onde aprendi a costurar vestidos. Ganhava bem e comecei a sentir que tinha uma chance nesta vida, especialmente depois de receber um telegrama de uma jovem que esteve comigo nos campos. Ela estava em outra cidade da Suécia. No telegrama, dizia que dois dos meus irmãos estavam vivos e moravam em Israel. O irmão dela os havia encontrado em Israel. Mandei um telegrama para ela perguntando, mas tenho três irmãos, quem sobrou? A jovem respondeu por telegrama, dois, Sarah, não sei os nomes. E então chegou a carta de Yitzhak e Dov. Eles me convidavam para ir à Palestina. Eu queria muito encontrar meus irmãos. Decidi viajar para Eretz-Israel.

No dia em que soube que homens judeus de Eretz-Israel tinham chegado ao campo, fui encontrá-los. Pareciam fortes e saudáveis. Falavam hebraico entre eles, um idioma confiante, diferente do hebraico que meus irmãos aprendiam no *cheder*. No minuto em que os vi, me apaixonei por eles, mal consegui conter o impulso de beijá-los. Todos os tchecos no campo olhavam para os homens bonitos de Eretz-Israel, e eu levantei a cabeça, e no meu coração gritei, estão vendo, há heróis judeus no mundo, e eles vieram de Eretz-Israel especialmente por nós, para nos levar embora de avião.

Naquela noite não consegui dormir, era como se cem máquinas de costura trabalhassem na minha cabeça, e isso durou até o amanhecer. Os homens heroicos disseram que deveríamos levar cinco coisas para Israel: cobertores, roupas e toalhas, uma máquina de costura e uma cama dobrável. Uma amiga que morava comigo me deu um baú, guardei minhas coisas nele e me despedi das pessoas que eu tinha conhecido no campo.

Na noite seguinte, os jovens fortes nos levaram de caminhão até o avião. Era um avião militar com um piloto dinamarquês. Voamos para Marseille. Houve problemas no voo. Disseram para sentarmos do lado direito, e de repente eles disseram, todo mundo para a esquerda. Alguns minutos mais tarde, para a direita, e de novo para a esquerda, mudamos de lado durante todo o trajeto, fiquei com medo de o avião cair e morrermos queimados.

Marseille tinha cheiro de peixe podre e perfume.

Em Marseille, vi uma pessoa preta pela primeira vez. Como se ele tivesse sido queimado em um forno e não estivesse bem. Até o cabelo parecia ter estado no forno. Além de ser preto, ele usava um casaco e uma gravata e tinha uma valise na mão e assoava o nariz em um lenço, como as mulheres francesas que estavam ao lado dele. Naquela noite dormimos em um hotel. Antes de ir dormir, comprei perfume. Pus perfume atrás das orelhas, no pescoço, embaixo do queixo e nos pulsos, não consegui dormir por causa do cheiro e da empolgação. De manhã eles nos levaram à Palestina em outra aeronave. O avião era estável, não precisamos mudar de lado durante o voo. Não muito longe de mim havia uma mulher com uma saia pregueada, e ela segurava um bebê que chorava. Ela mudava de assento tentando acalmar o bebê. Outra mulher de boina e com uma marca que parecia de queimadura nas faces andava ao lado dela. As duas pareciam ser parentes. A mulher de boina espiou por cima do ombro da mãe, fez caretas e ruídos para o bebê. A mulher com o bebê olhou para ela e disse, quer segurá-lo? E entregou o bebê a ela.

A mulher de boina sentou no lugar dela, disse Yanu'leh, meu Yanu'leh, e cantou uma canção de ninar com uma voz profunda e rouca. O bebê se assustou e começou a gritar, vi a mão da mulher apertar com força o peito do bebê.

A mulher ao lado dela disse com tom suave, talvez eu deva ficar com o bebê, ele está cansado.

A mulher de boina não ouviu a mãe, disse, Yanu'leh, não chore, e ela também não ouviu o homem de chapéu sentado a seu lado.

A mãe se abaixou, chegou perto da orelha da mulher e disse em voz alta, me dê o bebê. A mulher se inclinou para a frente, pressionando o rosto do bebê com o peito. Ele começou a tossir, e a mãe gritou, ela está sufocando meu bebê. Um dos jovens homens heroicos correu e afastou a mãe para um lado. Ele se debruçou sobre a mulher de boina e cochichou coisas no ouvido dela. Enquanto isso, outras pessoas correram e se reuniram em torno da mulher, e então senti o avião cair e parar, como se ficasse preso em alguma coisa. Aconteceu duas vezes, e as pessoas começaram a gritar, o avião está caindo, o avião está caindo.

Foram necessários quatro homens jovens e fortes para devolver o bebê à mãe e acalmar todo mundo. A mulher de boina chorava, e o homem a seu lado falava com ela. Ela derrubou seu chapéu e continuou chorando. Eu me aproximei dela. Peguei da bolsa o perfume que tinha comprado em Marseille e dei para ela, pegue. Ela não quis. O homem de chapéu sussurrou para mim, ela teve dois, gêmeos, um filho e uma filha. Levantei a mão com o perfume e comecei a espirrar. Espirrei no corredor, espirrei nas pessoas, sobre minha cabeça. Fui até a frente do avião e espirrei lá também. Só voltei ao meu assento quando o perfume acabou.

Os irmãos de Auschwitz

Depois de umas sete ou oito horas, vimos luzes pela janela. Os homens jovens disseram, é isso, chegamos a Haifa. Falei para um dos homens, meus irmãos não vão me reconhecer, e eu não vou reconhecê-los por causa dos anos que passaram desde que nos separamos. Leiber, que se tornou Dov em Israel, era um menino de dezesseis anos, e hoje é um homem de vinte, e Icho – Yitzhak, um menino de quinze, hoje tem dezenove. O rapaz disse, não se preocupe, eles a ajudarão. Eu sabia que meus irmãos tinham passado dois anos em Israel e, no fundo, me preocupava, talvez eles sejam parecidos com os jovens corajosos que me trouxeram no avião? E como vou reconhecê-los, se todos os jovens de Israel forem parecidos? Peguei um pedaço de pão do bolso e pus na boca.

Chegamos a Haifa depois da Declaração do Estado, em outubro ou novembro de 1948.

Eles nos levaram para um campo de imigrantes. Havia muita gente no campo. Pareciam velhos, para mim. Talvez setenta, ou cem. Tinham marcas vermelhas nas bochechas e usavam jaquetas curtas. Os colarinhos ficavam metade para dentro, metade para fora, e eles tinham papéis nos bolsos. Tiraram os papéis dos bolsos, tentando entender alguma coisa. Vi que eles não entendiam nada. Eu também não entendia. As mulheres usavam vestidos um pouco abaixo do joelho. Tinham rolos no cabelo. Quando elas tiravam os rolos, o cabelo virava lindamente para cima. Eu tinha cabelo fino e curto. Só precisava passar uma escova nele, e pronto. Se puxasse muito, conseguia fazer algumas ondas, mas não queria saber de ondas em um campo cheio de imigrantes. Não gostava de olhar para o espelho, a jovem que via ali me dava pesadelos por causa das manchas escuras sob os olhos, do rosto fino e da linha estreita onde deveria estar a boca. Tinha de inchar as bochechas e me dar um tapa de leve para devolver os lábios ao lugar deles.

De Haifa, mandei um telegrama para Dov e Yitzhak.

O telegrama dizia: Uma mensagem para meus irmãos Dov e Yitzhak. Sou eu, Sarah, sua irmã mais velha. Vim para Haifa de avião. Estou esperando em um campo de imigrantes. Quando virão? P.S. Sabem alguma coisa sobre Avrum ou o pai?

Um dia pessoas foram me chamar, elas disseram, Sarah, Sarah, venha, você tem visitas. Fui até o portão, minhas pernas cederam, e eu caí duas vezes, por nenhum motivo, mas me levantei depressa e continuei andando. Havia dois rapazes na minha frente, eles eram uma cabeça e meia mais altos que eu, pelo menos. Tinham ombros, um pescoço e queixo largo como estranhos, mas ainda os reconheci pelo sorriso e pelos olhos. Dov foi o primeiro a sorrir, os cabelos repletos de cachos marrons, e havia uma tristeza marrom em seus olhos. Yitzhak sorriu depois dele, e seu olhar era penetrante como uma lâmina. Eles usavam calça preta e camisa clara de colarinho. Dov vestia uma jaqueta militar. Yitzhak tinha um suéter sobre as costas.

Chamei, quase gritei, é você?

E comecei a rir. Ri como uma louca, e depois chorei. Choramos muito.

Eles disseram, Sarah. Ficaram com a voz embargada, Sarah, Sarah, e eu os toquei murmurando, encontrei meus irmãos, eu os encontrei. Nós nos abraçamos. Demos as mãos. Muita gente se reuniu à nossa volta. Seguravam notas nas mãos e choravam também. Ao lado de meus irmãos, eu me sentia uma mulher pequena e feliz. Dov disse, Sarah, viemos buscar você, e eu concordei, sim, sim, e fiquei entre eles, e começamos a andar. Eles tinham passos largos, meus irmãos, um era um soldado, o outro era motorista de trator e responsável por um posto, portava uma arma. Falavam hebraico fluente, forte, quando conversavam entre eles, eu disse, esperem aí, esqueceram o húngaro? Os dois riram e mudaram para o húngaro, mas falavam baixo.

Dov me levou para o pequeno *moshav* onde ele trabalhava, Yitzhak voltou para o exército. Fui morar no quarto de Dov. Ele tinha muita comida em um armário e insistia, coma, coma. Eu não conseguia comer por causa do bloqueio em minha barriga. À noite, não consegui dormir, o silêncio no quarto de meu irmão provocava uma explosão em meus ouvidos.

Os irmãos de Auschwitz

No dia seguinte, Dov foi trabalhar, mas antes deixou sobre a mesa cinco latas de comida, dois filões de pão, um pote de geleia e uma jarra de leite. Comi um pouco e voltei a dormir. Naquela noite, Dov disse, Sarah, tem um sujeito no *moshav* que quer casar com você, venha conhecê-lo. Eu não queria conhecer um sujeito israelita e não queria me casar.

Algumas semanas mais tarde, fui para Tel Aviv e conheci Mordecai, o soldado. Ele emigrara para Israel no *Altalena*. Casei com Mordecai por causa de seus olhos. Quando ele parava perto de mim, eu sentia um calor agradável no corpo. Mordecai esteve nos campos. Não contei a ele onde estive, e Mordecai não me disse onde esteve. Depois de alguns meses, mudamos para Be'er Sheva. Fui trabalhar em um jardim da infância. Era ajudante de professora. Tinha experiência com meus irmãos. Não progredíamos financeiramente. Mal tínhamos o que comer. Comíamos pão e rabanetes. Em 1952, trocamos Israel pelo Canadá, dissemos, talvez tenhamos mais sucesso no Canadá. Alguns anos mais tarde, mudamos para os Estados Unidos, nossos dois filhos nasceram, e eu nunca mais caí. Nem mesmo quando tinha imagens na cabeça, todo dia com suas imagens, por exemplo, a imagem de uma mulher da minha altura que escondia um bebê sob o casaco. Ela o prendeu no elástico da calça, e ele começou a chorar. Um soldado alemão com um furo no queixo correu na direção dela e procurou o bebê. Foi de mulher em mulher até chegar a ela. Segurou o rifle com as duas mãos, deu um passo para trás e enfiou o cabo do rifle na barriga dela. O bebê parou de chorar. O rosto da mulher ficou verde, mas ela não se moveu, e o soldado se afastou. A mulher tirou um pacotinho da calça, o jogou sobre a pilha de malas e entrou em uma fila de quatro pessoas.

Havia outras imagens que voltavam e voltavam como uma gigantesca roda-gigante girando muito, muito devagar em meu sonho, e, sentada em uma cadeira, eu queria fugir, mas não conseguia me levantar.

Passei um ano nos campos.

Desde então, não confio nas pessoas. Não importa o que as pessoas dizem, não confio. Não confio no governo, não confio em estranhos. Decidi que nunca vou confiar em ninguém, só em mim mésma e em minha família próxima. Vivo de maneira frugal. Se ficar velha e doente, vou cuidar de mim mesma. Tento ser uma boa judia. Para mim, ser uma boa judia é comer comida *kosher*, guardar o Sabbath, celebrar os feriados judaicos. Dou tanto quanto posso à caridade, até os árabes em Queens aprenderam a passar pelas casas gritando, caridade, caridade. Tento manter contato com bons amigos próximos.

Não falei com meus dois filhos sobre os campos.

Não sei por que guardei silêncio todos esses anos. Ultimamente, meus netos querem saber. Eles dizem, vovó, vovó, conta para nós sobre os campos, e eu conto um pouco. Só comecei a receber compensações dois anos atrás, duzentos dólares por mês. Vivo basicamente do seguro social.

Quando estava nos campos com outras mulheres jovens, dizíamos, vingança! Vingança vai trazer crianças judias ao mundo. Tenho filhos, graças a Deus, e essa é a vingança.

# CAPÍTULO 55

Yitzhak: *Eles mataram seis milhões de judeus, seis milhões! Três milhões deles poderiam ter lutado? É claro que sim. Mas nos disseram, esperem pelo Messias, e o Messias não veio.*
Dov: *É por isso que não quero falar iídiche. Quero esquecer iídiche e o Messias.*

YITZHAK

Hoje eu sei: nunca deveríamos ter deixado nossa casa. Deveríamos ter morrido em casa ou fugido para a floresta. Se eu soubesse sobre o plano para aniquilar minha gente, nunca teria entrado em trem nenhum. Mas o rabino pegou a Bíblia e nos organizou em filas, sim. Ele nos conduziu, como se a caminhada para as câmaras de gás fosse a coisa mais normal do mundo. O quê, os rabinos não sabiam o que estavam fazendo com os judeus? Ficamos na entrada para o chuveiro em Auschwitz, duas fileiras de homens nus, e, em vez de gritar, resistam, o rabino gritava *Shema Israel*.

Deveríamos tê-los atacado. Deveríamos ter causado o caos, parado aqueles comboios que andavam e andavam para o crematório como se lá estivessem distribuindo doces em palitos. Eles teriam disparado seus rifles, e daí, o gás era melhor? Pelo menos teríamos interrompido o ritmo de morte, penso nisso e fico maluco.

Às vezes, dois homens da SS conduziam mil judeus famintos. O quê, não poderíamos ter matado dois homens da SS? E se uma centena aparecesse, não poderíamos tê-los chutado até a morte? Éramos muitos milhares, e eles eram poucos, poderíamos. Antes da fome, poderíamos nos ter rebelado contra eles. A fome enfraqueceu a mente. Uma pessoa faminta não consegue pensar em nada, sua mente é estúpida. Os alemães tiveram o cuidado de nos fazer estúpidos nos campos, para que não notássemos os comboios indo para o crematório, é de surpreender que tenhamos ficado em silêncio? As pessoas não tinham força nem para cometer suicídio. A mente precisa de muita força para pensar que é melhor morrer. Preservamos o que nos restava de força para sobreviver à fome e ao frio de congelar, não para pensar. Foram os mais fortes que cometeram suicídio. Os mais fortes corriam e se jogavam contra a cerca, ou se penduravam em uma corda. Os mais fortes pararam de comer porque decidiram morrer. Sabe quanta força é necessária para dar um passo para fora da fila e fazer coisas sozinho?

Eu me lembro de ter apenas uma coisa na cabeça: mais pão para viver. Queria ter mais pão para que meu irmão Dov não morresse ao meu lado.

CAPÍTULO 56

Dov

Tento não pensar no que aconteceu comigo nos campos. Tenho amigos que viveram com os campos todas as noites dos últimos cinquenta anos.

Não sonho. Quando abro os olhos de manhã, não passo a mão pelo corpo para ver se tenho uma perna, ou se tenho unhas nos dedos. E à noite, quando vou para a cama, não vejo uma carroça com os mortos, os braços pendurados para o lado de fora. Mas o que vivi aos dezesseis anos ainda me afeta hoje. Digamos que, quando vejo um programa de televisão sobre comida, e o *chef* prepara ganso com um tempero especial da Espanha, vejo e sou devorado por dentro. Meus dedos começam imediatamente a batucar na mesa, e meu café respinga, e migalhas de bolo caem no tapete, e sinto vontade de dar um tiro no meio da tela, porque não suporto essa conversa sobre temperos especiais.

Nos campos, cada casca podre e fedorenta me ajudava a viver por mais dois dias. Eu rezava para Deus me dar pão dez vezes por dia. Quando encontrava pão embolorado, era como se Deus estivesse me dizendo, Dov, você vai viver. E eles ali me falando sobre um pó da China, grãos de Paris e cogumelos do Himalaia, por que estão me dizendo isso? Não suporto esse tipo de conversa. Às vezes vejo um filme em que uma criança joga massa em outra criança. Isso me mata, não suporto ver comida jogada desse jeito. Às vezes jogam bolos inteiros na cara de alguém, do nada, para ser engraçado, e isso me irrita. Não é um desperdício de bolo? Quantas pessoas poderiam ter comido pedaços dele?

Em casa, prefiro morrer a jogar comida fora. Às vezes, as meninas comem um terço de um pão pita e jogam o resto no lixo. Isso me abala. Sinto minha pressão subir, a testa fica úmida, e eu fervo por dentro. E, mesmo assim, explico às meninas que não se deve jogar comida fora. Às vezes as chamo para ver comigo um programa de televisão sobre crianças que estão morrendo de fome no mundo, e nós aqui jogando comida no lixo. Não tenho certeza de que elas sabem do que estou falando.

Hotéis são a coisa mais difícil para mim.

Sou incapaz de ir a um hotel e ser servido. Minha esposa me diz, todo mundo passa um fim de semana fora, vamos para um hotel. Não quero ir, não gosto de ninguém me servindo comida à mesa. Os garçons param ao lado da minha mesa e dizem, é comida especial, é uma iguaria, o vinho é importado, e eu quero me levantar e ir embora. Fico nervoso na entrada do hotel. Alguém da recepção me diz, vai dormir em um quarto de luxo com ar-condicionado, uma Jacuzzi, vista para o mar e bar, vai ter um roupão para a piscina, e eu sinto o calor no corpo. Não gosto desse tipo de conversa. Eu digo, se tiver pão, um tomate e um teto sobre minha cabeça, estou no paraíso. Não faz muito tempo que estávamos morrendo de fome, e agora vou sentir falta de um bar? Se tivesse de passar uma semana em um hotel, eu não suportaria. Fiz uma viagem internacional uma vez na vida, minha esposa queria, estive na Turquia pela empresa para a qual trabalhava, todo o luxo que vi lá me deixou nervoso.

CAPÍTULO 57

Yitzhak

Os campos estavam em meus pensamentos.

Olho para os meus netos e não consigo apagar o que vivi na idade deles. Os campos afetaram o relacionamento com meus filhos. Nossa família não é unida, por quê? Por causa da rampa em Auschwitz, cada membro de minha família seguiu em uma direção diferente. Se hoje minha família não é unida, é porque cada um está seguindo em uma direção diferente. Como se algum homem da SS viajasse sobre nossas cabeças e nos dispersasse. Como se ele dissesse, você vai para o sul, e você vai para o extremo leste, e você fica aqui no norte, e todos esses pensamentos por causa daquela rampa, daqueles trens e da solidão com que todo mundo vive. Como se os nazistas nos tivessem habituado a ser cada um por si, e isso também mexe com meus nervos hoje.

Olha, não vou visitar minha filha que mora no sul de Israel. E tenho netos lá. Por que não vou? Como posso explicar a ansiedade de voltar e não encontrar minha casa? Como posso falar sobre o medo de voltar de uma viagem e, no lugar da minha casa, ter um trem, o que vai de Haifa para Tel Aviv. Como posso explicar que todos os dias é provável que eu sinta que tem um trem na minha casa com uma rampa maior que a do dia anterior. Não consigo nem passar um sábado com meus filhos, e minha esposa quer ir. Ela me diz, Yitzhak, vamos ver nossos filhos. E sou incapaz de deixar a casa por mais que umas poucas horas, nem mesmo no Pessach, e isso me queima por dentro, mas não consigo me mover.

Talvez eu não consiga me mover porque uma grande parte de mim foi deixada nos campos, malditos sejam. E pode ser que nenhuma vez, nem mesmo no Pessach, tenhamos falado aos filhos sobre nosso êxodo do Egito, e talvez tenha sido assim porque grande parte da alma ainda está lá, e não tem ninguém para dizer a eles como é difícil ser ligado a uma pessoa que não é Yitzhak nem Dov. Só Dov e eu ficamos juntos. É como ter uma montanha para escalar. É como se não tivéssemos terminado de escalar uma das montanhas naquela terrível marcha de Buchenwald para lugar nenhum.

CAPÍTULO 58

Dov: Para mim, Deus é terra, ar, água, natureza. Sem isso, eu não existo.

Yitzhak: Antes do Holocausto, eu sabia que existia um Deus. Depois, não sabia se devia acreditar ou não. Quando as coisas ficavam difíceis, eu rezava para Deus. Hoje penso, meu Deus é o Estado de Israel. Se tenho a segurança de Israel, tenho Deus o tempo todo.

DOV

Nos campos eu tinha um hábito de não pular primeiro. Fazia as coisas de acordo com o destino. Não levantava a mão e não me oferecia para ser o primeiro. Eu pensava, o que tiver de acontecer, vai acontecer. Era uma regra sagrada para mim em todos os campos. Digamos que houvesse um caminhão em Auschwitz. Eles nos mandavam entrar no caminhão. Eu nunca entrava primeiro. Esperava de lado. De repente, o caminhão partia. Os que entraram primeiro iam para o crematório, e os que ficaram de lado eram mandados para o trabalho. A partir de 1944, decidi aceitar o destino como viesse, sem manobrar a situação. Deixei o destino me levar, não era um comentarista.

Foi aqui em Israel que a grande mudança aconteceu.

Pulei primeiro. No início. Porque era por meu país. Na verdade, me ofereci para o trabalho perigoso na fronteira. Por quê? Por causa de Hitler. Disse a mim mesmo, a coisa mais importante da vida já aconteceu comigo. Venci Hitler. Agora só falta vencer a possibilidade de ser um morto-vivo. Sou um judeu vivo, e amo meu país, e sou entusiasmado e empolgado sobre contribuir com meu país especificamente em uma fronteira perigosa, sim. Mais tarde, parei de pular. Olha, com minhas meninas, eu as vejo jogar fora pão pita, e não pulo. Vejo que a juventude de hoje não tem respeito por um adulto, e fico em silêncio. Sou feliz por ter pão para comer e água para beber, e por judeus não serem mandados para o crematório só por causa de nosso pai Abraão e da circuncisão.

Sempre falei com Deus.

Pedia a ele para me ajudar e aconselhar. Devo ir para a direita ou para a esquerda? Olhava para o alto e pedia orientação. Acho que recebia orientação. Hoje também falo com Deus. Peço a Ele saúde e descanso das imagens que acessam minha mente, peço que não falte comida para nós, que nunca falte comida.

Às vezes tenho imagens com sons da vida nos campos.

As imagens e os sons chegam como ladrões de dia. Às vezes ouço o barulho doloroso da rampa em Auschwitz, e é um som difícil por causa da dor lancinante. Aqui estou eu, em um comboio na rampa. E aquela fila avança lentamente, lentamente, um passo depois do outro. E logo me aproximo do ponto em que homens da SS decidem com um dedo, para a direita, para a esquerda. Sim, desse jeito, um pequeno movimento com um dedo, viver ou morrer. Ir para um bloco ou virar pó no lixo.

Por acaso, não fui para a câmara de gás. Por acaso eles precisavam de trabalhadores no dia em que fiquei na rampa, por quê? Por causa do grande transporte da Hungria, meu transporte, sim? Os alemães precisavam de nós para separar nossas roupas, e por isso me mandaram para o Campo Canadá. E se eu fosse um ano mais novo? Os homens da SS procuravam crianças o tempo todo. E que chance eu teria de continuar vivo se não tivesse encontrado meu irmão?

Quero contar uma coisa que aconteceu no meu vilarejo, nos Cárpatos. No vilarejo havia judeus que iam à sinagoga todos os dias, e havia judeus que iam apenas no Sabbath. No Sabbath todo mundo ia, e quem não ia? Friedman Incapacitado não ia à sinagoga no Sabbath. Ele era irmão mais velho do Friedman que debulhava o grão para os fazendeiros do vilarejo. A família dele tinha uma máquina de debulhar, um moinho, e uma grande casa perto da estrada.

Todo Sabbath, quando saíamos da sinagoga, Friedman Incapacitado, que devia ter uns cinquenta anos na época, estava sentado na nossa frente em um banco, de boné e fumando. Ele fumava de propósito. Fumou durante anos. Um judeu fumando no Sabbath. É difícil explicar. Ele era uma aberração. Sem limites, desajustado.

Por que Friedman fumava no Sabbath? Eu pensava muito nisso. Por que aquele judeu fumava justamente no Sabbath, na frente das pessoas que saíam da sinagoga? E, dois dias antes de nos levarem para Auschwitz, aquele judeu morreu e teve um sepultamento honrado. Era como se ele dissesse a todo mundo, não percam tempo com bobagens. Há coisas mais importantes para fazer. Salvem-se. E ele era um homem educado, não um garoto de quinze anos. Com seu comportamento, ele nos dizia, Hitler está gritando no rádio, a Europa está fumando judeus, enquanto vocês vão à sinagoga para rezar e choram para que o Messias venha, e chamam Deus, e imploram para ele, salve-nos, salve-nos, e ninguém diz, judeus, fujam, vivam.

E isso me enlouquece. De todas as pessoas, Friedman, que deixou Adonai, que fumava contra a vontade de Deus, contra todo mundo, ele foi abençoado. Não deitou na lama fedorenta de uma fábrica de tijolos e não foi empurrado na fila da comida. Não foi jogado em um trem de gado fétido, sem água, sem ar. Não ficou na rampa em Auschwitz e não viu sua família ser espalhada. Não foi em um comboio de idosos chorosos e crianças para o crematório. E ele teria ido com os idosos, é claro, porque era velho e incapacitado. Pés não o pisotearam, e sua cabeça não foi esmagada na câmara de gás nos últimos momentos de vida. Sim, Friedman foi abençoado.

Às vezes penso na marcha de morte que partiu de Buchenwald. Quando nos tiraram de Buchenwald no fim da guerra, famílias alemãs andaram conosco na estrada. Mulheres, crianças, jovens, carrinhos com bebês. Fugiam de suas casas para não cair nas mãos dos russos. Andávamos nas mesmas estradas. As estradas eram repletas de *Flüchtlinge* – refugiados – e famílias alemãs. Vi seus comboios, quase nos misturávamos.

Olhava para eles e pensava, fomos obrigados a sair, e eles estão saindo por vontade própria. Então, por que a guerra aconteceu, por quê?

CAPÍTULO 59

Yitzhak: Às vezes penso nisso. Se encontrasse a menina alemã que me dava comida no caminho para Campo Zeiss, colheria estrelas do céu para ela e a faria uma rainha.

Yitzhak

Às vezes, quando estou cansado, sonho que sou jovem e pulo de um trem em movimento como se isso fosse real.

Estou usando um casaco curto, calça cinza e echarpe de lã. Sento em um banco perto do corredor e me apoio à janela. O trem sacode, *shak-shak, shak-shak*, como uma música emperrada na cabeça, *shak-shak-shak*, a cabeça fica confusa, *shaaaakkk, buum*.

A cabeça cai e acordo, dou um pulo, me levanto, abro bem os olhos e vou para o fundo do vagão. E volto. Vou para a outra ponta, volto. Sento no banco, fico cansado e durmo até de manhã.

O trem para em Campo Zeiss, eu desço na estação e não sei se vou para a direita ou para a esquerda.

Direita, para trabalhar no subterrâneo isolando canos no fundo da terra, e direita também é se preparar para a morte certa nas mãos dos alemães que ainda não concluíram seus programas contra os judeus.

À esquerda fica o vilarejo da menina de tranças e dos sanduíches, e a grande esperança de vida.

Atrás de mim a locomotiva bufa e arfa, e uma velha com dois cestos embarca em um dos vagões com dificuldade. O trem partiu com todos os suspiros da velha com os cestos, eu fiquei sozinho na plataforma. Na minha frente, exatamente como eu lembrava, tem casinhas de telhados de telhas com uma chaminé em cada telhado. Também tinha um quintal e uma cerca de ripas e cortinas escuras na janela.

Ponho as mãos fechadas nos bolsos e sussurro, agora é ir para o vilarejo pela estrada, *nu*, ande, mas minhas pernas parecem chumbo, estão presas ao chão. A mente vibrou, faça alguma coisa, homem, pegue uma perna e mova, depois a outra perna, *nu, nu, nu*. A perna se moveu à frente, a outra perna a seguiu, e me vi avançando pelo caminho. A mente grita, bom, veio ao vilarejo para contar dormentes de trem, e logo outro trem virá, e daí?

Vou pulando dormentes e examinando as casas. Havia casas com manchas escuras na parede, outras foram pintadas. Os arbustos perto das casas tinham crescido, a árvore grossa era a mesma, e então, em um momento, meu coração ficou apertado. Atrás da árvore vi a torre com o ponto verde de onde pende uma escada de corda. Eu me lembro da torre, a menina de tranças sempre ficava alinhada com a árvore e a torre, e eu caio e me levanto, me endireito e espero a menina aparecer para eu poder abraçar minha salvadora, mas a menina não aparece, ninguém aparece.

Quero voltar à estação, mas então, ao longe, vejo uma menina de vestido vermelho e cabelo solto sobre os ombros. Ela saiu da última casa na fileira de casas e vinha em minha direção, parou alguns passos antes de me alcançar. Seus olhos azuis eram mais brilhantes do que eu lembrava. Pequenos machucados cobriam sua testa e as bochechas. Eu engoli, era ela?

Cheguei perto da menina. Estendi a mão e gaguejei em alemão, olá, sou Icho. A mão ficou no ar.

Ela recuou um passo e disse, sou Gertrudes, quem está procurando?

Você, talvez, não sei.

Gertrude disse, desculpe, já nos conhecemos?

E eu disse, Icho. O prisioneiro de guerra dois anos atrás no comboio para Zeiss, e uma menina de tranças esperava por mim na estrada com comida, era você?

Gertrude cruzou os braços e disse, desculpe, não entendi.

E eu digo, vim agradecer, você me salvou, isto é, se era você.

Gertrude falou, quando foi isso?

Durante a guerra.

Durante a guerra, você era um prisioneiro dos campos?

Era.

Então apontei na direção da estrada e disse, era exatamente ali que você ficava, na frente da torre, lembra? Ficava ali com sua mãe, não era você?

Gertrude disse, desculpe, não estava aqui há dois anos. Cheguei a este vilarejo há um mês, vim de outro vilarejo perto de Berlim, você é judeu?

Sim, judeu, talvez conheça uma menina de tranças, ela é muito parecida com você.

Gertrude disse, não tive tempo para conhecer ninguém. Lamento, veio especialmente por isso.

Não, não, estou esperando um trem.

Gertrude falou, eu também.

Só quando estou cansado sonho que embarquei em um trem para ir encontrar a garota, mas no sonho também me lembro do campo, dos alemães e da jornada difícil, e de manhã me sinto mal. Deixei com todo mundo uma descrição completa da garota como me lembrava dela, e as freiras e os soldados no monastério prometeram me ajudar a encontrá-la e mandar um telegrama para mim em Eretz-Israel, para que eu pudesse agradecer pela preocupação dela comigo. Obrigado por ser uma pequena luz na floresta de escuridão e lobos. Muito obrigado por superar *Heil* Hitler, sim. O que gritava no rádio, que arrastou milhões atrás dele, *Heil* e *Heil*.

No monastério, pedi para dizerem a ela que é a rainha de um menino judeu, cujo nome é Icho-Yitzhak e que vai para Eretz-Israel. Eles precisam dizer que, se pudesse encontrá-la, ele tiraria estrelas do céu e a lua para dar a ela. Precisam encontrar essa menina alemã e dizer a ela exatamente o que Yitzhak pediu.

Ninguém mandou um telegrama, e eu sempre procuro por ela quando vou a Zeiss em meus sonhos.

Em meus sonhos, visito quase todos os campos, mas Zeiss acima de todos, principalmente durante o Pessach. Todos os anos, quando arrumamos a mesa, ponho uma cadeira vazia. Uma cadeira para a menina. Limpo bem sua cadeira, a arrumo sob a toalha da mesa, e toda noite de Pessach eu digo obrigado por tudo.

Não agradeço a Dov, não agradeço a Deus, não agradeço a meu filho e minha filha que vieram para a comemoração, e aos netos, não agradeço ao meu filho, que levou os netos para comemorar o Pessach em outro lugar. Agradeço à menina, sim, e espero. Talvez chegue o dia em que ela sentará conosco, e poderemos dizer diretamente a ela, obrigado, obrigado. E talvez ela venha no Ano-Novo, quando minha esposa e eu ficamos sozinhos, quando não temos vontade de arrumar a mesa. Talvez seja no Ano-Novo que essa menina venha sentar conosco, e comeremos maçã com mel e cantaremos juntos "Feliz Ano-Novo, um feliz ano novo está chegando", talvez.

Os irmãos de Auschwitz

Polônia, 2003
Segunda-feira, 23 de junho, na rampa Auschwitz-Birkenau.

É começo de tarde, e estou no cascalho da rampa no Campo Auschwitz--Birkenau.

Primeiro, a torre que vemos nos jornais na frente de um campo enorme que parece uma floresta atacada por um machado. Só alguns alojamentos continuam em pé, e uma cerca é arrumada nesse exato momento por dois trabalhadores. Um trilho se divide em três partes, duas paralelas à rampa, a terceira ligeiramente para o lado, e estou tremendo.

Deus, esse é o lugar onde Dov e Yitzhak desceram de seu transporte, esse é o lugar, e é aqui que estava o homem da SS com um dedo longo na luva branca, um dedo que brincava com a vida de uma nação, e caminho até a beirada da rampa, e Alex, o guia, diz, agora vamos para os alojamentos, e eu digo, por favor, quero ver a rampa de novo, e ele concorda, e dou um passo longo, um passo determinado, embora o cascalho grite lá embaixo, e eu tenha uma urgência louca de esmagar o cascalho com as pernas judias que trouxe no avião de Eretz-Israel e grite para o céu de Auschwitz-Birkenau.

Nasci para o povo judeu em Eretz-Israel, você viu que eles queriam eliminar todo mundo, *nu*, o que tem a dizer sobre isso, hã, e Batya se preocupa. Você está bem?

E eu digo, em um momento, e depois me lembro das instruções de Dov e Yitzhak, vá à sauna, vá, vá, veja onde era o Campo Canadá, mais ou menos, e vá para a floresta onde mães e filhos descansavam como se estivessem em um piquenique, você também pode descansar como se estivesse em um piquenique, não deixe de levar alguma coisa na bolsa, um biscoito ou uma maçã, e vá ao bloco, você tem que entrar em um bloco, pelo menos, olhar os cubículos, dissemos que eram lotados, e não chegue nem perto do crematório, ouvimos dizer que foi destruído, mas, mesmo assim, fique longe daquele lugar, ouviu, dizem que há fantasmas de milhões, e eles amaldiçoam o mundo por se manter em silêncio, então, não se aproxime de lá.

Eu disse, venha comigo, vamos juntos acender uma vela para a família. Não. De jeito nenhum.

Eles disseram, não vamos lá, não vamos a lugar nenhum, você acende as velas, e tire fotos para lembrar. Temos fotos suficientes em nossa cabeça. E ligue para nós de Auschwitz-Birkenau quando sair de lá, precisamos saber que você saiu.

Vai telefonar, não vai?

NOTA DA AUTORA

O vilarejo em que morei foi fundado em 1936 por um punhado de pioneiros búlgaros, meu pai entre os primeiros dez membros. Ficava em uma colina de onde se via o Mar da Galileia.

Em abril de 1946, um grupo de adolescentes sobreviventes do Holocausto chegou ao nosso recém-fundado vilarejo, muitos eram da Polônia e tinham perdido a família.

Os recém-chegados trabalhavam na terra, aprenderam hebraico e foram distribuídos por famílias com as quais almoçavam. Yitzhak veio para nossa casa. Dov foi enviado a uma família diferente. Eu tinha seis meses de idade e dois irmãos mais velhos.

Anos mais tarde, Yitzhak me disse que gostava do som de um bebê (eu) chorando e de vê-lo nos braços da mãe, porque isso era um sinal de vida.

Minha mãe disse que Yitzhak era como um irmão – um irmão adotado, e quando perguntei a ela onde estavam os pais dele, ela disse, "*Shhh*, não fale sobre isso".

Quando aprendemos sobre o Holocausto na escola, perguntei a Yitzhak onde ele havia estado durante a guerra. Ele respondeu que a única coisa que estava disposto a dizer era: "Se algum dia encontrasse aquela menina alemã que ficava com a mãe na beira da estrada por onde passávamos, criando um comboio humano dia após dia no nosso caminho para o trabalho na fábrica – exaustos, famintos, desesperados –, a menina que me dava um sanduíche todos os dias, eu faria dela uma rainha". Os olhos dele se encheram de lágrimas. Perguntei sobre isso mais algumas vezes, mas ele não disse mais nada. Não sabia o nome dela, nem o nome do vilarejo alemão. Parei de perguntar. E não li mais nada sobre o Holocausto.

Yitzhak e eu mantivemos contato depois que o grupo partiu do vilarejo.

Eu me mudei para o centro de Israel, e em 2001 publiquei meu primeiro livro, *Come auntie, let's dance*. Tinha uma forte sensação de que meu próximo livro seria sobre os irmãos, Yitzhak e Dov. Falei sobre isso com meu marido, Dror, que respondeu: "Mas eles não querem falar sobre o assunto".

Telefonei para Yitzhak. Ele disse que Yad Vashem e outras organizações tinham pedido para ele compartilhar sua história, e ele se negou. "Não falei sobre isso em sessenta anos, nem mesmo com meus filhos. Por que ia querer falar agora?"

Liguei para Dov, e ele também disse não, mas aceitou me contar sobre seus primeiros dias no vilarejo, que eu não conseguia lembrar, porque era um bebê.

Peguei o trem para ir encontrá-lo no Norte, onde ele morava, não muito longe de Yitzhak. Ele fez café para nós, e perguntei se podia gravar a conversa. Pus o pequeno equipamento sobre a mesa, e ele se sentou ereto na cadeira, abriu bem os olhos e começou: "Chegamos a Auschwitz à noite. Quando eles abriram as portas dos trens, havia holofotes que feriram meus olhos. Ouvi pessoas chorando e gritando, cachorros latindo e soldados berrando conosco, *Schnell, Schnell*".

Fiquei sem fala. Naquela noite, liguei para Yitzhak, e ele disse que tinha falado com Dov. "Tudo bem, também vou contar minha história."

Eu os encontrei uma vez a cada duas semanas durante um ano. Primeiro um de cada vez, depois os dois juntos. Fizemos progresso lento e cuidadoso, eu me preocupava com eles. Às vezes Yitzhak chorava enquanto falava. Viajei a Queens, Nova York, para encontrar Sarah, a irmã dos irmãos. Passamos horas sentadas da cozinha dela enquanto compartilhávamos suas experiências durante o Holocausto.

Comecei a ler vários livros sobre o Holocausto, como *History of the Holocaust: Hungary*, de Randolph L. Braham e Nathaniel Katzburg, e *The Auschwitz Album*, publicado por Yad Vashem, e muitos mais.

Depois disso, passei mais dois anos escrevendo o livro. Eu me fazia imaginar que estava em um campo de concentração, vivendo em cabanas, buracos, faminta – o que via, cheirava, ouvia? Como sentia meu corpo? Fingia que estava descendo a rampa de desembarque em Auschwitz. Usava um casaco mesmo no verão e não conseguia parar de chorar.

Antes de dar o manuscrito ao meu editor, viajei a Auschwitz. Queria ver a rampa, as cabanas, o terreno, o céu e as florestas perto das ruínas do crematório demolido. Queria tocar tudo. A última página do livro descreve algumas das minhas experiências durante essa viagem.

Desde então, escrevi mais três livros sobre o Holocausto.

AGRADECIMENTOS

Agradeço profundamente aos irmãos Yitzhak e Dov, que deram as mãos durante os momentos mais difíceis e nunca mais soltaram. Sou grata por eles terem se disponibilizado a contar sua insondável história, apesar da dor enorme de rever lembranças tão horríveis.

Minha gratidão a Sarah, a irmã dos irmãos, por ter dividido sua emocionante história de sobrevivência. Que sua memória seja abençoada.

Sou grata a Lilly Perry, editora da edição hebraica – obrigada por me acompanhar nessa dolorosa jornada.

Agradeço a Yad Vashem, em Jerusalém, por fornecer material que foi extremamente útil.

PERGUNTAS E RESPOSTAS COM A AUTORA

1. Quando começou a escrever histórias? Você escrevia na infância, ou foi uma paixão e ambição que surgiu na vida adulta?

    Comecei a escrever depois que completei cinquenta anos. Escrevia cartas de uma página quando era menina, e as pessoas diziam que as liam muitas vezes, mas não escrevia histórias quando era nova. Depois de fazer um curso de escrita criativa, desenvolvi uma paixão por isso. Minha eterna curiosidade alimenta a escrita – adoro observar e deixar a imaginação me dominar.

2. Quem são seus autores favoritos? Você tem um livro preferido, ou existem livros específicos que a inspiraram?

    Mitch Albom, José Saramago, Jojo Moyes. Quando eu era mais nova, meu livro favorito era Cem anos de solidão, *de Gabriel García Márquez. Acho que é um retrato mágico da vida em toda a sua complexidade e seu humor.*

3. Dov quase chora com a beleza da orquestra em Auschwitz. Que música a leva às lágrimas? Você ouve música enquanto escreve?

   Óperas, especialmente Madame Butterfly; e, é claro, música clássica. Sempre escuto música enquanto escrevo.

4. Se tivesse de escolher uma música ou um álbum para acompanhar este livro, qual seria?

   Leonard Cohen. Quem mais? And who by fire, who by water/Who in the sunshine, who in the night time...

5. Que hobbies gosta de ter quando não está escrevendo?

   Essa lista é bem longa. Adoro ler. Sou facilitadora de grupos de leitura há algum tempo. O último livro que nosso grupo escolheu foi The Magic Strings of Frankie Presto, *de Mitch Albom. Estou sempre aprendendo alguma coisa nova; estudei pintura, o que me levou a várias exposições do meu trabalho, e fiz aulas de arte de arranjo floral, o que me levou a abrir uma floricultura.*

6. Que conselho daria a aspirantes a autores?

   1. Se você tem o sonho de escrever – escreva. Mantenha um diário para escrever todos os dias. 2. Você não precisa de uma musa. Só escreva. Não importa o quê. O livro será reescrito muitas vezes, então, não se preocupe com perfeição logo de cara. 3. Não se apaixone por suas palavras – você precisa aprender a dar adeus a algumas delas pelo bem do livro.

7. Tem alguma lembrança forte ou de destaque da infância com os irmãos no vilarejo de Horns of Hatting?

   Yitzhak almoçava conosco todos os dias. Ele disse que adorava me ouvir chorar quando eu era bebê, porque, para ele, aquilo era um sinal de vida.

8. Alguma história de sua família inspirou sua escrita?

   Meu primeiro livro, Come auntie, let's dance, é sobre meus pais, a infância deles na Bulgária e sua Aliyah a Israel, bem como meu início de vida no Mar da Galileia.

9. Que sentimentos, temas ou emoções duradouros você espera que os leitores conservem depois da leitura de Os irmãos de Auschwitz?

   Espero que o livro toque os leitores e incentive pessoas a ter compaixão, e que os lembre de que precisamos proteger uns aos outros sempre. Espero que o livro os ajude a promover a decisão de que tais atrocidades nunca mais devem se repetir. Leitores me disseram que sentem o narrador andando ao lado deles, contando essas histórias. Tenho tentado não só sentir completamente, mas também incorporar os personagens dos meus livros – em todas as situações.

10. O mundo hoje ainda é um lugar muito incerto, e às vezes pode ser difícil ver a luz na escuridão. O que lhe dá esperança?

    Sou extremamente otimista. Acredito que o bem existe em cada pessoa. Compaixão por pessoas, animais, e o mundo é nosso farol.

PERGUNTAS PARA GRUPO DE LEITURA

1. *Os irmãos de Auschwitz* é escrito em uma forma de narrativa contada do ponto de vista de um confidente sem nome que visita Dov e Yitzhak em 2001 para ouvir suas tocantes lembranças. Em que medida esse narrador serve como um condutor para o leitor na história?

2. O estilo de escrita é reminiscente de Salinger e Atwood em sua distintiva voz do fluxo de consciência e notável ablação de marcas de discurso. Discuta os efeitos desse estilo na natureza oral da história que evoca narrativas faladas em palcos à luz de velas ou histórias à beira da fogueira passadas de geração em geração.

3. Detalhe sensorial também é intensamente relevante neste livro, com lembranças de imagens, cheiros e sons se espalhando muito além dos campos. Que efeito tem esse detalhe na textura e no impacto duradouro da escrita?

4. No centro do livro está a ligação entre Dov e Yitzhak, o consolo que eles encontram nesse elo e a infatigável vontade de ambos de sobreviver

para o outro. Como esse relacionamento se desenvolve ao longo do curso da jornada dos dois?

5. Em que medida o trabalho forçado foi usado como outro modo de exploração e extermínio, como Yitzhak vive no Campo Zeiss, envolvendo canos com cabos de aço em exaustivos turnos de doze horas?

6. Yitzhak nunca esquece a menina alemã que dava a ele um sanduíche durante as marchas para a fábrica em Zeiss, e mais tarde sonha como colheria estrelas do céu para ela e faria dela uma rainha. Discuta o papel dos habitantes de vilarejos alemães próximos e em que medida eles foram capacitadores de genocídio por intermédio de sua tolerância e proximidade com os campos.

7. Na esteira da guerra, os irmãos precisam lidar com repatriação e reabsorção na sociedade, o que propõe um novo conjunto de desafios, desde reaprender coisas corriqueiras, como etiqueta à mesa e lavagem das mãos, até lidar com transtorno de estresse pós-traumático e culpa do sobrevivente. Como esses desafios afetam a recuperação deles?

8. Os irmãos mais tarde reencontram a irmã Sarah. Como o ponto de vista dela impacta a narrativa?

9. Enquanto estava no Campo Jaworzno, Dov procurava pássaros no céu para centrar-se e encontrar força para continuar marchando, depois que a mulher na floresta joga comida para ele. Essas aves também aparecem na capa, um símbolo de esperança e liberdade que invoca os épicos de Homero[2], histórias semelhantes de guerra e odisseia, em que um papagaio aparece como presságio de inocência e volta para casa. Uma parte central do romance é a perigosa jornada de Dov e Yitzhak

---

[2] Nota da edição original. (N.T.)

pela Europa. Em que medida *Os irmãos de Auschwitz* é um romance de retorno?

10. O sobrevivente do Holocausto e detentor do prêmio Nobel Elie Wiesel disse, em seu discurso na cerimônia de 1995, que marcou o 50º aniversário da libertação de Auschwitz, que, "quando refletimos sobre o passado, devemos nos dirigir ao presente e ao futuro". Por que é tão importante continuar lendo e discutindo histórias de sobreviventes, e como essas discussões podem informar o presente e o futuro?